KB103384

이
조
시
대 서
사
시 /

1

이조시대 서사시

1

임형택

창비

사실적이면서 풍부하고 다양한 문학적 성취

'이조시대 서사시'란 제목으로 이 책을 펴낸 것은 20년 전이었다. 기왕의 체제를 그대로 가져가면서 부분적으로 손질하고 그사이에 새로 발굴한 작품들을 추가하여 지금 이 책을 내놓는다. 서명을 정확히 붙이자면 '증보신판 이조시대 서사시'라고 해야 할 것이다.

원래 초판에는 104편이 수록된 것이었는데 이제 18편이 더 들어가서 모두 122편이 된다. 122편이면 적은 분량이 아니지만 한시의 방대한 축적을 생각해보면 극히 미소한 부분이다. 그런데 이처럼 따로 표출하는 까닭은 어디 있는가?

책의 성격 및 취지는 뒤에 붙인 「현실주의의 발전과 서사한시」라는 제목의 총설에서 비교적 상세히 밝혀놓았으므로 중언부언할 필요가 없겠으나, 이들 서사시가 현재적 관점에서 어떤 의미와 가치를 가질 수 있는 것인지는 여기서 대략 언급해두고자 한다.

여기에 뽑은 시편들은 인물이 등장하고 사건이 전개되는, 말하자면 '이야기시'(담시譚詩)다. 한시라는 용기에 담긴 것이기에 서사한시인데, 친숙한 말로 서사시다.

오늘의 근대시를 한번 돌아보자. 서정시의 주류적인 형세에 비해 서사시 부류는 비주류이고 비중이 큰 것도 아니다. 그럼에도 근대시가 출범한 당초부터 오늘에 이르기까지 서사시에 속하는 작품이 심심찮게 발표되었으며, 그중에 문제작으로 화제에 오르고 문학사에서 평가받는 사례도 적지 않다. 시문학이 서정시 위주로 되는 것은 당연하지만 서사시 부류 또한 결코 간과할 수 없음이 물론이다.

한시는 속성 자체가 '시언지詩言志'요 '성정性情의 발현'이라고 했듯, 서정을 주조로 하면서도 대단히 포괄적이다. 그래서 근대문학의 장르 개념을 대입해보면 한시란 "단일 장르라기보다 복합 장르 내지 장르 혼재로 보는 편"이 타당하다고 말했던 터다. 이런 한시의 영역 속에 서사시적 성격이 수렴되어 미분화 상태로 있었다. 중국의 시사詩史를 종관해보면 한漢대의 악부시樂府詩에서 서사시의 빼어난 작품들이 발견되며, 시의 고전적 황금기라 할 수 있는 당唐으로 와서 서사시 역시 정점에 도달했다. 그후로도 서사시 형태는 명맥이 이어졌으나 성과는 별로 뚜렷하지 못했던 것으로 여겨진다. 반면, 한국의 한시사를 보면 서사시는 조선왕조 5백년 동안에 본격적으로 발전하여 성황을 이룬 것이다. 바로 이 두권의 책에 실린 122편이 실물로서 증명하는 바다. 제1~3부에 수록된 '체제 모순과 삶의 갈등'을 그려낸 작품군은 실로 서사시의 본령이다. 다음 제4부에서는 '국난과 애국의 형상'을 묘사하고 있으며, 제5부로 가서는 '애정 갈등과 여성', 제6부로 가서는 '예인藝人 및 시정市井의 모습들'을 만나게 된다. 우리는 사실적이면서 풍부하고 다양한 문학적 성취를 감상할 수 있다. '이조시대 서사시'의 이러한 문학적 성취는 시야를 넓혀 동아시아 한자권에서도, 나 자신 식견이 좁은 탓인지 모르겠지만, 유례를 찾을 수 없는 것 같다. 그런 만큼 특이하고 중시할 필요가 정히 있다.

서사시가 하필 이조시대에 성황을 이루었던 사실을 어떻게 설명할 것인가? 여기에 두가지 측면을 짚어볼 수 있다. 객관적 상황과 주체적 조건이다. 요컨대 조선왕조의 역사가 진행되는 과정에서 발생하여 차츰 심화된 체제적 모순이 서사시의 배경이 되었으니, 곧 서사시를 산생한 객관적 상황이다. 이 책에서 '서사시적 상황의 발전'이라고 규정한 그것이다. 이 상황을 심각하게 인식하고 시적으로 표출한 주체가 다름 아닌 문인지식인, 즉 사대부들이었다. 저들 유교적인 인정仁政과 애민愛民의 정신으로 투철하게 각성한 주체가 '서사시적 상황의 발전'에 대응한 결과물이 바로 서사한시다.

오늘의 시대상황에서 작가·시인은 과거의 문인지식인과 입장이 크게 다르다. 하지만 사회현실, 그 속에서 살아가는 인간들의 삶을 포착하고 표출하는 문제에 있어서는 상통한다. 그런 점에서 '이조시대 서사시'의 현재성은 확실한 것으로 생각된다.

이 자리에서 한가지 해명해둘 말이 있다. 책 이름에 이조시대를 붙인 이유다. 이조라는 호칭은 일제의 잔재라 하여 못마땅하게 여기는 분들이 있기 때문이다. 종래 한자권에서는 왕조의 명칭을 이당李唐, 조송趙宋 식으로 성을 붙여 구분 짓는 것이 관행이었다. 같은 한자권이었던 베트남의 역사에도 여조黎朝, 완조阮朝 등이 나오고 있다. 우리의 경우 단군조선, 위만조선 등과 구분 지어 이조라고 불러서 안 될 것이 없다. 또한 지금 우리의 분단상태에서 한쪽은 국호를 엄연히 조선이라고 쓰고 있다. 이조 대신에 조선이라고 부르는 데는 의식적이건 무의식적이건 북의 조선을 배제하고 무시하는 의식이 깔려 있는 셈이다. 이 점을 분명히 지적하고 싶다.

이번에 작품을 새로 추가하는 과정에서 도움을 주신 분들이 있다. 서거정의 「토산 시골집에서 들은 농부의 말[兎山村舍 錄田父語]」은 박혜숙 교수가 진작 알려주었던 것이며, 조용섭의 「달성 아이[達城兒]」는 강명관 교수가, 이규상의 「조장군가趙將軍歌」는 안준석 군이 자료를 제공해준 것이다. 고맙기 이를 데 없다.

나는 『이조시대 서사시』에 앞서 『한문서사의 영토』를 내놓았다. 양자는 자매편이다. 나 자신의 이야기문학에 대한 관심이 자매편의 간행으로 일단락 지어진 모양이다. 이런 성격의 작업에 오역·오류는 아무래도 없을 수 없다. 양해와 교시를 구해 마지않는다.

2012년 마지막 달을 보내며
임형택

제2부 체제 모순과 삶의 갈등 2

제3부 체제 모순과 삶의 갈등 3

제5부 애정 갈등과 여성

제6부 예인藝人 및 시정市井의 모습들

일러두기

1. 이조시대에 씌어진 서사시 부류의 작품들을 뽑아서 엮은 이 책은 내용으로 미루어 네가지로 나누고, 다시 6부로 편차한바 다음과 같다.

제1~3부 체제 모순과 삶의 갈등, 제4부 국난과 애국의 형상, 제5부 애정 갈등과 여성, 제6부 예인藝人 및 시정市井의 모습들.

배열의 차서는 부로 구별한 데 따라 각기 시대순으로 했다.

2. 이 책은 일반독자와 전문연구자를 함께 고려했다. 역문에다 원문을 한 지면에 처리한 것은 이 때문이다. 역문은 원뜻에 충실하면서도 쉽게 읽힐 수 있도록 힘썼다. 그리고 주석은 원문 쪽에 달아서 원문의 독해에 참고하도록 했는데, 필요에 따라 역문 쪽에도 주석번호를 붙였다.

3. 원문의 5언言은 1행을 역문에서도 1행으로, 7언은 1행을 역문에서 2행으로 잡은 사례가 많다. 내용이나 글의 흐름에 따라서 약간 늘리거나 줄이는 등 기계적으로 하지 않았다.

4. 원문에서 이본에 따른 차이나 오자로 판단되는 경우, 타당한 글자를 채택하고 그 행의 끝에 괄호로 다른 글자나 원래 글자를 밝혀놓았다.

5. 제목은 현대독자들의 언어감각에 과히 낯설지 않게 생각되는 것은 그대로 쓰고 그렇지 못한 경우 원제나 내용을 고려해서 적절히 바꾸어보았다. 원제는 함께 제시했다.

6. 각 편마다 독자의 이해를 돕기 위해서 작자 소개와 작품 해설을 붙였다. 한 시인의 작품이 2편 이상 나오는 경우 작자 소개는 첫편에서 제시했다.

현실주의의 발전과 서사한시

현실주의의 발전과 서사한시

나는 성간成侃(1427~56)·김시습金時習(1435~93)에서 이건창李建昌
(1852~98)·황현黃玹(1855~1910)까지 장시 104/122*제題를 뽑아 책을 엮는
다. 한시로서 서사성이 담긴 작품을 채취한 것이다. 책 이름을 '이조시
대 서사시'라 한다.

우리의 문학사에서 서사한시는, 현실주의의 발전으로 형성된 동시에
현실주의를 풍부하게 한 것이다. 여기 작품들은 우리 서사문학의 귀중
한 성과로, 현실주의 문학의 역사적 근원으로 생각된다.

지금 '이조시대 서사시'로 묶이는 대다수의 작품들은 처음 발굴 소개
되고 있거니와, 비로소 하나의 개념으로 파악하는 만큼 그에 대한 의논
이 없을 수 없다. 본격적 연구나 이론의 정립은 후일의 과제로 남겨두지
만 우선 시론적 견해를 붙이기로 한다.

---

* 이 총설은 1992년 초판에 붙인 전체의 해설 논문을 전재한 것이다. 작품이 증보되긴
했으나 내용 성격이 달라지지는 않았기 때문에 총설을 다시 쓸 필요를 느끼지 않았
다. 다만 작품의 편수가 총 104편에서 122편으로, 또한 각 부별로도 증가되었기 때문
에 수치의 변화를 표시하였다.

서사시라는 용어는 더러 쓰이고 강조되기도 하였으나 공식적으로 합의된 바 없다. 고사시故事詩·담시譚詩(이야기시) 혹은 단형서사시로 이름이 붙여지기도 했다. 나는 그 명칭에 대해 천착하고 싶지 않다. 서사시란 말뜻이 내용에 어긋나지 않거니와, 이왕이면 친숙한 말을 채택하는 것이 좋다고 생각한다. 또 한자로 씌어진 것이기에 구분하자면 서사한시라 이를 것이다.

1. 한시에 있어서 서정시와 서사시

한시는 정감을 표현하는 형식으로 의식되었던 만큼 서정시가 주류적 성격을 형성해왔다. 원래 중국의 시가 그러했거니와 우리의 경우 또한 마찬가지다.

정지상鄭知常(?~1135)의 「대동강大同江」을 들어본다. 이 시를 거론하는 이유는 국어교과서에까지 실려서 누구나 아는 작품이기 때문이다.

비 개인 강둑에는
　　풀빛이 파릇파릇
남포서 임 떠나시매
　　슬픈 노래 퍼지네.

대동강 강물이여
　　어느 때나 마를거나?
이별의 눈물 연년이

푸른 물결에 더하는걸.

雨歇長堤草色多, 送君南浦動悲歌.
大同江水何時盡! 別淚年年添綠波.

대동강가에서 석별의 아쉬움에 눈물을 짓는 정경이 시적 상황이다. 임을 작별하는 사람은 서술주체이며 임과 더불어 시적 주인공인 셈이다. 지금 헤어져야 하는 그네들 앞에는 아마도 무한한 사연이 있을 터다. 그러나 시는 그것을 이야기로 엮어 진술하는 방식을 취하지 않는다. 다만 "남포서 임 떠나시매 슬픈 노래 퍼지네"라고 자신의 심경 안으로 끌어안았다. 이어서 "대동강 강물이여 어느 때나 마를거나?/이별의 눈물 연년이 푸른 물결에 더하는걸"로 시상을 반전시켜, 이별의 눈물을 사적인 감상의 차원으로 개별화하지 않고 있다. 이별의 눈물이 대동강의 수위에 영향을 준다고 할 만큼, 인생의 고해苦海, 사회의 파란波瀾을 질량으로 느끼게 한다. 이 시에 담긴 서정성은 자못 심각하면서 보편적·사회적 의미를 띤 것이다. 같은 대동강의 이별시지만 「서경별곡西京別曲」의 "대동강 넓은 줄 몰라서 배 내어놓느냐? 사공아"라는 몸부림보다 정감이 의미심장하게 형상화되고 있다고 보겠다. 요컨대 사연이 얽힌 정황은 시인의 정서 속에 흡입되어, 고도의 정제된 언어로 농축된 것이다. 이것이 서정시의 특색이다.

다음으로 김창협金昌協(1651~1708)의 「착빙행鑿氷行(얼음 채취하는 노래)」이란 작품을 들어본다. 역시 일반독자를 위해 번역문을 먼저 싣고 원문을 붙인다.

늦겨울 한강 흐르는 물
　얼음이 꽁꽁 얼어붙는데
사람들 천이야 만이야
　강가로 몰려나온다.

땅땅 망치질 도끼질
　얼음 짜개는 소리
저 아래 물귀신 나라까지
　우릉우릉 울려서 들리겠구나.

짜개어 포개놓은 얼음
　설산雪山을 방불케 하나니
쌓인 한기 오싹오싹
　사람의 뼛골에 시리네.

아침마다 얼음짐
　등에 지고 빙고 속으로
저녁마다 두드리고 짜개고
　강 가운데 모여들 있다네.

해는 짧고 밤은 긴지라
　밤에도 일손을 못 놓으니
노동요 주고받는 소리
　모래톱을 떠나질 않네.

(…)

대청마루 넘치는 환락에
　　더위도 잊을 지경인데
얼음 저장하는 괴로움을
　　누가 생각해서 말이나 하랴?

당신들 보지 못했소?
　　길가에 더위 먹어 죽어가는 백성들
강에서 얼음 짜개던 사람들
　　바로 그네들 아닐런가.

季冬江漢氷始壯, 千人萬人出江上.
丁丁斧斤亂相斲, 隱隱下侵馮夷國.
斲出層氷似雪山, 積陰凜凜逼人寒.
朝朝背負入凌陰, 夜夜椎鑿集江心.
晝短夜長夜未休, 勞歌相應在中洲.
(…)
滿堂歡樂不知暑, 誰言鑿氷此勞苦!
君不見道傍暍死民? 多是江中鑿氷人.

　이 시는 추운 겨울에 한강에서 얼음을 채취하는 고역을 테마로 다룬
것이다. 지금 서울의 동빙고동과 서빙고동이란 지명은 그때 채취한 얼

음의 저장고가 있던 데서 유래했다. 위의 시적 화폭에는 수많은 인부들이 나와서 노고하는 모습이 그려져 있다. 그리고 시의 후반에서 더운 여름날 시원한 전각에 앉아 얼음의 감각을 즐기는 정경을 제시한다. 노동하는 사람 따로, 노동의 결과를 향유하는 사람 따로의 사회 모순이 두 화폭으로 대조되고 있다. "길가에 더위 먹어 죽어가는 백성들/강에서 얼음 짜개던 사람들 바로 그네들 아닐런가"라는 끝맺음으로, 부조리에 대한 예리한 각인을 찍고 있다.

이 「착빙행」은 앞의 「대동강」과는 달리 인간의 삶의 정황을 드러내면서 사회 모순을 제기했다. 그런데 그 사회 모순은 비록 현실적이긴 하지만 현실 자체로, 객관적으로 제시된 것이라기보다 시인의 비판적 의식 속에서 도출된 것이다. 그리고 위의 시에서 얼음을 채취하는 인간들을 비록 등장은 시켰지만 하나의 개별화된 인간으로, 구체적으로 포착한 것은 아니다. 다시 말하면 꽁꽁 얼어붙은 한강의 얼음판 위에서 고역하는 모습이 화면에 펼쳐지긴 하는데 누구를 만나서 그 누구의 남다른 사연을 들을 수는 없는 것이다. 이 시는 사회시의 성격을 띠고 있으나 서정시의 범주에서 벗어난 것은 아니라고 본다.

이번에는 신광수申光洙(1712~75)의 「나무하는 소녀〔採薪行〕」를 보기로 한다. 특별한 작품이라기보다 짧기 때문에 편의상 인용하는 것이다.

가난한 집의 계집종
　맨발의 두 다리로
산에 가서 나무를 하려니
　차돌멩이 뾰쪽뾰쪽

차돌에 부딪쳐
　다리에 피가 흐르는데
나무뿌리 땅에 박혀
　낫이 뎅겅 부러졌다네.

다리 다쳐 흐르는 피
　괴로워할 겨를이나 있나요.
오직 두려운 건 부러진 낫
　주인에게 야단맞을 일이로다.

나무 한 단 머리에 이고
　해 저물어 돌아오니
한 덩이 조밥이야
　허기진 배 기별도 안 가는데

주인의 야단 잔뜩 맞고
문밖에 나와서 남몰래 훌쩍인다.

남자의 성냄은 한때지만
여자의 성냄은 열두 때라네.

샌님의 꾸중은 들을 만해도
　마님의 노여움 견디기 어려워라.

(원문은 생략. 1권 제2부 223~24면 참고)

이 시는 가난한 양반댁에서 종노릇을 하는 한 소녀의 삶을 그린 내용이다. 앞의 두 시편에서 살펴본 바와는 다른 두가지 특징이 여기에 있다.

첫째는 개별화된 인물의 등장이다. 계집종 그리고 샌님과 마님, 이렇게 세 사람이 시폭에 출현하고 있다. 우리는 주인공 소녀의, 하필 가난한 댁에서 종노릇을 하기 때문에 어린 여자 몸으로 산에 가서 땔나무를 해야 하는 특수한 사정을 보며, 또 그녀의 남몰래 훌쩍이는 소리까지 듣는다. 뿐만 아니라, 똑같은 상전이라도 한번 야단을 치고 마는 샌님과 야단이 끝이 없는 마님의 성격 차이까지 드러난다. 인물의 형상을 구체적으로 그려낸 것이다.

둘째, 사건의 진행이다. 주인공 소녀가 산에서 나무를 하다가 다리를 다치고 낫을 부러뜨린다. 작중에서 사건의 발단인데 귀추가 주목되는 것이다. 소녀는 자기 몸에서 흘러나오는 피를 돌볼 새도 없이 부러진 낫을 걱정한다. 과연 허기진 배를 안고 집으로 돌아왔을 때 그녀 앞에 떨어진 것은 주인 내외의 호된 야단이었다. 그리하여 주인공이 문밖에 나와서 훌쩍이는 것으로 사건은 종결이 되고 있다. 비록 짧은 편폭이지만 거기에 시작과 끝이 있는 이야기가 담겨진 것이다.

「나무하는 소녀」는 이처럼 객관적 배경 속에 특정한 인물이 등장하며, 또 그로 인해 사건이 일어나서 마무리되는 서사구조로 짜여 있다. 시인은 무슨 뜻으로 이 시를 썼을까? 문면에 표명된 바는 없다. 그렇지만 독자들은 누구나 주인공 소녀의 고달픈 처지에 애련의 감정을 일으키게 될 것이다. 바로 시인이 의도한 주제사상이다. 이처럼 주제사상이 주관화=서정화되지 않고 실상을 제시하는 가운데 암시되어 있다.

이 「나무하는 소녀」에 견주어 앞의 「착빙행」은 현실 비판의 강도가 오히려 높고 사회성의 표출이 두드러진 편이다. 다만,「나무하는 소녀」는 구체적 형상을 그려보여 느낄 수 있게 한다.「나무하는 소녀」의 특징적 성격은 지금 서사시로 파악하고 있는 그것이다.

이학규李學逵(1770~1835)는 『영남악부嶺南樂府』의 서문에서 "그 본사를 서술해서 그 진정을 드러낸다〔敍其本事 達其眞情〕"라고 밝힌 바 있다. 어떤 사건을 서술함으로써 거기 담긴 진실을 표출한다는 뜻이다. 서사시의 특징을 요약한 말이다.

여기서 서사시란 희랍적 서사시Epic는 아니다. 영웅서사시라기보다 차라리 민중서사시에 속할 것이요, 표현수법 또한 낭만주의적이라기보다는 현실주의적이다(물론 낭만적 색채를 내포하고 농후한 경우도 있긴 하지만). 고대적 문학의 전형은 이조시대에서 형성될 단계도 아니겠는데, 이 서사한시는 요컨대 이조시대적인 것이다.

2. 조선왕조의 체제적 모순의 심화와 서사시의 출현

한시는 "시의 재료로 쓰이지 못할 것이 없다〔詩料無所不入〕"라고 이를 만큼 형식의 포용성이 광활하다. 자연이나 인간사에 대한 감흥은 물론, 기행紀行·기사紀事로부터 우언과 영사詠史·설리說理에 이르기까지 실로 담아내지 않은 것이 없을 지경이었다. 단일 장르라기보다 복합 장르 내지 장르 혼재로 보는 편이 좋을 듯도 싶다. 서사시는 종래 한시의 광역 속에 미분화 상태로 들어 있었던 셈이다.

중국의 서사시를 논하는 연구자들은 그 출발을 대개 『시경詩經』으로 잡고 있다. 『시경』은 시 일반이 그렇듯 연원으로 충분히 인정할 수 있을 뿐만 아니라, 서사적 지향의 시편들이 실제로 없지 않다. 그러나 우리가 보기에, 중국문학의 서사시 형식은『시경』에서는 아직 확실하지 못하며 한대의 악부시에 와서 성립된 것 같다. 예컨대「고아행孤兒行」이나「공작동남비孔雀東南飛」에서 서사적으로 완결된 형식을 만나게 된다. 그런데 이 악부시 자체가 민가民歌를 채록한 것이니 서사시는 민가에서 발생했다고 말할 수 있다.

다음 개인 창작시의 단계에서 빼어난 서사시로 우리는 두보杜甫(712~70)의「삼리三吏」「삼별三別」, 백거이白居易(772~846)의「신악부新樂府」등을 읽을 수 있다. 서사시 역시 '시의 위대한 시대'에 최고의 시인들에 의해 씌어진 것이다. 시인의 측면에서 보면 "노래나 시를 실사에 합치해서 짓는다〔歌詩合爲事而作 ── 백거이의 발언〕"라는 사실적 창작정신이 거기에 깔려 있다.

악부에서 성립된 민가서사시, 그리고 두보와 백거이의 창작서사시는 곧 서사시의 전형적·고전적 틀이 되었다. 우리나라의 시인들에게도 그 문학정신과 함께 시형식이 고전적인 틀로 받아들여졌음은 물론이다.

우리의 한시사에서 서사시는 이른 시기에 수용이 되었으나 그것이 당대 현실을 담아내는 양식으로 정착하여 작품의 질량을 확장한 것은 이조시대로 와서다. 최치원崔致遠(857~?)의「강남녀江南女」는 최초의 서사한시로 간주할 수 있다. 간소한 대로 서사의 원초적 구조를 갖춘 것이다. 그러나 제목이 뜻하는 바 제재가 중국적인 의경意境으로 느껴지는데, 이 땅의 현실과 관련지으려면 우언적인 성격으로 해석해야 된다. 다음으로 유명한 이규보李奎報(1168~1241)의『동명왕편東明王篇』이 있다. 영웅의 활동을 서술한 이 사시史詩는 문학사에 기념비적이다. 하지만 돌출했던 것인 만큼 양식적 계승은 이루어지지 못했다.「강남녀」나『동명왕편』은 이조시대 서사시와는 자체의 성격이 벌써 다른 것이다.

이조시대 서사시는 왕조의 초창기를 지나 체제적 모순이 점차 노정되는 단계(15세기 후반~16세기 초반)에 출현한다. 성간·김시습을 비롯하여 조신曺伸(1454~1529)·이희보李希輔(1473~1548)·송순宋純(1493~1583) 등등 여러 시인들에 의해 서사적 시 작품이 씌어진 사실은 우연으로 넘길 일이 아니라고 본다. 이런 현상을 어떻게 설명해야 할 것인가?

종전에는 희소했던 서사시가 하필 이조시대에 활발하게 출현한 이유, 서사시 발전의 역사적 배경은 어디에 있었던가?

지금 제기된 문제로 들어가기에 앞서 고려할 사항이 있다. 이조시대 서사시는 주로 어떤 내용·성격인가 하는 점이다. 대체로 사회현실과 삶의 과정에서 생겨나는 이런저런 모순·갈등이 포착되고 있는데, 이른바 '체제 모순과 삶의 갈등'으로 구분 지은 부류가 전체 104/122편 중에서 무려 59/65편에 이른다. 민족의 대외적 모순이나 남녀의 애정 갈등, 기타 흥미로운 인물 형상을 다룬 경우는 각각 15/19편 정도에 불과하다. '체제 모순과 삶의 갈등'의 서사시가 통계상 높은 비중을 차지하고 있다. 이때 '체제 모순'이란 '민民'과 지배체제 사이에서 발생한 것이니, '삶의 갈등'은 다름 아닌 '민'의 문제다. 요컨대 이조시대 서사시는 주류적 성격이 '민'의 문제를 다룬 것이거니와, '민'에 대한 문학적 인식이 서사시의 출현으로 연관된 것이다. 그러므로 지금 문제는 인민의 현실과 인민의 현실에 대한 인식을 통해서 풀어가야 할 것으로 생각된다.

조선왕조는 '민'을 기반으로 해서 성립된 국가였다. '농자천하지대본'이란 말이 의미하는 대로, 인민의 농업 생산이 국가의 물적 토대였을 뿐 아니라, 민력民力을 부역의 방식으로 동원하여 국가의 안위와 관인의 체모를 유지했던 것이다. 이런 사실을 인식해서 "나라는 '민'에 의존한다"라고 설파한 학자도 있거니와, 김시습은 "나라는 '민'의 나라다〔國者民之國〕"라고 인민의 정치적 위상을 강조했다.

중세적 지배체제하에서 '민'이란 피지배층 일반을 가리키는 개념이므로 농민 또는 인민이나 민중이라 불러도 무방할 것이다. 그런데 특히 국가적 기반으로서의 '민'이라고 말할 때 '민'은 대체로 양민良民(=양인良人=상민常民)에 해당했던 것 같다. 양민이야말로 양역良役의 부담을 지던 국가의 공민公民이었던 셈이다.

따라서 이들 '민'에 대한 보호책은 국가적 입장에서도 필요한 사항이다. 국가적 기반을 공고히 하는 데도 제일의 방도가 아니겠는가. 바로 이런 현실적 요망사항을 담은 통치술이 이른바 인정仁政이요, 애민愛民의 정치학이다. 조선왕조의 국가이념, 유교는 그 논리를 제공한 것이다.

애민의 정치학에서 인민의 존재는 어디까지나 보호의 대상일 뿐이다. 덧붙이자면, 인민은 실상 수취의 대상이니, 애민이란 수취의 대상을 보호한다는 뜻이다. '민'의 이상적인 존재형태는 땅에 엎드려 부지런히 농사짓고 고분고분 사역에 응하는 그런 모습이다. 이 모양으로 민생의 안정이 이루어진 위에 국가의 안정이 이루어진다면, 그것은 참으로 중세의 이상적 국가상·사회상이다.

이조국가는 초창기에 애민의 정치를 어느정도 추구했다고 본다. 무제한적 수탈을 지양한 취민유도取民有度(백성으로부터 수취를 하되 절도있게 한다)의 원칙을 제도화하려 했던바, 과전법科田法은 그 중요한 부분이다. 그리고 백성을 무지몽매한 상태로 방치하지 않고 가르치고 깨우치려는 노력도 기울였던바, 곧 훈민정음을 창제한 뜻이다. 그러나 거기에 결국 해결하기 어려운 모순이 개재되어 있다. 상반되는 이해관계를 적정선에서 조절하기란 원래 지난한 노릇이다.

김종직金宗直(1431~92)은 「가흥참可興站」이라는 시에서 "북쪽 사람들은 호화를 다투는데 남쪽 사람들은 고혈을 짜는구나〔北人鬪豪華, 南人脂血甘〕"라고 중앙 관인과 지방 농민 사이의 모순관계를 극명하게 드러낸 바 있다. 당시의 저급한 생산력으로 지배계급의 물질적 욕구를 자제시키기는 거의 기대할 수 없었거니와, 권력의 부패와 문란으로 '인정'이니 '애민'이니 하는 말은 공염불이 되고 말았다. 저 훈민정음이 '어리석은 백성'들의 의사소통 수단으로서, 극히 제한적이었던 '훈민'의 기능마저 발휘하지 못했던 것은 애민의 정치가 허위화된 사실과 상관관계가 있다고 본다.

인민이 가렴주구로 인해서 삶이 파탄에 이르고 유리방랑하게 되는 정황은 체제의 기본모순이며, 그 자체가 체제의 중대한 위기다. 이석형李石亨(1415~77)의 「호야가呼耶歌」, 김종직의 「낙동요洛東謠」에서 부역의 괴로움과 수탈의 무거움, 그리고 지배층의 지나친 물질적 향락이 심각하게 제시된 한편, 어무적魚無迹(연산군 때 시인)의 「유민탄流民歎」에서는 춥고 배고픈 유민으로 시선이 돌려지게 된다. 이러한 애민시·사회시의 일환으로 서사시가 씌어진 것이다.

이들 서사시는 체제적 모순으로 인해 찢기고 병드는 인민의 삶이 서술되는바, 구체적 인물이 등장해서 사건이 진행되는 특징을 갖추고 있다. 가령 어무적의 「유민탄」에서 "창생들의 어려움이여! 흉년에 너희는 먹을 것이 없구나(…) 창생들의 괴로움이여! 추위에 너희는 이불도 없구나"라고 유민들의 어렵고 괴로운 사정이 절실히 드러났지만, 실은 일반적 정황이 그렇다는 말이다. 그런데 성간의 「굶주린 여인〔餓婦行〕」을 보면 떠돌이 신세의 여자가 자기 아기를 길에 버려 호랑이 밥이 되게 만든 기막힌 삶의 사연이 엮이는가 하면, 송순의 「거지의 노래를 듣고〔聞

丐歌」를 보면 한 거지 노인이 재산과 처자를 잃고 유랑하는 괴롭고 쓸쓸한 인생 경로를 이야기하고 있는 것이다. 그밖에 김시습의 「어느 농부 이야기〔記農夫語〕」에서는 한 자영농민의 몰락 과정을 그 자신의 목소리로 듣게 되며, 성간의 「노인행老人行」에서는 군역의 임무를 마치고서 늙어빠진 육신을 끌고 고향으로 돌아온 노인을 만나며, 조신의 「심원에서〔題深院〕」는 원부院夫(원의 주인)의 특수한 사정을 듣는다.

우리는 여기서 '서사시적 상황의 발전'을 지적해두고자 한다. 그것은 첫째, 이조사회의 기본적 모순이 심화된 현상이다. 앞서 이미 역사적으로 언급하고 시적 내용으로 확인한 바다. 둘째, 이에 인민들 자신이 생존의 마당에 부딪치고 싸우는 과정에서 자기 존재를 발견하게 되는 현상이다.

체제의 과도한 수탈에 맞서 인민은 살아남기 위한 투쟁의 방도를 이모저모 모색할 수 있었겠으나 첩경은 포망逋亡의 길이었다. 체제의 질곡으로부터 이탈한다든지, 거기서 나아가 무장항전을 벌이는 방식이다. 곧 군도 형태의 농민저항이다. 저 유명한 홍길동·임꺽정은 바로 그 무렵에 농민저항의 지도자로 떠오른 존재다.

김시습의 「어느 농부 이야기」의 등장인물은 국가기구와 양반계급에게 당했던 부당한 일을 직접 고발하고 있다. 송순의 「이웃집의 곡성을 듣고〔聞隣家哭〕」의 이웃집 할멈은 집이 파괴되고 남편과 자식이 옥중에 갇혀 있다. 물론 폭력적인 가렴주구 때문이다. 작중의 '나'는 이 억울한 사실을 나라에 보고해서 선처를 받도록 하겠노라고 말한다. 그러나 할멈은 "이웃의 어르신네 무슨 말씀을, 시방 저를 놀리시나요?"라고 말하며 머리를 가로젓는 것이다. 폭력과 불의의 사태를 자신이 실컷 체험함으로써 회의의 감정을 일으킨 것이다. 앞의 「어느 농부 이야기」에서 농부는 마지막으로 나라님께 호소해보고자 했다. 이 할멈은 나라님의 성덕에 무조건 감격하는 '어리석은 백성'이 이제는 아니다. 그리고 「거지의 노래를 듣고」의 노인은 비록 허리춤에 동냥자루를 찼지만 "그 거지 시름 없고 애걸 않고 구걸하는 소리조차 의젓한데"로 묘사될 만큼 비굴한 인간의 모습은 아니다.

> 지팡이 흔들고 문을 나서
>   노랫소리 다시 높으니
> 백수 노인의 의기는
>   어찌 저리도 헌앙한가?
>
> (원문은 생략. 1권 제1부 90면 참고)

시인은 노인의 이 헌앙한 태도를 달관으로 이해하고 있으나 역사적으로 전망해보자면 성장하는 민중 형상의 한 모습이라 하겠다.

체제 모순의 심화, 거기에 맞서 생존을 위해 고투하는 인민의 형상은 바로 서사시의 내용이다. 바꾸어 말하면 역사현실을 반영하기에 적절한 형식으로 서사한시가 선택된 것이다. 당시 서사 장르로 소설은 아직 전기적傳奇的 단계를 벗어나지 못했으므로 전통적인 시양식에서 틀을 찾을밖에 없었다. 우리가 그때 역사현실을 '서사시적 상황의 발전'으로 규정한 소이연이다.

여기서 다시 고려할 점은 '서사시적 상황의 발전'을 서사시 형식으로 포착했던 인식주체다. 그 인식주체, 서사한시의 창작주체는 사대부 시인들이다.

앞서 영웅서사시로 주목했던 『동명왕편』 또한 사대부 문학의 맹아기의 성과로 간주할 수 있다. 그런데 이규보는 우리 문학사에서 '민'을 최초로 진지하게 의식했던 시인이기도 하다.

> 비 맞으며 김매느라
>   논바닥에 엎드려 있으니
> 그 형상 오죽할까
>   사람 꼴 아니로다.
>
> 왕손 공자 귀하신 분네들
>   우리를 얕잡아보지 마오
> 당신네 누리는 부귀 호사
>   우리 손에서 나온 것 아닌가요.
>
> 帶雨鋤禾伏畝中, 形容醜黑豈人容.
> 王孫公子休輕侮, 富貴豪奢出自儂.
>
> (「농부를 대신해서 읊음(代農夫吟)」 중 1수)

농부의 거친 외모를 유한적 미감美感으로 경멸하지 말라는 주장에서 새로운 미학적 지향을 엿볼 수 있다. 또 "당신네 누리는 부귀 호사 우리 손에서 나온 것 아닌가요"라는 외침 가운데 체제 모순에 대한 인식이 선명하다. 사대부다운 애민의식이다. '농부를 대신해서 읊음'이란 제목이 그렇듯, 시인은 농민의 열악한 사정을 동정한 나머지 그들을 대변하려는 뜻을 보였던 것이다.

이같은 시인의식은 이후 전개된 사대부 문학의 내면에 주입된 것으로 여겨진다. 고려 말엽에는 애민시의 범주가 신생의 사대부 문학에서 특이한 부분으로 형성되고 있었다. 거기서 빼어난 작품으로 손꼽히는 윤여형尹汝衡(14세기 전반기 시인)의 「도톨밤의 노래〔橡栗歌〕」 같은 경우 구성의 일부로 서사성이 들어와 있다. 그러나 아직은 서사적 지향을 보인 정도다. 서사시의 본격적 출현은 역시 역사의 다음 단계, 조선왕조가 자기 모순을 노정한 시대―서사시적 상황의 발전을 기다려서다.

인간은 본원적으로 자기와 사회, 나아가서 세계의 주인이다. 무릇 인간이라면 누구나 태어나면서부터 주체적으로 살아가며 천하사를 맡을 자격과 임무를 지니고 있다. 다만, 이 본원적 자격과 임무를 역사적으로 특히 각성해서 감당하려는 계급이 있었다. 주체적 계급은 역사 단계에 따라 달라져왔던 것이다. 우리의 경우 고려 말 이후 사회는 사대부가 주체적 계급의 역할을 했다. 사대부 계급의 정치적 실천으로 조선왕조가 건립되었거니와, 치국치민治國治民을 자신의 고유한 일로 자임하는 것이 사대부다운 도리였다.

체제적 모순이 확대되고 인민의 삶이 곤궁해가는 상황에 직면해서 기성의 특권에 안주한 나머지 둔감했을 수도 물론 있다. 그것은 이미 사대부의 주체성을 포기한 태도다. 참다운 사대부라면 '서사시적 상황의 발전'을 응당 예민하게 느끼고 심각하게 생각해야 옳다.

김시습 같은 작가는 세계를 객관적으로 인식하고 현실을 합리적으로 개조하려는 사상경향을 견지하고 있었다. 그는 정치권력의 부당성을 끝내 용인하지 않았으며 특히 자영농민층이 영락하는 사태에 비분했다. 그래서 스스로 방외인이 되어 고뇌의 생애를 마쳤으니 그에게서 「어느 농부 이야기」가 씌어진 것은 우연이 아니다. 3편의 서사시를 남긴 송순은 창작 당시 관인의 신분이었으나 또한 병든 나라를 구하고 창생을 살리려는 '구세의 정신'을 자각하고 있었다. 정약용丁若鏞(1762~1836)이 대표적인 사례지만, 중앙정계로부터 소외된 위치에서 민중현실에 접근하며 비판적 안목이 날카로워지게 된다. 서사시편은 이런 경우에 가장 많이 씌어졌다.

현실의 모순과 인민의 생활상의 문제를 예민하게 느끼고 심각하게 생각하는 그 자세가 현실주의적이다. '서사적 상황의 발전'은 곧 현실주의를 도출한 기반이거니와, 서사시는 현실주의의 발전으로 산생된 것이다.

'서사적 상황'은 이조 전기에서 그치지 않고 오히려 후기로 올수록 더욱더 발전했다. '체제 모순'의 경우 약간은 개량되고 또 변화되는 국면이 없지 않았으나 모순이 모순을 재생산하는 악순환이 연속되었다. 이 모순의 현장은 당초 서사시를 출생시킨 곳일 뿐 아니라 뒤에까지 그 소재의 최다 공급처였다. 때문에 이조시대 서사시에서 '체제 모순과 삶의 갈등'의 내용··성격이 주류를 점유하게 된 것이다.

한편으로 이조시대에는 주변의 민족국가와 마찰이 심심찮게 있었는데, 17세기 전후 두 차례의 대규모 전쟁이 우리 한반도에서 치러졌다. 그리고 19세기로 들어와서 제국주의의 위협이 현저히 가시화되고 있었다. 이런 대외 모순과 관련하여 민족의 자주의식이 싹텄던바 '국난과 애국의 형상'을 노래하게 된 것이다. 다른 한편 여성에 대한 속박은 원래 중세적 모순의 일부다. 신분제도가 문란해지는 중세 말기에 남녀의 애정 갈등은 문학의 특징적 제재로 등장하게 되거니와, 여성의 자아는 시대에 반응하는 자태였다. 이에 '애정 갈등과 여성'이 서사시의 형상으로 그려진 것이다. 그리고 이조 후기에 일어난 사회·경제적 변화는 시정 세태에 반영되게 마련인데, 이로써 인간의 정신과 활동을 다양하게 만들수 있었다. '예인 및 시정의 모습들'이 서사시 양식에 도입된 것이다.

이와 같이 서사한시는 이조사회의 복잡한 시대변화와 인간 구구각색의 삶의 실상을 담아냈다. 하지만 서사한시의 원줄기는 체제의 기본모순에서 형성되었던바, 그 원형이 폭넓게 적용된 것으로 보겠다.

3. 서사시의 표현형식: 견문의 구성과 표출의 방식

한시 중에는 서사시적 부류로 영사시詠史詩 및 우언시가 따로 있다. 민족의 역사에서 취재한 영사악부가 이조 후기 문학의 특이한 현상 중 하나로 발전하였으며, 우언시는 시인에 따라 선호하는 형식으로 심심찮게 창작되었다. 서술내용이 영사시의 경우는 당대의 일이 아니고 옛날 옛적이요, 우언시의 경우는 실제 사실이 아니고 가공가탁이라는 점에서 여기서 취급하는 서사시와 각기 성격을 구분 지을 수 있는 것이다.

지금 이 사실적 서사시는 당대의 일, 직접 눈으로 보고 귀로 들은 어떤 사건을 운문으로 구성한 것이다. 이것이 그 제일의 특성이다. 정약용의 작품들을 보자. 「소경에게 시집간 여자〔道康瞽家婦詞〕」를 비롯하여 「애절양哀絕陽」「삼리三吏」 연작 등 시편들은 모두 자신이 강진 유배지에서 직접 목도이문目睹耳聞한 사건을 소재로 잡아서 쓴 것이다. 「전간기사田間紀事」의 서에서, 흉년이 든 해에 "때때로 눈에 띈 바를 기록하여 엮어서 시가를 만드니"라고 창작경위를 밝힌 대로다.

서사시에는 비록 드물기는 하지만 과거사를 내용으로 다룬 작품도 없지는 않다. 그러나 이런 경우라도 살펴보면 현재와 어떤 관련의 고리가 있어 창작된 것이다. 예컨대 「송대장군가宋大將軍歌」는 고려 때의 사적이지만 시인이 현지에서 채취한 이야기며, 「비파가〔崇禎宮人屈氏琵琶

歌)」는 지나간 일화지만 문제의 비파를 당시 발굴한 사건이 창작의 계기가 되었고, 「운암서 왜적을 격파한 노래(雲巖破倭圖歌)」는 또한 「운암파왜도雲巖破倭圖」라는 그림을 직접 보고서 그 시를 쓴 것이다. 어디까지나 "실사에 의거해서 명제한다(因事命題)"라는 취지를 지니고 있는 것이다.

요컨대, 여기 서사시들은 '목도이문'의 결과물이다. 따라서 그 표현형식상의 문제는 견문을 여하히 구성·표출해내느냐는 데서 벗어나지 않을 것이다. 그러나 실사와 시인을 매개하는 저마다의 과정은 인간 현실이 복잡다단한 만큼 그 사이도 간단할 수 없다. 또한 시인의 분방한 필치는 개성을 찾고 변화를 부리게 마련이다. 각 편의 정치한 분석과 전체의 이론적 정리를 요하는, 실로 만만찮지만 흥미로운 과제가 앞에 제기되어 있다. 우선 서술의 시점과 구성법 및 형상화의 문제에 견해의 일단이나마 언급하고자 한다.

시점과 서술방식

시점 문제는 대상을 주관적 정감 속에 용해한 형식인 서정시에 있어서는 별로 고려할 까닭이 없다. 이것은 당초 소설에서 도출된 이론이다. 그런데 서사시에서 또한 인물과 사건을 조직하다보면 저절로 시점의 문제가 개입이 된다. 물론 소설의 시점이론을 이쪽에 비추어볼 수 있겠는데 소설에서보다 따지기 어렵고 모호한 면이 있는 것 같다.

서사시에 있어서 시점이란 서술주체를 누구로 잡느냐는 문제다. 위에서 거론했던 송순의 「거지의 노래를 듣고」와 김시습의 「어느 농부 이야기」, 그리고 이희보의 「전옹가田翁歌」를 사례로 들어 비교해보자. 「거지의 노래를 듣고」는 작중에 '나'가 서술자로 출현해서 주인공 노인과 대화하는 방식으로 엮어가고 있다. 거지 노인이 주인공인데 이 노인의 이야기를 엮어가는 주체는 '나', 즉 시인이다. 반면에 「어느 농부 이야기」는 작중의 주인공 농부가 자신의 인생역정을 직접 들려주는 방식이다. 주인공과 서술주체가 일치한다. 다른 한편 「전옹가」에서는 "서쪽 동네 할아버지 밤중에 잠 못 이루고/기러기 소리에 일어나 앉아 하염없이 눈물을 흘리는구나"라고 서쪽 동네 할아버지가 주인공으로 등장하는데, 서술주체는 이 할아버지가 아니다. 객관적 시점인 듯하지만 따지고 보면 시인이 문맥의 이면에 내재되어 있다. 서사시의 서술시점은 결국 이 세가지 형태로 구별되는 것 같다.

제1형: 시인과 주인공의 대화적 서술방식

시인이 서술주체로 표출되는 점이 특징이다. 김성일金誠一(1538~93)의 「자식과 이별하는 어머니〔母別子〕」나 허균許筠(1569~1618)의 「객지에서 늙은 여자의 원성〔老客婦怨〕」, 권헌權攇(1713~70)의 「시노비寺奴婢」 등등 서사시 작품에서 가장 일반적으로 취했던 방식이다. 「자식과 이별하는 어머니」를 보면 서사적 장면, 즉 모자가 이별하는 현장에 시인이 마침 임석하여 직접 목격하고 주인공과 말을 나누게 된다. 목도이문의 과정이 작중에 재현된 셈이다. 이는 르뽀적인 성격을 가지고 있는 것으로도 보겠다. 그리고 누구로부터 이야기를 듣고 그것을 작품화하는 경우, 이형보李馨溥(1782~?)의 「조령서 호랑이 때려잡은 사나이〔鳥嶺搏虎行〕」나 「이시미 사냥〔擒螭歌〕」처럼 시인은 서술자로 남아 있고 시적 화자로 이야기꾼을 내세우기도 한다.

제2형: 주인공의 고백적 서술방식

작중 주인공의 시점으로 서술되는 점이 제1형과 다르다. 주인공 스스로 술회하는 방식이므로, 억울하고 애달픈 사연을 표현하는 데 호소력을 가질 수 있다. 권헌의 「쌀 쓰는 여인〔女掃米行〕」이나 백광훈白光勳(1537~82)의 「용강사龍江詞」, 신국빈申國賓(1724~99)의 「오뇌곡懊惱曲」 등의 작품에서 보이는 바다. 이 수법은 말하자면 대리진술이므로, 시인이 하고 싶은 말을 주인공의 소리로 내는 경우도 허다히 있다.

제3형: 객관적 서술방식

시인이 서술자로 문면상에 나서지 않으므로 객관적 서술의 방식을 띠게 된다. 그러나 시인이 서술의 주체로 내재해 있으니 객관과 주관의 사이를 어렵잖게 넘나들 수 있다. 한 작품 내에서도 객관적 시점을 유지하다가 주관적 정감에 견인될 수 있다. 그리고 제재에 따라서도 취하는 방향이 달라지니 신광수의 「나무하는 소녀」는 보다 객관적인 반면, 최경창崔慶昌(1539~83)의 「이씨 부인의 노래〔李少婦詞〕」는 애정 갈등을 다루어 주정적 색채가 강하다. 조석윤趙錫胤(1606~55)의 「목계나루 장사꾼〔賈客行〕」이나 김만중金萬重(1637~92)의 「단천의 절부〔端川節婦詩〕」처럼 제재에 대한 체험이 간접적일 경우는 대개 이 수법을 구사하게 되는 것 같다.

이상의 시점에 따른 서술의 세가지 정식은 그야말로 도식적 파악에 지나지 못한 것이다. 작품의 각각에 들어가면 그대로 들어맞지 않는 면도 간혹 있을 뿐 아니라, 다양한 변이를 보이기도 한다. 특히 고려해야 할 두가지 사항을 들어둔다.

하나는 서술의 주체를 파악하기 모호한 경우다. 가령 성간의 「노인행」은 주인공의 고백적 서술형태를 취한 작품인데 대화와 지문의 구분이 불분명한 대목이 있다. 그리고 정약용의 「소경에게 시집간 여자」의 결말

부분을 보면 그 말이 서사적 무대에 둘러섰던 청중들의 소리인 듯싶은데 시인의 진술로 간주해도 무방하다. 이때 모호성은 청중의 소리이자 시인의 생각으로 들리도록 하려는 계산된 의도로 여겨진다.

다른 하나는 서술시점이 이동·전환되는 경우다. 다시 「소경에게 시집간 여자」를 보자. 이 작품은 처음에는 시인이 시적 화자로 내재된 객관적 서술의 방식으로 시작된다. 서사적 무대 위에서 "나이 지금 몇인고? / 무슨 일로 잡혀가게 되었는가?"라고 말을 물은 것은 시인이 아닌가 심증은 가지만 또한 분명치 않다. 그런데 이다음부터 슬그머니 서술주체가 작중 주인공의 어머니로 바뀐다. 그러다가 마지막에 가서 앞에 언급했듯 청중의 소리를 끌어들여 끝맺음을 한다. 그리고 「애절양」이나 「소나무 뽑아내는 중〔僧拔松行〕」 같은 비교적 단형의 작품에서도 또한 객관적 서술로 진행하다가 후반에 가서 시인이 개입하거나 등장인물과 시인이 대화하는 방식으로 변화를 보이는 것이다.

서사구성의 방식

서사시라면 아무래도 서사가 핵심을 이루는 것이다. 인물의 사건을 어떻게 조직해내느냐는 것이 중요하다. 그러므로 서사구성의 방식은 시점과 분리해서 생각할 수 없음이 물론이다.

앞에서 우리는 시점과 관련하여 '시인과 주인공의 대화적 서술방식'을 이조시대 서사시가 취했던 일반적 형태로 파악했다. 그것은 이조시대 서사시에서 정립된 특이한 방식이다. 시인이 어디에 있다가 혹은 어디를 가다가 어떤 상황에 접해서 보고 들은 바 사실을 작품화하게 된다. 서사시가 씌어지는 전형적 정황, 다시 말하면 서사시 창작과정의 정식인 셈이다.

이 경우 시인이 서사적 현장에 접근하는 부분은 작품의 서두를 이루게 되며, 시인이 현장의 인물로부터 전후의 사연을 듣는 내용은 작품의 본장을 구성한다. 그리고 기막히고 딱하고 애절한 사연의 인생을 보고 들을 때 생각과 느낌이 없을 수 없겠는데, 시인의 정회로 자연스럽게 끝맺음을 하게 된다. 이러한 3부 구성법이 서사시의 전형적 형태로 두루 나타나고 있다. 그런데 가령 「자식과 이별하는 어머니」처럼 서사적 화폭이 먼저 극적으로 제시된 다음, 시인이 그 현장에서 말을 건네고 작중인물의 답변이 나와서 전체가 4부로 구성되든가 혹은 5부로 확장되는 수도 더러 있다. 반대로 「애절양」처럼 전반부의 사건 구조와 후반부의 정회 구조로 양분되는 수도 있다. 이들 또한 정형인 3부 구성의 변형태로 간주해도 좋을 듯싶다.

서사구성에서 시간·공간의 처리 문제는 응당 함께 검토해보아야 할 안건이다. 사건의 순차적 진행에 시공이 그대로 따라가는 방식이 순리이니, 이것이 곧 서사의 원칙이기도 하다. 그런데 이들 서사시에서는 그런 순차적 구성을 쓴 작품은 오히려 찾아보기 어려운 편이다. 하나의 서사적 화폭 속에 시공이 모이는 구성법을 으레 채택하고 있다. 과거의 시간에 다른 공간에서 일어났던 일들이 한 화면 속으로 축약되는 방식이다. 단막극과도 같은 것이다. 시공을 축약한 극화의 수법은 서사의 내용을 보다 밀도 높고 선명하게 제시하는 효과를 얻을 수 있다. 이 수법은 원래 서사시가 '목도이문의 결과물'이라는 사실과도 관련이 깊다. 즉 전형적인 3부 구성법을 취한 경우 서사는 하나의 장면에서 시작하여 결말이 나기 마련이다. 3부 구성법은 하나의 서사무대에 시공을 집약하는 방식으로 귀착된 것이다. 그리하여 거기서 개발된 수법이 여러 작품에 두루 전용이 되었다고 본다. 「소경에게 시집간 여자」라든지 이건창의 「전가추석田家秋夕」「광성나루의 비나리〔宿廣城津記船中賽神語〕」같은 작품들이 특히 극적 장면 구성으로 빼어난 성과를 거두었다.

서사시라고 해서 처음부터 끝까지 서사로만 일관되는 것은 아니다. 서사를 위주로 하면서 거기에 서정이 스며 있을 뿐 아니라, 간혹 논설이 끼어들기도 한다. 서사적 완결을 보이는 작품부터 서정적 색채가 농후한 작품까지 적잖은 편차를 드러낸다. 앞서 언급했던 바 시인이 서술주체로 출현한 상태건 내재적 상태건 진행에 관여하고 있기 때문에 객관에서 주관으로 쉽게 왔다 갈 수 있다. 서사 조직에 정회 조직이 자연스럽게 접합될 수 있다. 서사적 진행에 어떻게 정회의 요소를 배합하느냐? 이는 작품의 예술적 성취에 하나의 관건이 되는 부분이다.

형상화의 특징

새삼스러운 물음 같지만 하필 서사시를 쓴 이유는 어디 있었을까? 그것은 당대의 실사를 포착하는 데서 출발하고 있다. 그런데 사실에 대한 인지, 전달의 기능을 중시한다면 굳이 시 장르를 선택할 까닭이 없는 것이다. 사실 인식의 기능으로 치면 산문 쪽이 훨씬 적합한 형식이다. 그리고 서사의 디테일을 따진다면 서사시는 소설 장르에 도저히 미치지 못한다.

서사시 중에 같은 내용이 산문형식으로 씌어진 사례가 더러 있다. 홍성민洪聖民(1536~94)은 「고기 파는 늙은이〔賣魚翁行〕」를 짓고 또 산문으로 「고기 파는 늙은이와의 문답〔賣魚翁問答〕」을 썼으며, 정약용 또한 「천용자가天慵子歌」와 함께 「장천용전張天慵傳」을 남겼다. 한 작가가 동일한 체험을 시와 산문의 상이한 형식으로 표출한 경우다. 이건창의 「한구편韓狗篇」의 경우, 자기 동생이 지은 「한구문韓狗文」을 보고서 지은 것임을 밝히고 있다. 그리고 이광정李光庭(1674~1756)의 「향랑요蘤娘謠」와 최성대崔成大(1691~?)의 「산유화여가山有花女歌」는 유명한 향랑고사에서 같이 취재한 작품이다. 이광정 자신이 따로 전傳 장르로 「임열부향랑전林烈婦蘤娘傳」을 짓기도 했거니와, 이미 널리 알려진 이야기인데 또 거듭해서 그 이야기를 시로 쓴 이유는 무엇일까?

허격許格(1607~91)의 「일환가一環歌」는 바로 앞에 붙인 서문에서 이미 사실의 전말을 기록해두고 있다. 시는 사실 인식을 목적으로 하는 것이 아님은 여기서 단적으로 증명된다. 이건창은 「한구편韓狗篇」에서 "사가는 기술을 중시하는데 / 새기고 기리는 일 시인에게 달렸으매〔史家重紀述, 銘頌在詩人〕"라고 역사가와 시인의 임무를 변별하고 있다. 사실의 전달, 산문적 '기술'은 원래 역사가(산문가로 보아도 좋다)의 영역이다. 반면 시인의 고유한 임무는 운문적 '명송', 즉 '새기고 기리는 일'로 규정한다.

> 막내아우 서도에서 돌아와
> 나에게 한구문韓狗文을 보여준다.
> 읽어가다 두번 세번 감탄하니
> 참으로 듣기 희한한 일이로세.
>
> (원문은 생략. 2권 제6부 528면 참고)

이처럼 한씨집 개의 이야기를 희한하고 기특하게 여긴 나머지, 시인의 임무―'새기고 기리는 일'을 소홀히 할 수 없어 이 「한구편」을 읊는다는 것이다. 그렇다고 터무니없이 예찬해서 소기의 성과를 올릴 수 있겠는가. 모름지기 사실의 구체적 서술이 있어야 실감도 주고 감명도 주게 될 터이다. 「한구편」은 바로 이 점을 충분히 배려하고 있다. 작품의 제2·3부는 서사 조직의 부분인바, 한씨집 개의 이야기를 자상한 곡절까지 곁들여 들려주어 인정에 깊이 와닿고 호소력이 크다.

정약용이 황해도의 곡산부사로 있던 시절에 장천용이란 기인형의 인물을 만나보고 비상히 매력을 느껴 쓴 것이 문제의 「천용자가」와 「장천용전」이다. 이 두 작품을 읽어보면 동일한 대상을 그려냈음에도 내용적 특색이 같지 않음을 느낀다. 「장천용전」에서는 그를 처음 대면한 경위를 상세히 언급한 반면 그의 첫인상은 간단히 처리하고 있다. 그런데 「천용자가」의 그 장면을 보면 이러하다.

천용자 찾아와서 문을 두드려
사또 좀 만나자고
  큰 소리로 외쳐댄다.

돌계단 뛰어올라
  중문 안으로 들어서는데
맨발에 붉은 정강이
  들에서 일하다 온 농부 꼴이더라.

읍도 절도 하지 않고
  두 다리 뻗고 앉아
거듭거듭 하는 말이란
  술 달라는 소리뿐.

(원문은 생략. 2권 제6부 471면 참고)

이처럼 그를 대면하게 된 사연은 일체 생략해버리고 대뜸 "천용자 찾아와서 문을 두드려"로부터 그가 등장하는 모습과 행동을 묘사해서 인상을 뚜렷하게 부각시키고 있다. 작품의 전반부에서도 주인공의 성격이나 그가 추구하는 예술세계를 드러내는데 역시 음조와 색채를 강렬하게, 때로 과장적 필치까지 구사한다. 그 인물의 형상을 각인하는 데 가장 치중하고 있는 것이다. 다름 아닌 시 본연의 '새기고 기리는 일'에 충실한 것이라 하겠다.

그런데 '명송'이란 개념에 포괄될 작품은 실상 그다지 많지 않다. 서사시의 내용은 오히려 분노하고 슬퍼하거나 지탄하고 징험을 삼아야 할 그런 것들이 다수로 생각된다. 이에는 '풍자'의 개념이 적용되는 것이다. 원래 시는 '미자美刺'의 기능으로 존재의미를 가졌다. 이 고전적 '미자'의 개념에 비추어 '명송'이 '미'의 범주에 속한다면 풍자는 곧 '자'에 해당한다. 결론적으로 서사시를 쓴 동기는 명송과 풍자에 있다고 말할 수 있다.

명송과 풍자는 방향은 서로 다르지만 시적 기능의 양면성으로 이해해야 할 것이다. 따라서 명송이건 풍자건 각기 효과를 높이기 위해서 형상의 각인에 치력하는 것은 서사시 본연의 특성이다. 허격이 쓴 「일환가」는 권력의 주변에서 자행된 농간을 고발하는 내용이다. 양민의 여자를 강탈하고 이 범행을 무마하기 위해 갖은 술수를 부려 법도를 문란케 하는 사건의 경과는 앞에 붙인 산문적 기술로 다 밝혀져 있다. 운문적 서술에서는 서사를 기조로 삼고 있으나 그 서사문맥 속에 풍자적 기세를 강화하고 있는 것이다. 남의 귀여운 딸을 빼앗은 것이 사건의 핵심인데, 대감께 바치기 위해서였다는 내막이 운문적 서술에서 비로소 폭로된다.

산문의 정태적 기록보다 운문의 율동적인 어조에 의해서 보다 충격적이 되고 경종이 울려지게 됨은 물론이다.

형상화는 서사시에서 고유한 수법은 아니다. 다만, 모순이 심화되고 어려움이 가중되고 변전하는 현실 속에서 고통을 겪는 민중의 삶과 고상한 기품을 세운 실천의 모습, 이런 현상들을 보고도 못 본 체한다면 인간의 도리가 아니겠거니와, 인지하는 것만으로 그만두어도 바람직한 태도는 아니다. 사태를 구체적으로 이해시키자면 서사가 필요하며 나아가 깨달음을 얻도록 하는 데는 형상의 각인이 효과적이다. 때문에 서사시는 형상화에 특색이 있게 되는 것이다.

4. 그 현실주의적 성과

서사한시는 이조사회의 체제적 모순이 심화·확대되는 과정에서 민중의 삶의 갈등, 고난과 대결하여 떠오른 얼굴들을 운문적 형상으로 각인한 것이다. 이 자체가 현실주의의 발전으로 산생된 것이거니와 내용형식의 특징 또한 현실주의적이다.

'목도이문'의 경험은 서사한시의 창작근거가 되었다. 그에 의해 서술방식이나 서사구조의 형태가 결정되었음을 위에서 살펴보았다. 우리는 작중에서 시인이 서술자의 역할을 (시의 문맥에 출현했건 내재해 있건) 담당하는 점을 특히 주목한 바 있다. 시인은 '서사시적 상황' 속으로 몸소 들어간다. 말하자면 현장체험이다. 거기서 시인은 유민들의 애처로운 호소를 듣기도 하며, 변방 고을에서 벌어진 아전붙이들의 횡포를 보기도 한다. 이것이 곧 서사시 특유의 현실성·민중성을 획득한 계기다.

그런데 '시인=서술주체'의 구도에서 시인과 작중 주인공 사이에는 간격이 없지 않다. 시인은 작중 주인공과 놓인 처지가 아무래도 다르다. 물론 농민의 사정을 이해하려는 진심과 어려운 문제를 해결해주려는 양식을 갖추고 있다. 그렇지만 그 자신이 바로 농민의 위치, '민'과 동등한 신분은 아니다. 뿐만 아니라, '작중 주인공=서술주체'의 고백적 서술방식 역시 농민이 주인공인 경우라도 실은 시인의 대리진술이다. 요컨대, 서사한시는 '민'의 현실에 즉해서 '민'을 대변하면서도 '민'과의 불가피한 거리로 인해 그 특유의 내용형식이 고안된 셈이다. 이는 서사한시의 성과이자 한계라고 할 수 있다.

> 영검이 말씀하되
>   "이 일은 내 소관 아니로다.
> 네가 백번 절하고 빌어도
>   나는 아무 소용 없으니
> 차라리 저 언덕 위에
>   시인에게나 호소해보라.
> 시 한수 지어 풍요에 들어가면
>   나라님께 바쳐질 수 있으리!"

(원문은 생략. 1권 제3부 본문 444면~45면 참고)

이건창의 작품 「광성나루의 비나리」의 끝맺음 부분이다. 영검(神)은, 고기가 많이 잡히도록 해달라는 사공의 소망이야 들어줄 수 있다. 그러나 가혹한 착취로 아무리 풍어가 든대도 못 살겠으니 부디부디 관의 비리와 불법을 먼저 바로잡아줍시사는 사공의 기원은 신도 어쩔 도리가 없다. 거기에는 전지전능의 신통력도 통하지 않는다. "시인에게나 호소해보라"라는 것이다. 신의 힘으로도 어쩔 수 없는 일이 시인에게로 돌아간다. 다름아니고 시를 읊으면 그 시편이 풍요로 엮여서 정부 당국에 받아들여질 가능성도 있기 때문이다. 고전적인 시의 '미자' 기능을 상정한 것이다.

물론 위의 시적 결구에 내포된 의미는 부정부패의 망국적 사태를 개탄한 나머지 나온 역설이다. 그러나 우리는 거기서 서사시를 쓰게 되는 시인의 임무에 대한 각성을 함께 읽을 수 있다. 정약용 또한 「전간기사」를 쓰면서 "돌아보건대 나는 죄를 짓고 멀리 유배된 몸이라 (…) 찬바람에 쓰르라미·귀뚜라미와 더불어 풀숲 사이에서 슬피 우는 것과 다름없는 것이다"라고 자못 비장한 말을 덧붙인 바 있다. 답답하고 애달픈 정경을 목도하고 시인의 임무를 포기할 수 없어 시편을 창작해보지만, 그것은 중앙정부에 보고될 통로가 없기 때문에 쓸데없는 수작일 뿐이라는 뜻이다. 어떻게 보면 새로운 단계의 시인으로 변신하게 되는 것도 같다. 그러나 아직은 고전적 시의식을 회복하고 거기에 충실하려는 자세 그것이다. 이건창의 경우 조선왕조의 임종이 눈앞에 박두한 시대였지만, 이 시인은 역시 구체제의 틀 속에서 망국적 사태를 해결할 방도를 모색한 셈이다.

서사한시는 이조시대의 한문학 일반이 그렇듯 사대부 문학의 범주에 속하는 것이다. 여항시인의 작품이 일부 포함되어 있으나 이 역시 사대부 시인의 작품과 내용 및 성격을 달리하는 것은 아니다. 시인의 본원적 임무를 자각하고 사회현실을 비판적 안목으로 대함으로써 서사한시는 씌어지고 있었다. 그 작품세계는 시인의 각성된 의식에 의해 포착되고 세련된 필치에 의해 구조화된 것이다. 이는 같은 서사 장르로서 야담野

談─한문단편의 경우와 흥미로운 대조를 보이는 점이다.

　18·19세기 야담의 기록이 폭넓게 이루어졌던바, 그 속에서 높은 예술
성을 성취한 한문단편이 형성되었다. 야담과 서사한시는 견문의 작품화
라는 측면에서 서로 근친성이 있다. 다만 야담은 근원 사실이 구연口演
의 중간 경로를 거쳐서 정착된 것이다. 구연의 단계는 구두창작의 성격
을 가진 것으로 야담의 성립에서 필수적인 과정이다. 반면에 서사한시
는 구연의 단계를 필수로 하지 않는다. 시인이 근원 사실에 바로 접촉하
는 방식이 일반적인 것이었다(야담과 같은 창작경로를 거친 서사한시
작품이 아주 없는 것은 아니다. 홍신유의 작품 몇편은 아주 흥미로운 사
례다. 서사한시로서는 희소한 예외적인 것이다). 그에 따라 창작의식이
나 작자의 구실 또한 서로 차이점을 보인다. 야담은 자각적 창작의식의
소산이라기보다 다분히 들은 바 이야기를 기록한 형태다. 작가보다 기
록자라는 표현이 거기에 적합할 듯싶다. 그럼에도 높은 예술성을 어떻
게 성취할 수 있었던가. 이 문제에 대해 기왕에 내가 언급한 바 있으므로
인용해본다.

　한문단편은 형성 경로에서 일차적으로 구두창작을 거쳤다는 데 특
수성이 있다. 구두창작의 주체─이야기꾼은 생활현실인 여항 시정의
부류들이며, 그 창작과정이 문자창작과 달리 현장적·집단적이다. 이
야기꾼의 묘妙는 '물태인정物態人情에 곡진섬실曲盡纖悉'함에 있다고
하였던바, 이야기를 할 때 아무쪼록 듣는 사람들에게 여실한 감을 주
어야만 했다. '여실한 감'은 궁극적으로 생활체험과 합치할 때 일어나
는 것이다. 즉 현실을 호흡하는 많은 사람들의 감각으로 시대의 객관
적 진실이 이야기의 진실로 담겨질 수 있었다. 이야기의 진실은 바로

역사적 진실이었던 것이다. 한문단편이 달성한 현실성은 그것을 발생시킨 시대(18세기부터 19세기 초반) 자체의 활발성으로부터 연유한 것이며, 한문단편의 성공은 현실주의의 역사적 승리로 규정지을 수 있다.

(『청구야담靑邱野談』해제)

이와 달리 서사한시는 어디까지나 자각적·의식적인 현실 반영이므로, 시인의 의식과 역량은 작품 성과에 결정적인 작용을 하고 있었다. 그런데 서사한시의 세계는 '서사적 상황의 발전'의 신국면을 포착하는 데 있어서는 예민하지 못했다. 이조 후기의 사회에 있어서 체제 모순의 심화와 그 가운데서 발생한 역동적·진취적 움직임들은, 서사한시의 형식에 담기기보다는 야담―한문단편에 다채롭게 반영되어 있는 것이다. 이 점에서 보면 서사한시의 현실주의적 성과는 한문단편에 미치지 못하고 있다. 시인의 자각적 의식이 오히려 현실을 직접 호흡하는 서민대중의 감각을 따라가지 못하는 면이 있다는 점을 생각해야 할 것이다.

이조시대 서사시는 사회 모순의 핵심을 파고들어 거기서 고뇌하며 살아가는 인간들의 진면목을 뚜렷하게 그려냈다. 그 시인들은 주체적 자세를 견지함으로써 자신의 계급적 속성을 넘어서 보편적 인간애를 구현할 수 있었다. 근대로 진입하기 이전의 우리 문학사에서 그것이 이룩한 현실주의적 성취는 풍부하고 값진 것이다.

제 1 부

체제 모순과 삶의 갈등

1

노인행
老人行

성간

밭둑에 봄풀이 푸릇푸릇
  산꿩은 쌍쌍이 나는데
어떤 노인 밭머리에 나앉아
  크게 한숨을 내쉬며

"내 나이 이제 일흔이오"
  하고 말을 꺼내는데
손발이 터지고 갈라지고
  얼굴은 타서 꺼멓더라.

"아들은 언제 장가를 들이고
  딸은 언제 시집을 보낼지……"
누더기 해진 옷이
  무릎도 못 가린 꼴이구나.

"벌써 여러해 전이었지요.
  이 몸이 소집되어 전장에 나갔다가

老人行

成侃

隴草萋萋雉雙飛, (隴)
隴邊老人長嘆息.
自道余生年七十, (餘今)
手脚凍皴面深黑. (皸)
男婚女嫁知幾時,
短衣襤褸纔過膝. (衫)
前年召募度黃沙,

죽을 고비 골백번 넘기고
　돌아올 젠 벌써 새하얀 머리

올봄에 농사일 시작되어
　지금 밭이나 갈자고 나왔다오.
산전이라 돌이 뾰죽뾰죽
　그만 소가 발굽이 빠졌구려.

소발굽 빠졌으니
　이 일을 어찌할꼬?
지금 밭머리에 넋을 잃고 앉았으니
　홀로 애간장이 끊어집니다."

萬死歸來鬢如雪.
今年把鋤事耕耨,
石田碻确牛蹄脫. (䡏)
牛蹄脫知奈何, (可)
獨坐茫然心斷絕. (蒼)
(『진일재유고眞逸齋遺稿』 권2)

* 괄호로 제시한 것은 『국조시산國朝詩刪』에서 다르게 쓴 글자임.

🏵 작자 소개

성간成侃(1427~56): 자는 화중和仲, 호는 진일재眞逸齋, 본관은 창녕昌寧. 문벌가문의 문학적 교양이 높은 가정에서 태어났으니, 『태평통재太平通載』의 편찬자 임任은 그의 형이며 『용재총화慵齋叢話』의 저자 현侃은 그의 아우다. 27세 때 문과에 급제, 집현전 학사로 뽑혔다. 고금의 서적을 통독했으며, 천문·지리·의약·역어음운譯語音韻에까지 조예가 있었다. 30세의 나이로 요절했는데 예술성이 다채롭고 빼어난 시편들을 남겼다. 그의 시문학에는 현실주의적 경향성이 싹트고 있었다. 『진일재유고』 4권이 있다.

🏵 작품 해설

이 시는 한 인간의 딱한 신세를 그린 내용이다. 작중 주인공은 70줄의 노인인데, 병졸로 나갔다가 흰머리가 되어 돌아왔던 것이다. 고향 땅은 돌아온 그에게 쓸쓸하기만 하여, 늙어빠진 몸으로 자신의 생계를 위해 외로이 밭을 갈아야 했다. 시는 이 노인이 돌밭을 갈다가 소발굽이 빠져 밭머리에 나앉아 한숨 내쉬는 장면에서 시작하여 그 자리서 끝맺는다. 그가 작중의 화자가 되어 자기 신세를 이야기로 들려주는 방식인데, 작중에 노출되지는 않았으나 시인이 그 현장에서 들은 이야기를 기록한 셈이다.

시의 서장은 "밭둑에 봄풀이 푸릇푸릇 산꿩은 쌍쌍이 나는데"로 희망과 화기에 넘치다가 결구로 가서는 "지금 밭머리에 넋을 잃고 앉았으니 홀로 애간장이 끊어집니다"로 침울한 분위기로 급전한다. 전편이 하나의 전변하는 화폭이다. 그 화폭은 더없이 간결하지만 인생의 내용은 풍부하고 다소 낭만적인 색조를 곁들이면서 심각한 현실성을 내포하고 있는 것이다.

굶주린 여인
餓婦行

성간

1

산촌에 해는 뉘엿뉘엿
북풍이 벼랑을 짜개서
마을사람들 어이 추워
문 닫고 자라처럼 움츠리는데

갑자기 대문 두드리는 소리
굶주린 아낙네 문 앞에 서 있구나.
젖먹이 두 아기 데리고서
동지섣달에 삼베옷 걸쳤구나.

수중에 가진 건 아무것도 없으니
밥 꼴 구경도 못 한 지 사흘째
그 집 동자 문밖으로 나가
쉬어터진 부추김치에 밥 한 덩이 섞어주니

굶주린 아기들 제 어미 두 손 잡고 있어
주는 음식 받을 수 없는지라

餓婦行

成侃

1
山門日欲暮,
北風高崖裂.
居人憚冱寒,
閉關縮如鼈.

俄有扣門聲,
餓婦面深黑.
乳下挾兩兒,
歲暮蒙絺綌.

手中無所携,
不食已三日.
小童出門邊,
黃虀和脫粟.[1]

兒飢兩手持,
母餐不可得.

그 어미 아기를 자리 옆에 밀쳐놓고
음식을 쏟어 자루 속에 담더라.

2
어미는 마침내 자식을 길가에 버리고서
아주 영영 떠나갔다네.
두 아기 길에서 울어대니
울음소리 듣기에 목이 멘다.

탐탐히 노리던 북산의 호랑이
두 눈에 번쩍번쩍 불을 켠 채
으르릉거리고 산에서 내려와
와락 달려들어 아침식사 하는구나.

사람들 이 정경 바라보고
안타까워하면서도 미처 구할 수 없었다네.

아! 어미요 자식
그 사이 어떠한 것인데
어찌하여 주리고 주린 나머지
자애마저 저버린단 말인가?

때문에 옛날의 어진 정치

推兒置坐傍,
取食納諸橐.

2
路邊棄兩兒,
甘心與永訣.
兩兒巡路啼,
啼聲聽幽咽.

耽耽北山虎,
電光挾兩目.
竪毛下山來,
吞噬恣朝食.

居人望見之,
歎惋亦何及.

嗟呼母子間,
眞性爲甚切.
云何飢寒餘,
至使人理滅.

所以先王仁,

백성의 식을 우선시했다네.
"혹독한 정사 호랑이보다 무섭다"[2]
이 훈계 천고에 드리웠도다.

오늘날 밝은 조정이 되어
잘 다스리기 진실로 힘쓰노니
애오라지 이 노래 지어
위에 부쳐 알리려 하노라.

倉廩須使實.
苛政猛於虎,
此訓千古揭.

當今朝庭熙,
求理固密勿.
聊陳餓婦行.
寄與廟堂說.
(『진일재유고』권2)

---

1 **탈속脫栗**　겨우 껍질을 벗긴 거친 곡식. 거친 곡식으로 지은 밥을 '탈속반脫栗飯'이라
한다.
2 공자가 산길을 가다가 울고 있는 여인을 만났다. 우는 연유를 물어보니 호랑이에게
시아버지가 죽고 남편이 죽고 지금 아들도 죽었다는 것이었다. 왜 이곳을 떠나지 않
았느냐고 하니 여기는 혹독한 정사가 없다고 했다. 이에 공자는 "혹독한 정사는 호랑
이보다 무섭다(苛政猛於虎)"라고 말했다.(『예기禮記·단궁檀弓』하下)

● **작품 해설**

　이 시는 어떤 한 여인이 굶주리다 못 해 두 어린 자식을 길가에 버리고 달아나서 마침내 호랑이에게 그 아이들이 잡아먹히는 끔찍한 사연을 그리고 있다. 어미가 제 자식을 유기한 결과 가장 참혹한 일이 발생하지만, 시인은 여자의 반인륜적 행동을 단죄하는 편이 아니다. 사랑하는 자식을 버리고 떠날 수밖에 없었던 '굶주림', 거기서 모순의 초점을 잡고 있다. 정치가 백성들의 먹고사는 문제를 해결하지 못하고 도리어 혹독한 정사를 폈기 때문에 끝내 이런 지경에 이르렀다고 보는 것이다. 그러면서도 근원적으로 파헤치지 못하고 현재를 '밝은 조정'으로 낙관한 나머지 이런 형편을 위에 알리는 데 시인의 임무를 설정하는 것으로 그쳤다.

　시의 배경은 산촌의 추운 겨울, 저녁나절부터 이튿날 아침 사이다. '북풍이 벼랑을 짜개서 마을사람들이 자라처럼 움츠리고' 들어앉은 것으로 시적 상황을 설정해서 '굶주린 여인'의 절박한 처지를 부각시키고 있다. 그리고 또 버려진 어린애들을 하필 호랑이가 잡아먹도록 만들어 주제를 더욱 충격적으로 드러내 호소력을 깊게 한 것이다.

토산 시골집에서 들은 농부의 말
兎山村舍 錄田父語

서거정

1

나의 시골집 불암산 자락
이웃에 백성이 서너 집 살아

척박한 땅 모두 거친 밭뙈기
경작을 하자니 자갈이 절반인데

이나마 지난해 관가에 빼앗겼으니
아전들이 호강豪强의 편을 들었어라.

가난한 집 송곳 꽂을 땅 하나 없이
텅 빈 집 서발막대 거칠 것 없다오.

버려진 언덕배기 힘겹게 개간을 하니
흉년에 부세를 내기도 부족하여

아전들 날마다 들이닥쳐 독촉하는데
호령이 성화처럼 사나워서

兎山[1]村舍 錄田父語

徐居正

1
我家佛岩下,
傍隣三四屋.
地薄皆荒田,
耕治半沙礫.
去歲官沒田,
吏胥右豪猾.
貧家無立錐,
空餘懸磬室.
僅僅起廢丘,
年荒稅不足.
吏來日徵督,
令嚴如火烈.

살갗을 벗겨내니 부스럼 나을 겨를도 없어
깊은 산골로 도망질이나 칠밖에.

주림의 불 창자를 볶아서
안색이 여위고 타들었소.

2
나무나 하러 산중으로 들어가니
산중에는 땔나무 지천인데

집에 황소 한마리 키우는 것이
비쩍 말라 뼈만 앙상하다

등에 짐을 싣기 어려운 지경이라
한 걸음에 두번 자빠져서

가다가 내 직접 등에 짊어지니
두 어깨 벗겨져 살이 벌겋게 되네.

날이 저물어서야 성안으로 들어서니
중도에 이익을 노리는 자를 만나

剜肉未醫瘡,[2]
逃竄匿崖谷.
飢火煎腸肚,[3]
顔色日犁黑.

2
採薪入山中,
山中盛薪棘,
家有黃犢兒,
終年空復骨.
駄載亦不能,
一步二顚踣.
行行親負荷,
兩肩槙已肉.
日暮始入城,
路逢隴斷客.

후려치는 바람에 값이 마구 깎이니
쌀은 귀하고 품값은 천하기만 하데요.

집에 있는 열 식구 눈앞에 떠오르니
내 먹을 걸 갖고 돌아오기만 기다리거늘

한되든 반말이든 언제 따지고 있으랴!
아무쪼록 얼른 배고픔을 달래줘야지.

돌아가서 처자식들 둘러앉아
죽이라도 쒀서 입에 풀칠하지요.

이런 식으로 살아가자 하니
우리 살아가는 정상 참으로 가긍해요.

3
요즈음 또 권세가에서 손을 뻗쳐
이권이 나무와 돌에까지 미칩니다.

산을 둘러 시장柴場으로 지정해놓고
사람들이 나무하고 풀 베는 걸 금하니

서쪽 집 땔나무 한번 했다 하여

折閱入錙銖,
米貴賤估直.
尙念十口在,
嗷嗷待哺啜.
升㪷何足論,
聊以慰飢渴.
歸來對妻兒,
稍亦得饘粥.
以此作生理,
生理眞可惜.

3
近來豪勢家,
權利到木石.
籠山作柴圃,[4]
禁人之樵牧.
西家採一薪,

마구 매를 맞아 피가 나고

동쪽 집 소가 경계를 넘었다 하여
부자가 함께 묶여 갔더래요.

공공연히 백성의 재물을 약탈해
낫과 도끼까지 빼앗지요.

초목은 본디 산과 들에서 절로 자라
하늘과 땅 사이의 공물公物이거늘

가난한 백성들 무슨 허물이 있다고
이 은택을 입지 못한단 말입니까.

나라는 귀족 근신近臣을 중히 여겨
높은 분들 녹봉을 후히 받거늘

어쩌자고 조그만 이득을 탐내서
이토록 잔학한 짓을 벌인단 말인가요?

군자란 절의를 숭상하나니
이런 정경 목도하면 구제하고 싶겠거늘

아! 가엾은 우리 백성들

鞭韃恣流血.
東家蹊過牛,[5]
父子遭縶縛.
公然掠民財,
鎌斧盡漁獵.
草木生山澤,
天地之公物.
小民獨何辜,
亦不蒙其渥.
國家重貴近,
尊位厚其祿.
胡爲逐小利,
不仁至此極.
君子尙節義,
見此欲嘔殼.
鳴呼我民生,

어떻게 자식 키우며 살아갈 수 있을까?

나 지금 농부의 말을 듣고서
밤중에 홀로 깨어 흐느끼노라.

何以得生息(恩).[6]
我今聞此語,
中夜獨嗚咽.
(『사가집四佳集』 권4)

1 **토산兎山** 서거정의 농장과 시골집이 있던 곳. "나의 촌장村莊은 양주楊州 토산에 있다"(『사가집·제토산촌서題兎山村墅』 권3)라고 하였고, 여기 본문에서 "불암산 자락"으로 나와 있는 것으로 보아 당시는 양주 땅이었으며, 지금 서울의 노원구 어디로 추정된다.

2 농민이 관의 수탈을 당하는 몹시 괴로운 정경을 표현한 말. 당나라 시인 섭이중聶夷中의 『상전가傷田家』란 시에서 유래한 것이다.("二月賣新絲, 五月糶新穀. 醫得眼前瘡, 剜却心頭肉.")

3 사람이 굶주린 상태의 표현. 당나라의 시인 백거이白居易의 「한열汗熱」이란 시에 "젊은이도 배고픔을 견디지 못해 주림의 불이 창자를 태운다(壯者不耐飢, 飢火燒其腸)"라는 구절이 있다.

4 **시포柴圃** 시장柴場. 궁가宮家나 관청 등에서 필요한 땔감을 공급받기 위해 설정한 곳을 가리키는 말. 나뭇갓.

5 **혜과우蹊過牛** 해전탈우蹊田奪牛(『좌전左傳·희공십일년宣公十一年』)에서 유래한 말. 어떤 사람이 소를 끌고 경계를 넘어 들어갔다 하여, 그 소를 빼앗은 일이 있었다. 이를 두고 소를 끌고 넘어간 것은 잘못이지만 소를 빼앗은 것도 과도한 징벌이라고 말했다. 가벼운 죄에 무거운 벌을 내리는 경우에 이 말을 쓴다.

6 원문은 '恩'으로 나와 있는데 '息'의 오기로 보인다. 전편이 측성仄聲 운을 쓰고 있어서 '恩'은 운이 맞지 않는다.

🌑 작자 소개

서거정徐居正(1420~88): 자는 강중岡中, 호는 사가四佳, 본관은 대구大邱. 세종 때 문과에 급제, 집현전 학사가 되고 벼슬은 찬성에 이르렀으며, 장기간 대제학大提學으로서 문형文衡의 위치를 유지한 것으로 유명하다. 세조에서 성종에 이르는 기간에 관학파를 대표하는 존재가 되어, 이 시기에 국가적 편찬사업을 주도했다.『동문선東文選』『동국통감東國通鑑』등은 그의 주편으로 이루어진 것이다. 그의 시문집은『사가집』으로 방대한 분량이며, 이 밖에『필원잡기筆苑雜記』『동인시화東人詩話』『태평한화 골계전太平閑話滑稽傳』의 필기류 3부작을 남겼다.

🌑 작품 해설

이 작품은 농가의 삶의 고통을 그린 내용이다. 시인 자신의 시골집이 서울에서 가까운 불암산 아래 토산兎山 마을에 있어, 그곳에서 직접 보고 들은 사실에 의거한 것이다. 토산을 배경으로 시인은 젊은시절에 많은 시편을 남겼거니와, 이 작품도 그중의 하나인데 농민이 수탈을 당하는 정경을 서사적 형식으로 표출한 점에서 특이하다. 김시습의 「어느 농부 이야기〔記農夫語〕」와 제목이 유사하듯 내용이나 서술방식 또한 상통하고 있다.

물론 전개되는 서사의 내용은 똑같지 않다. 「농부 이야기」의 등장인물은 비옥한 땅을 경작하는 비교적 부유한 농민임에 비해 토산 농부의 경우 박토를 경작하는 형편이다. 그런데 결국 '호강豪强'에게 수탈을 당해 영락하게 되는 경위는 마찬가지다. 양자 모두 자영농민층의 몰락에 시선이 닿았는데, 이는 '서사시적 상황'의 발단에 해당하는 단계라고 보겠다.

작품은 전체 3부로 구성되어 있다. 제1부는 독자를 서사의 현장으로 안내하여 농민현실, 즉 수탈상과 궁핍상을 눈앞에 보여준 다음, 제2부에서 한 농민이 오직 굶어죽지 않기 위해 땔나무를 하여 서울 도성으로 지고 가서 판매하는 이야기가 나오는데 삽화처럼 되어 있지만 독자들에게 흥미를 주며 주인공의 존재감도 부각된다. 제3부에서 다시 또 권력을 가진 자들의 횡포를 고발하면서 시인의 소회를 붙이는 것으로 서사는 종결되고 있다. "초목은 본디 산과 들에서 절로 자라/하늘과 땅 사이의 공물公物이거늘/가난한 백성들 무슨 허물이 있다고/이 은택을 입지 못한단 말입니까"라고 천지자연의 공도公道를 들어 고발하는 데서 시인의 사회문제에 대한 관점이 선명하다. 시인 서거정은 당시 관료적 문학을 대표하는 인물이며, 김시습과는 입장이 다르다. 그럼에도 기본적인 관점과 애민의 입장에서는 서로 통하는 것이다.

어느 농부 이야기
記農夫語

김시습

1

이내 말 들어보소.

지난해 처음엔 가뭄이 들더니

  늦장마 대단하였지.

진흙이 강가를 묻어

  한자나 쌓였거든.

모래·자갈 메워져서

  논밭은 온통 황폐하게 되었지요.

곡식은 간 데 없고

  무성한 건 여뀌야 남가새야

처자식들 주림에 겨워

  길거리서 울부짖으니

거리에 서 있던 사람들

  너나없이 한숨들 내쉰다오.

記農夫語

金時習

1

去歲早旱晚霖劇,

泥沒江滸深一尺.

沙石塡塞卒汚萊,[1]

豐者游龍與陵舃.

婦兒啼飢號路傍,

路傍觀者爲歎息.

2

남에게 진 빚이야 관가에 바칠 것이야
　밤낮으로 닦달을 받는데
더구나 백정²의 구실
　도피하기 어렵다오.

한 몸에 부역이
　삼실처럼 얽혔으니
동쪽에서 달라붙고 서쪽에서 시달리고
　이 신세 괴로운 일 어찌나 많은지……

토란이며 도토리 주워 모아봤자
　그걸로 얼마나 지탱하리오!
봄철이 되니 나물 캐느라
　밭두둑에 사람들이 널렸지요.

3

금년에 와서도
　농사일 시작할 즈음에
한달 내내 구질구질
　토우가 날리더니

보리 이삭 싹이 나고

2
私債官租日夜督,
況我難逃白丁役.²
一身丁役亂於麻,
東侵西擾多煩酷.
歲收芋栗不足支,
春田采芑盈阡陌.³

3
今歲于耜苗始秀,
陰霾且曀經一月.
麥穗生蘖稻根腐,

볏모 뿌리 썩어들었소.

시운은 이다지 험난한가
　　백성들 위태롭기 그지없어라.

팔월이라 늦나락
　　꽃이 한창 일었는데
동북풍 불었으니
　　영글기 바라겠나 쭉정이뿐이지요.

상수리 벌레 먹고
　　오이덩굴 마르고
기근이 연이어 거푸 드니
　　백성들 살아갈 길 바이없네.

4
나 또한 기름진 땅
　　수십 이랑 있었거니
거년에 난데없이
　　토호놈에게 빼앗겼지요.

건장한 머슴도 두어
　　밭갈고 김매고 하지 않았겠소.

天步艱難民脆跪.
八月晩秔花正繁,
東北風吹秖不實.
橡蠹菜蝗瓜蔓枯,
飢饉連年無可活.

4
我有腴田數十畝,
去年已爲豪强奪.
亦有壯雇服耕耘,

지난해 보인保人이 되어

　군액에 충원되었지요.[4]

어린 자식 배를 곯아

　옆에서 보채대고

식구들 모두 나를 원망하니

　나 귀 막고 들은 체 않는다오.

저 구중궁궐의　　　　　　　　　　昔年作保充軍額.[4]

　그윽하고 깊은 문　　　　　　　　赤子在左叫紛紛,

한번 나아가 호소나 하려도　　　　　交徧謫我如不聞.[5]

　(…)　　　　　　　　　　　　　天門九重邃且深,

　　　　　　　　　　　　　　　　欲往愬之(下缺).

　　　　　　　　　　　　　　　　(『매월당집梅月堂集』권15)

1 **졸오래卒汚萊** 논밭이 온통 황폐하게 된 것을 이르는 말.(『시경詩經·소아小雅·십월지
교十月之交』: "徹牆屋, 田卒汚萊.") '졸'은 다 바뀐 것을 뜻하며, '오래'는 낮은 곳이나
높은 곳이 각기 잡초가 성하게 된 것.

2 **백정白丁** 이 경우 일반백성, 즉 평민=양민을 지칭하는 말. 평민은 마땅히 군역을 지
게 됨.

3 **채기采芑** 씀바귀를 캔다는 뜻. 『시경·소아·채기采芑』에 "薄言采芑 于彼新田"에서 유
래한 것이다.

4 **작보충군액作保充軍額** 평민이 지는 군역은 정군正軍과 보인保人으로 구분이 되는데
'작보'는 보인이 되었다는 뜻이다. '군액'은 군인의 정원, '충군액'은 군인의 숫자를
채웠다는 뜻이 된다.

5 『시경·패풍邶風·북문北門』에 "我入自外, 室人交徧謫我"라는 말이 있다. 내가 외출했
다가 들어오자 집안사람들이 모두들 나서서 나를 원망한다는 뜻이다.

김시습金時習(1435~93): 자는 열경悅卿, 호는 매월당梅月堂·동봉東峯·청한
자淸寒子·벽산청은碧山淸隱·설잠雪岑, 본관은 강릉江陵. 뛰어난 문학가·사상
가. 서울 성균관 북쪽에서 태어나, 21세 때 세조에 의한 정변이 일어나자 과거시
험을 통한 출세의 길을 포기했다. 머리를 깎고 중의 행색으로 10년 동안 전국을
방랑하다가 경주 남산에 정착했다. 성종 2년에 상경하여 수락산 기슭에서 몸소
농사를 짓고 살았으며, 49세 때 다시 관동지방으로 떠나 춘천 청평사와 설악산
등지에 머물렀고, 57세에 충청도 홍산 무량사에서 생애를 마쳤다. 우주와 인생,
사회에 대한 그의 기본 사상은 유학의 기초 위에서 전개되었던바, 정치권력의
현실에 비판적 태도를 견지했고 특히 양인 농민층이 몰락하는 상황을 심각히
의식했다. 그의 수많은 시편들은 바로 자신의 생애·사상의 표출이었다.『매월당
집』에 그의 여러 저작이 수록되어 있다.

※ 작품 해설

한 농부가 자신의 삶이 파탄에 이른 경위를 토로한 내용이다. 농부는 작중의
주인공이면서 시적 화자=서술자다. 곧 농부의 이야기를 농부의 목소리로 듣는
방식이다.

이 농부는 원래 비옥한 농토를 상당한 정도 소유하여 건장한 일꾼을 부려서
경작하던 터였다. 그는 생활이 안정된 자영농민이었다. 그런 사람이 여지없이
치패하게 된 까닭은, 한발·홍수 등 천재가 겹친데다 역役의 형태로 강제된 공적
수탈과 호강豪强(토호)에 의해 자행된 사적私的 수탈 때문이었다. 이 농부에게
서 가진 것을 모두 박탈하고 마침내 그를 곤궁으로 밀어붙인 이런저런 현상과
사태가 구체적이고도 절박하게 서술되고 있다. 그래서 독자는 농부의 딱한 처지
를 십분 이해하고 그를 무한히 동정하게 되는 것이다.

이 작품은 15세기 후반 자영농민층이 몰락하던 역사현실의 한 전형으로 볼
수 있다.

심원에서
題深院

조신

어제 저물어 삽원서 투숙하고
아침에 밥은 심원 와서 드노라.[1]

원부院夫[2] 제구실 못 한 지 오래
원이라고 처량히 빈집만 섰을 뿐

원부 밤이 들어 한숨 내쉬며
나에게 형편을 하소연하네.

"삽원 심원 보시는 바 쇠잔하온대
궁벽한 곳에 떨어져 있으니

고을 사또야 어찌 아시겠습니까?
이속배들 멋대로 속여먹지요.

온갖 신역에 시달리는 이 몸
배부르고 등 따스울 겨를 언제리오.

題深院

曺伸

昨暮宿颯院,
朝來深院飯.[1]
院夫久逃賦,[2]
凄凉但空館.
院夫夜語余,
丁寧發深嘆.
惟玆兩院殘,
正坐地僻遠.
府主那得知,
吏輩恣欺瞞.
萬端供力役,
一身寧飽煖.

아침엔 관문서를 전달하고
저녁엔 횃불을 잡고

공물짐에다 양반의 짐바리
고개 밑까지 날라다주고

닭이나 개 키워서 무엇하게요
키웠다간 아전의 반찬감이죠.

근자엔 사또님 맞으러 간다고
우리 상 두개 있는 걸 빼앗아가서

지금은 밥상이 없어
손님께도 짚방석에 차린답니다.

원전院田이라고 겨우 몇 이랑
갈지도 못해 묵어 자빠진 걸

아전들 붓끝의 농간이야
불시에 장부에서 빠뜨리고

연년이 재해災害로 보고하질 않아
조세는 그대로 물게 되지요.

朝遞官文書,
暮秉炬火燦.
私馱及公膳,
代輸山下坂.
鷄狗不須畜,
畜且爲吏饌.
近迎府主去,
奪我兩食案.
由來闕盤皿,
饋客設藁薦.
院田纔數畝,
久荒廢耕鏟.
吏胥弄刀筆,
不時除籍貫.
年年不報災,
租稅仍舊算.

산에 가서 나물이나 열매 따다가
관가에 바치면 조금은 봐주지요.

이런저런 각가지 쓰라림
어떻게 이 한해 넘길는지

늙은 놈 간신히 붙어 있지만
아들 손자 모두 다 흩어지고

지난번 갈려가신 손태수
인자하사 폭정을 멀리하고

아전들 단속하여 원부까지 살피시니
부드러운 그 말씀 매양 귓전에 울립니다.

원하옵건대 신관 사또님
부디 구관 사또 이어가옵길……"

隨山採蔬果,
納官容蹔緩.
種種此辛苦,
何由保歲晩.
老卒辛僅存,
兒孫盡彫散.
去年孫太守,
行仁遠暴慢.
戒吏護院夫,
溫言每款款.
願言新太守,
嗣玆禱千萬.
(『적암유고適菴遺稿』)

1 **삽원颯院·심원深院** 어느 지역에 있는 원인지 미상. 황해도 연안부延安府에 심동원深
洞院이란 이름이 있다.

2 **원부院夫** 원에 매여서 원의 관리를 맡아보는 자. 곧 원주院主 혹은 원주인을 가리키
는 것으로 생각된다. 법제상에 "경성 저底의 원은 5부五部에서, 외방外方의 원은 수령
이 부근에 사는 백성을 정해서 원주로 삼아 수집修葺하도록 한다"라고 규정되어 있
다. 그리고 이 원주에 대해서는 잡역을 면제하도록 되어 있다.(『대전회통大典會通·공
전工典』권6)

    조신曺伸(1454~1529): 자는 숙도叔度·숙분叔奮, 호는 적암適菴, 본관은 창녕. 경상도의 금산金山 봉계동鳳溪洞(지금의 경북 김천시 봉산면 인의리)에서 태어난바, 매계梅溪 조위曺偉의 서제庶弟로 동년생이었다. 신분적 제약으로 관직은 내시교관內侍敎官·내의원정內醫院正 등을 역임하는 데 그쳤으며, 특히 외국어에 능통해서 외교사절을 수행하여 세 차례 일본을, 일곱 차례 중국을 다녀왔다. 어무적魚無迹·어숙권魚叔權·이달李達 등과 함께 서출의 문학가로 이름이 높다. 저서에 『적암시고適菴詩稿』『소문쇄록謏聞瑣錄』이 있다.

🏵 작품 해설

    이 시는 원부의 삶을 한 원부가 직접 진술하는 방식으로 그린 것이다.

    원이란 여행자의 숙식을 위해 역과 역 사이에 설치한 시설이었다. 원은 여행자가 쉬거나 묵는 곳이므로, 거기를 중심으로 도회가 형성되기도 했는데 각처에 원이 붙은 지명들은 그래서 생긴 것이다. 또한 원은 오가며 묵는 나그네들 사이에 곧잘 이야기판이 벌어지기 때문에 야담소설의 배경이 되기도 하는바, 「요로원야화기要路院夜話記」는 대표적인 사례다. 정철鄭澈의 「새원 원주 되어」라는 시조는 원주(=원부)의 삶을 풍류적·낭만적으로 포착한 경우다. 지금 「심원에서」는 원에 매여 있는 원부의 처지 및 원의 실정을 사실적인 필치로 묘사한 점이 특징이다. 작중 원부의 경우 원에 주어진 구실이 그의 신역身役인 셈이다. 그러므로 원부가 당하는 고통은 곧 민 일반의 문제인데 다만 원에 묶여 있다는 면에서 특수성이 있다. 즉 특수한 사정에 연관된 민의 구체적 현실이 파악되고 거기서 민의 고역을 문제로 제기한 것이다.

    작품은 서술자=시인과 등장인물 사이의 대화로 엮이는 구성법을 쓰고 있다. 이런 경우 으레 3부로 구성되는데 여기서는 등장인물의 말로만 끝나고 있다. 시인이 직접 나서는 결어의 부분이 생략되어 이 부분은 독자의 상상과 판단에 맡겨진 셈이다. 그리고 작중 원부는 원님의 개인적 인품에 크게 기대를 거는 발언을 하는데, 이는 원부가 당해 고을 수령의 관할하에 놓여, 그의 운명이 사실상 원님 손에 달려 있는 정황을 반영한 것으로 이해된다.

전옹가
田翁歌

이희보

가난한 시골마을
　세밑에 싸락눈 뿌리는데
외로운 기러기 배고파라
　울며울며 따라 나네.

서쪽 동네 할아버지
　밤중에 잠 못 이루고
기러기 소리에 일어나 앉아
　하염없이 눈물을 흘리는구나.

올해는 워낙 흉작이 되어
　추수라고 얼마나 하였던가
천 이랑에서 거둔 곡식
　벌써 떨어지고 한알도 안 남았다네.

할아버지 땅이 꺼지게 한숨 내쉬며
　겨울을 넘길 양식 걱정하는데
아전들 나와 조세 독촉

田翁歌

李希輔

窮鄉歲暮霜霰集,
孤鴻抱飢鳴相及.
西隣老翁夜不寐,
聞鴈起坐中夜泣.
年荒田畝少所收,
千頃穫盡無一粒.
老翁卒歲嘆無資,
里胥催科星火急.[1]

성화같이 닦달을 하는구나.

바지 벗어 닭을 사고
　쟁기 팔아 술을 받아
얕은 생각에 눈앞의 재앙
　우선 벗어나보자고

단지 소원이라곤 얼른 눈을 감아
　고약한 아전 꼴 다시는 안 봤으면
명년에 풍년이 든다 한들
　살아서 보길 바라지 않노라.

풍년이 드는 해에도
　늙은이 배 차는 꼴 못 보았거니
흉년이 드는 해에
　창고 열었단 소리 못 들었노라.

관청 창고 그득히 찼는데도
　조세 징수 다시 급히급히
백성들 주려 배 비었는데도
　부역 몰아치기 바삐바삐

만약에 관청 창고 가득 찬 연후에
　늙은이 배 차게 된다면

脫袴買鷄犂買漿,[2]
慮淺欲緩須臾殃.
但願速死不對吏,
不願生見明年康.
年康不見實老腹,[3]
年凶不聞虛官倉.
倉實徵租更急急,
腹虛驅役愈忙忙.
若實官倉實老腹,

일평생 주린 창자

채워지는 날 끝끝내 오지 않으리.　　　一生終莫充飢腸.

(『안분당시집安分堂詩集』 권1)

---

1 이서里胥 향리鄕吏, 즉 아전을 가리킴.

2 여犂·장漿 '여'는 원래 얼룩소인데 쟁기를 가리키기도 한다. '장'은 마시는 음식물을 두루 일컫는 말인데 여기서는 술을 의미하는 것으로 보았다.

3 연강年康 그해 농작이 풍년임을 뜻함. '康年＝豐年.'(『시경·추송周頌·신공臣工』: "明昭上帝, 迄用康年.")

이희보李希輔(1473~1548): 자는 백익伯益, 호는 안분당安分堂, 본관은 평양平壤. 『국조시산』의 주註에는 완산인完山人으로 되어 있다. 연산군 때 문과에 급제, 호당湖堂에 뽑혔는데, 마침 연산군의 애희愛姬가 죽어 조관들에게 모두 시를 짓게 한바 연산군이 그가 지은 시를 보고 눈물을 흘렸다 한다. 이 때문에 그는 세상의 비평을 듣게 되고 벼슬길이 지체되었다. 뒤에 성균관 대사성에 이르렀다. 젊어서부터 노경에 이르도록 손에서 책을 놓지 않아 만권의 서적을 독파했다 한다. 『안분당시집』 2권 1책이 필사본으로 전하고 있다.

● 작품 해설

이 시는 흉년을 만나 살아나가기 어려운 실상을 한 촌로의 경우를 들어서 나타낸 것이다.

농민은 가을에 추수한 것을 가지고 이듬해 보리를 수확할 때까지 양식을 이어야 한다. 그런데 작중 노인의 집은 세전에 벌써 양식이 떨어진 것이다. 앞으로 적어도 4~5개월을 일가족이 어떻게 연명할지 실로 암담한 노릇이다. 작중에서 "할아버지 땅이 꺼지게 한숨 내쉬며 겨울을 넘길 양식 걱정하는데"는 바로 이런 형편을 말하는 것이다.

한편 농민이 이러한 형편에 놓인 경우, 국가는 조세를 감면해주어야 함은 물론, 마땅히 창고를 열어서 구휼을 해야 한다. 애민의 정치학이다. 그러나 작중에서 꼬집은 실태는 애민의 정치학과는 정반대다. "풍년이 드는 해에도 늙은이 배 차는 꼴 못 보았거니/흉년이 드는 해에 창고 열었단 소리 못 들었노라"라는 대목에서 수탈은 강화되고 구휼은 도외시되는 실정이 대조적으로 제기된다. 그리고 작중인물은 바지와 쟁기까지 팔아서 아전들을 접대한다. 추운 겨울에 입고 있는 의복과 생산수단인 농기구를 팔아서 미봉을 하다니, 관의 횡포가 얼마나 가혹하고 괴로운 것이었나를 단적으로 말해준다. 거의 절망적이다. 당시 농민 일반의 삶이 얼마나 위기 상황이었던가, 이 시는 심각하게 보여주고 있다.

겨울비
冬雨歎

이희보

겨울비 스산히
겨울비 스산히

산골 늙은이 집에 양식이 떨어져
　할멈은 울음을 삼키다가

말려둔 도토리 빻아서
　허기진 속 아침 끼니 때워볼까

방앗간에 나가보니
　확에 물이 고였구나.

　　　　　　　　　　　　　冬雨歎

　　　　　　　　　　　　　　　李希輔

계집아이 밥을 빌러
　사립문 동쪽 고샅으로 나가고
　　　　　　　　　　　冬雨淒, 冬雨淒.
　　　　　　　　　　　炊絶夜哭山翁妻.
고을 아전 납세 독촉
　　　　　　　　　　　欲舂橡栗充朝飢,
　사립문 서쪽 고샅에서 들어온다.
　　　　　　　　　　　杵漂砧沒泥麕蹄.
　　　　　　　　　　　兒女索飧柴門東,
　　　　　　　　　　　縣吏催科柴門西.

백발의 산골 늙은이
　대책 없이 멍하니 앉아

노여움에 하늘을 가리키며
　해를 보고서 꾸짖는다.

하늘이 비를 주시면서
　봄밭에 촉촉하게 뿌리지 않고

햇빛이 따뜻이 쪼이면서
　빈한한 집구석은 비추지 않고

겨울비 스산히
방죽에 물이 넘쳐
　둑이 금방 터지는구나.

명년에 시운은
　풍흉을 점칠 수 없으되

산골 늙은이 신세
　부황 나 죽을 건 기필하겠네.

白髮山翁坐無策,
怒指蒼天詰白日.
蒼天有雨不澤春田時,
白日有光不照懸罄室.
冬雨凄,
陂塘水滿堤防缺.
明年豐穰未可知,
山翁凍死唯可必.
（『안분당시집』권1）

● 작품 해설

이 시는 겨울에 때아닌 비가 억수로 쏟아진 특수한 상황을 설정해서 간고한 농민의 삶을 해학적 수법으로 그린 것이다.

앞의 「전옹가」에서처럼 촌로가 주인공으로 등장한다. 이 노인의 집에 양식이 바닥나서 도토리나마 빻아 먹으려는데 방아도 비에 푹 젖어 찧지 못하고 이웃집에 양식을 구하려는데 조세를 독촉하는 아전이 들이닥친다. 이것이 서사적 화폭으로 펼쳐져 있다. 여기서 노인은 하늘을 가리키며 "햇빛이 따뜻이 쪼이면서 빈한한 집구석은 비추지 않고"라며 원망의 소리를 높인다. 이때 하늘과 해는 통치권력의 정상인 국왕에 빗대어진 셈이다. 절박한 처지에서 마침내 원성이 임금에게까지 돌아감을 보여주고 있다.

작품은 더없이 암울하고 처연한 내용을 담고 있으면서도 웃음과 익살이 곁들어 있다. "계집아이 밥을 빌러 사립문 동쪽 고샅으로 나가고/고을 아전 납세 독촉 사립문 서쪽 고샅에서 들어온다"라고 장면을 극적으로 만들어 모순을 첨예하고도 익살스럽게 드러내었으며, 마지막 "산골 늙은이 신세 부황 나 죽을 건 기필하겠네"는 절망적 감정의 표출이라기보다 분노를 삭이는 풍자의 절정으로 느껴진다. 서사적 구조는 간결하지만 의미는 심대하며, 참담한 내용을 유머러스하게 처리한 것이다.

농가의 원성
田家怨

1

양식은 진작 떨어지고
새로 팬 이삭 여물 날 언젤는지

날마다 서쪽 언덕에서 나물을 뜯어도
허기를 채우기에 부족합니다.

아이들 배고파 보채는 거야 참는다지만
늙으신 부모님 어찌하리오?

사립문 밖에 나가보아도
어디로 갈지 막막하구나.

2

아전놈들 유독 어떤 사람이기에
공세 바치라 닦달하고
　또 사사로이 뜯어가는지……

田家怨

宋純

1
舊穀已云盡,
新苗未可期.
摘日西原草,
不足充其飢.
兒啼猶可忍,
親老復何爲.
出入柴門下,
茫茫無所之.

2
官吏獨何人?
責公兼徵私.

쌀독을 들여다보니 쌀도 떨어졌고
베틀을 바라보니 베도 다 끊어냈네.

아전인들 무슨 도리 있겠나.
소리치고 성내며 아이들을 묶는다.

붙잡아다 원님 앞에 바치니
원님 역시 인정사정없구나.

큰칼 목에 씌워
치고 때리고 골병들도록

3
해 저물녘 서로 끌어안고
우는 소리 울안을 감돈다.

하늘에 '죽여줍시사' 부르짖어도
들어줄 자 그 누구란 말이냐?

슬프고 슬프다 구원을 받지 못해
시체로 빈 구렁 메우는가!

窺缸缸已空,
視機機亦隳.
吏亦無奈何,
呼怒繫諸兒.
持以告官長,
官長亦不悲.
桎梏加其頸,
鞭扑苦其肢.

3
日暮相扶持,
齊哭繞故籬.
呼天皆乞死,
聽者其又誰.
哀哀不見救,
丘壑空積屍.
(『면앙집俛仰集』권1)

🏵 작자 소개

송순宋純(1493~1583): 자는 수초守初, 호는 기촌企村·면앙정俛仰亭, 본관은 신평新平. 중종 때 문과에 급제하여 선조 때 우참찬까지 올랐다. 은퇴하여 고향인 전라남도 담양 땅에 면앙정을 세우고 시와 노래로 풍류생활을 누렸던바 그 지방의 문화풍토에 상당한 영향을 미쳤다. 그가 창작한 국문시―시조·가사들은 주로 풍류생활과 직결된 것이며, 일부 훈민訓民을 주제로 한 내용이 포함되어 있다. 그런데 한시 작품에서는 사회 모순·농민현실을 그려낸 작품들이 보인다. 『면앙집』6권 4책을 남겼다.

🏵 작품 해설

이 시에서 제목이 의미하는 그대로 농가의 원성을 듣게 된다. 시는 세 단락으로 구성되어 있다. 작중의 시간대는 춘궁기의 어느날. 첫 단락에서 '보릿고개'란 말처럼 넘기기 힘겨운 때에, "아이들 배고파 보채는 거야 참는다지만/늙으신 부모님 어찌하리오"라고 궁핍의 괴로움과 함께 주인공의 충후한 성격을 드러내고 있다. 그러나 작중인물에게는 그 곤경을 벗어날 길이 보이지 않는다. 그런 사정을 첫 단락의 끝에서 "어디로 갈지 막막하구나"로 대변하고 있다. 가운데 단락은 그런 형편임에도 불구하고 아전이 나와서 빼앗아갈 물건이라곤 아무것도 발견할 수 없으므로 대신 인신을 폭력적으로 잡아가는 내용이다. 끝 단락은 그날의 저녁이다. 아전들이 분탕을 치고 사람까지 끌어간 다음 이제 남은 것은 처량뿐이다. "하늘에 '죽여줍시사' 부르짖어도/들어줄 자 그 누구란 말이냐"라는 대목에서 절망과 분노의 정서가 심각하게 노출되어 있다. 시인은 농민의 절박한 현실을 심각하게 인식하고 양심적 자세로 통탄하는 한편 체제적 위기감까지 느끼게 되는 것이다.

거지의 노래를 듣고
聞丐歌

송순

1

새벽 꿈 깰 무렵
　문 두드리는 소리에 놀라
베개 밀치고 들으니
　타령소리 길게 늘어진다.

"아이야 나가서
　웬일인지 물어보아라."
늙은 거지 하나가
　아침밥을 빌러 왔다는구나.

그 거지 시름 없고 애걸 않고
　구걸하는 소리조차 의젓한데
허리춤에 찬 동냥자루
　빈 자루가 늘어져 보이는구나.

그 늙은이 내력이나 알아보려
　불러서 오게 하니
누덕누덕 기운 저고리에
　아랫도린 가리지도 못한 꼴이라.

聞丐歌

宋純

1

曉夢初罷驚剝啄,
推枕起聽歌聲長.
呼兒走出問所由,
知是老丐謀朝糧.
不憂不哀乞語傲,
腰下只見垂空囊.
招來致前詰其由,
百綻一衣無下裳.

2

"저 본래 태어나길
　부잣집 자식으로
농 안에 의복이 남아돌고
　마당에 곡식이 남아돌았다오.

슬하에 아들 손자
　알뜰한 아내 옆에 있고
이 한세상 살아가기
　남부러울 게 다시없었지요.

동네 친구들 불러모아
　고기 굽고 술잔 돌리고
늘 잔치를 벌이어
　웃고 이야기하고 재미스럽게 놀았으니

호팔자 타고났다
　남들이 모두 샘을 내고
나 또한 믿었다오
　가업이 무궁토록 전하리라고.

슬프다 인간사 덧없음
　그 누가 알았으리오.
지난 갑자년¹ 여름에
　미친 왕을 만나고 보니

2
云我曾爲富家子,
衣餘篋中粟餘場.
膝下兒孫床下妻,
人生一世無他望.
臠牛行酒聚比隣,
嬉嬉笑語頻開張.
謂是天公賦命好,
自擬基業傳無疆.
吁嗟人事若不常,
甲子年間遇狂王.¹

아침에 법령이 하나 나오매
  그 법령 독사와 같고
저녁에 또 법령이 하나 나오매
  그 법령 호랑이 같고

폭풍 우레 치는 곳에
  피할 겨를인들 언제 있으랴!
본디 날개가 없으니
  높이 날 수나 있으리오.

조상 대대로 물려받은
  백년의 가업이
졸지에 망하려니
  하루 아침거리도 안 됩디다.

집도 땅도 다 잃고
  남은 거라곤 맨몸뚱이
하늘로 날아갈까 땅으로 꺼질까?
  일신을 간수할 곳 바이없이

아내는 동쪽 자식은 서쪽
  이내 몸은 남쪽으로
구름처럼 흘러가고 빗물처럼 흩어져서
  천지간에 아득하고 아득할 뿐이었소.

朝生一法如蛇虺,
暮出一令如虎狼.
風雷行處不暇避,
無翼奈何高飛翔.
父祖經營百年産,
敗之一日猶莫當.
家破田亡餘赤身,
升天入地無可藏.
妻東子西我復南,
雲分雨散情茫茫.

영락한 떠돌이 신세로
　　이제 어언 삼십년
사생도 잊은 지 오래니
　　근심 기쁨 무어 생각하리오.

이 세상 어디 간들
　　발붙일 곳 없으랴!
지팡이 하나 표주박 하나로
　　사방을 자유로이 떠돌았지요.

구구한 이 육신
　　별것 아닌 줄 알았으니
남에게 비는 것이야
　　목숨 하나 부지하면 족하다오.

배 속에 넣는 음식
　　주림이나 면하면 그만이요,
몸 위에 걸치는 옷가지
　　추위를 막아주는데

무슨 근심 다시 남아
　　나에게 덤벼들 게 있으리오.
이 몸 한가롭게 노닐며
　　평안히 해를 마치리이다.

정승이야 장군이야

飄零于今三十年,
死生憂樂已相忘.
人間何處不可住,
一杖一瓢行四方.
區區形骸知么麽,
求人猶足救死亡.
腹中繼食飢不害,
身上繼衣寒不傷.
更無餘憂來相干,
優遊卒歲於康莊.
公侯將相縱有榮,

영화롭기야 하지요만
샌님도 보셨을 터이지요
걸핏하면 재앙에 걸리던 일."

3
지팡이 흔들고 문을 나서
　노랫소리 다시 높으니
백수 노인의 의기는
　어찌 저리도 헌앙한가?

득실이 자신과 관계없음을
　스스로 깨달은 때문이라네.
비렁뱅이 거지라고
　모두 심상하게 보지 말아라.

君看前後紛權歘.

3
出門揮杖歌復高,
白首意氣何軒昂.
得喪已知不關我,
莫言丐者皆尋常.
(『면앙집』권1)

1 갑자년甲子年 서기 1504년이며, 광왕狂王은 연산군을 가리킨다. 그해 갑자사화가 일
어났다.

🌑 작품 해설

이 시는 3부로 구성되어 있다. 제1부 서장에서 늙은 거지가 타령 소리와 초라한 꼴로 시인의 청각과 시각에 들어오고, 제2부 본장은 그 늙은 거지가 직접 자신의 이력 및 인생관을 술회하는 이야기로 엮이며, 제3부 종장은 늙은 거지가 퇴장하는 데서 막이 내린다.

작중의 주인공은 비록 거렁뱅이지만 그의 노랫소리는 시름겨워 애걸하는 가락이 아니며 말씨는 제법 오만하다. 바로 이런 면모가 서술자=시인에게 이상하게 비쳤으며, 그에게 관심이 돌아간 것이다. 그래서 듣게 된 주인공의 이야기가 곧 작품의 본장을 이룬 부분이다. 그가 거지 신세로까지 영락한 과정은, 연산군의 학정이라는 특수한 시대 사정이 있긴 하지만, 역시 자영농민층 몰락의 한 전형이다. 이조 전기 사회의 중요한 모순을 반영하고 있는 것이다.

그런데 한가지 주목할 사실은 작중 주인공이 비록 달관의 모습으로 나타나긴 하지만, 뚜렷한 자기 목소리와 자기 얼굴을 가지고 등장한다는 점이다. 거지 노릇 하는 자신을 스스로 가장 불쌍하게 연출하여, 오직 그것을 밑천으로 삼는 그런 것이 아니다. 서술자는 그 면모를 "백수 노인의 의기는 어찌 저리도 헌앙한가"라고 감탄의 시선으로 바라본다. 토지로부터 유리된 농민 가운데 주체적 인간이 출현한 것이다. 시인은 이 특이한 인간 형상을 주목했던바, 그것의 시적 표현은 자연히 서사적 형식으로 귀착되었다.

이웃집의 곡성을 듣고
聞隣家哭

송순

1

해 저문 쓸쓸한 마을
　길에 사람은 드문데
담장 밖에서 통곡하는 소리
　귀에 아프도록 울려온다.

가만히 들어보니 알겠네.
　서쪽 이웃에 사는 집
먹을 것도 입을 것도 없이
　몹시 곤궁한 할멈이로구나.

2

읽던 책 덮어놓고서
　나도 모르게 눈물 흘리며 탄식하네.
그 할멈 한창시절
　내 직접 보았었노라.

聞隣家哭

宋純

1
日暮殘村行路稀,
墙外哭聲來無數.
聞是西隣第幾家,
無食無衣一窮姥.

2
掩卷垂淚久咨嗟,
此姥盛時吾親覩.

예전에 나라에서
　선정을 베푸실 젠
반드시 훌륭한 인물을 보내
　우리 고을 맡기셨으니

부세가 공평하고
　신역이 쪽 골랐으며
한해 먹고도 남은 곡식이
　곳간에 그득그득 넘쳤더라오.

저 서쪽집의 요족함은
　온 마을에서 그중 으뜸이라.
색갈이 얻으러 온 사람들
　문전을 메웠고

복날이면 닭 잡고 섣달이면 돼지 잡아
　동네 잔치도 벌였으니
앞마당 뒤뜰에서
　노래하고 춤추고 흥겹게 놀았더니라.

예로부터 시운은
　오르고 내리고 무상했으며
백성의 살림살이야
　모이고 흩어짐이 있기 마련

憶昔朝廷善政初,
必使長者知吾府.
差科正來民力均,
一年餘食盈倉庾.
西家饒財一里最,
耀夫耀女塡門戶.
鷄豚伏臘燕鄕閭,
前庭後街羅歌舞.
從前時運有陞降,
斯民計活有散聚.

자애로운 원님 떠나가시매
　　어진 사또 다시 오지 않으니
혹독한 정사 범보다 무서운 줄
　　이제 정녕 보았구나.

아침에 논 한 자리
　　동쪽의 들볶임에 깨지고
저녁에 집 한채
　　서쪽의 빼앗음에 헐리고

날이면 날마다
　　밤이면 또 밤대로
악독한 정령이
　　벌떼처럼 달라붙어

뒤주 항아리 텅 비고
　　빈 베틀만 덩그렇게
부뚜막에 노구솥 가마솥
　　진작 빠져나갔고

남편 칼 쓰고 자식 차꼬 차고
　　감옥에 갇혀 있으니
채찍질에 남은 살갗

召父不來杜母去,[1]
始信苛政浮猛虎.
朝破一田備東責,
暮撤一家充西取.
日復有日夜復夜,
暴政毒令加蜂午.[2]
甕盎皆鳴機杼空,
竈上久已無錡釜.
枷夫械子置牢獄,
鞭餘肌肉皆臭腐.

썩은 냄새 나지라오.

사람이 사는 것이
　이 지경에 어이 견디리오.
차라리 영영 죽어나버려
　흙 속에 묻히느니만 못 하리다.

하늘을 바라보고 부르짖으며
　울 밑에서 진종일 울어도
하늘조차 대답이 없으시니
　다시 어느 누구를 믿으리오.

3
"아아, 할멈의 운명이여!
　참으로 애달픈 일이로군요.
사정을 듣는 사람
　누군들 분노하지 않으랴!

지금 바야흐로 나라에서
　상벌을 신중히 하사
성상의 은택이
　옛 성군에 비길레라.

人生到此理極難,
不如死去埋厚土.
呼天終日哭籬下,
天猶不應更誰怙.

3
嗚呼汝命誠可哀,
聞者孰不增恚怒.
方今國家愼賞罰,
君王仁澤臻舜禹.

내 응당 할멈을 위해
  대궐에 나아가 아뢸지니
잔악한 관리놈들
  처벌을 받을 뿐 아니라

남편과 자식은
  풀려나서 옛집으로 돌아와
망해버린 살림
  다시금 일으킬 수 있으리다."

할멈은 내 말에 머리를 내젓고
  울면서 이렇게 말하더라.
"이웃의 어르신네 무슨 말씀을,
  시방 저를 놀리시나요?"

我當爲爾陳闕下,
酷吏不啻膏諸斧.
夫還子放復舊居,
殘年敗業猶足樹.
老婦掉頭哭且言,
隣家丈人還余侮.
(『면앙집』 권1)

---

1 **소부召父·두모杜母** 중국 한漢나라 때 인물인 소신신召信臣과 두시杜詩. 두 사람이 차
  례로 남양南陽 고을의 태수로 부임해서 선정을 폈다. 그래서 그 고을사람들이 이 두
  사람을 부모에 견주어 소부두모召父杜母라고 일컬었다 한다.
2 **봉오蜂午** 일이 아주 성한 상태를 뜻하는 말.

이 시는 남부럽지 않게 살던 한 가정의 파탄의 현장을 포착한 것이다. 요족하던 살림이 가렴주구 때문에 파산을 당하고 급기야 남편·자식까지 감옥으로 보낸 안노인의 이야기로 내용이 엮인다. 이 이야기를 현장에서 직접 듣고 기록하는 것이 시인의 입장이다.

작중 주인공은 남편과 자식이 매를 맞고 살이 썩어가는 지경에서, "하늘을 바라보고 부르짖으며 울 밑에서 진종일 울어도/하늘조차 대답이 없으시니 다시 어느 누구를 믿으리오"라고 울부짖는다. 시의 현재인데, 주인공 여자는 마지막 남은 하늘에 대해서까지 회의하는 것이다. 시인은 백성의 이런 민망한 사정을 국왕에게 보고해서 해결하고자 한다. 시인은 문제의 소재가 백성을 맡아 다스리는 관인들의 자질에 있다고 보았으며, 궁극의 관건은 왕의 총명에 걸린 것으로 의식한 셈이다. 그런데 주인공 여자는 "이웃의 어르신네 무슨 말씀을, 시방 저를 놀리시나요"라고 완강히 머리를 저으며 비웃고 있다. 또한 시는 이 말로 끝맺어지는데, 하늘에 대한 회의가 곧바로 통치체제에 대한 불신으로 이어진 것이다. 어쨌건 그 발언은 너무도 충격적이어서 주인공 여자의 인상이 강렬하게 남는다.

거지 아이를 보고
見乞兒

윤현

1

해질녘에 동냥하는 소리 듣고
바삐 문을 열고 나가보니

대문 밖에 두 어린아이
맨발에 몸짓조차 어릿어릿

한 아이는 묻는 말에 대답도 잘 않고
부끄러운 듯 머리를 푹 숙이는데

또 한 아이 손으로 가리키고
눈물 글썽이며 들려주는 이야기

2

"이 도령은 바로
　　제 주인집 아들입죠.

見乞兒

尹鉉

1
日夕聞乞聲,
倒裳出門視.
門前兩兒子,
跣足行纍纍.
一兒問不應,
低頭如有恥.
一兒手指之,

2
云是主家子.

주인집은 저번 전염병에 걸려
부모가 한달 새 돌아가시니

집의 하인들 뿔뿔이 흩어지고
오직 늙은 종 하나 남았으니

바로 저의 어머니거든요.
어제 일찍 장터에 가신다면서

우리 두 사람보고 이르기를
양식을 얻어서 저녁나절에 돌아오겠노라.

문밖에 서서 어머니 언제 오시나
종일토록 앉았다 섰다

해는 지고 저물어도 어머닌 오시잖아
울며불며 긴 밤 지새우고

아침에 주림을 견디지 못해
고픈 배 안고 시방 여기 이르렀습니다.”

主家遘時疫,
父母同月死.
家僮散亡盡,
唯有一老婢.
老婢是我母,
昨日早往市.
向我兩人言,
乞米暮當至.
出門待母還,
終日坐復起.
日夕竟不至,
連夜啼未已.
朝來不耐飢,
乞食行到此.

3
동복을 불러 쌀을 가져오라 시키니

3
呼童將米來,

두 아이 얼굴에 희색이 떠오르는구나.

슬프다, 양가의 자식으로
어쩌다 이 지경에 이르렀는고?

천륜을 모두 못 지키는 형편이니
너희들 믿을 것 무엇인고?

亦能知色喜.
可哀良家子,
如何一至是.
天性具不保,
爾更何所恃?
(『국간집菊磵集』중中)

윤현尹鉉(1514~78): 자는 자용子用, 호는 국간菊磵, 본관은 파평坡平. 중종 때 문과에 급제, 호당湖堂에 들어갔고 호조판서를 지냈다. 청백리로 기록되었고 특히 재정에 밝았다 한다. 『국간집』 상·중·하 1책을 남겼는데 시 작품이 주 내용을 이루고 거기에 사실성 추구의 경향을 볼 수 있다.

● 작품 해설

이 시는 역시 3부의 구성법을 쓰고 있다. 서장에서 구걸하러 다니는 두 아이가 시인의 앞에 등장하고, 본장에서 그중 한 아이의 목소리로 자기들이 구걸하는 신세에 이른 경위가 서술되며, 종장에서 시인의 감회로 끝이 맺어지는 것이다.

두 아이는 상전과 하인 관계다. 한 아이는 묻는 말에 대꾸도 못 하고 부끄러워하는데 또 한 아이는 서슴없이 이야기하는 것으로, 신분이 규정한 인간의 서로 다른 태도를 대조적으로 드러내보인다. 그 아이가 들려준 이야기에서 가장 서글픈 대목은 한 여종이 제 자식과 상전의 고아를 버리고 달아난 사실이다. 모자 사이와 노주奴主 사이의 윤리를 함께 배반한 것이다. 이것이 전체 내용의 핵심이 되고 있다. 시인은 이 문제를 관념적으로 보지 않고 생활상의 논리로 이해한다. 그리고 삶의 냉혹한 현실을 개탄하여, "천륜을 모두 못 지키는 형편이니 / 너희들 믿을 것 무엇인고"로 시를 맺고 있다. 하나의 심각한 문제제기라고 하겠다. 한편 노주관계를 모자관계와 같은 차원으로 연결지은 데서 당시의 일반 윤리 질서와 함께 시인의 의식의 일면을 보게 된다.

영남탄
嶺南歎

윤현

1

영남서 올라온 길손이
나에게 그 고장 소식 들려주는데

예로부터 영남은 살기 좋은 고장이니
물산이 풍부키로 팔도에 으뜸이요,
성읍은 서울을 본떠서
거리마다 전방이 즐비하며
닭 울음 개 짖는 소리 곳곳에 들리고
밭갈이 누에치기 마을마다 즐겁더라지.

봇도랑물 백리를 끌어가고
밭이랑 산허리를 둘렀으니
보리갈이 가을이 되어 바쁘고
모종하기 초여름에 분망하네.
물을 아무리 대도 샘줄은 졸졸졸
여러해 갈아도 지력은 그대로
농사일 지성으로 보살피니

嶺南歎

尹鉉

1
客從嶺南回,
爲予說南鄕.

南鄕古樂土,
殷庶冠八方.
邑居侔京國,
巷陌迷廊坊.
處處聞鷄犬,
村村樂耕桑.

引渠跨百里,
畬種到山崗.
宿耕當秋急,[1]
蒔苗逮夏忙.
漑久泉脉潤,
犁熟地力良.
人事旣已至,

홍수와 가뭄에도 별 탈이 없었다네.
풍년에는 떡이야 술이야 배부르고
흉년에도 겨는 먹지 않았었다오.

여가에 닥나무 옻나무 돌보고
요긴할손 소나무 대밭이로다.
천리에 빈 땅이 없고
큰 마을이 지경을 연했더라.
민속이 또한 유순하여
북방의 억센 사람들과 같지 않으니
밤에도 문을 닫지 않고
들판에 곡식이 남아 있다네.

2
이렇던 고장이 수년 이래로
인사는 실로 괴롭기 그지없어
번성하던 도회 차츰 쓸쓸해가고
살기 좋은 전원이 날로 황량하여
예전에 백호나 되던 마을
지금은 몇 집 있을까 말까
예전에 삯을 주어 갈던 밭이
지금은 잡초 마당으로 변했구려.

水旱未爲瘁.
樂歲饜餠餌,
凶年免粃糠.

餘務事楮漆,
材用及松篁.
千里無曠土,
百室動連疆.
民俗亦柔淳,
不似北方强.
夜村無閉戶,
栖畝有餘糧.[2]

2
自從數年來,
人事實堪傷.
繁都漸蕭條,
樂郊日荒涼.
昔日百家村,
數戶僅有亡.
昔日貨賃田,
直爲靑草場.

각 고을의 정사를 볼작시면
농사 감독 도로변이라 극성인데
큰길가도 이러하면
깊은 골짜기야 온통 묵었으리.
농사를 짓자 해도 힘이 부치고
팔자 해도 살 사람이 없다네.

嘗觀列邑事,
勸課先路傍.
路傍尙如此,
深谷皆萊荒.
欲耕力不給,
欲賣無人償.

너도나도 옛 터전 버리고
길을 나서 붙들고 갈팡질팡.
의복은 해져 몸뚱이도 못 가린 채
어릿어릿 걷다가 쓰러진다.
밥을 찾아 동서로 흩어지매
이리저리 떠도는 신세로다.

相將棄舊業,
扶挈走倀倀.
衣褐不被體,
纍纍行且僵.
就食散東西,
輾轉居不常.

누군들 살던 집 그리지 않으며
누군들 버려진 논밭 아깝지 않으며
누군들 처자식 사랑하지 않으며
누군들 부모님 생각하지 않으리오!
천륜도 지키지 못하고
영영 남남처럼 갈리노라.

豈不戀居室,
豈不惜田暘.
豈不愛妻子,
豈不念爺孃.
天倫不得保,
絕居如相忘.

혹은 죽어 진구렁 메우고
혹은 장돌뱅이로 떠돌고
혹은 절간에 몸을 던지고

或死溝壑中,
或託場市商.
或於山寺投,

혹은 도적떼에 숨어든다.

수백의 무뢰배들이
떼지어 노략질을 하여
대낮에 사람을 살상하고
야밤에는 횃불 들고 날뛴다.
수십 고을 연결이 되어
무리는 늘어나고 형세는 커져서
도로엔 행인이 끊어지고
군현에서도 감히 대적하지 못한다네.
백성이 피폐하여 흩어지자
도적 무리 점차로 강포해졌구나.

조용히 앞날의 일 생각해보니
나라의 우환은 도적의 난리에 있거니
지방의 관아도 쇠잔해서
정히 파리한 염소 꼴이로고.
지키는 것이란 그 무엇인가?
빈 장부에 텅 빈 창고로다.
혹시나 위급한 일 닥치면
어떻게 재난을 막아내리오?

이렇게 된 연유 어디에 있는가?
실로 정책이 아름답지 않은 때문이라.

或於寇盜藏.

無賴數百群,
相聚逞剽攘.
白日殺越人,
昏夜明火光.
連結數十州,
徒繁勢更張.
行旅不得通,
郡縣莫敢當.
齊民盡消亡,
奸宄漸强梁.[3]

潛思後日事,
深憂在弄潢.[4]
州邑況凋瘵,
政如貢首羊.[5]
所守是何物,
虛簿與空倉.
儻或有警急,
何以應攙搶.

究厥所以然,
實由謀不臧.

병수사 진영장 거의 멋대로 탐학한 무리들
수령들도 자상한 분 아니로다.
한결같이 백성의 고혈만 쥐어짜니
눈앞에 백성의 고통 치료할 자 누구던가?

군적軍籍은 오래도록 파악하지 않아
이름 올린 것이 어지러이 질서가 없어
몸은 떠났어도 신역은 그대로 남고
집은 없어져도 우환은 더욱 자라난다.
원숭이 달아나매 수풀이 화를 입고
성문에 불이 나서 연못의 고기 죽는 격이라.[7]

갈고 씨 뿌리는 일 때를 놓쳤으니
논밭 김매기 어디서 하랴.
이로 인해 수심과 원한이 쌓여
궂은 기운이 천지의 조화를 해쳤는가.

사람이 할 일을 다하지 못했거늘
날씨마저 고르지 못함에 있어서랴!
백곡은 모두 재해를 입었고
해마다 거듭해서 흉년이 들었도다.
관가에 부렴도 바치지 못했는데
곳간이며 농 속에 무엇이 들었겠나!
어떻게 추운 몸을 가리며

領鎭率貪縱,[6]
長民非慈祥.
同然浚膏血,
誰醫眼前瘡.

軍簿久不覈,
名籍亂無章.
身去役尙存,
家破患逾長.
猿亡林木禍,
門火池魚殃.[7]

耕種已失時,
焉得理莠糧.
因玆愁怨積,
戾氣于陰陽.

人事旣不至,
況復愆雨暘.
百穀俱受災,
比年連失穡.
官債不得償,
矧敢望倉箱.
何以盖寒體,

어떻게 주린 배를 채울까?

추위와 주림에 또 전염병 발생하여
불길이 타오르듯 번져나가
온 집에 하나 살아났으면 천행이오.
젊은이 어린이 다 꺼꾸러지고
흩어진 사람 무수하며
죽어간 사람들 헤아릴 수 없다네.

3
지난번 내 먼 길을 나갔다가
날이 저물어 어느 마을에 들르지 않았겠소.
문을 두드려 하룻밤 묵기를 청하고
또 요기할 것 구했더니
그 집에서 노인이 나오는데
수염과 눈썹이 새하얀 분입디다.

"노인장 무슨 일로
빈방을 홀로 지키고 계시오."

노인은 대꾸도 못 하고
머리를 떨군 채 눈물이 그렁그렁.
황혼에 밥을 지어 먹고

何以充飢腸.

寒飢轉作癘,
流染劇火颺.
闔戶幸一活,
壯弱皆夭殤.
離散益無數,
死亡亦難量.

3
頃因遠行邁,
薄暮投村莊.
扣門願寄宿,
且復求水漿.
中有一老父,
鬚眉皓蒼蒼.

借問緣底事,
塊然處空房.

老父不暇應,
垂頭淚先滂.
黃昏炊爨訖,

토방에서 함께 잠을 자는데
노인이 말하길

"내 나이 지금 육십인데
지난해 상처를 했다오.
우리는 대대로 수졸水卒의 역을 지는데
큰아이는 수자리 나가 죽었고
둘째아이는 괴로움 견디지 못해
아비를 두고 도망쳐서
살았는지 죽었는지 소식조차 끊어지니
이제는 문밖에서 기다리지도 않는다오.

누가 있어 내 밥을 지어주며
누가 있어 내 옷을 꿰매줄까.
물 긷고 나무하기 내 손으로 하며
이 한 몸 죽지 못해 살지요.

유독 우리집만 그러리오.
집집이 무너진 담장이니
우리 동네 수십호 마을
이다지 쓸쓸한 정경 언제 보았으리.
모두 부역의 괴로움에 쫓겨
놀란 노루처럼 흩어져 달아났다오."

夜共宿土床.

翁言年六十,
去歲遭妻喪.
世爲水卒役,
長子死於防.
次子不堪命,
逃去不我將.
存亡絶消息,
不復倚門望.

何人炊我食,
何人縫我裳.
汲樵手自親,
一身尙未殭.

不獨吾家然,
所在皆堆墻.
此村數十家,
蕭條見何嘗.
皆爲驅役苦,
散避如驚麞.

석양녘에 옷을 떨치고 일어나
동네를 돌아보며 서성거리니
대문간 덩그렇게 남아서
그을음이 빈 들보에 매달렸는데
밥 짓는 연기는 오르지 않고
묵은 잡초만 눈앞에 가득하더라.

4

나는 벼슬하는 자인지라
이 이야기 듣고 놀라고 두려워
식은땀 흘리며 이마를 찌푸리고
창연히 눈물을 쏟았네.
천릿길 가로막혔는데
구중궁궐 어찌 아득하기만 한가.

경연經筵에서 말씀을 드리더라도
어찌 몸소 보시는 것만 같으리오?
통곡하는 가생賈生[8]은 드물고
유민도流民圖를 바치는 정랑鄭郞[9]은 없도다.
누가 백성의 떠도는 형상을 그려서
임금님 계신 곳에 전해드릴까.

선왕께서 나랏일 보살피던 40년[11]에

晚來拂衣起,
繞村久徜徉.
門閭尙儼然,
炊煤栖空樑.
不見烟火起,
滿目宿草黃.

4

予是肉食者,
聞言實驚惶.
虀黧忽有泚,
愴然涕汪汪.
堂下隔千里,
九重何茫茫.

經帷雖有言,
豈如親見詳.
療哭少賈生,[8]
進圖無鄭郞.[9]
孰摹民離狀,
發遞達未央.[10]

先王四十年,[11]

은택이 바다처럼 흘러서
만물이 번창하여 전염병도 없었고
서럽고 외로운 사람들 굶지는 않았는데
어쩌다가 오늘에 이르러
삶의 고달픔을 노래한 소리만 들리는가?
지금 임금님이 선왕의 뜻 잇기로 생각하면
밝은 빛이 널리 골고루 펼쳐지리라.

세상 구하기를 물에 빠진 사람 건지듯
백성 살피기를 내 몸 상처 치료하듯
애긍한 마음으로 부세를 감해주고
우로雨露의 은택이 차가운 서리를 녹이는데
하물며 보필할 어진 신하
고기가 물을 만나듯 한자리에 모이니
좌우에서 마음과 힘을 다하여
날마다 치적 이루길 생각하고
과오를 직언하는 법가法家가 있고
선정을 펴는 어진 수령이 있으며
부역은 더이상 무거워지지 않고
두터운 은혜 단비에 땅이 푹 젖듯
백성들은 응당 내려주심을 받게 되고
지극한 정치는 맑은 향기 같았도다.

어이하여 정치에 병통이 생겨나서

霈澤流汪洋.
生成無札瘥,
惸獨皆稻粱.
如何至今日,
有此歌隱蓑.[12]
聖明思繼述,
光燭照逾旁.

猶溺師夏后,[13]
如傷擬周王.[14]
哀矜損正供,[15]
雨露弛秋霜.
況復股肱良,
魚水會一堂.[16]
左右竭心力,
思日贊贊襄.
弼違有法家,[17]
宣化有召棠.[18]
賦役不加重,
渥惠愈大霧.
黎民當受賜,
至治宜馨香.

有何疵政舉,

태평스런 세상 끝내 오지 못하는가.
나라의 근본이 온통 흩어졌으니
그 누구와 더불어 바로잡으리.
와르르 무너질 지경에 이를까 근심되나니
냇물이 터지고 나면 막을 길이 없어라.

생각이 여기까지 이름에
밤중에 일어나 방황하노라.

쇠약한 늙은이에 비유하자면
병이 나서 이제 골수에 든 셈이라.
약쑥을 구하면 갈무리해두어야 하고
좋은 약 얻으면 즉시 달여먹어야 하나니
여러모로 병을 낫게 할 길을 생각하며
그리고 또 빌어보기도 한다.
구휼에는 시각을 다투나니
하물며 생사의 위험이 닥친 데야.

백성을 병들게 하는 근원을 찾자면
어찌 정치에 잘못이 없겠는가!
요원의 불길도 불씨로부터 시작되고
도도한 큰물도 한 잔 물에서 발원한다.
흐르는 물이 맑아지려면 수원이 맑아야 되고
그물을 올리려면 벼리를 당겨야 한다.

而不臻時康.
邦本一泮渙,
其誰與胥匡.
所憂在土崩,
川決不及障.

言念一至此,
中夜起彷徨.

譬如衰邁人,
病且成膏肓.
求艾在必畜,[19]
得藥即授湯.
多方思已病,
亦復及祈禳.
治急恐後時,
況以斤斧戕.

倘求病民源,
豈無於政妨.
燎原由灼火,
滔天自濫觴.
清流要澄源,
擧目當摯綱.

손을 뒤집으면 베틀도 움직일 수 있으니
오직 부지런히 힘쓰는 데 있느니라.

反手轉移機,
只在宵旰覆.[20]
(『국간집』중)

1 **숙경宿耕** 보리는 늦가을에 심어서 이듬해 익기 때문에 보리를 '숙맥宿麥'이라 한다. '숙경'은 보리갈이를 뜻하는 것이 아닌가 한다.

2 **서묘栖畝** 거둔 곡식을 논밭에 남겨둔 채 밤을 넘긴다는 말로, 풍년이 들고 민심이 순후함을 칭송하는 의미.

3 **강량强梁** 강포함.(『노자老子』: "强梁者, 不得其死.")

4 **농황弄潢** 반란을 일으킴을 뜻함潢池弄兵.

5 **분수양羒首羊** 『시경·소아·초지화苕之華』에 "牂羊墳首 三星在罶"란 말이 있다. 장양牂羊은 암양이며 분수墳首(=분수羒首)는 머리가 크다는 뜻인데 양이 여위면 머리만 크게 보이는 데서 나온 말이다. 기근이 들어 백물이 제대로 발육하지 못함을 표현한 것이다.

6 **영진領鎭** 지방의 군사기구로 병영兵營·수영水營, 그 아래 진영鎭營을 두었으며, 그 지휘자로 병사·수사 및 진영장이 있었다. 영진은 이 지방의 군사 지휘자들을 지칭하는 것으로 생각된다.

7 초楚나라에서 잃어버린 원숭이를 찾느라 숲이 피해를 입었다는 말이 있으며, 성문에 난 불을 끄려고 연못의 물을 퍼낸 때문에 연못 속의 고기가 죽었다는 이야기가 있다. 무단히 화를 입었음을 비유한 말.(북제北齊 두필杜弼「위동위격양문爲東魏檄梁文」: "楚國亡猿, 禍延林木; 城門失火, 殃及池魚.")

8 **가생賈生** 가의賈誼를 가리킴. 중국 한나라 문제文帝 때 사람으로 시폐를 지적하여 여러 차례 상소를 했으나 채택이 되지 않고 도리어 좌천되었다. 그는 세상을 걱정하여 통곡을 하다가 생애를 마쳤다.

9 **정랑鄭郎** 중국 북송北宋 때 정협鄭俠이 백성들의 유리걸식하는 정경을 목도하고 유민도流民圖를 그려 황제에게 올린 바 있었다.

10 **미앙未央** 중국 전한前漢 때의 유명한 궁궐 이름.

11 조선왕조 11대 임금인 중종中宗이 통치하던 기간을 가리킴. 중종은 1506년에서 1544년까지 39년 동안 왕위에 있었다.

12 습장隰萇 『시경·회풍檜風·습유장초隰有萇楚』는 백성들이 번거로운 정사와 무거운 구실을 견디지 못해 부른 노래로, 자신들의 삶이 습한 곳에 자라는 잡초만도 못 하다고 표현하고 있다.

13 하후夏后 하나라의 우禹임금을 가리킴. 우임금은 홍수를 잘 다스려서 그 공으로 왕위에 오르게 되었다 한다. 유익猶溺, 즉 물에 빠진 것을 구하듯 힘쓰는 태도는 우임금을 본받았다는 뜻이다.

14 여상如傷 '시민여상視民如傷'의 준말. 백성을 내 몸의 상처처럼 보살핀다는 뜻.『맹자·이루離婁』하下에 "文王視民如傷"에서 유래한 구절이다. 문왕文王을 주왕周王으로 표현한 것이다. 이 구절을 직역하면 "시민여상의 태도는 주나라 문왕을 본받았다"로 된다.

15 정공正供 전부田賦를 가리키는 말.(『서경書經·무일無逸』: "文王不敢盤于遊田, 以庶邦惟正之供.")

16 중국 한나라 유비劉備가 제갈량諸葛亮을 얻은 다음 "내가 공명孔明(제갈량의 자)을 만난 것은 고기가 물을 얻은 격이라"라고 말했다 한다.

17 필위弼違·법가法家 '필위'는 과실을 바로잡는다는 뜻.(『서경·익직益稷』: "予違汝弼.") '법가'는 법도를 지키는 세신世臣을 가리킴.

18 중국 주周나라 소백召伯이 순행을 하다가 아가위나무 아래 머물러 쉰 적이 있었는데 후에 백성들이 그의 덕화에 감복해서 아가위나무 베지 말라는 내용의 노래를 부른 바 있다.(『시경·소남召南 ·감당甘棠』)

19 구애求艾 백성의 질고를 구제할 정치를 갈망한다는 뜻.(『맹자·이루』상上: "今之欲王者, 猶七年之病, 求三年之艾也.")

20 소한宵旰·망灊 소의한식宵衣旰食의 준말로 날이 새기 전에 옷을 입고 나서서 밤늦게야 밥을 먹는다는 뜻. '망'은 힘쓴다는 뜻.(『서경·낙고洛誥』: "汝乃時不灊, 乃時惟不永哉!")

◉ 작품 해설

이 시는 16세기 중엽(초년) 영남지방의 민생 실태를 묘사한 것이다. 영남의 길손이 그곳의 실정을 들려주는 식으로 쭉 엮이다가 그의 이야기를 듣고 나서 시인이 정리하는 것으로 마무리를 짓고 있다. 사설이 사뭇 장황하고 담긴 내용도 복잡한 편인데 대략 4부로 나누어볼 수 있다.

제1부에서 작중화자로 설정된 길손이 먼저 영남 땅은 원래 살기 좋은 고장이었다는 사실을 술회한다. 물산이 풍요로웠을 뿐 아니라 인심도 순후했음을 강조하여, 그 사회의 모습은 마치 중세적 이상세계처럼 비치고 있다. 제2부에서는 그토록 낙원을 방불케 했던 고장이 급작스레 피폐해져서 촌락은 황량하게 바뀌고 사람들의 삶이 갈기갈기 찢어져 혹은 굶어죽고 혹은 장돌뱅이로 떠돌고 혹은 절간에 투탁하고 혹은 군도群盜를 이루게 되었다 한다. 이어 그래서 제기된 난점, 그렇게 된 소이연이 언급된다. 그 소이연으로는 정치의 잘못을 지적하고 "나라의 우환은 도적의 난리에 있거니"라고 농민 유리에서 비롯한 군도의 결집을 국가적 위기로 진단하고 있다. 이 대목은 작중화자의 진술이면서 바로 시인의 견해로 생각되는 것이다.

제3부에서 작중화자 자신이 목도했던 어느 마을 한 노인의 이야기를 삽화처럼 제시한다. 이야기 속의 이야기인 셈이다. 노인은 대대로 수졸水卒의 역을 져왔는데, 아들 하나는 그 고역에 죽고 또 하나는 도망을 하여 이제 사고무친의 늙은이가 되고 말았다. 이는 물론 그 노인의 개인적 사정이지만 노인의 입을 통해 "유독 우리집만 그러리오"라고 말했듯 보편적 상황의 구체적 부분인 것이다. 제4부로 와서 비로소 시인의 감회가 개진된다. 시인은 위의 모든 상황을 빚어낸 국정의 과오·비리를 지적하면서 현실을 중병 걸린 환자에 비유하여 근본적 치유책이 강구되어야 할 것으로 본다. 시인은 체제적 위기를 명료히 인식하긴 했으나 거기에 대처하는 방안은 기껏 치자계급의 각성·분발에 기대하고 그 이상 나가지 못했다.

이 「영남탄」은 16세기 중엽 영남지역의 실상을 핍진하게 그린 내용인데 거기에 이조 전기 사회의 모순이 총체적이고도 심도 있게 담겨 있다.

지친 병사의 노래
疲兵行

안수

1

변새의 땅 구름은 막막하고
　　백설이 쌓이어 음산한데
북풍도 사납게 몰아쳐서
　　밀림의 고목들 꺾여지네.

강물은 온통 얼어붙어
　　말발굽이 얼음에 미끄러지고
황량한 변새에 해 저물어
　　되놈의 날라리 구슬퍼라.

이때에 피곤한 병사들은
　　지친 몸 한숨을 내쉬며
방패와 창을 베고 누워
　　시름에 잠 못 이뤄 뒤척인다.

투구는 닳아서 해어지고
　　갑옷은 찬바람에 싸늘한데

疲兵行

安璲

1
關雲漠漠關雪堆,
北風慘慘山木摧.
長河氷合馬蹄滑,
沙塞日暮胡笳哀.
此時疲軍長歎息,
愁枕干戈眠不得.
兜鍪零落鐵衣寒,

한밤중 순찰을 도느라고
 딱따기 치는 손 꼿꼿하구나.

창자는 주림에 비었으니
 언제 한번 배불리 먹어보리.
수자리 삼년을 살다보니
 얼굴은 흙먼지로 찌들었다.

2
한 병사 들려주는 이야기
 "내 젊어서 군적에 매여
관산의 수자리 괴로움
 여태껏 몇번을 거쳤던고.

관산의 수자리 괴로움
 어찌 이루 말로 다 형용하리.
우리네 고혈을 짜서
 장군께 가져다 바치지요.

장군은 날씨가 춥다 하면
 담비 갖옷을 껴입으시니
이 담비 갖옷 한벌이
 황금 열근의 값이라네.

擊柝中宵十指直.
楞腸不得一飽飯,
垢面常帶三年土.

2
自言少年繫軍籍,
傷心幾度關山苦.[1]
關山之苦豈徒云,
苦將膏血輸將軍.
將軍好擁黑貂裘,
一貂皮當金十斤.

장군은 얼마나 잘 자시나
　　매 끼니 태뢰²로 차리는데
하루에 소만 해도 아홉마리
　　그 소들 군중에서 잡는다오.

산골에 담비 찾을 수 없고
　　들판에 쟁기질하는 소 볼 수 없고
가렴주구 언제 끝이 나랴
　　채찍질 무시로 해대는데

솥 속에 들어갈 낟알이며
　　베틀에 걸리는 베자치
낱낱이 샅샅이 끌어내어
　　장군의 곳간으로 들어간다.

장군은 날로날로 살찌거늘
　　병졸들 날로날로 여위어가지요.
누구에게 찾아가 하소나 할까
　　도리어 야단만 맞겠지.

나라님 겨울이 되면
　　병졸들 추울까 근심하사
털옷이야 솜옷이야 챙겨서

將軍好食太牢味,²
一日軍中九牛死.
山無餘貂野無牛,
誅斂無窮捶楚至.
鼎中粒機中布,
一一輸入將軍庫.
將軍日肥土日瘠,
欲往訴之逢彼怒.
至尊每憂軍士凍,
毛衣衲衣年年送.

해마다 해마다 보내주시건만

장군이 나누어줄 때는
　골고루 돌아가질 않으니
따뜻이 지내는 자 별로 없고
　추위에 떠는 자 숱하다오.

병충해며 물난리며 가뭄이며
　어느해라 없는 해 있을꼬.
백성 구제 이런 소리 들리지 않고
　납세를 닦달하여 시끄럽네.

우리 집안에 장정이 많아서
　여남은 명이나 되는데
태반은 견디질 못하고
　고향 떠나 되땅으로 넘어갔다오.

낯선 되땅에 가서 살자 하면
　괴로움 이루 다 말하랴만
장군 밑에 그대로 있으면서
　피와 기름 빨리기보다 낫다뿐이오.

장군이여! 장군이여!
　어찌어찌 갈려가지 않나요?

將軍分給亦不均,
煖者無多寒者衆.
蟲蝗水旱無歲無,
不聞賑恤聞催租.
一家丁壯十餘口,
過半相携逃入胡.
胡中艱苦不可說,
猶勝將軍浚膏血.
將軍將軍胡不去,

장군은 대감이 되실 게고
　우리네 얼마나 기뻐할 텐데.

서울이라 대궐의 문 아득하여
　멀리 머리 돌려 바라볼 뿐이라오.
어사라 오면 무엇하나
　보고도 본체만체 입 다무네.”

3
옛날의 누구누구 명장들이야
　다시 보기 어려우매
오늘밤 벌써 이슥한데
　마음속 끓어서 뜨겁도다.

去爲公卿軍則悅.
君門杳杳但回首,
御史紛紛猶閉舌.

3
廉頗李牧難再見,[3]
激烈中宵腸內熱.
(『기아箕雅』 권14)

안수安璲(1521~?): 자는 서경瑞卿·여패汝佩, 호는 창랑滄浪, 본관은 순흥順興. 판서 침琛의 손자로, 명종 때 문과에 급제, 옥당 한림의 벼슬을 지냈다. 그의 문집은 따로 전하지 않고 『기아』등에 시 작품 몇편이 실려 있다.

🌸 작품 해설

이 시는 북쪽 국경선에 배치된 병사들의 괴로움을 그린 내용이다. 역시 3부로 구성되었으며, 두만강가에서 수자리 사는 한 병사가 자신이 겪는 고통을 직접 들려주는 방식을 쓰고 있다.

변경의 춥고 황량한 환경, 그곳에서 덜덜 떨며 주린 창자를 안고 근무하는 병사들이 제1부 서장에 등장한다. 그중에 한 병사가 이야기를 시작하는 것이다. 그는 이름이 군적에 올랐기 때문에, 한번도 아니고 여러번 수자리의 고역을 치러야 한다. 병졸들은 극도로 열악한 상태에 놓여 고생하는데 반해 장군은 호의호식을 누리면서 병졸들에게 폭력을 휘두르는 것이다. 장군의 행락은 오로지 병졸을 포함하여 백성 일반에 대한 수탈에 의해서 가능하다. "장군은 날로날로 살찌거늘 병졸들 날로날로 여위어가지요"라는 말로 장군과 병사 사이의 모순관계를 단적으로 드러냈다.

한편 이 군역의 고통을 견디다 못해 정든 고장을 떠나 두만강을 넘어가는 사람들도 많다고 한다. 우리 민족이 북간도로 이주한 사례는 19세기 후반부터가 아니고 이미 16세기에 있었음을 알게 된다. 시인은 병사의 기막힌 사연을 듣고도 바야흐로 여진족이 일어나는 정세에서 국경의 수비를 소홀히 할 수 없는 줄 아는 터이라, 다만 현명하고 유능한 장수를 기대한다. 그러나 현재 그런 인물이 나오기를 기약할 수 없기 때문에, 시인은 "오늘밤 벌써 이슥한데 마음속 끓어서 뜨겁도다"라고 고뇌를 호소할 뿐이다.

여기 병사에게 고통을 지워준 역은 백성 일반의 역이므로, 병사의 고통은 곧 민의 현실의 일부다. 다시 말하면 병사의 질고는 특수한 사정이지만 당시 사회의 기본모순에서 발생한 것이다.

고기 파는 늙은이
賣魚翁行

홍성민

새벽녘 울타리 옆에서
　왁자지껄 흥정하는 소리
억지로 자리에서 일어나
　사립문 열고서 나가보니

한 사람 고기를 들고
　다른 사람 곡식을 들고
값을 서로 깎자거니 올리자거니
　다투는 소리 왁자지껄.

두 사람 불러놓고
　다투는 연유 물어보니
고기 파는 늙은이
　곡식 가진 자 제치고 말하기를

"간밤에 낚싯줄 싣고
　드넓은 바다로 나가는데
갈댓잎 같은 조각배 한척으로

賣魚翁行

洪聖民

平明籬落有市語,
病夫强起開柴門.
一人持魚一人粟,
上下其價聲自喧.
呼來一一問所以,
魚者却與粟者言.
把竿昨夜入滄海,
一葦却犯千丈渾.

천길만길 깊은 물속 덤벼드니

성난 파도 높이 일어 솟구치면
　뒤미처 물결이 차곡차곡
저 하늘 끝까지 쳐나가고
　산자락에 부딪쳐 후벼팔 듯

미친바람 사정을 두나요
　나라고 행여나 보아줄까
한 조각 작은 배에 실린 몸
　고래 밥 되기에 알맞지요.

죽을 고비 백번 무릅쓰고
　고기 한마리 엿보아
만경창파 끝없이 헤치면서
　낚싯줄 몇번이나 던졌던가?

배를 대고 집이라 돌아오니
　처자식 고기 보고 반가워서
'큰 고기 열수나 되는데
　열 식구 하루 양식은 안 될라구.'

첫새벽 바람에 나가서
　고기 사갈 사람을 만나면

驚濤纔亢疊浪起,
拍盡天端控山根.
狂風儻或不我饒,
扁舠定作長鯨吞.
冒百死窺一魚,
環却滄溟投幾番.
歸來談笑對妻子,
十鬣可備十口餐.
凌晨作急向人家,

쌀이건 서속이건 바꾸어
　　아침 끼니 이으리라 생각했는데

제 어찌 곡식만 귀한 줄 알고
　　남의 고기는 천하게 친단 말이오?
샌님, 한번 사생 경중 헤아려
　　생선값 곡식값 판정해주옵소서."

나 고기 파는 늙은이의 말을 듣고
　　그 늙은이에게 말하되

"노인 양반 실로 두렵구려.
　　바다 밑에 원혼이 되면 어쩔 테요.
그런 위험 무릅쓰고
　　죽음도 피하지 않으며
목구멍 위해 바치다가
　　필경에 누구를 원망하겠소?"

고기 파는 늙은이 나의 말에
　　도리어 박수를 치면서
껄껄 웃음 내놓는데
　　수염이 앞으로 솟아오르네.

"샌님은 보시지 못했나요?

粟粒庶及朝未噉.
渠胡爲貴爾粟賤爾魚 (我)[1]
死生輕重君須論.
我聞翁語爲翁說,
翁乎恐作波底魂.
蹈危不止險不避,
爲口腹死將誰寃.
翁聞吾語還拍手,
一笑不覺髯自掀.
君不見尋常平地起波瀾,

심상한 평지에도 때로 풍파가 일어난걸.
　드넓은 바다에 성난 파도
　뒤집는 물결에 못지않습디다.

앞에 가던 배 뒤집혀도
　뒤에 따르던 배 그냥 가데요.²
이익 명예 있는 곳에선
　다투어 물결이 일어나지요.

우리 인생 입구멍 열렸으니
　기어코 먹이를 도모할밖에
이 세상 온통 그러하니
　사람들 모두 눈이 어둡지요."

노인의 이야기 듣다가
　낯 뜨거워 대꾸도 못 한 채
나는 할 말을 잃고
　공연히 두 손만 비비고 섰네.

不啻海洋驚濤鼈.
前舟旣覆後舟繼,²
名利所在爭波奔.
人生有口卽謀食,
滔滔世上人自惛.
聞來板顏慙不對,
吾舌難將吾手捫.
(『졸옹집拙翁集』 권2)

---

1 원문에는 '이어爾魚'로 되어 있으나 '아어我魚'로 되어야 옳은 듯하다.
2 "앞 수레가 넘어진 것은 뒤 수레의 경계가 된다"(『한서漢書·가의전賈誼傳』: "前車覆
　後車誡.")라는 말이 있다. 여기서는 앞의 실패를 보고도 그것을 귀감으로 삼지 않는다
　는 뜻이다.

🏵 작자 소개

홍성민洪聖民(1536~94): 자는 시가時可, 호는 졸옹拙翁, 본관은 남양南陽. 서경덕徐敬德의 문인으로 명종 때 문과에 급제, 예조판서·대제학에 이르고, 종계변무宗系辨誣의 공으로 익성군의 봉을 받았다. 타고난 인품이 빼어나며 문장이 맑고 아름답다는 평을 들었다. 『졸옹집』 10권 4책을 남겼는데 고고학·민속학에 참고되는 자료가 실려 있으며 시작에서는 사실적 경향을 띠었다. 선조 24년(1591) 후계자를 정하는 문제로 정철鄭澈이 실각하자 같은 당으로 몰려 북쪽 변경인 함경도 부령富寧(부성富城)으로 귀양을 가게 되었다. 이때 견문한 사실들을 시와 산문으로 남긴 바 있다.

🏵 작품 해설

작자 홍성민은 1591년에 함경북도 부령의 강촌羌村이란 곳으로 귀양을 갔었다. 이 시는 거기서 자신이 목도한 사실을 쓴 것이다. 작자는 동일한 소재를 따로 산문으로 쓰기도 했다.(「매어옹문답서賣魚翁問答敍」)

이 시에는 세 인물이 등장하고 있다. 고기를 잡아서 파는 노인과 곡식을 가진 사람, 그리고 시인이다. 고기 파는 자는 획득하는 과정의 위험부담을 내세워 고기의 가치를 주장하고 곡식 가진 자는 인간의 생존에 좀더 기본적임을 들어 곡식의 가치를 주장해서 서로 값을 다툰다. 시인은 그 다툼을 중재하여 거래를 성립시킨 다음, 고기팔이 늙은이에게 왜 하필 험난하고 괴로운 일을 사서 하느냐고 묻는다. 이어 그 노인은 살아가기 위해 불가피한 일임을 일깨워준다.

이 대략의 줄거리는 시와 산문이 서로 일치하는 것이다. 작품의 주제 역시 서로 다르지 않다. 즉 시의 맨 마지막 구절에서 "노인의 이야기 듣다가 낯 뜨거워 대꾸도 못 한 채/나는 할 말을 잃고 공연히 두 손만 비비고 섰네"라고 시인이 소회를 직접 밝힌바 노동하는 인간의 먹고살기 위한 노고를 삶의 진실로 인식하는 내용이다. 다만, 산문 쪽이 사실을 보다 상세히 전하고 있음은 물론이다. 그런데 작품에서 받는 인상은 서로 같지 않다. 시는 대체로 한결 간결하게 서술되었다. 특히 곡식 가진 자가 주장한 말과 시인이 중재한 사연을 대담하게 생략해버렸다. 반면에 고기 파는 노인의 바다에서 조업하는 위험이 상세하고도 다소 과장되게 그려져 있다. 그리고 고기 잡는 일을 왜 굳이 하느냐는 시인의 의문에 보였던 반응을 "고기 파는 늙은이 나의 말에 도리어 박수를 치면서 / 껄껄 웃음 내놓는데 수염이 앞으로 솟아오르네"라고 아주 극적으로 묘사하고 있다. 산문에서는 이 부분에 묘사적 표현을 쓰지 않고 넘어갔다. 요컨대, 시 쪽에서 고기 파는 노인의 성격이 좀더 뚜렷하게 되고 형상이 보다 강하게 부각된 것이다. 여기서 형상성이 강화되는 서사시의 한 특성을 엿볼 수 있다. 시인은 현장적 체험을 통해 삶의 진실을 깨닫고 그만큼 서사성에 다가갔던 셈이다.

자식과 이별하는 어머니
母別子

김성일

1

어미는 자식과 헤어지고
  자식은 어미와 헤어져
어미는 남쪽 길로
  자식은 북쪽 길로

길가에 서서 머뭇머뭇
  차마 떠나지 못하고
목메어 서로서로 바라보며
  눈물이 가슴에 미어지네.

2

"웬일이오? 당신들
  어미요 자식으로
타고난 골육의 은정
  영원히 끊지 못할 사이거늘

母別子[1]

金誠一

1
母別子子別母,
母向天南子地北.
蹰躇路側不忍去,
嗚咽相看淚橫臆.

2
問爾母子互爲命,
骨肉恩情天罔極.

길 가다 만난 사람처럼
　　지금 남남으로 갈라서
천연의 윤기 돌보잖고
　　저 스스로 버린단 말이오?"

3
이들 모자 하는 말 이렇더라.

"저희는 본래 농부로
　　남의 땅 부치고 살아
여자는 누에 치고 길쌈하고
　　남자는 밭 갈고 김매고

연년이 농사짓기 길쌈하기
　　때를 놓치지 않고 부지런히 일하여
우리 여러 식구 한가족
　　먹고 입고 그렁저렁 살았지요.

지난여름 몹시도 가물더니
　　가을까지 비는 오지 않고
올해도 연거푸 가뭄이 들어
　　천리 땅이 벌겋게 타는 지경이었소.

今胡相棄若路人,
天性之倫還自賊.

3
自言本是佃家戶,[2]
女事蠶織男耕植.
耕桑歲歲不失時,
八口之家甘食力.
去年夏旱秋不雨,
今歲仍逢千里赤.

밭이랑 풀풀 먼지만 날려
  당초에 파종도 못 해보니
논밭이라고 김매고 가꿀 곡식
  어디 푸른 싹 하나 있었겠소?

동지섣달 추운 날에
  네 벽이 서발막대 거칠 것 없으니
곡식 한톨 어디 있나
  식구들 굶주림에 지쳤는데

관가에 바칠 구실은
  그래도 밀리고 쌓여서
원님의 호령하는 소리
  성화같이 급한지라.

아전들 나와서 부세 독촉
  연보連保3로 엮어넣는데
채찍 휘두르고 매질해대며
  훑어내고 발라내기 능사라.

목전에 큰 병 얻어
  그 병 아직 낫기도 전에
증조 고조 할아버지 포흠까지
  이제 와서 어서 내라 닦달한다오.

塵飛南畝種不入,
有田何由芸黍稷.
天寒歲暮四壁空,
全家饑饉何太迫.
公門賦役尙塡委,
縣官號令星火急.
追胥連保索官租,3
鞭扑狼藉爭掊克.
眼前瘡疣醫未了,4
高曾逋負來相督.

나라 살림 맡은 분네들
   그래도 국고를 걱정하사
날마다 기일을 다그쳐
   경계하고 신칙하기 거듭하니

백성에게 모질게 징수해야
   이야말로 유능한 수령이요
조세 독촉 느슨한 수령은
   갈데없이 탄핵을 받는답디다.

임금이 백성을 걱정하사
   아무리 조서를 내려도
아! 곤궁한 백성들
   은덕을 입을 길이 없사외다.

이러므로 우리 살아갈 일
   날로날로 어려우니
한마을 이웃해 살던 사람들
   빈손 털고 나선 자 그 몇몇인고?

금년 봄엔 길쌈거리마저도
   남김없이 팔아버렸으니
이제는 무슨 마련으로

有司猶懷經費虞,
日將期會申戒勅.
深於賦民是能吏,
拙於催科必見劾.[5]
聖君雖下哀痛詔,
嗟我顚連不見德.
以玆生理日微滅,
同里幾人遭蕩析.
年來賣盡二月絲,
此日於何糴新穀.

햇곡을 팔아 먹겠소.

대대로 벌어먹던 전장은
　　하나하나 부잣집으로 들어가고
사방을 구석구석 둘러봐야
　　휑뎅그렁하게 텅 빈 집

하늘 같은 남편 지난달에
　　병이 들어 기어이 일어나지 못했고
어린 자식 또 오늘 아침에
　　굶어 죽어 내다 묻었다오.

죽을 고비 몇번인고
　　간신히 살아남은 우리 모자
천지간에 실낱같은 목숨
　　참으로 조석간에 달렸다오.

어미는 기르고 자식은 봉양하고
　　이제 영영 그만인 줄 알았기에
어떻게든 따로따로 갈라서
　　낙원이 어딜지 찾아나 가볼까

동서로 제가끔 떠돌며
　　입에 풀칠이나 꾀하고

田園盡入富民家,
四顧惟餘懸磬屋.[6]
良人前月病不興,
赤子今朝棄溝壑.
九死餘生有母子,
軀命如絲在朝夕.
相生相養知已矣,
任爾化離尋樂國.
東西糊口各自謀,

모진 이 목숨 하루나마
　　연명하길 바랄 뿐이지요.

아득한 하늘과 땅 사이에
　　외로운 한 몸뚱이 서로 갈려
어디서 죽는지 어디서 사는지
　　이제는 소식조차 막히겠소."

말소리 귀에 아직 울리는데
　　이들 모자 서로 길을 떠나
열 걸음에 아홉번 돌아보다
　　고개를 아래로 숙이는구나.

所希只欲延晷刻.
茫茫天地一身單,
死生存亡從此隔.
聞言未了忽相分,
十步九顧猶掩抑.

4
슬프다! 나 또한
　　농촌에서 나고 자라
백성의 기쁘고 슬픈 사정
　　익숙히 보아 알거니

4
嗟余生長田家中,
慣看黎民休與戚.
數載蒙恩仰太倉,
寒有餘衣飢有食.

이 근래 몇년 동안 벼슬 살아
　　나라 곡식 받아먹은 이후
추위에 옷이 다습고
　　배고픔에 밥이 있어

처자식 먹여살릴 걱정
   눈앞에 모르고 지냈으니
창생의 울부짖는 소리
   어찌 귓가에 울리었으랴.

오늘 이 모자의 정상에
   비로소 놀라 한숨 쉬며
노상에서 눈물을 뿌리고
   못내 마음 아파하노라.

한번 처지가 바뀌고 보니
   농민의 아픔이 닿아오지 않거늘
하물며 구중궁궐에서야
   농사짓는 괴로움 어이 알리!

그 누가 저 유민의 가련한 정경
   그림으로 자세히 그려다
대궐 뜰에 펼쳐
   밝게 살펴시도록 하려나.

眼中不解妻子憂,
耳邊豈聞蒼生哭.
今行目擊始驚歎,
揮淚中逵心惻惻.
一爲居移尙有阻,
況乃九重知稼穡.
何人重寫流民圖,
特獻丹墀作明燭.[7]
(『학봉집鶴峰集』권1)

1 **모별자母別子** 원래 백거이의 『신악부新樂府』의 제목 중 하나다.

2 **전가호佃家戶** 남의 땅을 부치는 민호. 전객佃客.

3 **추서追胥·연보連保** '추서'는 도적을 잡으러 나온 아전을 가리킴. 원래 '추서'는 『주례周禮·소사도小司徒』의 직으로 나라의 법을 관장하여 도적을 추격했다 함. '연보'는 연좌連坐의 뜻이니 일족이나 이웃에 연대책임을 묻는 것.(『송사宋史·노동전盧東傳』: "追胥連保, 罪及妻奴."; 남송南宋 조원趙元 「인부곡鄰婦哭」: "追胥夜至星火急.")

4 **안전창우眼前瘡疣** 목전의 위급한 상황. 당나리 시인 섭이중聶夷中이 「상전가시傷田家詩」에 "눈앞의 종기를 치료하느라 심장 머리를 도려내게 되누나[醫得眼前瘡, 剜刻心頭肉]"라는 구절이 있다.

5 **졸어최과拙於催科** '최과'는 부세를 독촉해서 받아내는 것을 가리킴. 당시 수령의 치적을 평가하는 조목으로 '최과정졸催科政拙'이라는 말이 흔히 들어 있었다.

6 **현경懸磬** 집안에 아무것도 없이 극빈한 모양. 그것을 경쇠를 매단 듯하다고 표현했음.(『좌전左傳·희공26년僖公二十六年』: "室如懸磬, 野無青草, 何恃而不恐.")

7 **단치丹墀** 옛날 궁전의 돌계단에 붉은색 칠을 한 데서 나온 말. 곧 임금이 있는 곳을 가리킴.

⬤ 작자 소개

　김성일金誠一(1538~93): 자는 사순士純, 호는 학봉鶴峰, 본관은 의성義城. 경
상도 안동 출신으로 퇴계 이황의 문인. 임진란이 일어나기 직전 일본에 사신으
로 다녀온 일이 있었고 전쟁 중에는 경상우도 감사로서 적군을 막아 싸우는 데
공적이 있었다. 성품이 강직했던 것으로 유명하다. 저서로 『학봉집』 『퇴계선생
실기退溪先生實記』가 있다. 「애궁민哀窮民」 「전가농담田家農談」 「자식과 이별하
는 어머니」 등 시편에서는 애민적 자세에서 농민 수탈의 실상을 심각한 필치로
제기했다.

⬤ 작품 해설

　이 시는 어머니와 아들이 천지간에 외톨이로 이산하는 사연을 노래한 것이
다. 전체가 4부로 엮이는데 둘째·셋째 단락은 문답형식을 쓰고 있다.

　제1부는 모자가 남과 북으로 각기 길을 떠나며 흐느끼는 장면으로 시작된다.
제2부는 시인이 의아해서 그 연유를 물어보는 대목이고, 제3부는 그에 대한 어
머니의 답변으로 작품의 알맹이에 해당한다. 그의 집은 남자는 농사짓고, 여자
는 길쌈하며 일을 부지런히 하면 굶지 않고 살아갈 만했다. 그런데 이 가정에 횡
액이 닥쳤으니 무서운 흉년이었다. 흉년은 넘기기 어려운 고비지만 더욱 어려운
것은 흉년에도 몰아닥친 관가의 수탈이었다. 그래서 가진 것이라곤 모두 날리고
가족마저 기아에 쓰러지고 오직 모자 단둘만 남게 되었다는 것이다.

　제4부는 시인의 소회와 평결이다. 시인은 자기 자신에 대해 벼슬을 하느라고
안일한 생활에 젖어 있었으니 "창생의 울부짖는 소리 어찌 귓가에 울리었으랴"
라고 자아비판을 하고 있다. 또한 앞서 어머니의 입을 빌려 "백성에게 모질게 징
수해야 이야말로 유능한 수령이요/조세 독촉 느슨한 수령은 갈데없이 탄핵을
받는답디다"라고, 대개 과도한 수탈을 지방관의 개인적 선악의 차원을 넘어서
제도의 구조적인 문제로 지적했던 것이다. 시인은 사대부의 자세를 견지하는 터
이지만 투철한 애민의식으로 자기반성을 했기 때문에, 민에 대한 시각이 매우
진지하며 체제적 비판에까지 어느정도 다가선 것이다.

　이 시의 창작연대는 선조 9년(1576)이다. 그해 여름에 시인은 사가독서賜暇

讀書의 명을 받아 독서당讀書堂에 있었던바, 당시 조제朝製로 지은 시첩 속에 이 시가 들어 있던 것이다. 민의 현실을 핍진하게 그린 시인의 입장은 양심적 관인의 사명감에 기반한 것이었음을 확인할 수 있다.

달구지 모는 아이

驅車兒

권필

달구지 모는 아이야!
서른살 마흔살 되어도
　너는 마냥 총각이라지.

제집 있어도 살질 못하고
　제 땅을 갈지도 못하고
연년이 벌목하느라
　산골에 있다네.

말 한번 물어보자
　벌목은 하여 어디다 쓰는고?
서울이라 성중에
　고루거각 세운다오.

고루거각 구름 사이로 연이으니
　산에 울창한 나무들 다 벗겨지지요.
관가에선 어찌나 재촉하는지
　어느 하루 편할 날 있으리오.

驅車兒[1]

權韠

驅車兒!
三十四十猶總角.
有廬不居田不耕,
年年伐木在山谷.
借問伐木何所用?
長安城中起樓閣.
樓閣連雲山木盡,
官家催促無虛日.

간밤에 봄비 날리더니
　성남의 길이 미끄러워
밭둑길에 풀린 흙
　무릎까지 푹푹 빠져드는데

하루 온종일 소를 몰아
　열 발짝 후유 다섯 발짝 후유
소는 주려도 먹일 풀 없고
　달구지꾼 배고파도 먹을 밥 없고

사람은 굶어도 그만이지만
소야 주리면 꺼꾸러질 텐데……

달구지 모는 총각아!
　너 응당 할 말이 있으리.
옆에 사람들도 네 이야길 듣고
　측은해 가슴 아파하더라.

총각은 소를 몰고
　소는 수레 끌고
소발굽 터덜터덜
　수레바퀴 삐걱삐걱

城南昨夜飛雨滑,
陌上春泥深沒膝.
竟日十步五步間,
牛飢無草兒不食.
兒不食尙可,
牛飢恐失足.
驅車兒, 兒有辭,
傍人聞之亦悽惻.
兒驅牛, 牛駕車,
牛蹄跈跈車轆轆.

삐걱삐걱 터덜터덜
　　이러구러 십여년에
사람은 처자도 못 거느리고
　　소는 새끼도 낳질 못하고.

어느날 아침에 갑자기
　　소도 쓰러지고 사람도 죽고 보면
그때 가서 관가는
　　어디다 매질 채찍질 할 텐고?

이 뜻을 그대로 적어
　　대궐문 두드리고 호소나 해볼까?
혹시나 때맞춰 명령이 내려
　　이 고역이 면제될 수 있으면

아이는 소와 더불어 한가로이
　　서로 꾸벅꾸벅 졸 적에
촌마을 해는 길고
　　뽕나무 삼밭이 푸르러가리.

轆轆跁跒十餘歲,
兒身無子牛無犢.
一朝牛斃兒亦死,
官家何處施鞭扑.
願將此意呌天閽,
及時下令除苦役.
兒但與牛相對眠,
日長村巷桑麻綠.
(『석주집石洲集』 권2)

1 제목 아래 "어린시절의 작〔兒時作〕"이라는 말이 적혀 있다.

● 작자 소개

권필權鞸(1569~1612): 자는 여장汝章, 호는 석주石洲, 본관은 안동. 정철의 문인으로, 시사時事를 못마땅히 여겨 벼슬길에 나가지 않았다. 시인으로 명성을 얻었는데 광해군의 외척을 풍자한 시를 지은 것으로 시안詩案에 걸려 혹형을 당하고 귀양 가던 중도에 죽었다. 『석주집』이 있는데 풍자적인 작품이 많으며 따로 『주생전周生傳』이란 소설을 남겼다.

● 작품 해설

이 시의 주인공은 달구지를 모는 사람이다. 그는 나이 40이 되도록 아직 장가도 들지 못한 채 산속에서 벌목을 하고 목재를 실어내는 일을 숙명처럼 하고 있다. 그래서 그는 '달구지 모는 아이'라는 칭호를 아직 면하지 못한 것이다.

작품의 현재는 주인공이 진창길에서 목재를 운반하는 상황이다. 그야말로 "열 발짝 후유 다섯 발짝 후유" 하는 작업조건에다가 배는 고픈데 밥이 없다. 그럼에도 "사람은 굶어도 그만이지만/소야 주리면 꺼꾸러질 텐데……"라고 소를 우선 걱정한다. 이처럼 기아의 고통을 표현하면서 자기 몸보다 소를 소중히 여기는 일하는 사람의 심리를 잘 보여주고 있다.

주인공에게 달구지 모는 일은 일종의 부역인데, 그에게는 숙명적 고역이다. 작품은 그 굴레에서 벗어나지 못하는 주인공의 모습을 10년이나 터벅터벅 달구지를 끄는 소에다 견주고 있다. "사람은 처자도 못 거느리고 소는 새끼도 낳질 못하고"라는 대목에서 고역의 비인도적 성격이 뚜렷하게 된다. 여기서 백성들이 진 고역이 그들의 삶을 무참하게 짓밟았던 사정을 생생하게 엿볼 수 있다. 역은 아무래도 벗어나기 어려운 체제적 굴레였으니, 시인은 현실적 해결책을 발견하지 못한 나머지 늙은 총각과 고달픈 소의 행복을 되찾는 날을 가상적인 소망으로 처리하고 말았다.

봉산 동촌에서
宿鳳山東村

이민성

눈 덮인 빈산에
　한 줄기 오솔길 뻗어 있어
외진 마을에 저문 연기 오르는데
　방아 찧는 소리 드물더라.

수숫대 엮어서
　울타리라 가린 집에
기울어진 벽 옆으로
　베틀 하나 놓였는데

일흔 다 된 늙은 할멈
　꼬부라진 허리로 쪼그리고 앉아
손님 보고 후유 한숨 쉬며
　눈물 섞어 신세를 하소연한다.

"연전에 자식 하나 둔 것이
　병영兵營에 소속이 되었는데
명색이 포수로 뽑혀서

宿鳳山東村

李民成

空山雪塞有微徑,
孤村煙暝響踈杵.
蜀楷編縛代柴荊,
倚壁無綜有機杼.
七十老嫗膝過肩,
見客咿嚘泣且訴.
一子年前屬右營,[1]
身充火手渡遼去.[2]

요동遼東 땅으로 건너갔지요.

거기서 우리 군사 싸움에 패했으니
　전들 살아올 수 있겠나요.
뼈다귀 뒹구는 모래밭
　어느 곳에 파묻혔는지……

늙은이 고단한 신세
　죽으나 사나 매일반이지만
어린 손자 품에 안고
　한목숨 어디 의지해 살아가나……

또 지난겨울 일이지요.
　수자리 군사 수백명이 들이닥쳐
우리 마을 짓밟고 빼앗는데
　사납기 되놈들보다 무섭습디다.

쌀독에 곡식 바닥나고
　간장 된장까지 거덜났는데
어찌 바라기나 하였겠소,
　고리짝에 옷가진들 남겨두리라고……

우리 몇 식구
　도토리 산나물로 연명하니

全師覆沒無得脫,
戰骨沙場收底所.
老身單獨與死伍,
抱持幼孫無置處.
前冬戍兵數百騎,
劫掠村閭甚於虜.
瓶缸一空菹醬竭,
遺資敢望留筐筥.
數口充糊雜橡菽,

몸은 야위고 기운이 빠져
　팔다리도 말을 듣지 않고

목숨이 모질어 살아는 있지만
　사는 것이 죽느니만 못 하지요.
차라리 지금 눈이나 감아버리면
　다시 무슨 근심 걱정 있으리오.”

할머니의 하소연을 듣고 있자니
　뼛골에 사무치도록 눈물겹다.

“할머니, 잠깐
　내 말도 좀 들어보오.

우리집 식구 중에도 있었지요,
　창 들고 싸움터 나간 사람.
목숨이 실처럼 이어져
　만번 죽을 고비 살아서 돌아왔구려.[3]

내 지금 먼 길을 가는 것도
　이 모진 전쟁 때문이라오.
방금 말씀을 듣고서
　나도 모르게 눈물이 쏟아지오.”

四肢羸困難掉擧.
頑命雖存不如死,
死後更有何思慮.
我聞此言心骨悲,
爾語且休聆我語.
我家亦有荷殳人,
萬死生還命如縷.[3]
儂今來往爲此耳,
聽渠不覺零如雨.

아아 슬프다!
　이를 어찌하나
넓고 넓은 하늘 아래
　할멈 혼자만 저러할까?

어이하면 얻을 건고?
　전쟁이 영영 끝나 병장기 없어지고
넓고 넓은 하늘 아래
　홀어미도 생겨나지 않는 세상.

嗚呼哀哉可奈何?
普天之下奚獨汝.
安得銷兵息戰鬪,
普天之下無寡女?
(『경정집敬亭集』 권11)

1 **우영右營** 황주黃州에 있었던 황해도 병영.
2 1619년(광해군 11년) 초에 명明나라의 요청으로 청淸을 치기 위해 압록강 건너로 파
　병한 사실이 있었다. 이때 작중 할머니의 외아들은 화수火手(포수)로 원정군에 편성
　되었던 것이다.
3 이 시인의 친아우인 이민환李民寏(1573~1649, 호 자암紫巖)은 강홍립姜弘立의 휘하
　로 출정했다가 부차富車의 전투에서 후금의 포로가 된 후 17개월 만에 풀려났는데,
　다시 무고를 받아 평안도 지방에서 돌아오지 못하고 있었다. 시인은 그 아우를 보러
　가는 길에 봉산 땅을 거치게 되었던 것이다.

🏵 작자 소개

이민성李民宬(1570~1629): 자는 관보寬甫, 호는 경정敬亭, 본관은 영천永川. 선조 때 문과에 급제해 호당에 들어갔고, 형조참의에 이르렀다. 저서로 『경정집』 『조천록朝天錄』이 있다. 영남 출신으로 퇴계학통에 속했는데 일정하게 합리적·비판적 사고를 보였으며, 시 경향에서는 김성일의 영향을 받았던 것 같다.

🏵 작품 해설

이 시는 황해도 봉산 고을의 동촌이란 마을에 과객(＝시인)이 들러서 할머니와 나눈 이야기로 엮인 것이다. 1620년경의 겨울 어느날이 시의 현재다.

그전에 이조 정부는 명의 지원 요청을 받고 1만 3천의 군대를 요동으로 파견했다. 우리로서는 끼어들지 말았어야 할 싸움터에 들어가서 우리의 수많은 자제들이 희생되었을 뿐 아니라, 인원의 상당수는 적측으로 돌아섰던 것이다. 이 역사 사실이 시의 중심 내용으로 다루어지고 있다.

작중 할머니의 외아들도 그 싸움터에 끌려나갔다가 전사한 것이다. 이 할머니에게 재난은 그것으로 그치지 않는다. 자식을 잃고 비탄에 잠긴 할머니 앞에 웬 관군이 들이닥쳐 식량이며 의복을 탈취해간 것이다. 지금 할머니는 "목숨이 모질어 살아는 있지만 사는 것이 죽느니만 못 하"고 한숨 쉬고 있다.

시인 자신도 지난 파병의 고통을 직접 당한 처지였다. 바로 그의 친아우가 문관으로 참여했다가 천신만고 끝에 귀환했다. 그런데 또 살아 돌아온 때문에 무고를 받아 유배를 당했던 것이다. 할머니의 호소가 시인에게 남달리 들리고 생각한 바 깊었을 것임은 물론이다. 작품 내용의 진지성은 이에 연유했다고 본다. 그렇지만 당시 국제정세의 흐름이나 내부 현실의 모순을 전체적으로 읽지 못했던 시인으로서는, 군의 존재를 회의하면서도 다른 방안을 생각해내지 못하고 막연히 평화를 염원하는 관념으로 귀착할밖에 없었다.

노인과의 문답
老翁問答

이경석

길을 가다 갈원葛院¹에 투숙해서
우연히 팔십 노인을 만났더라네.
옆에 있는 할멈과
마주보고 울고 있기에

"노인은 무슨 일로 이렇게 슬퍼하오?"

대답을 하려다 말고 목이 메어
눈물을 닦으며 실정을 토로하더라.

"나 본디 생활이 넉넉했지요.
아들들 벌써 장정이 되었고
이웃의 일가들 서로 도우며
오순도순 자작일촌하여
뿌리고 가꾸고 즐겁게 살았지요.
누가 생각이나 했으리오! 큰 흉년 만날 줄
그런데도 부세를 몹시 다그치니
하루도 지탱하기 어려운 지경이라

老翁問答

李景奭

行投葛院宿,¹
有翁年八十,
復有一老嫗,
與之相對泣.

問翁悲何事?

欲答還嗚咽.
拭淚乃吐懷,

儂本饒生活,
有男已成丁,
有族能相恤.
煙火自一村,
共保耕鑿樂.
誰意値大無?
賦斂仍刻迫,
居難一日支,

일조에 온 가족이 흩어지고 말았답니다.
혈육 사이도 지켜주질 못해
남과 북으로 뿔뿔이 떠나갔소.
이 할멈은 나의 아내라
함께 떠돌며 구걸을 다니지요.
'불쌍타' 주는 음식 달게 받아먹고
하루 이틀 연명해가는데
이제 날씨마저 추워지니
이 한해 어떻게 마치리오!
해어진 옷이 몸을 가리지 못해
서릿바람 뼈에 사무치는데
옛집으로 돌아가자 해도
마을은 비고 쑥대만 무성하니
지붕은 이고 손을 본다지만
부세 추징당하는 걸 어찌하리오.
길에서 떠돌다가 죽기 십상인데
백골은 장차 어디에 묻힐까요?
이런 까닭에 저절로 비감이 들어
생각할수록 눈물이 앞을 가립니다."

나는 노인의 말을 듣고
어떻게 위로할지 한숨을 쉬며

"노옹이여! 너무 슬퍼 마오.

一朝盡蕩柝.
骨肉不相保,
流離各南北.
嫗乃儂之妻,
道路偕行乞.
嗟來忍羞恥,[2]
得以延今日.
卽今迫天寒,
歲徂何以卒?
破衣不掩體,
霜風吹到骨.
欲還舊墻屋,
村空但蒿荻,
縱能葺茅茨,
無力充徵索.
只應死道路,
白骨竟何托?
是以心自悲,
念之涕橫臆.

我聞翁之言,
爲之增太息.

翁乎且無悲

이 환난이야 혼자 겪는 일 아니니
길에 쓰러져 죽은 사람들 얼마나 많은가요.
노옹은 구렁에 빠져 죽는 거야 면하지 않았소.
저 이고지고 떠도는 사람들 보오.
누가 추수철이 다 되었다 하리오!
옛날에 유민도流民圖가 있다지만
유민의 괴로운 소리는 담기지 못했지요.
바라노니 방촌方寸의 진심을 빌려주어
그 진심 우리 성상께 바쳐졌으면 합니다.
우리 임금님 귀에 들어가면
측은한 마음 응당 일어나리다."

此患非爾獨,
人多爲轉屍,
翁幸免溝壑.
試看負戴者,
孰云秋已熟?
鄭公雖有圖,[3]
苦語未寫得.
願借方寸地,
披腹達宸極.
君王若聞之,
聖情應感側.
(『백헌집白軒集』 권10)

---

1 **갈원葛院** 경기도 진위현振威縣에 있었던 역원. 지금 경기도 평택시에 속해 있음.

2 **차래嗟來** 불쌍하다는 태도로 구원을 베푸는 것을 이르는 말. 어떤 굶주린 사람이 "불쌍하다, 어서 와서 먹어라"라고 말하자 그 사람은 "이런 '차래지식嗟來之食'을 먹지 않았기 때문에 내가 이 지경에 이르렀다"라고 답하고 떠나 결국 굶어죽었다 한다.(『예기禮記·단궁檀弓』 하)

3 정공鄭公은 북송시대의 정협鄭俠. 정협이 흉년을 만나 떠도는 백성들의 비참한 실상을 황제에게 알리기 위해서 그림을 그려 바쳤는데 이를 유민도流民圖라고 이른다.

⚜ 작자 소개

이경석李景奭(1595~1671): 자 상보尙輔, 호 백헌白軒. 본관은 전주全州로 정종의 7대손. 인조 때 문과에 급제, 대제학·이조참판 등을 거쳐 효종 때 영의정에 이름. 남한산성의 국치를 당하고 임금의 명을 받들어 「삼전도비문三田渡碑文」을 지었는데 이 때문에 후세에까지 반대파의 공격을 받았다. 청의 간섭과 압박으로 국왕이 곤혹스러운 처지에 놓였을 때 자신이 가로맡고 나서서 청의 사신에게 붙잡혀간 일도 있었다. 시문에도 빼어났는데 문집으로 『백헌집』을 남겼다.

⚜ 작품 해설

흉년에 정든 고향을 버리고 떠도는 노부부를 만나서 대화하는 형식으로 엮인 내용이다. 가뭄, 홍수, 병충해 등등 재난을 인간의 능력으로서는 극복할 수 없었기에 흉년이 잦았던 데다가 국가기구의 수탈 또한 근본적으로 해소할 수 없는 구조적 문제였다. '서사시적 상황'은 실로 전근대적인 왕조체제가 끝나는 시점까지 지속될 수밖에 없었다. "가난 구제는 나라도 못 한다"라는 옛날 속담이 있는데 '인정仁政'과 '애민愛民'을 이념으로 삼고 있었지만 가난 구제를 할 능력이나 의지가 있었는지 의문시되는 터였다. 이는 조선조만이 아니라 근대 이전의 전지구적 현상이라고 봐도 과언이 아니었다. 흉작은 거의 주기적으로 찾아드는데 경우에 따라서는 차마 눈뜨고 볼 수 없는 참담한 사태가 야기되기 때문에 유민을 테마로 삼은 서사시는 거듭거듭 새롭게 씌어진 것이다. 이 「노인과의 문답」은 유민 서사시의 전형적인 작품이다. 어제까지 행복하기만 했던 삶의 터전을 버리고 자식들과도 헤어져서 늙은 양주兩主가 길에서 탄식하는 정경이 그 할아버지의 목소리로 절실하게 전해온다. 그리고 유민도는 유민시에 단골메뉴처럼 등장하는데 "유민의 괴로운 소리는 담기지 못했"기에 지금 시인이 유민의 소리를 생생하게 들리도록 이 시를 쓴다는 말이 진정성을 더하고 있다.

이 시인은 유민에 대해 연민의 정서를 7언절구의 형식으로 담은 작품을 남기기도 했기에 여기에 두편을 소개해둔다.

객점에서 행인들의 주고받는 말〔店夜記行人相語〕

객점의 가을밤 잠 못 이루고
주고받는 흉년 이야기, 자리에서 듣노라.
만나는 사람마다 고향 소식 묻는데
태반이나 유랑하여 길에서 죽어간다는군.

孤店秋宵悄不眠, 臥聞征客說凶年.
相逢各問家鄕事, 太半流離死道邊.

촌로와의 문답〔村翁問答〕

길에서 촌로에게 "사는 형편 어떠오?" 물으니
"금년엔 풍년 들었다고 말도 마오.
풍년이랬자 흉년을 메우기도 부족한데
관가의 부세독촉 예전과 마찬가지라오."

行見村翁問生事, 答云今歲莫言豊.
豐登未足償凶歉, 官府催科與昔同.

(『백헌집』권1)

목계나루 장사꾼
賈客行

목계나루 강가에
　집들이 대체 몇몇 호인고?
집집이 배를 타고
　장사치로 생애가 되었구나.

호미 쟁기 내던지고
　돛 달고 노 젓기 일삼아서
해마다 이문을 좇아
　물결 따라 바람 따라 돌아다니네.

동쪽 집 서쪽 집
　어울려 동시에 발행하니
너나없이 말들 하길
　"오늘이 가장 길한 날이지."

뱃머리에 술 걸러서
　강신께 고사를 드리는데
비는 말씀 한결같이

賈客行

趙錫胤

木溪江上凡幾家,[1]
家家賈販爲生涯.
不事鋤犂事舟楫,
年年逐利隨風波.
東隣西舍同時發,
共言今日日最吉.
船頭釃酒賽江神,
所願身安財滿室.

"몸 평안히 재물이 가득히"

가다가 비가 오면
  봉옥蓬屋²에 들어 피하고
가다가 바람이 불면
  돛을 올려 펼치고

다만 근심 한가지 있는 건
  수심은 얕고 물살 사나워
자갈 모래 울퉁불퉁
  장애가 적지 않구나.

때로는 배 밑이 땅에 닿아서
  배가 나가질 못하는데
어영차 힘을 합쳐
  끌어당기고 밀어붙이고

배가 서서히 가는 건
  느려도 오히려 무방하거니
빨리 가다 뒤뚱하면
  몹시도 겁나기 마련이라.

험한 물길 지날 땐
  평지가 좋다 생각 들지만

有雨可以庇蓬屋,²
有風可以張帆幅.
只愁江淺灘甚惡,
沙石磊磊多礙觸.
有時膠底不肯進,
齊聲合力極推挽.
徐行安穩尙云可,
疾走顚危最可悶.
歷險方知平地樂,

한바탕 소동을 치르고 나선
　이내 다시 웃고 장난치고

배에서 잠깐 내려 나무를 주워다
　선상에서 불 피워 밥을 짓고
날이 저물면 닻줄을 묶고
　물결 위에서 잠을 자네.

서쪽에서 올라오는 배
　구면의 동무를 만나면
가끔가다 서로 노를 멈추고
　말을 주거니 받거니

"요즈음 산골짝 고을에
　소금값이 많이 올랐던걸."
"서울에선 쌀값이
　근래 얼마나 하던가?"

"지난해엔 물이 흔해서
　넘쳐흘러 걱정이더니만
올해는 너무도 가물어
　물이 얕아 곤란이로군."

"어허 참, 하느님도

驚憂定來還笑謔.
下船取樵上船炊,
日暮繫纜波上宿.
西來舟中多舊侶,
往往停橈相與語.
峽中鹽直比來高,
京口米價今幾許.
前年大水怕泛濫,
今年大旱困灘渚.
咄哉陰陽何錯迕,

음양이 왜 고르지 못할까!

우리 장삿길 나서봤자

　이익은 별로 없이 고생만 막심하네."

여보오 상인들이여!

　당신네 탄식 그만하오.

바야흐로 천하가 대란에 빠져

　군자는 지금 이를 근심하는 판이라오.[3]

作賈利輕多辛苦.
賈客賈客休歎息,
君子方憂天下溺.[3]
(『낙정집樂靜集』권5)

1 **목계木溪** 남한강 상류인 충주지방에 있는 지명. 목계나루가 당시 번성했다.

2 **봉옥蓬屋** 풀로 이엉을 한 집. 여기서는 배의 선실을 가리키고 있다. 선실의 창문을 봉창蓬窓이라 한다. 우리말로 '뜸'이라 함.(蓬＝篷)

3 이 시를 지은 1640년 무렵 중국 대륙에 명·청이 교체되는 역사 전환의 혼란한 상황이 전개되고 있었다.

🌼 작자 소개

조석윤趙錫胤(1606~55): 자는 윤지胤之, 호는 낙정재樂靜齋, 본관은 배천白川. 감사 정호廷虎의 아들로 태어나 인조 때 문과에 급제, 청요의 관직을 두루 역임 했는데 효종 때 대사헌에 임명이 되자 서울사람들이 "금령을 감히 범해선 안 된 다"고 서로 조심했다 한다. 벼슬은 이조참판에 이르렀으며 청백리로 뽑혔고 문 효文孝의 시호를 받았다. 젊은시절에 장유張維(호 계곡谿谷)에게 고문을 배웠다. 문장과 청덕淸德으로 당대에 중망이 있었다. 저서에 『낙정집』 14권 7책이 있다.

🌼 작품 해설

이 시는 한강에서 배를 부려 장사하는 소상인들의 생활 정경을 묘사한 것이 다. 한강은 주로 수운水運에 의존하던 시대에는 교통로로서 중요했다. 한강의 물줄기를 따라 세곡이나 온갖 물화가 서울로 운반되었으며, 강 위로 상선들이 빈번히 내왕했던 것이다. 경강상인 혹은 강상이라고 불리는 대상이 성장했거니 와, 작중에 등장하는 목계나루 사람들은 남한강의 물줄기를 따라 오르내리는 소 상인들이다.

작품 첫머리의 "목계나루 강가에 집들이 대체 몇몇 호인고?/집집이 배를 타 고 장사치로 생애가 되었구나"라는 표현에서 벌써 농어촌의 한적한 마을 풍경 은 아닌, 상업이 불러일으킨 다소간의 변화를 감지하게 한다. 다음의 "호미 쟁기 내던지고"는 땅만 파먹을 줄 알던 농민들에게 있어서는 생활혁명이다. 이들 이 끗을 쫓아다니는 사람들이 날을 받아 배를 띄워 물길 따라 내려가는 과정이 죽 그려지는데, 그네들의 노고와 애환을 구체적으로 포착한 점이 흥미롭다. 그리고 아래서 올라오는 배의 사람들과 말을 주거니 받거니 하는 장면 또한 재미나게 묘사했다.

작품이 인물의 개별적 형상화가 결여되어 서사성은 약하다고 보겠으나 나름 으로 특색이 있는 것이다. 마지막은 천하대란의 시국을 근심하는 의미의 말로 끝맺는다. 당시 워낙 혼미하고 급박하게 돌아가는 국제정세 앞에서 고뇌하는 시 인의 목소리다. 작중에 그려진 서민적 삶의 진실에 겉도는 느낌도 들지만 시인 의 진지한 우환의식을 느낄 수 있다.

이 시는 창작연대가 1640년(인조 18년)이다. 병자호란의 상흔이 가시기도 전이었지만 서민들 스스로 삶의 유리한 도리를 따라 활동하는 모습이 생기차 보인다. 이조 후기 상업 발달의 예고편을 보는 듯싶다. 이 목계나루를 배경으로 하는 현대시로 신경림의 「목계장터」가 있다. 「목계장터」에서는 현대적 변모로 사양길에 접어들어 쓸쓸한 목계 사람들을 만나는데, 이 「목계나루 장사꾼」에서는 역사 속의 진취적 인간의 모습을 대하는 것이다.

양주 아전에게 묻는다
詰楊吏

허격

1

광주廣州 땅 나라의 방벽이라면
양주 고을 나라의 요충이라네.

나 광주에 있은 지 오래니
해와 달 몇번을 돌고 돌았나

양주楊州 고을 소식을 듣자니
관장이 파직당하기 몇번이런고?

마음에 괴이히 여겨 물어보니
광주 아전 서릿바람에 매처럼 기가 살아

"양주 고을 풍속이 사납다 말들 하고
양주 아전 가증스럽습죠.
일이 나면 원님에게 씌우니
이게 그네들 능사랍니다."

詰楊吏[1]

許格

1
廣州趙保障,[2]
楊州漢股肱.[3]
余在廣州久,
日月屢環緪.
仄聞楊州牧,
官罷何相仍.
心恠問廣吏,
氣若當秋鷹.
皆云楊俗惡,
且曰楊吏憎.
故坐事官家,[4]
例以此爲能.

나 처음 말을 듣고 이런 고얀 것들
어쨌건 징치해야 하리라 하였네.

이번에 마침 양주로 옮겨와
눈앞에 보니 과연 그렇더라.

드디어 아전 불러 따져 물으니
형상은 영락없는 찬바람에 매미

머뭇머뭇 입을 열지 못하다가
말문이 터져서 대답하는데

余初心實痛,
百爾後圖懲.
今移楊州纏,
目擊信有徵.
余遂詰楊吏,
形如遇寒蠅.
口噤久未開,
吐言乍乃膺.

2
"본 고을 일이 어찌도 다단한지
필설로 이루 다 나타낼 수 없습니다.

경기 고을 나라의 중앙부라
곡식 운반하는 일 귀족의 집에까지

딴 고을 없는 일 부과되어
본 고을 유독 견디기 어렵다오.

동서 양쪽으로 큰길이 나서

2
本州事多端,
難罄簡與繒.[5]
圻邑皆魯衛,[6]
輸租及伐氷.[7]
他州所無課,
獨本州難勝.
東西兩大路,

육로 수로 관인행차 빈번하여

동원되는 일이야 말할 나위 없거니
그 말고도 각종 역사 칡덩굴 다래줄 얽히듯

광주는 능원陵園이 세 곳인데
본 고을 능원이 아홉이요

재궁齋宮에 걸핏하면 일이 생겨
부역으로 민력을 동원하고

국구國舅의 장사 치를 때나
정승의 상사가 났을 때나

중관中官의 노여움 받기 예사니
조관의 능멸은 당하기 마련이죠.

연산주 제사도 맡아서 지내야 하고
능원대군 산소도 수호해야 하며

때로는 귀인들 유산을 나오시고
때로는 공자들 선유를 나오시는데

강물은 흐르지만 부릴 배 본디 없고

水陸均所乘.
此固不可論,
其他亂葛藤.
廣州三園陵,[8]
本州九園陵.
齋宮動有事,
役急師旅興.
有以國舅葬,
有以相臣薨.
有觸中官怒,
有被外朝凌.[9]
有祭舊主燕,[10]
有庇大君綾.[11]
有時游鄂社,
有時騁淄澠.[12]
有江本無舡,

고기는 놀지만 잡을 그물 마련 못 해

쌀은 하루에도 몇말을 삶아야 하고
소금은 하루에도 몇되나 두는지

날이면 날마다 술 대령 호통이요,
밤이면 밤마다 등불을 밝힙니다.

이밖에 온갖 물자 소요되니
만만한 것이 그저 백성이지요.

점심결에 거친 물 건너고
저녁참에 가파른 산 오르고

위로 능행陵行 행차라도 있게 되면
경내가 온통 부들부들 떠는데

하나라도 어기는 일 있으면
벌써 상부에 옭아들지요.

때로 사신을 영접하게 되면
애간장이 떨어질 지경이랍니다.

남정네 등에 지고 부녀자 머리에 이고

有魚亦無罾.
米有日幾斗,
鹽有日幾升.
連日有呼酒,
連夜有張燈.
餘外有雜物,
督出有黎蒸.
午有涉溙沆,
宵有越崚嶒.
上有展孝思,[13]
闔境肅兢兢.
有一有違期,
已有上司繩.
時有待北使,
心肝爲之崩.
有男負女戴,

이리 뛰고 저리 닫고 노상 이 모양으로

연년이 다달이
해가 져도 해가 떠도

언제고 항시 이러하니
머리털이 더부룩할밖에요.

채찍인들 어찌 면하겠으며
꾸중이야 으레 맡아놨지요.

지난번 기강을 다잡을 때
평생 못 보던 일 당하는데

먹는 것 미처 목구멍으로 넘기지도 못해
헐떡이는 숨 어디 가눌 틈이 있나요.

남아 있자니 고치 속에 든 누에요,
달아나자니 주살 맞은 새 꼴이지요.

그런대로 아전 백성 합심하고
사또의 정사 밝아서 다행이었죠.

만약에 정령政令이 가혹했던들

奔走以爲恒.
年年而月月,
日沒而日昇.
常常每如此,
識此頭髮鬢.
鞭扑何可免,
罵詈即固應.
向者定百脈,
平生見未曾.[14]
食不得下咽,
惴惴甚何馮.
欲住蠶在繭,
欲逃鳥纓矰.
然吏民支保,
幸官政淸澄.
若值令煩苛,

홀연 의지할 곳도 없었으리……

고을이 생긴 이래 몇백년에
명관들이 그래도 일컬음 받았으니

오늘에 가장 평판이 자자하기론
유독 이정승[14]을 손꼽지요.

한 조각 양주 고을
강국 사이에 끼인 약소국 처지니

토지는 비록 넓다 하되
수리답 적어 거의 묵었거늘

토지 넓다고 조세는 많이 배정되고
그래서 구실도 자연히 무겁지요.

온갖 문서 밤낮으로 내려오니
원근 마을로 부리나케 돌린다오.

이번엔 바람 불어 벼들이 쓰러졌는데
아무런 조처도 취하지 않는군요.

명령이 내려오면 그날로 행해야 하고

忽焉無所憑.
設邑幾百載,
名宦猶嗟稱.
至今最藉藉,
獨推李政丞.[15]
一片楊州府,
齊楚間小滕.[16]
土地雖云廣,
荒野少溝塍.
租稅以此多,
徭役以此增.
簿牒晝夜至,
村閭遠近謄.
大風禾稼偃,
不復啓金縢.[17]
有令即日行,

명령이 떨어지면 그날로 받들어야 하니

근년엔 본 고을 안전님들
승진하여 가시는 분 드물지요.

한달 만에도 바뀌고 기껏 반년 남짓
고을살이 철새의 둥우리처럼

위신이 깎이는 건 둘째 문제요
구설에나 오르지 않으면 하고 바라지요.

허리에 찬 인끈을 누가 귀하다 하리
차라리 삿갓 쓴 선비를 부러워할 판이지요."

3
아전은 일일이 말을 아뢰는데
땀이 등과 배를 흠뻑 적시더라.

그때 또 거칠게 부르는 소리
서주西州에서 중을 독촉해 보내라네.

변방 일 걱정하다 문득 이 소식 듣고
두 줄기 눈물이 어리누나.

有命即日承.
比來本州牧,
未有秩超陞.
一月或半載,
寄居類巢檜.
不愧名位挫,
冀免口舌騰.
執貴官要印,
還羨士擔簦.[18]

3
一一吏致詞,
汗流沾背膺.
又有呼聲急,
西州督送僧.[19]
愁邊忽聞此,
老淚已雙凝.

광주 아전 하던 말 당치 않으니
양주 아전 실로 가긍하구나.

나 여기서 할 일이 무엇인가?
속이 뜨거워 끓어오르는구나.

가을 하늘 삼각산 바라보니
붕새가 날려다 주저앉은 듯

저 아래로 대궐이 있으니
북극성 기와지붕 모서리에 드리웠네.

갸륵한 임금님 경연에 납시고
현명한 선비 날로 등용되어

소인의 무리 발을 못 붙이고
군자의 벗들과 어울리며……

내 생각건대 이 누적된 폐단
구층의 누대보다 위태로우니

이제 급급히 변통을 도모해야
쇠잔한 백성들 그나마 쟁기를 잡을 텐데.

廣吏言固誣,
楊吏嗟實矜.
余於此何有,
腸熱劇沸烝.
淸秋望鼎嶽,[20]
有若蹇海鵬.
其下是王宮,
斗拯低觚稜.
聖主御經筵,
賢士日造登.
幸無小人黨,
唯有君予朋.
我念是積弊,
危於臺九層.
汲汲當變通,
殘氓庶守甄.

누가 탑전에 아뢰어			誰能陳玉几,
왕업을 융성하게 할는지?			得使王業弘.
									(『창해집滄海集』제3책)

1 원주에 '을사乙巳'로 이 시를 지은 해를 밝혀놓았다. 현종 6년(1665)에 해당한다.

2 **보장保障** 조간자趙簡子가 윤탁尹鐸으로 하여금 진양晋陽을 맡게 하면서 "보장이 돼라"라고 말한 바 있다.(『국어國語·진어晋語』) '보장'은 민생을 보호하는 담장을 의미한다. 번역에서 "나라의 방벽"이라 했는데, 여기서 나라는 서울을 가리킴.

3 한漢고조가 "하동河東은 나의 고굉군股肱郡이다"라고 말한 바 있다.(『사기史記·계포전季布傳』) 하동은 수도 장안長安을 보위하는 요지라는 의미. 즉 양주는 서울 가까이 있어 팔목(股肱)처럼 보조하고 방어하는 작용을 한다는 것이다.

4 **관가官家·좌사坐事** '관가'는 수령을 가리키는 말이며, '좌사'는 사건에 연좌되도록 한다는 뜻이다.

5 **간簡·증繒** 종이가 발명되기 이전에 기록하던 것, 즉 죽간이나 비단에도 이루 다 기록하기 어렵다는 뜻.

6 **기읍圻邑** '노魯·위衛'는 주周시대 종주국에 가까운 나라이므로 '圻=畿邑'은 그와 처지가 비슷하다는 뜻이다.

7 **벌빙伐冰** 귀족가문을 가리키는 말(伐冰之家).

8 임금이나 왕후의 묘소를 '능陵'이라 하고 세자·세자빈 또는 왕을 낳은 후궁의 묘소를 '원園'이라 한다. 광주 땅에 헌릉·선릉·정릉靖陵이 있고 양주에는 태조 건원릉을 비롯하여 휘릉·광릉·목릉 등 능원이 특히 많이 있다.

9 **중관中官·외조外朝** 궁중과 조정을 대조적으로 쓴 말이다.

10 **구주연舊主燕** 연산군燕山君을 지칭한다. 『읍지邑誌』에 "연산군 묘는 주州의 남쪽 40리 해등촌면海等村面에 있다"라고 되어 있다.

11 **대군릉大君綾** 선조宣祖의 손자인 능원대군綾原大君을 가리키는 것 같다.

12 **치승淄澠** 중국 산동성山東省에 있는 두 물 이름. 여기서는 경치 좋은 물가로 놀러나

온다는 의미.

13 임금이 능원에 행차하게 됨을 표현한 것.

14 당시 어떤 사건이 있었던 것으로 보이는데, 구체적 사실은 미상.

15 『양주목읍지楊州牧邑誌』의 「명관조名官條」에 이씨로서 정승을 지낸 인물로는 이경석李景奭·이시백李時白의 이름이 보인다.

16 등滕 춘추시대 약소국으로 제齊·초楚와 같은 대국 사이에 끼여 있었다. 약소한 처지에 놓였다는 뜻.

17 금등金縢 금궤다. 주 성왕成王 때 처음 곡식이 잘되었으나 벼락이 치고 바람이 불어 곡식이 온통 쓰러졌다. 이에 군신이 함께 금등을 열어서 거기에 비장된 문서를 얻었다. 그 문서로 주공周公과 관련된 진실을 알게 되었고 왜곡된 일을 바로잡자 바람이 자고 쓰러진 벼가 다시 일어나서 그해 풍년이 들었다고 한다.(『서경·금등』)

18 담등擔簦 대로 엮은 모자. 수령에 앉은 자가 초야의 선비를 부러워한다는 뜻.(「월요가越謠歌」: "君擔簦, 我跨馬. 他日相逢, 爲君下.")

19 청淸과의 관계에서 발생한 문제인 듯한데 구체적 사실은 미상.

20 정악鼎嶽 서울 북쪽의 삼각산三角山을 가리킨다.

허격許格(1607~91): 자는 춘장春長, 호는 창해滄海, 본관은 양천陽川. 이안눌李安訥에게 문학수업을 했는데, 이안눌로부터 "문장이 빼어나고 재주가 높아 끝내 형식의 틀에 얽매일 사람이 아니다"라는 평을 받았다. 병자호란 이후 과거에도 응시하지 않고 시와 술을 벗하는 생활을 했다. 고결한 선비로 평가받았다. 자신을 맹호연孟浩然에 견주기도 했다. 『창해집』3책이 필사본으로 전한다.

🏵 **작품 해설**

이 시는 양주라는 한 고을의 제반 사정을 집중적으로 서술한 내용이다. 전체 분량도 장편에 속하면서 서사적 내용이 사뭇 복잡하고 번쇄한 편인데, 역시 3부 구성법을 쓰고 있다.

제1부 첫머리서 양주를 광주에 견주어 관심을 끈 다음, 양주 고을에 병폐가 있음을 지적한다. 그리하여 작중의 '나'는 광주의 아전으로부터 양주 형편을 듣는 것이다. 광주 아전의 말에 의하면 양주 고을의 병폐의 원인은 다름 아닌 그곳 이속들의 나쁜 버릇에 있다. 후일 작중 '나'는 양주에 있으면서 아전으로부터 그곳 실정을 상세히 듣게 된다. 양주 아전이 들려준 이야기는 곧 시의 제2부로 엮인다. 그 아전의 긴 이야기를 듣고 작중 '나'는 광주 아전의 말이 전혀 사실과 다름을 알게 되며, 양주 아전을 이제 가긍히 여기게 된다. 제3부에서 시인은 그처럼 양주의 실상을 이해하고 침통하게 생각한다. 양주 아전의 이야기가 막 끝났을 때 "서주西州에서 중을 독촉해 보내라"라는 소리가 들리는 것으로 앞의 아전의 이야기를 실감나게 하고 있다. 그런데 작중 '나'는 이런 상황에서 대책이 서지 않는다. 오직 속이 뜨거워 끓어오를 뿐이므로, 시선이 저절로 서울 하늘로 돌아가게 되고 '나'의 눈에 삼각산이 들어오는 것이다. 작품의 결구다.

이 시에서 몇가지 특이한 면을 발견할 수 있다. 첫째는 한 고을의 특수한 사정이 파헤쳐진 점이고, 둘째는 다른 여러 작품에서와 달리 아전들을 부정의 근원이요 척결의 대상으로 몰아붙이지 않고 이해하는 태도를 보인 점이다. 양주 고을의 특수한 사정과 편중된 부담은 먼저 일반 백성을 못살게 만들고 다음에 아전을 시달리게 하며, 마침내는 관장까지 난처하게 한다는 것이다. 셋째로 문체

면에서도 이 시는 특이하게 느껴진다. 세부까지 파고들면서도 난삽한 구문이 많은데 자법字法·구법句法 등의 표현을 독특하게 쓰고 있다. 아마도 시인의 생활 의식과 연결지어 보아야 할 것 같다.

일환가
一環歌

허격

일환은 어느 판서댁의 거센 종놈이다. 그는 대감의 위세를 믿고 아무 해에 무뢰배들을 거느리고 밤을 틈타 아무 고을 양민의 집에 뛰어들어 그 집 딸을 빼앗아 달아났다. 여자의 부모 형제는 그들의 뒤를 감히 추적하지 못했다. 이 일이 크게 누설이 되자 여자 집에서 드디어 고을에 고발을 했다. 일당이 체포되어 장차 무거운 형벌에 처해질 판이었다.

판서 대감은 이에 일환을 사주해 그 여자의 집 이웃사람을 끌어들여 주모자(首謀)로 조작을 하니 일이 드디어 풀리게 되었다. 그 사람이 각가지 정황을 들어 해명하였으나 관에서 모두 그 사실을 덮어두고 말았다. 이 때문에 일환은 사형에서 감해져 유배를 가게 되었다. 일환이 유배를 감에 이르러 판서 대감은 다시 일환의 조카인 성복成福이란 사람을 일환으로 이름을 바꾸어 대신 가게 했다.

그리고 몇년이 지나 판서댁에서 '일환물고장 一環物故狀'을 그 고을에 제출했다. 고을에서는 담당 아전 및 함께 유배 간 사람에게 명하여 현지에 가서 검시를 하도록 했다. 검시를 하고 돌아옴에 미쳐서, 고을의 아전으로부터 "이름을 바꾼 자가 죽었다"라는 보고가 들어왔다. 원님은 탄식하다가 이윽고

"이쪽이 저쪽보다 만약 먼저 죽었다면 귀찮게 검시할 필요가 없었을 텐데"라고 중얼거리고 불문에 부쳐 보고하지도 않았다. 통탄할 노릇이

다. 원님은 실은 판서의 집안사람이다.

아, 이는 실로 법망이 해이해서 그러는 것인가? 아니면 태평성대에 인자하고 은혜로운 덕화가 널리 퍼진 나머지 그러는 것인가? 나는 모르겠다. 혹자는 "옛날 세상에도 이런 일은 있었지만 역사가가 기록하지 않았다"라고 말한다. 혹자의 말은 전혀 그렇지 않으니 아마도 세태에 격분해서 나온 소리일 것이다. 드디어 사실의 전말을 서술하여 후세 사람에게 보이고자 한다.

許格

一環者, 某尙書家豪奴也. 藉尙書威勢, 某年間率無賴人, 乘夜突入某州良民家, 奪取其女而去. 其女之父母兄弟, 不能跡其後. 其事大泄, 女家遂告于某州, 逮捕其黨, 將置之重律矣. 某尙書乃敎一環援引其女家比隣人, 誣以首謀, 事遂大解. 其人卞白百端, 官皆掩置其事, 以此乃減死定配. 及配, 某尙書乃以一環姪成福易名而代之. 數年後, 尙書家呈 '一環物故[1]狀'於某州. 州命該吏及同配人, 檢屍于配所之地. 及其檢屍還, 州吏又以 '易名者死'爲報. 太守爲之嗟歎良久曰, "此若先彼而死, 可除檢屍之弊." 置之而不報. 痛矣哉! 太守乃尙書一家人也. 吁! 此實由法網解弛而然耶? 抑聖代深仁厚澤之所及而然耶? 吾不可知也. 或曰, "上古亦或有之, 而史氏不書乎." 或者之言, 大不然. 其有激於憤世而發乎哉. 遂書顚末, 以示後人云爾.

일환이 풀려나오고	一環歌
일환이 잡혀 갇히고	
두 놈 모두 서슬 퍼런 대갓집	一環放,
하인 노릇 하는 자들	一環囚.
	皆是公卿巨室之蒼頭.

이 대갓집 대대로 높은 관작
　그 형세 누가 감히 당하랴!
위세 권력 떵떵 울려
　왕후도 깔보는 지경이라네.

이리므로 종놈들도 드세어
　거칠고 사납게 날뛰는데
시정 사이를 횡행하며
　무리를 모아 패거리 짓고

버젓이 남의 집 야습하여
　양민의 딸을 탈취해다가
그 여자 어떻게 했던고?
　대갓집에 첩으로 바쳤더라네.

마을에선 너나없이 덜덜 떨고
고을에선 후환을 걱정한다.

오빠 동생 제 누이를 찾지 못하고
어미 아비 제 딸을 구하지 못하고

하루아침에 일이 발각나서
일당이 모두 붙잡혔구나.

巨室從來勢莫當,
威權翕習凌王侯.
是以蒼頭恣桀黠,
閭里橫行多結儔.
公然夜奪良家女,
去入巨室爲好逑.
村閭皆爲懼,
州縣猶且憂.
兄弟不能得,
父母不能求.
一朝事忽覺,
徒黨皆被收.

드디어 무슨 수를 썼던가!
　무고한 이웃사람 끌어들여
이 사람이 주모자올시다
　이렇게 일을 꾸몄구나.

이 사람 입은 있지만
　입으로 밝힐 수 있겠나.
온 가족 변방 고을로 떠나가라
　이런 판정을 받았더라네.

변방 고을이라도 변방 고을 아니라
경기도 내에 있는 관방關防
　요충의 땅으로 갔다지.

대갓집은 노속을 볼 적에
　늙고 젊고로 나눌 뿐이요
관가는 위세에 눌려
　보내고 남기기를 제멋대로 하였구나.

늙은것 아재비요
　젊은것 조카인데
조카는 떠나고 숙부는 남아
　죄지은 놈 귀양살이 면하였네.

遂乃援引無辜人,
故即誣之曰首謀.
其人有口不得暴,
律以全家徙邊州.
邊州非邊州,
畿內關防控咽喉.[2]
巨室視奴分老少,
官家視勢任去留.
老者是叔少者姪,
姪去叔留留免流.

공적으로나 사적으로나
　서로서로 적당하게 되었으니
귀양 간 곳 경기의 요충지요
　머문 곳 시골 별장이라.

아재비 조카 두 사람 이름이
　한 사람 몸에 매였으니
요술을 부리는 그 재주
　도깨비 둔갑술 빰치겠다.
아전들 문서 농간 이골나서
먼 변방으로 쫓았다 아뢰었지.

하루는 문득 보고가 들어오길
　일환이 죽었다고
원님은 검시를 하라
　사람을 딸려 보냈는데

아전 또 보고하기를
　일환이 죽었습니다.
관부에서는 이에 탄식하여
　일이 묘하게 얽혔다고 말하네.

일환의 죽음이여

於公於私得折中,
流則堡障留菟裘.[3]
兩人名繫一人身,
萬事變幻劇黎丘.[4]
官吏多舞文,
誣奏荒塞投.
一日忽報一環死,
州家檢屍速置郵.
官吏又報一環死,
府庭爲之歎綢繆.[5]
一環之死一環死,

또 한 일환도 죽어
하나는 참이요, 다른 하나는 거짓임을
　그대는 아는가 모르는가?

세상 사람들 눈은
　능히 속일 수 있다지만
신명을 속일 수 있겠느냐!
　재앙이 내린 증거로다.

속임수에 속임수 쓰고
　거짓 중에 거짓을 부렸으되
마침내 천벌을 받아
　두 놈 다 죽음을 당했구나.

어느 누가 알아보랴
　대량大梁에 버려졌던 시체가
　진나라 정승이 되어 있는 걸
만고에 인생의 삶과 죽음
　어찌 저다지 아득한가.

기껏 열흘을 사이에 두고
　한 일환 또 한 일환
앞서거니 뒤서거니
　물거품처럼 사라지다니.

一眞一僞君知不?
世人雖能好蒙蔽,
鬼神固已徵愆尤.
詐中之詐假中假,
終始陰誅皆見劉.
誰知大梁屍作西秦相,[6]
萬古死生何悠悠.
一旬之間兩一環,
相繼而逝如浮漚.

이런 묘한 꾀를
　누가 능히 내었던고?
대갓집에 물어보고 싶어도
　물을 길 없어 안타깝다.

대갓집에 물어보고 싶어도
　물을 길 없어 안타까우니
이런 사실 혹시라도
　관가에 치욕이 될까 두렵도다.

만약 순임금 시절에
　이런 정사 있었더라면
대우大禹는 우산羽山 속에서
　사형당할 곤鯀을 바꿔치기했을 게요.

태사공 사마천을 찾아가서
　한번 물어보고 싶노라.
천년 세월이 지난 지금
　허황한 소리 믿는 걸 어찌할까요?

誰能爲此計?
欲問巨室嗟無由!
欲問巨室嗟無由!
此事恐或官家羞.
虞庭若果行此政,
大禹應代羽山幽.[7]
欲質龍門太史氏,[8]
其奈耳食今千秋?[9]
(『창해집』 제3책)

1 물고物故 사고로 사람이 죽는 것. 죄인이 죽는 것을 뜻하기도 함.

2 관방關防·인후咽喉 '관방'은 군사적 방어시설을 구축한 곳. '인후'는 원래 목구멍을 가리키는데 인체의 가장 요긴한 곳이므로 요충지를 비유하는 말로도 쓰인다. 당시 기내畿內, 즉 경기도 안에서 관방의 요충으로는 강화도와 광주廣州·양주楊州 등지가 손꼽혔다.

3 도구菟裘 은퇴하여 사는 곳을 가리킴. 원래는 중국 산동성의 지명.

4 여구黎丘 중국 하북성河北省 우성현虞城縣 북쪽에 있는 조그만 언덕. 전설에 의하면 이 언덕에 귀신이 있었는데 남의 집 자제들의 모습을 흉내내기를 좋아했다. 어떤 노인의 앞에 그 집 아들로 둔갑해서 나타나 굶겨준 일이 있었던바, 후에 그 노인이 진짜 자기 아들을 보고 귀신이 둔갑한 것으로 오인하여 칼을 뽑아 죽였다 한다. 진실을 가려보기 어려운 경우를 비유하는 말로 쓴다.

5 부정府庭·주무綢繆 '부정'은 가문이나 공당公堂을 뜻하는 말. '주무'는 일이 얽힌 모양.

6 이 구절은 범저范雎의 행적을 가리킨다. 범저는 원래 위魏나라 사람으로 처음에 위나라 공자들에게 노여움을 사서 두들겨맞아 거의 죽게 되었다. 시체로 여겨 발로 싸서 두었는데 술수를 써서 탈출하여 장록張祿이라 변성명을 하고 진秦나라로 망명, 승상이 되었다. 대량大梁은 위나라 서울이다.

7 우禹의 아버지는 곤鯀이다. 곤에게 큰 잘못이 있어 순임금이 그를 우산羽山에서 죽였다. 『서경·요전堯典』에 "殛鯀于羽山"의 기록이 있다. 그런데 만약 순임금 시대〔虞庭〕에도 농간·조작이 있었다면 우가 사형당하는 자기 아버지를 그냥 두었겠느냐는 뜻이다.

8 용문태사씨龍門太史氏 『사기』의 저자 사마천司馬遷을 가리킨다. 『사기·태사공자서太史公自序』에 "천遷은 용문에서 태어나 하산河山 남쪽에서 농사지었다"라는 언급이 있다. 그래서 '용문'은 사마천의 별칭으로 쓰인다.

9 이식耳食 깊이 생각지 않고 들은 대로 경솔히 믿는 태도를 비유한 말. 귀로 먹으면 전혀 맛을 모른다는 뜻. 이 구절은 우왕이 바꿔치기하여 곤이 우산에서 죽지 않았다는 따위의 황당한 소리를 그대로 믿는 자들이 있으니 이 문제를 사마천에게 가서 묻겠다는 의미다.

● 작품 해설

이 시는 권세가의 주변에서 자행된 농간에 의해 양민이 억울한 일을 당하고 법제가 문란해진 사실을 폭로한 내용이다.

소위 계해반정 이후로부터 정권이 일부에 독점되면서 차츰 벌열을 형성해나 갔다. 작중의 판서댁 역시 그런 중의 하나이겠거니와, 그 집의 노속들까지 위세 를 업고 마음대로 횡포를 부리는 것이다. 일환이란 자는 일개 종놈으로서 양가 의 여자를 약탈하는 만행을 저지르며, 그로 인해 중형에 처해질 판이었는데 엉 뚱한 사람을 주모자로 조작해서 형벌이 가볍게 되며, 또 그나마 바꿔치기를 해 서 대신 조카를 귀양 가게 한다. 몇년 후 자기 이름으로 대신 귀양 간 조카가 죽 는데 뒤미처 진짜 일환도 폭사한다는 줄거리다. 우연이긴 하지만 하늘의 징계를 받은 셈이다.

이처럼 사건의 내막이 사뭇 복잡하다. 그런 만큼 부정이 간교하게 행해진 것 이다. 여기서 일환과 같은 인물은 나름으로 주목할 만하다. 그는 하층의 피지배 신분에 속하지만 오히려 지배권력의 주구가 되어 적극적으로 악행을 저지르는 것이다.

한편 시인의 특권세력을 향한 비판의식은 작품 전면에 팽배해 있다. 서문의 산문적 진술 부분에서는 사실의 설명에 중점을 두고, 운문적 서술의 본시에서는 필봉을 일환 쪽보다 대감에게 바로 겨누고 풍자적 표현을 처음부터 신랄하게 펼쳐나간다. 가령 양민 여자를 약탈했던 목적이 다름 아닌 대감께 바치는 데 있 었음을 이 운문적 서술에서 비로소 폭로하는데 이는 풍자의 밀도를 강화하려는 배려로 생각된다. 풍자의 절정은 "이런 묘한 꾀를 누가 능히 내었던고?/대갓집 에 물어보고 싶어도 물을 길 없어 안타깝다"에 이르러서다. 은폐된 악행과 농간 의 장본인은 배후에 도사린 권세가, 바로 그이라는 의미다.

그리고 마지막 대목에서 곤이 처형을 당하게 되었을 때 우가 바꿔치기를 해 서 죽지 않게 되었을지 모른다는 말을 끌어들인 것은 권력형 부정부패를 더욱 심각하게 인식시키려는 의도로 해석된다. 이 시인은 평생을 재야에서 보낸 기인 형의 인물이었거니와, 그의 집권세력을 보는 비판적 눈이 여기서 뚜렷하게 드러 난다.

제 2 부

체제 모순과 삶의 갈등

2

구리쇠 실은 수레를 끄는 소

鐵車牛行

홍세태

큰 수레 삐거덕삐거덕
　수레 끄는 두마리 소
앞선 소 뒤따르는 소
　모두 머리를 숙인 채

무거운 짐에 지쳐
　걸음도 잘 걷지 못해
열발 옮기자면
　다섯발짝 쉬는구나.

"묻노니 저 수레에
　무슨 물건 실었는고?"
관가에서 돈을 주조하는데
　거기 쓰일 구리쇠라오.

구리쇠 유래를 아시오?
　멀리 남만 땅에서 온 것인데
동래의 대상들이 들어서

鐵車牛行

洪世泰

大車彭彭服兩牛,
前牛後牛皆垂頭.
牛罷車重行不得,
十步之內五步休.
借問車中載何物,
官家鑄錢須銅鐵.
此鐵由來出南蠻,
萊州大商緣其間.[1]

그 사이 중개를 한다나요.

바다에 떠 있는 선박들
　삐쭉삐쭉 고슴도치 털 세운 듯
부산에서 돛을 올리고
　한강의 용산에 닿는다지.

서울 장안은 유월 무더위
　가마솥같이 푹푹 찌는 날
구리쇠 실은 달구지
　북산 아래로 연달아 올라가네.

장군의 막부는
　산기슭 누르고 섰으니
그곳에 수많은 장정들
　도가니 벌여놓고 풀무질하네.

도가니 속에선 무엇이 나오나?
　하루에도 천만닢 돈이 생긴다오.
그 돈은 어디로 가나?
　다시 동래상인에게 가서 장사하니

동래상인 날로 부유해지고
　돈은 날로 천해진다오.

滄溟萬舸簇蝟毛,
釜山掛帆來龍山.
長安六月烘如火,
鐵車相連北山下.
將軍幕府壓山谷,[2]
萬夫橐籥張爐冶.
爐中一日得千萬,
鐵貨更與萊商販.
萊商日富錢日賤,

구부九府³에선 무엇을 하나?

　민생의 곤궁을 구한 적 있었던지

들리나니 간세한 놈들이

　몰래 화폐를 만드는데

왕왕 국법을 범하여

　사주私鑄를 한다는 소문이로고.

관가의 소를 기르는 데도

　먹이야 들기 마련인데

달구지꾼 흉년으로 어려운데

　소까지 먹여야 하다니

달구지꾼이여,

　채찍질 너무 하지 마소.

소가 자빠지면

　굴대도 부러지나니

굴대야 부러진들 별일 있겠냐만

소가 죽어버리면 어찌할 텐가.

활에 쓰이는 쇠뿔

　갑옷 만드는 쇠가죽

　어디서 다 얻는단 말이냐.

九府何曾救人困.³
還聞細民竊爲幣,
往往私鑄干邦憲.
官家養牛亦有食,
車丁歲饑分牛飯.
我謂車丁鞭莫疾,
牛蹄蹶兮車軸折.
車軸折尙可,
牛斃不可說.
弓牛之角甲牛皮.

관가에서 돈 주조하는 일
어느 때나 다할 건가?　　　　　　　　　官家鑄錢何時畢.

　　　　　　　　　　　　　　　　　　　　(『해동유주海東遺珠』)

1 **내주萊州** 동래東萊의 별칭. 일본과의 교역 거점이었다.
2 **장군막부將軍幕府** 어영청御營廳을 가리키는 듯. 숙종 연간부터 어영청·훈련도감 등
　군영에도 화폐를 주조하도록 한 사실이 있었다.
3 **구부九府** 주대周代에 재물을 관장하던 9종의 관직. 대부大府·옥부玉府·내부內府·외
　부外府·천부泉府·천부天府·직내職內·직금職金·직폐職幣. 나라의 재정을 맡은 관서
　에서 제대로 직무를 수행하지 못하고 있다는 뜻.

홍세태洪世泰(1653~1725): 자는 도장道長, 호는 유하柳下·창랑滄浪, 본관은 남양南陽. 여항시인. 김창협金昌協 같은 사대부 문인으로부터 "그대는 입에서 나오면 곧 문장을 이루는구나"라고 칭찬을 받았으며, 숙종 때 통신사를 수행해서 일본에 가 시로 명성을 날렸다. 이문학관, 승문원 제술관, 울산 감목관의 직을 맡기도 했다. 노년에 서울의 백련봉白蓮峯 기슭에 유하정을 짓고 거기서 창작생활을 하며 지냈다. 여항의 시선집인 『해동유주』를 편집했고 『유하집柳下集』 14권을 남겼다.

🌸 **작품 해설**

이 시는 구리를 운반하는 수레를 끄는 소를 두고 지은 것이다. 작품은 소에다 초점이 맞추어져 있다. 첫머리에 "큰 수레 삐거덕삐거덕 수레 끄는 두마리 소"를 클로즈업시킨다. 그 소가 무거운 짐을 운반하느라 얼마나 고달픈가를 보여준 다음, 그 수레에 대체 무엇을 실었는가 하는 의문을 끌어내어 이야기를 풀어간다. 소는 관에 속한 것인데 그 소를 기르고 달구지를 모는 임무가 달구지꾼[車丁]에게 역으로 부과되어 있다. 소의 고통은 곧바로 달구지꾼의 고역이다. 그런데 그 소에게 "채찍질 너무 하지 마소"라고 당부한다. 소는 죽어서도 뿔과 가죽을 남겨서 활과 갑옷을 만드는 데 쓰일 것이니, 그런 만큼 소를 보호해야 하는 것이다.

17세기 후반으로 들어와서 상품유통이 제법 활기를 띠게 되자 화폐의 수요가 늘어났다. 당시 화폐=상평통보는 구리를 주재료로 주조한 것이었다. 이 구리쇠를 운반하는 데 얽힌 이야기가 시의 내용이다. 구리쇠는 동래상인에 의해 들어와서 엽전으로 만들어지고 그것은 다시 동래상인이 수입한 일본 상품을 매입하는 데 들어간다. 이 시는 이런 순환유통을 조명하고 있다.

시인은 그런 과정이 일부에 특혜를 주면서 경제질서에 부정적인 작용을 하는 것으로 본다. 그리고 화폐의 주조권이 군영에 주어진 사실 또한 온당치 않은 일로 보아 개탄한다. 대체로 시인의 비판은 정확하며, 역사의 한 중요한 측면을 들여다본 것이다. 그러나 시인은 화폐가 갖는 역사적 의미를 아직 내다볼 수 없었던 것 같다.

무안 백성

綿海民

1

나그네 갈재 넘어가노라니
벼이삭 들판에 넘실대는데

길가에 굶주린 사람들
남자는 앞서고 여인네 울며 따르네.

풀섶을 헤치고 이슬 맞아
누렇게 뜨고 그을린 얼굴들
　사람 꼴이 아니더라.

"여보, 당신들 웬 사람이오?
지금 어느 고을로 가시오?"

2

"우리는 무안 바닷가 백성으로
한평생 농사짓고 살았는데

綿海民[1]

林象德

1
客行自蘆嶺,[2]
禾稼滿原陸.
道有鶉枲人,[3]
男行女隨哭.
草涉泥露霑,
黃黑無人色.
借問此何人,
今向何州適.

2
自言綿海住,
終身事南陌.

하늘도 무심하사 우리 고을 유독 가물어
논밭은 해마다 벌겋게 타고

며느리 굶은 끝에 부황 나 죽으니
산골에 비바람 맞고 버려졌다오.

죽어간 사람은 참으로 편안하지요.
남아 있는 어린것 어떻게 키워낼지……

자식은 어란진에 수자리 살러 갔고
이 몸은 서울의 기병騎兵에 올라 있고

늙은 할미의 등에 업힌 아기
젖을 잃고 으앙으앙 보채는데

작년에 태어난 저것도
벌써 사복시6에 매였다오.

도장 찍힌 문서 차례차례 내려오는데
그 베 짤깍짤깍 어느 세월에 다 짜나요?

동쪽 이웃 부잣집은
사람사람 섬섬옥수 고운 손

皇天旱吾州,
田畝年年赤.
麥瞿婦飢卒,4
山棄風雨暴.
死者良已安,
生者難終育.
子簽於蘭防,5
身屬京騎籍.
老孀背貼兒,
失乳鳴呃呃.
指言去歲生,
生已隸司僕.6
鱗鱗印帖降,
札札誰鳴織.7
東隣有富屋,
百指垂纖白.

이 몸뚱이 없어지면 내 무슨 걱정이랴?
이 몸뚱이 있기에 아전들 채찍에 시달리지.

사람은 누구나 제 몸을 아끼기에
죽음의 지경에도 가리는 바 있나니

조상 대대 양민의 아들인데
차마 도둑놈이야 되겠습니까?

떠돌며 다니다간 객사할 게 뻔하지만
그래도 매 맞는 고통은 면하겠지요.

울 옆에 조그만 텃밭
내 급히 떠나느라 보리도 갈지 못했거니

우리 몫의 구실이 나오면
동리사람에게 구실 몫으로 텃밭을 팔 텐데

파종했자 내가 먹지는 못하지만
파종 못 한 일 마음에 걸리외다.

어허! 이 또한 천운이겠지요.
나만 홀로 재난을 당한 것 아니니

無身我何患,
有身吏鞭扑.
人生愛膚體,
等死猶有擇.
代代良家子,
不忍化盜賊.
極知流離死,
且復辭楚毒.
籬前小田在,
我行不種麥.
懸知賦役出,
官許里人鬻.
雖種非我有,
未種猶戀惜.
咄此亦天運,
非我獨罹厄.

우리 고향에 지금 몇몇이나 남았을꼬?
고향사람 타관에서 종종 만난다오.

처음 나설 적엔 마음 몹시 아프더니
멀리 떠나오니 옛날 일처럼 생각되네요."

3
산마루 위로 해가 떨어지면
산기슭에 쓸쓸히 노숙하는데

모진 바람 배고픈 기러기를 몰아
만리에 머물 곳 아득하네.

줄지어 날던 기러기 구름 속에 길을 잃고
하늘을 우러러 남몰래 탄식하오.

물정도 더러 인정과 가까운 법
떠도는 어려움 자연의 이치로세.

듣건대 옛 어진 임금들
살 집과 지을 땅을 나눠주셨거니

故鄕餘幾人,
他鄕渾故識.
初行頗自傷,
遠出如疇昔.

3
日落山嶺峻,
依依旁山宿.
疾風吹飢鴈,
萬里迷所泊.
離離失雲天,
仰視潛歎息.
物情有近人,
天理難爲客.
嘗聞古聖王,
處民有田宅.

어찌 요역으로 괴롭혀
정든 땅 고향마을 떠나게 한단 말인가!

홍수 가뭄이야 천지의 이치로되
경륜을 베푸는 일 신하의 직분이라.

밝고 밝은 주관周官[8]의 법
거룩하게 천추에 전하거늘

나 또한 벼슬 한자리 참여한 터에
내 무엇을 할 수 있나 안타깝기만 하오.

奈何苦征徭,
而不保鄕域.
水旱天地心,
經綸臣下責.
明明周官法,[8]
穆穆在金石.
我亦沾一命,[9]
惻愴思我力.
(『노촌집老村集』권1)

---

1 **면해綿海** 무안의 바닷가라는 뜻인 듯. 전남 무안務安의 옛 이름이 면성綿城이다. 원주
에 "면해는 면성 해남이다"라고 되어 있는데 착오가 있는 것 같다.
2 **노령蘆嶺** 정읍과 장성 사이에 있는 큰 고개. 지금 전라남북도의 경계를 이루고 있다.
'갈재'라고 부름.
3 **예상인翳桑人** 예상아인翳桑餓人의 준말. 춘추시대 진晉나라 조순趙盾이 예상에서 사
냥을 하다가 굶주린 사람을 발견하고 그에게 먹을 것을 준 일이 있었는데, 후에 그 사
람이 조순에게 은혜를 갚았다.
4 **맥구麥膃** 보리농사가 잘못되었음을 표현한 말인 듯.
5 **어란於蘭** 전라도 영암군에 있던 진鎭. 현재는 해남군에 속해 있다.
6 **사복司僕** 사복시司僕寺. 궁중의 가마나 말에 관한 일을 맡아보던 관청. 즉 아기가 태
어나자 곧 사복시의 역을 지워서 신포身布를 바치게 되었다는 뜻.

7 찰찰札札 각종 군역이나 관서에 예속된 경우 신공으로 포목을 바쳐야 하기 때문에 베를 짜야 하는 것이다. '찰찰'은 베 짜는 소리. 의성어.

8 주관周官 『주례周禮』라는 책을 지칭하는 경우와 『서경書經』의 편 이름을 지칭하는 경우가 있다. 여기서는 후자로 생각되는데 「주관」 편은 주周나라의 관직제도와 용인방법을 서술한 것이다.

9 일명一命 처음 임명되는 낮은 품계의 벼슬. '명命'은 관계官階를 뜻함. 주나라의 관직제도는 일명一命으로부터 구명九命까지 있었다.

🏵 작자 소개

임상덕林象德(1683~1719): 자는 이호彛好·윤보潤甫, 호는 노촌老村, 본관은 나주羅州. 숙종 때 문과에 급제, 벼슬은 대사간에 이르렀다. 37세의 젊은 나이로 요절했으나 문학·사학에 걸쳐 높은 성과를 이루었는데『노촌집』『동사회강東史會綱』에 담겨 있다. 특히 사륙문四六文에 이름이 있었다.

🏵 작품 해설

이 시는 유민을 전형적으로 그린 작품이다. 작중의 서술자(＝시인)는 갈재를 넘어 길을 가던 도중에 유민 행렬을 만나는데 그중 한 가족을 서술대상으로 잡고 있다. 늘그막에 이른 부부와 등에 업힌 손자 아기, 이렇게 세 식구다. 대개 그렇듯 이들 유민과 서술자 사이의 대화로 시는 엮인다. 내용 또한 대개 그렇듯 흉년에 가렴주구를 못 이겨 정든 땅을 떠나는 이야기다. 그럼에도 삶의 구체성을 담으면서 나름의 성격을 가진 인물로 형상화를 하고 있다.

이 일가는 지난 보릿고개에 자부가 젖먹이를 남겨놓고 굶어죽었다. "죽어간 사람은 참으로 편안하지요/남아 있는 어린것 어떻게 키워낼지……"하는 말이 실로 눈물겹다. 이 아기의 아버지는 수자리를 살러 갔는데 그 할아버지도 군적에 있어 신포를 바쳐야 하며, 아기까지 벌써 신포를 내야 하는 존재로 올라가 있다. 끓여먹을 양식도 떨어진 터에 신포의 독책을 면하자면 떠나가지 않고 달리 길이 없는 것이다.

여기서 "동쪽 이웃 부잣집은/사람사람 섬섬옥수 고운 손"으로 대비하여 지주계급은 도리어 부역에서 면제되는 모순을 적시한다. 한편으로 주인공은 고향을 떠나올 때 텃밭에 보리나마 심지 못한 일을 못내 안타까워한다. 물론 자신은 구처없이 나섰지만 이웃집을 생각해서다. 그리고 그는 죽을 지경에도 도둑질은 않겠다고 다짐한다. 떠돌이로 나선 신세 실로 절박한 인생이다. 그럼에도 이 유민은 충후한 마음을 잃지 않은 것이다.

석이행

石耳行

이병연

도봉산 만장봉
　곧장 하늘로 치솟아
큰 바위 깎아 세운 듯
　소나무 한그루 자라지 못하는데

아지랑이 오르고 안개 끼어
　바위 색깔 검푸르니
석이버섯 저절로 자라
　봉우리 반은 석이로 덮였다지.

양주 고을의 한 백성
　사람이 재빠르고 욕심 많아
백발노경에 제 몸 조심 않고
　석이의 이득만 노리더라.

산의 후면으로 실오리 같은 길
　그 길 따라서 올라가
맨 꼭대기 힘겹게 다다르니

石耳行

李秉淵

萬丈之峯直上天,[1]
全壁削成松不枳.[2]
嵐蒸霧敲石色靑,
人言峯半産石耳.
楊州有氓趫而貪,
白首輕身利於此.
山背微縫去因緣,
旣臨其巓利在底.

발밑에 바로 이득이 널렸구나.

향불 피우고 산신령께 빌어
　　이 몸 빈궁을 떨치게 하옵소서
사방을 둘러보며 서성이다가
　　한번 죽기로 작심을 하네.

삼실 밧줄 백자 길이
　　두 끝을 나누어
한끝은 바위 모서리에 걸고
　　다른 끝은 자기 허리에 매고

마음 굳게 담을 내어
　　천길 낭떠러지 허공으로
건들건들 늘어지는 줄을 타고
　　발끝 겨우 바위에 닿아

바위틈새 두루 샅샅이
　　석이버섯 있는 대로 따내어
해가 한낮이 겨워서
　　어깨 묵직해도 그칠 줄 모르네.

긴 줄이 어쩌다 흔들리는데
　　사람은 보이질 않아

齋香祭神訴貧窮,
四顧彷徨拚一死.
絞麻百尺分兩端,
纏在石角在腰裏.
硬心用膽向虛空,
裊裊垂下稍安趾.
挑多揷深遍巉隙,
日午肩重猶不止.
長繩時搖未見人,

위태로운 바위 끝 줄을 지켜보던
　　그의 아들 울음이 터진다.

아들의 부르는 소리 들리지 않고
　　끈은 금방 끊어지려는 듯
처량한 바람 돌아치고
　　햇살은 뉘엿뉘엿 보랏빛으로

마음이 왈칵 불안해져
　　등롱 버리고 오르는구나.
아비 자식 마주 서 눈물짓는데
　　수심의 구름이 일어나네.

시냇가 벌어먹던 볏논
　　홍수 가뭄으로 버리고
눈 속에 나뭇짐 져 날랐자
　　공연히 신발만 닳는구려.

석이버섯 한 짐 지고 가면
　　돈 천닢 어렵지 않나니
내일 아침나절엔
　　바로 장터로 나가봐야지.

천길 낭떠러지 아래

守繩危峭泣其子.
子泣莫聞繩欲斷,
凄風倒吹日黃紫.
心動遺籃却上來,
翁孩向哭愁雲起.
溪南祖田水旱捐,[3]
負薪雪中空破屣.
一擔千錢且可資,
只擬明朝向場市.
亦知崖下有死骸,

굴러다니는 해골 왜 모르랴!
수다한 식솔, 목구멍보다 못 해
　제 한 몸뚱이 잊은 것이지.

아, 재물에 빠진 백성
　그도 죄를 물어야 되겠으되
호의호식하시는 분네들
　또한 부끄러움 알아야지.

갈고 가꾸고 농사짓기
　예로부터 백성의 본성인걸
지금 석이버섯 따라고
　누가 이곳에 보냈는가?

苦爲百口忘一己.
嗚呼溺貨氓可罪,
肉食諸公與有恥.
性於耕鑿堯舜民,
誰遣知此石耳美.
(『사천시초槎川詩抄』상)

---

1 성해응成海應의 『산수기山水記』 하에 "도봉산은 동로東路에 우뚝 서 있는데 만장봉이 더욱 빼어나다"라고 했다.
2 **삭성削成·송불지松不枳** '삭성'은 산 모양이 마치 깎아서 만든 듯 보임. '송불지'에서 '지枳'는 '枝'의 뜻으로 보아 소나무 한그루도 자라지 못한다는 의미로 풀이했다.
3 **조전祖田** '조祖'는 '조租'와 통하는 글자로 쓰여 볏논을 가리키는 듯하다.

🏵 작자 소개

이병연李秉淵(1671~1751): 자는 일원一源, 호는 사천槎川, 본관은 한산韓山. 영조 때 시인으로 이름이 널리 알려져 아이들까지도 '이삼척시李三陟詩'라고 일컬었다 한다. 삼척은 그가 음직으로 삼척부사를 지낸 바 있기 때문에 붙여진 칭호다. 그는 서울의 북악산 아래 북동北洞에 우거했던바 당시 북동에는 시인·화가들이 많이 살았다. 시에 있어서는 그를 종장宗匠으로 받들어 그의 아래 팔표기八驃騎가 늘어섰으니 남숙관南肅寬·김이곤金履坤·김시민金時敏 같은 부류들이었다. 그는 시창작을 풍부하게 남겨 무려 1만 3천여수에 이르렀으니 "우리 동국의 육방옹陸放翁이다"라는 말을 듣기도 했다. 그중에 정선을 해서 1책으로 간행한바, 지금 전하는 『사천시초』가 그것이다.

🏵 작품 해설

이 시는 천길 낭떠러지 위에서 석이버섯을 채취하는 사람의 이야기다. 서울 근교에 있는 도봉산 만장봉은 지금 보아도 깎아세운 듯 하늘 위로 우뚝하다. 시는 이러한 만장봉의 형상을 첫머리서 클로즈업시킨 다음, 거기에 자생하는 석이버섯으로 시선을 옮긴다. 그리하여 석이버섯의 이익을 탐내는 사람을 등장시키는 것이다. 이어 석이를 채취하는 위태로운 작업을 자세히 묘사하는데 그 아슬아슬한 가운데서 이익에 골몰하는 태도, 그러면서도 불안해 걱정하는 정경이 눈앞에 펼쳐진다. 이와 같이 특이한 제재를 취했지만 생활적·사회적 내용을 담지했으며, 표현 구성이 힘차고 긴박감을 준다.

시인은 위험을 무릅쓰고 석이를 따는 것을 사회적 모순의 일부로 인식한다. 절벽 아래에 해골이 굴러다니는 줄 알면서도 목구멍이 포도청이라서 제 몸뚱이를 돌아볼 겨를이 없다는 것이다. "지금 석이버섯 따라고 누가 이곳에 보냈는가"라는 마지막 구절은 체제적 모순 내지 정치당국의 탐욕·무능을 생각게 한다.

그러나 시인의 의식 저변에 소극적인 자세가 엿보인다. "재물에 빠진 백성 그도 죄를 물어야" 된다고 이익 추구의 행위 자체를 죄악시하는 관점을 취한다. 백성이란 어쨌건 농토에 묶여 있어야 옳다는 발상인 것이다. 그럼에도 시인이 이익 추구 앞에서 모험적인 인민의 삶의 형상을 포착한 점은 흥미롭다.

조강행

祖江行

신유한

조각배 조강에 닿으니
날도 저물어 강촌 주막에 투숙했는데
물결은 눈처럼 바람에 날리고
파도소리 공중으로 솟구치더라.

강촌의 노인네 머리가 희끗희끗
나를 보고 이야기하는데

"이 몸은 본래 조강나루서 태어나
여태껏 여기서 살아왔지요.

조강은 일명 삼기하三歧河라
세 강이 여기서 합수하여
창해 물결을 이루지요.

바닷물 남으로 충청도 전라도로 통하고
서쪽으론 낙랑벌까지 닿으니
곰비임비 배들이 연이어

祖江行[1]

申維翰

扁舟泊祖江,
暮宿江村廬.
洪濤若噴雪,
澎湃騰空虛.
江村老翁鬢皚皚,
自言生在此港居.
祖江一名三歧河,
是爲三江合朝滄海波.[2]
南通湖海西樂浪,
舳艫相屬如飛梭.[3]

베 짜는 북처럼 왔다갔다

생선 소금이며 과일 등속
　미곡 포백이 산처럼 쌓이고
이 나루 지나가는 배
　하루에도 백척인지 천척인지

수건 쓴 저 뱃사공
　어느 고을 사나인지?
검은 머리 저 장사꾼
　술잔 먼저 잡는구나.

저마다 하나같이 하는 말
　한강수 오르는 물길 험하다고
술상머리 앉아 술 파는 계집과
　희영수 수작을 붙이는데

머리 처음 올린 미인
눈썹 어여쁘게 그린 가회歌姬
늘어진 버들가지 가는 허리로
춘면가 한 곡을 간드러지게 부르네.

강물은 날마다 날마다
　보드라운 술로 변하나니

魚鹽果布米作山,
此港一日千帆過.
長年黃帽何郡郎,[4]
賈客靑絲金叵羅.[5]
皆言漢水苦難越,
笑問當壚沽酒娥.
羅敷初總髻,[6]
莫愁工畫蛾.[7]
纖纖柳枝腰,
艶唱春眠歌.[8]
江流日日變春酒,

얼큰히 몇잔 들이켜고
　　돈을 던져 젊은 여자 부르네.

달이 지자 밀물 오르는데
　　선상에서 두런두런 이야기하고
강가에 늘어진 수양버들
　　금빛 머금어 한들거리고

조강나루 해마다 해마다
　　번창하기 이를 데 없었거니
대동강 어귀서 내려온 상객
　　여기 와선 입을 다물었다네.

근년엔 조선 팔도에
　　홍수며 가뭄이 빈번히 들고부터
세상사 날로 달라지고
　　인정도 점차 바뀌더니

돛이 구름처럼 모여
　　삐걱삐걱 부딪치던 배들
강 언덕에 번화하던 옛 모습
　　이제는 다시 찾을 길 없이 되었다오.

동편 마을 북편 마을

醉擲金錢喚少婦.
月落潮生船上語,
韶華澹蕩江頭柳.
年年此港盛繁華,
北客羞誇浿江口.
自從八路頻水旱,
世事人情看漸換.
布帆如雲櫓軋軋,
誰復回頭望江岸.
東隣北里盡蕭索,

온통 쓸쓸하기 그지없고
화사한 비단소매 꽃비녀
　모두 바람에 나부껴 날아갔나.

봄철이라 밭뙈기에 씨나 뿌리고
가을이라 산에 가서 나무나 줍고
사내는 추운 날에 옷도 못 입고
아낙은 배고파도 밥도 못 짓고

이제 와선 온통 흩어지고 떠나
　인가는 샛별처럼 드문드문
다만 보이나니 고기잡이 집
　벽에 도롱이만 걸려 있소.

고깃배 도롱이 쓰고 나갔다가
　저물어 빈 배로 돌아오는데
물 위로 바람 급히 일고
　비가 뿌려 침침하네.

옛날의 번영과 오늘의 쇠퇴함
　눈앞에 보면 무슨 할 말이 있겠소.
나도 이미 지친 지 오래
　수염도 벌써 희어졌다오."

錦袖花釵風渙散.
春田學種稼,
秋竈供樵爨.
夫寒未授衣,
女飢不得粲.
祇今烟戶似晨星,
但看挂壁漁簑腥.
漁簑釣艇暮虛歸,
江中風急雨冥冥.
眼前盛衰那可道,
儂顏已失鬢眉靑.

노인의 이야기 듣고 나자
　마음이 그만 아득하여
가을 하늘 쓸쓸한 날에
　골똘히 읊조리다가 붓을 떨어뜨리네.

그대는 알지 못하는가?
삼남의 이름난 옛 고을
고을마다 기생들 머리 흔들며
　금비녀 던지는 것을

민생이 이다지 피폐한 것을
　가만히 앉아서 생각해보니
내 홀로 무엇하느라
　가야산 밑 몇 이랑 밭 버려두는고?

使君聞此意茫然,
沈吟落筆當秋天.
爾不識?
三南一百古名州,
官娃掉頭抛金鈿.
坐思民生凋弊盡,
吾獨胡爲不種伽倻數畝田?[9]
(『청천집靑泉集』권2)

---

1 조강祖江 "조강은 한강의 하류로 그 위치가 한강이 임진강을 합하는 데와 한강이 강화도江華島에 가다 남북으로 갈라지는 곧 연미정燕尾亭과의 한중간에 있다. 그리고 강은 물론 양옆이 있을 것으로 조강의 남쪽 한옆은 통진通津이요, 북쪽 한옆은 풍덕豊德이다. 지금에는 통진은 김포金浦가 되었고 풍덕은 개풍開豊이 되었다. (…) 조강이라면 통진 조강과 풍덕 조강이 있는데, 포촌浦村으로는 통진 조강이 낫고 소위 반촌班村으로는 통진 조강보다 풍덕 조강(곧 조강 안말)이 낫던 것이다."(권덕규權悳奎「조강祖江 물참」)

2 삼강三江·조朝 한강·임진강, 육지와 강화도 사이를 갈라놓은 염하를 가리킴. '조'는 동사로 조회하다, 즉 모인다는 뜻으로 보았음.

3 축로상속舳艫相屬 배들이 꼬리와 머리를 서로 이었다. 고려가요의「동동動動」에 "덕 으란 곰배에 받잡고 복으란 님배에 받잡고"라는 말이 나온다. 여기에 연유해서 사물 이 연이어지는 현상을 가리켜 '곰배임배' 혹은 '곰비임비'라고 했다.

4 장년長年 뱃사공을 지칭하는 말.("長年三老遙憐汝, 捩柁開頭捷有神."; 두보杜甫「발민 撥悶」주注: "峽人以船頭把篙相道者曰長年, 正稱者曰三老.")

5 파라叵羅 고대의 술잔.

6 나부羅敷 중국 한漢 대의 악부시「맥상상陌上桑」에 등장하는 미인의 이름.

7 막수莫愁 중국 춘추시대 때 노래를 잘 불렀다는 미인의 이름.

8 춘면가春眠歌 「춘면곡」을 가리키는 것으로 보임.「춘면곡」에 대해 신유한과 동시대 인물인 이하곤李夏坤은 "강진의 진사 이희징李喜徵이 지은 것으로 그 소리가 매우 애 달파서 듣는 이들이 눈물을 흘리는 데 이르렀다"(『남유록南遊錄』)라는 기록을 남기 고 있다. 후대에 12가사十二歌詞의 하나로 들어가 있는「춘면곡」과는 같지 않은 것으 로 생각된다.

9 가야伽倻 경상남도 합천군 가야산을 가리키는 듯. 신유한은 만년에 가야산 밑으로 가 서 산 적이 있었다.

작자 소개

신유한申維翰(1681~1752): 자는 주백周伯, 호는 청천靑泉, 본관은 영해寧海. 경상남도 밀양군의 죽원리竹院里서 태어났는데 어려서부터 문명을 얻었다. 숙종 때 문과에 급제, 일본 통신사의 제술관으로 뽑혀 일본인들에게 시편을 많이 지어주었는바 그쪽에서 곧 책자로 간행되었다. 이때『해유록海遊錄』이란 기록을 남겼다. 본래 신분이 서족庶族이어서 출세에 제약을 받아 지방 수령을 역임하는 데 그쳤다. 노경에 경상도 가야산 밑 영천靈川이란 곳으로 돌아가 거처를 경운재旲雲齋라 하고 지내다가 생애를 마쳤다.『청천집』6권 3책이 있다.

작품 해설

조강은 한강 초입에 위치한 포구로 수운의 요충지였다. 이 시는 조강의 옛날과 오늘의 변모를 서술하고 있다.

시인이 조강에 정박하여 하룻밤 묵게 된 것이 이 시를 쓴 계기였다. 시인은 한 노인을 만나서 조강에 관한 이야기를 듣는다. 조강의 과거의 번영, 오늘의 쇠퇴가 풍물 세태의 구체적 묘사를 통해서 재미나게 눈앞에 그려진다. 그리고 지금 이야기하는 노인의 늙어 시든 얼굴에 조강의 허전한 정경이 조응을 이룬다. 또한 시인의 마음까지 침울해져서 민생을 피폐하게 만든 현실 전반으로 의식이 확장되는 것이다. 시인은 이제 벼슬살이에 환멸을 느껴 낙향을 떠올리는 것으로 시를 끝맺는다.

이 시에서 조강이 예전에 번영하던 형편은 충분히 이해할 수 있도록 서술되어 있다. 그러나 오늘의 쇠퇴는 주로 겹친 흉년에 원인을 두었는데 납득하기 어렵다. 조강은 그냥 침체하지 않고 포구로서 발전했다. 이 시를 쓴 시점에 특수한 정황이 있었을 것으로 추정되는바, 이 점에 대한 해명이 불충분하게 느껴진다.

군정의 탄식
軍丁歎

정민교

북풍이 소슬하고
　해는 서산에 졌는데
외딴 마을 한 아낙네
　하늘을 부르며 통곡한다.

우산牛山서 돌아가는 나그네
　듣고서 그냥 지나치지 못해
안타까운 마음으로
　말 멈추고 물어보니
그 아낙네 대답하는 말

"제 지아비 작년에 돌아가셨는데
남편은 세상을 떴으나
　배 속에 아기가 있었지요.

천행으로 사내애를 낳아서
　그 아이 배내털 마르기도 전에
이임里任이 관가에 보고하여

軍丁歎

鄭敏僑

朔風蕭瑟寒日落,
孤村有女呼天哭.
牛山歸客不堪聽,[1]
駐馬欲問心悽惻.
自言其夫前年死,
夫死幸有兒遺腹.
生男毛髮尙未燥,
里任報官充軍額.

군액에 충원이 되었네요.

포대기에 싸인 갓난아기
　　장정으로 대장에 올려서
신포 바치라 독촉하여
　　다시금 문전에 들락날락

어제는 아기를 안고
　　관가에 점호를 받으러 갔다오.
먼 길에 날씨는 몹시 춥고
　　눈보라 사납게 몰아쳐

점호라고 받고 돌아와보니
　　아기는 이미 죽어 있어요.
간장은 갈가리 찢어지고
　　억장이 무너져내립디다.

원한이 뼛골에 사무쳐도
　　어디 하소연할 데나 있나요?
이 막다른 사정
　　하늘에나 외쳐 통곡하지."

"이보오, 부인네여!
　　그대의 말씀 너무도 애달프구려.

襁褓兒付壯丁案,
旋復踵門身布督.
昨日抱兒詣官點,
天寒路遠風雪虐.
歸來兒已病且死,
肝腸欲裂胸臆塞.
深寃入骨訴無地,
窮窘寧不呼天哭.
爾婦此言眞可哀,

이야기를 듣고 나니
    저절로 한숨이 나오네요.

옛날 어진 임금들
    백성을 다스림에 덕이 먼저라.
하찮은 지아비 지어미
    누구나 삶을 누리게 하였고

곤충 같은 미물까지도
    함께 살아가게 하였거늘
하물며 호소할 데 없는
    가련하고 외로운 동포에게랴!

나라에서 제도를 마련할 제
    본래 뜻이 있었으니
첨정簽丁[2]이란 다름아니고
    군대를 보충하려 함이었다오.

법이란 오래 쓰면
    폐단도 생기기 마련이라.
요즘 와선 군정으로 뽑히면
    백성의 가장 큰 고통이니.

뽑힐 장정 한정이 있는데

余一聞之長太息.
先王制民德爲先,
匹夫匹婦無不獲.
昆蟲之微亦與被,
矧復無告吾惸獨.
朝家設法本有意,
簽丁要使軍伍足.[2]
法行之久弊反生,
邇來最爲生民毒.
丁男有限色目多,

명목이 갖가지로 다단하여
훑어내서 숫자를 채우자니
　드디어 아기에게까지 미쳤도다.

원님이 아는 건 오직
　윗자리 앉은 분들 두려운 줄
제 잇속만 채우지
　백성의 괴로움 돌볼 리 있겠는가?

장부에는 허명만 남고
　마구잡이 침학을 일삼아
죽은 지 오랜 백골까지 징수하니
　이보다 잔혹한 일 또 있으랴.

팔도가 모두 같은 고통 속에서
　백성들 반이나 죽어가는데
그대처럼 하늘 보고 통곡하는 소리
　대체 몇 곳에서 울릴까?

우리 임금님 이를 생각하사
　걱정하는 뜻을 말씀으로 나타내어
열 줄의 윤음 간곡한 사연
　자주자주 내리셨거늘

逐令搜括及兒弱.
縣官惟知畏上司,
利己寧復恤民戚.
只存虛名混侵虐,
白骨之徵尤爲酷.
八域同疾民半死,
如汝幾處呼天哭.
吾君念此憂形言,
十行絲綸頻懇曲.[3]

조정에선 아무 대책 없이
　　앉아서 보고만 있으니
영영 그만이로구나.
　　이 법 고쳐질 날 언제 있으랴.

이보오, 부인이여!
　　하늘을 불러 통곡하지 마오.
하늘 보고 아무리 울부짖어도
　　예로부터 하늘은 아랑곳 않습니다.

아무래도 하루빨리
　　황천길로 떠나가서
다시 그대의 낭군을 만나
　　행복을 누리느니만 못 하리.”

廟堂無策但坐視,
已矣此法無時革.
爾婦且莫呼天哭,
呼天從來天不識.
不如早從黃泉去,
更與爾夫爲行樂.[4]
(『한천유고寒泉遺稿』권1)

---

1 **우산牛山** 평안도의 숙천肅川 근방에 있는 지명. 시의 작자가 평안도 감영의 서기로 있
　을 때 세무관계로 출장을 나갔다가 이곳에서 묵었던 것이다.
2 **첨정簽丁** 병역의 해당자를 뽑아서 장부에 올리는 것.
3 **사륜絲綸** 임금이 일반 백성에게 내리는 글. 윤음綸音이라고도 함.(『예기禮記·치의緇
　衣』: “王言如絲, 其出如綸.”)
4 이 구절이 『풍요속선風謠續選』에서는 “해골과 만나는 즐거움, 그보다 즐거움이 없으
　리라〔髑髏之樂樂莫樂〕”로 되어 있다.

◉ 작자 소개

정민교鄭敏僑(1697~1731): 자는 계통季通, 호는 한천寒泉, 본관은 창녕昌寧. 여항시인. 내교來僑의 아우. 29세 때 평안도 감사의 초청을 받아 해세海稅 감관을 맡고 이어 서기의 직무를 수행했다. 중간에 충청도 땅으로 낙향해서 자호를 한천자라 했으며, 34세 때 조현명趙顯命의 부름으로 경상도 감영에 가서 가정교사를 하다가 신병으로 죽었다. 유고로『한천유고』가 있다.

◉ 작품 해설

시의 작자 정민교는 1725년(영조 1년)에 평안도 감사 밑에서 해세를 감독하는 일을 맡아보았다. 그때 연해 고을을 돌아보게 되었는데 그해 흉년이 들어 백성들의 굶주리는 정경은 차마 눈뜨고 보기 어려웠다. 이 시는 당시 목도한 사실을 잡아서 쓴 것이다.

중세사회에서 민 일반은 국가에 대해 역을 의무로 지고 있었다. 역도 갖가지 명목이 있었지만 군역이 그중에 대종을 이루었다. 조선왕조는 16세에서 60세까지의 남성을 정丁으로 파악하여, 여기 해당하는 남자는 모두 군정軍丁이 되었다. 제목이 그렇듯 이 시는 군정의 문제를 주제로 다루고 있다.

작중에서처럼 갓 태어난 아기가 군정으로 뽑히는 사례도 허다했다. 황구첨정黃口簽丁이 그것이다. 유복자로 태어난 귀한 아기가 제 어미의 등에 업혀 점호를 받으러 갔다가 마침내 죽었다. 이 어처구니없이 기막힌 사연은 군역의 제도가 빚은 참극이다.

이처럼 비극적인 상황을 설정한 작품은, "북풍이 소슬하고 해는 서산에 졌는데/외딴 마을 한 아낙네 하늘을 부르며 통곡한다"라고 서두에서부터 분위기를 느끼게 한다. 그리고 끝에 가서 "하늘을 불러 통곡하지 마오"라고 말한 다음, "아무래도 하루빨리 황천길로 떠나가서" 내세의 행복을 찾으라 한다. 물론 부조리한 제도의 개혁을 내다볼 수 없었기 때문이다. 절망의 소리지만 어설픈 기대나 체념으로 호도한 것보다는 현실의 한계를 분명히 한 것이다. 이 시에서 "하늘을 불러 통곡한다〔呼天哭〕"가 수미를 관통하는바, 하늘에 대한 회의의 감정이 드디어 노출된 점이 흥미롭다.

무자년 가을에 거지를 보고

戊子秋哀丐者

송규빈

가을 풍경 어느덧 쓸쓸해져
시냇가 찬 기운 감도는데,

오곡은 영글어 드리우니
온 들판 황색 구름 일어난다.

어허! 당신들 어느 고을 사람인데
붙잡고 이끌고 이곳에 이르렀소?

"우리는 강원도 백성으로
먹고살 길 없어 고향을 등졌다오.

사월인데 서리 내리고 우박까지
오월에는 명충이 온통 번지니

서리 우박에 이울다 남은 곡식
또다시 충재를 입었구려.

戊子秋哀丐者[1]

宋奎斌

秋容倏寥廓,
溪閣漸生凉.
萬寶垂成日,
黃雲四野張.
嗟爾何處人,
扶挈到此方?
云是東峽民,[2]
無食離家鄉.
四月下霜雹,
五月遍螟蝗.
才經摧剝餘,
又逢蟲損傷.

처음엔 산전의 기장에서
무논의 벼에까지 덤벼드니

뿌리 이삭 모조리 갉아먹어
곳곳에 황량한 땅만 남았지요.

반년 나마 땀 흘려 일했건만
가을이라 거둘 것 무어 있나.

열 식구 배고파 아우성인데
어디 감장해둔 곡식 있었겠소.

동편 마을에선 마소를 판다
서쪽 이웃에선 대추를 딴다

환자 갚을 날은 촉박하고
신포도 어서 바삐 내라네.

관가에서 나온 놈 범같이
문전에서 마구 대고 날치는데

온 집안 한바퀴 둘러봐도
사벽이 무너진 바람벽뿐

始從隴上黍,
迤及水中秧。
根穗皆蝕盡,
處處莽空場。
半歲費辛苦,
逢秋却成荒。
十口皆呼饑,
焉望有盖藏?
東家鬻牛馬,
西隣伐棗桑。
糴期忽已迫,
身布又遑遑。
官差猛如虎,
臨門肆搶攘。
環顧一室中,
四壁惟頹墻。

오랏줄에 묶여갈까 벌벌 떨며
남은 옷가지마저 팔았지요.

애절하다 어린애 울음소리
밥 달라고 아비 어미 찾는구나.

땅에 안착하길 누구 아니 바라며
고향이야 어찌 꿈엔들 잊으리오?

쌀독엔 한톨 곡식도 없거늘
쭉정이나마 얻어먹을 수 있을런가?

하루에 두 끼 먹지를 못 하면
당장 연명이 곤란한 터라

앉아서 죽음을 기다리기 어려우매
각가지로 궁리해도 별수 있나요.

가족들 끌고서 떠도는 거지 되고 보니
하늘과 땅 사이 어찌 그리 망망하던가?

정든 마을 통곡하며 하직할 제
정자나무에 피눈물 뿌렸다오.

深恐遭縲紲,
盡賣弊衣裳.
哀哀幼稚哭,
索飯呼爺孃.
安土豈非願,
故鄕詎可忘?
瓶無一粒粟,
將何繼秕穗?
一日不再食,
立地見危亡.
難於坐待死,
百計費商量.
率眷作流丐,
天壤何茫茫.
痛哭辭故里,
血淚洒白楊.

소문을 듣자니 다른 고장엔
왕왕 풍년도 들었다는데

우리 고을 무슨 허물 지었길래
재해를 받아도 혹독히 받았는고?

땅은 황폐하고 백성들 흩어지고
공사간에 이다지도 앙화를 입었으니

해와 달 바퀴처럼 돌고 돌아
어느덧 된서리 내리는 철이 되었는데

이제는 집도 절도 없는 신세
밤중에만 길섶에 누워 눈물짓지요.

정처없이 흐르고 떠돌다가
언젠가 구렁에 넘어지겠지요."

늙은 이 몸 이야기를 듣다가
눈물이 저절로 그렁그렁

하늘의 마음 지극히 공평하고
살리기 좋아하는 뜻 그지없으되

傳聞他郡邑,
往往登豐積.
我土獨何辜,
毒灾偏一坊?
地荒民四散,
公私貽深殃.
日月雙轉轂,
流光落嚴霜.
旣無家與食,
半夜泣路傍.
流離不定居,
溝壑任仆僵.
老我聞此言,
不覺涕盈眶.
天心爲至公,
好生本無疆.

고금에 재앙은 끊이질 않으니
대기의 흐름은 본디 변하는지라

흉년이 어느 때고 없으리오만
그때마다 구휼하려 창고를 열었더니라.

물에 빠진 사람 구경하며 건지지 않으면
저 높은 관가 어디다 쓸 것인가?

관가 모두 저와 같다면
백성들 기댈 곳 어디 있으랴.

백성 보살피는 일 적다 할 수 없으니
어진 사람 뽑아 쓰지 않을 건가.

재앙이건 상서건 원인을 따지자면
음양의 조화에 달렸거니

한 고을 맡음도 역군은亦君恩이오매
뇌물 받고 더러운 짓 말아야 할 일이오.

백성 사랑하길 제 자식같이
비방을 듣더라도 흔들릴 것 무엇이랴.

古今有灾沴,
流行本無常.
儉歲何代無?
救荒賴發倉.
立視不拯溺,
焉用彼黃堂.[3]
黃堂皆如此,
黎民安所望?
牧御非小可,
何不揀否臧![4]
若究灾與祥,
必先理陰陽.
百里亦君恩,[5]
愼勿汚賄贓.
愛民如愛子,
何恤外至謗.

한숨을 쉬고 또 쉬어도
굶주려 죽는 자들 어이 구하리.

아무리 생각해도 다른 방도 없구나
인재를 널리 구하는 길밖에.

嘆息復嘆息,
何以濟扎殤.
靜念無他道,
莫如得人昌.
(『풍요속선風謠續選』 권3)

1 **무자戊子** 영조 44년(1768).

2 **동협東峽** 강원도 지역을 가리키는 말.

3 **황당黃堂** 수령이 집무하는 처소를 가리키는 말.

4 **부장否臧** 훌륭한 자와 나쁜 자.(제갈량諸葛亮 「출사표出師表」: "陟罰臧否.")

5 **백리百里·역군은亦君恩** 옛날 한 현縣의 땅이 대략 백리라는 데 연유해서 '백리'는 고을을 지칭하는 말로도 쓰임. 또한 지방 수령을 뜻하기도 함. '역군은' 또한 임금님 은혜란 뜻으로, 『악장가사樂章歌詞』에 실린 「감군은感君恩」의 후렴구에도 "일간명월一竿明月이 역군은이샷다"라는 말이 들어 있다.

송규빈宋奎斌(1696~1778?): 자는 이형爾衡, 호는 매곡梅谷, 본관은 연릉延陵. 여항시인.『풍요속선』에 그의 시 5편이 수록되어 있다.『풍요속선』에 그의 인적 사항을 밝힌 데서 "인물이 강개하고 기간器幹이 있어 일찍이 상소하여 시무를 논한 바 있다"라고 평했다. 국방문제를 주로 다룬 저서로『풍천유향風泉遺響』을 남겼다.

● 작품 해설

이 시 역시 유민을 만나 주고받은 이야기를 엮은 형식이다. 전근대사회에서는 흉년이 거의 주기적으로 찾아든데다 제반 수탈의 무절제는 구조적 현상이었다. 따라서 유민은 관행처럼 발생했거니와 그렇다고 무심히 넘길 일이 결코 아니었다. 유민의 시가 반복되어 나타나는 것은 당연한데 한편 한편 뼈아픈 사정이 담겨 있는 것으로 느껴야 할 것이다.

'무자년 가을'이라는 제목에 먼저 시간적 구체성을 박았는데 내용에서도 지역적 특수성을 강조하고 있다. 작중의 유민은 자기의 고향을 몹시 그리워한다. 그럴수록 고향을 등질 수밖에 없었던 사정이 절박하게 생각되며, 또 그러도록 방치하고 조장했던 그 고을 수령에 대한 책임이 크게 돌아가는 것이다.

시인은 이 유민 문제에 대한 해결책을 연구해보는데, 체제적 변혁을 고려하지 못하는 한 '인정仁政' 및 수령의 자질에 기대할밖에 없다. 시는 이 점을 선명하게 제기하고 있다.

작살질
觀叉魚

쌀쌀한 겨울 날씨 시월에
  강물에 살얼음 잡히는데
작살로 고기 잡는 사람들
  서로 만나 손을 흔들고

늙은이 바위를 두들기며
  긴 갈고리 쥐고 서성이고
젊은이 얼음을 깨더니
  노를 가볍게 저어본다.

어부 하는 일 달리 없이
우뚝이 뱃머리에 서서
  작살을 들고 기다린다.

모두 외치길 '고기 나온다'
어부 서두르는 법 없이
  대삿갓 비스듬한 아래로 노려보더니

觀叉魚[1]

宋明欽

寒冬十月江湖合,
叉魚之子相逢揖.
老翁激石把長鋤,
少者椎冰理輕楫.
漁父無所爲,
兀然擁叉船頭立.
齊呼魚出游,
漁父半敲靑篛笠,

이윽고 작살을 던지는데
　　던졌다 하면 헛발이 없지.
이네들 본디 물가에 살아
　　고기잡이 능수가 되었구나.

물고기 큰 놈은 자 길이
　　물고기 작은 놈은 칼 길이
이놈들 아가미가 꿰여
　　버들가지에 줄줄이 달리는구나.

"사람이나 물고기나 다 같은 생물
　　천지의 조화로 태어난 것 아니더냐.
그대들 말 물어보세
　　어쩌자고 그리 모질게 해치는가?"

"우리라고 좋아서 이 짓 하나요?
　　간밤에도 관가에서 문서가 날아왔죠.
내일 아침 높은 손님 맞아서
　　연회를 성대히 벌인다고

물고기 굽고 회치고
　　모두 다 이 강에서 나갑니다.
자가사리 문절망둑 쏘가리 잉어
　　어느 것 없이 거둬가지요.

又不輕發發不虛.
爾曹知在湖邊習.
大魚如尺小如刀,
蒲柳掛領猶戢戢.
同是天地化中物,
問爾相戹何太急.
昨夜官家下飛帖,
明朝上客華筵集.
膾炙皆從此江出,
鱣鯊鱖鯉無不輯.

물고기 잡아다 바치라
　　한달에도 너덧 차례
한번 바치는 데 적기나 한가요.
　　걸핏하면 스무마리 서른마리

정해진 마릿수 채우지 못하면
　　장터에 나가 사다가라도 바치고
혹시 잡다가 남으면
　　팔아서 양식에 보태지요.

날이면 날마다 강에 나와서
　　고기를 잡느라 손이 다 트지만
우리네 쓸쓸한 밥상에는
　　고기 꼬리 오르는 법 없답니다.”

“물고기 생명을 돌아보자면
　　당신들 굶주림이 걱정이요
당신들 생계를 도모하자면
　　물고기 신세 애처롭도다.

예전 세상엔 촘촘한 그물
　　물속에 던지지 않는다 들었는데
어부들 행여 하지 마오,

一月又有四五供,
一供動盈二三十.
不足還買市頭鮮,
有餘賣作盤中粒.
日日江干手凍裂,
隻鱗未嘗寒廚給.
我欲魚生恐爾饑,
將爲爾謀悲魚泣.
古聞數罟不入池,[2]
漁父幸勿魚兒襲.

새끼까지 마구 잡는 짓."

작살질 또 작살질

물속의 고기들아
　함부로 돌아다니지 마라
한번 도마 위에 오른 날에는
　그때 가서 후회한들 무엇하리.

叉魚復叉魚,
水中之魚愼出入,
一登俎机悔何及.
(『역천집櫟泉集』권2)

---

1 **관차어觀叉魚** '고기를 찔러 잡는 것을 보고'로 번역이 된다. '차叉'는 원래 작살과 같
　은, 고기를 찔러서 잡는 도구를 가리키는데 동사로 찌른다는 뜻으로도 쓰인다.

2 **촉고數罟** 눈이 촘촘한 그물.『맹자孟子·양혜왕梁惠王』상에 "촉고를 물속에 집어넣지
　않으면 물고기들이 이루 잡아먹을 수 없을 정도로 많아질 것이다〔數罟不入洿池, 魚鼈
　不可勝食〕"라는 말이 나온다.

● 작자 소개

송명흠宋明欽(1705~68): 자는 회가晦可, 호는 역천櫟泉, 본관은 은진恩津. 동춘당同春堂(이름 준길浚吉)의 현손으로 서울 제생동濟生洞에서 태어났으며, 후에 향리인 충청도 회덕懷德의 송촌宋村으로 내려가 학자적인 생활로 삶을 마쳤다. 이재李縡의 문인이며, 김원행金元行 등과 교유했고, 은일隱逸로 찬선贊善을 지낸 바 있다. 학문과 행실이 순수하고 독실하기로 이름이 있었으며, 시는 청신하고도 사실적인 기풍을 보였다. 시문과 학문적인 저작은 『역천집』으로 간행되었다.

● 작품 해설

이 시의 창작연대는 임술, 즉 1742년(영조 18년)으로 밝혀져 있다. 작자는 당시 38세로 자기 고향과 가까운 추곡楸谷이란 곳에 우거해 있었는데, 그 근방 강가에서 물고기를 잡는 정경을 목도하고 시를 지은 것으로 추정된다. 이 시에서 두가지 중요한 측면을 지적할 수 있다.

첫째, 고기 잡는 일이 신선하고 동적인 긴장감을 주면서 그려지는데 동시에 사회적 안목이 들어간 것이다. 어부나 고기잡이는 전통적으로 문학예술의 친숙한 소재인데 대부분 유한적·정태적인 것이다. 어부가漁父歌 계열의 노래가 그렇고 한가로이 낚시를 담그고 앉아 있는 그림이 그러하다. 여기 작중에서 고기잡이는 괴로운 공납이요, 먹고살기 위한 노동이다. 미적 지향이 사실적인 것이다.

둘째, 생명을 존중하고 자연을 보호하려는 의식이 뚜렷한 점이다. "물고기 생명을 돌아보자면 당신들 굶주림이 걱정이요/당신들 생계를 도모하자면 물고기 신세 애처롭도다"라고 인간의 생존과 동물보호 사이에 놓인 모순점을 발견한다. 물론 인간의 생존을 좀더 중시해야 함을 망각하지 않아, 치어를 남획하는 짓을 삼가도록 경계한다. 자연보호와 같은 문제를 제기할 상황이 당시에 발생했던 것은 아니리라. 오직 시인의 슬기로운 눈과 인자한 마음이 앞날에 닥칠 문제를 예견한 것으로 생각된다.

나무하는 소녀
採薪行

신광수

가난한 집의 계집종
　맨발의 두 다리로
산에 가서 나무를 하려니
　차돌멩이 뾰쪽뾰쪽

차돌에 부딪쳐
　다리에 피가 흐르는데
나무뿌리 땅에 박혀
　낫이 뎅겅 부러졌다네.

다리 다쳐 흐르는 피
　괴로워할 겨를이나 있나요.
오직 두려운 건 부러진 낫
　주인에게 야단맞을 일이로다.

나무 한 단 머리에 이고
　해 저물어 돌아오니
한 덩이 조밥이야

採薪行

申光洙

貧家女奴兩脚赤,
上山採薪多白石.
白石傷脚脚見血,
木根入地鎌子折.
脚傷見血不足苦,
但恐鎌折主人怒.
日暮戴薪一束歸,
三合粟飯不饒飢.

허기진 배 기별도 안 가는데

주인의 야단 잔뜩 맞고
문밖에 나와서 남몰래 훌쩍인다.

남자의 성냄은 한때지만
여자의 성냄은 열두 때라네.

샌님의 꾸중은 들을 만해도
　마님의 노여움 견디기 어려워라.

但見主人怒,
出門潛啼悲.
男子怒一時,
女子怒多端.
男子猶可女子難.
(『석북집石北集』권1)

🌸 작자 소개

　신광수申光洙(1712~75): 자는 성연聖淵, 호는 석북石北, 본관은 고령高靈. 충청도 한산의 숭문동崇文洞에서 태어나 화가로 유명한 윤두서尹斗緒의 사위가 되었다. 39세에 진사, 53세에 음직으로 의금부도사가 되어 제주도를 다녀왔다. 이때의 기록으로 『탐라록耽羅錄』이 있다. 61세 때 고령자에게 보이는 과거에 합격하여 승지 벼슬을 지냈다. 그의 생애를 보면 약간의 벼슬을 역임했으나 재야의 처지에서 시 창작에 주력한 편이었다. 대표작으로 「관서악부關西樂府」를 들 수 있는데 사실적 경향을 띠었으며, 「관산융마關山戎馬」는 과체시로 널리 회자된 것이다. 『석북집』 16권 8책이 있다.

🌸 작품 해설

　가난한 집에서 종노릇을 하는 소녀의 이야기다. 가난한 상전은 영락한 양반에 속할 것이다. 가세가 노비들을 거느릴 형편이 못 되는 데다 자신이 노동을 감당하지도 못한다. 하나 있는 계집종이 집안일은 물론 산에 가서 나무까지 해와야 하는 것이다. 가난한 댁에서 종노릇하는 소녀의 고달픔은 특별한 바 있다.

　주인공 소녀는 산에서 나무를 하다가 낫을 부러뜨리고 또 다리를 다친다. 이 두가지 사고에서, 몸에 부상을 입어 피를 흘린 편에 보다 비중을 두는 것이 당연한 노릇이다. 그럼에도 소녀는 부러진 한 자루 낫만 걱정하고 있다. 왜 그럴까? 소녀가 집에 돌아와서 마님과 샌님으로부터 꾸지람을 듣는 장면에서 사정을 납득하게 된다. "샌님의 꾸중은 들을 만해도 마님의 노여움 견디기 어려워라"라는 대목에서 인정의 기미를 느끼게도 된다. 이 시에는 밑바닥 인생에 대한 시인의 애정이 숨어 있거니와 구성이 간결하면서도 역사적 의미가 비교적 풍부하게 내포되어 있다.

　이 시는 계유년癸酉年(1753)에 지은 것으로 밝혀져 있다.

잠녀가

潛女歌

신광수

1

탐라의 여자애들
　자맥질을 잘하나니
열살이면 벌써 헤엄을 배워
　시냇물에 나가 논다네.

이 고장 풍습이
　잠녀를 둔 부모들 혼인말 나면
우리 딸은 의식 걱정 없다
　자랑삼아 이야기한다지.

나는 육지사람이라
　그런 말 듣고 믿기지 않았는데
이번에 제주도 건너와서
　남쪽 바다 노닐어보니

潛女歌

申光洙

1
耽羅女兒能善汛,
十歲已學前溪游.
土俗婚姻重潛女,
父母誇無衣食憂.
我是北人聞不信,
奉使今來南海遊.

2

제주성 동쪽 이월
　날씨도 화창하여
집집마다 계집애들
　물머리로 나오는데

호미 한 자루 다래끼 하나에
　뒤웅박 하나 차고서
짧은 잠방이 맨살이 드러나도
　부끄러울 게 무엇이랴.

깊고 푸른 바다
　서슴없이 곧장 뛰어들어
가을바람에 낙엽이
　분분히 떨어지듯
육지사람들 놀라는데
　섬사람들 깔깔대누나.

파도에 몸을 실어
　물장구치고 놀다가
오리처럼 자맥질하여
　가뭇없이 사라지고
다만 보이나니 뒤웅박
　둥둥 물 위에 떠 있더라.

2
城東二月風日暄,
家家兒女出水頭.
一鍬一笭一匏子,
赤身小袴何曾羞?
直下不疑深靑水,
紛紛風葉空中投.
北人駭然南人笑,
擊水相戲橫乘流.
忽學鳧雛沒無處,
但見匏子輕輕水上浮.

푸른 물결 사이로
　어느새 솟구쳐올라
뒤웅박줄 얼른 끌어당겨
　뒤웅박 위로 올라타고

휘파람 길게 불어
　일시에 숨을 토해내니
그 소리 깊고 깊은 수궁 속까지
　구슬피 울리더라.

3
사람이 한세상 사는데
　생업이 이렇다니……
너희는 이문을 탐하여
　죽음까지 가벼이 여기는가?

어찌 듣지 못했는가?
뭍에 가면 농사짓고 누에 치고
　산에 가면 나물 캐고
세상에 험난한 곳
　바닷속 같은 데 다시 있으랴.

斯須湧出碧波中,
急引匏繩以腹留.
一時長嘯吐氣息,
其聲悲動水宮幽.

3
人生爲業何須此?
爾獨貪利絶輕死.
豈不聞?
陸可農蠶山可採,
世間極險無如水.
能者深入近百尺,

물질 잘하는 사람
　　백자나 깊이 들어가는데
왕왕 이무기 만나
　　그놈의 먹이가 된다더라.

4

균역법[1] 시행된 이후로
　　날마다 바치는 건 없어지고
관리들이 돈을 주고
　　물건을 구입한다고 하나

팔도 진상품이
　　서울로 달려가서
하루에도 몇 바리나
　　건복 생복 서울로 올라가는고.

금관자 옥관자 벼슬아치의 주방
비단옷 입은 귀공자의 식탁

상 위에 진진히 쌓인 음식
　　고통이 서린 내력 어이 알까보냐!
겨우 한입 대보고
　　벌써 상을 물린다네.

往往又遭飢蛟食.

4
自從均役罷日供,[1]
官吏雖云與錢覓.
八道進奉走京師,
一日幾馱生乾鰒.
金玉達官庖,
騎羅公子席.
豈知辛苦所從來?
纔經嚼案已推.

5

잠녀여, 잠녀여.

너희 즐거워 보여도

　나의 마음 슬프도다.

남의 생명을 가볍게 여겨

　어찌 나의 입과 배에 누를 끼치랴!

애달프다, 나 같은 서생은

　해주 청어도 먹기 어렵나니

아침저녁 끼니에

　해채² 한 접시면 족하단다.

5

潛女潛女,

爾雖樂吾自哀.

奈何戲人性命累吾口腹!

嗟吾書生,

海州靑魚亦難喫.

但得朝夕一罋足.²

(『석북집·탐라록』권7)

---

1 영조 26년(1750)에 균역청을 설치하고 각종 신역身役의 부담을 경감하고 그 폐단을
　다소 시정하는 조처를 취했던 사실을 가리킴.
2 **해채海菜** 염교. 해채. 백합과에 속하는 다년생 풀로 그 줄기와 뿌리를 소금에 절여 먹음.

⚜ 작품 해설

시인 신광수는 1764년(영조 40년) 정월에 의금부도사로서 제주도에 갔었다. 그때 45일 동안을 섬에 머물면서 견문한 인간들의 모습과 풍물들을 두루 시폭에 담아 『탐라록』이란 시집을 엮었다. 지금 이 「잠녀가」와 「제주도 거지」는 『탐라록』에 수록된 것이다.

이 시는 제주도 잠녀의 삶을 현실주의적 시각으로 서술한 것이다. 전체를 5부로 나누어볼 수 있다. 시인이 전에 잠녀에 관한 이야기를 듣고 그럴 수 있을까 의심했다가 직접 제주 땅을 밟게 된 것으로 서두를 꺼낸다. 제2부는 잠녀들이 바다로 나가 작업하는 광경이다. 잠녀들의 즐겁고 활기찬 노동현장을 눈앞에서 보는 것 같다. 그런데 시인은 잠녀들이 토해내는 숨소리를 "그 소리 깊고 깊은 수궁 속까지 구슬피 울리더라"라고 슬프게 의식한다. 그리하여 제3부로 들어가 잠녀들이 물질적 이해 때문에 생사의 위험을 안은 노동을 감내하는 사실을 상기시키고 있다. 제4부에서는 시선을 잠깐 돌려 잠녀들의 그 노동의 산물이 어떻게 소모되는가를 깨닫게 한다. 결국 부귀를 만끽하는 자들의 식탁에 오르는데 그나마 주지육림에 물려 겨우 한입 대보는 것으로 그만이다. 제5부에서 다시 눈앞의 노동하는 잠녀로 돌아와 "잠녀여, 잠녀여./너희 즐거워 보여도 나의 마음 슬프도다"라고 시인의 우울하고 착잡한 심경을 토로한다.

이처럼 서사의 전개가 긴박하고도 생동하는데 거기(서사현장)에 대면해서 시인의 의식이 점층적으로 고조되고 있다. 그리하여 생산노동과 소비향락 사이에 개재된 괴리현상을 적출하기에 이른다. 시인의 이러한 비판의식이 그로 하여금 잠녀를 노동하는 인간으로 그리는 보편적 시각을 갖게 했을 것이다. 그리하여 여성 근로자의 삶의 진실을 포착할 수 있었다고 본다.

제주도 거지
濟州乞者歌

신광수

새하얀 머리 섬 여자들
푸석한 머리 섬 아이들

옹기종기 떼를 지은
　수십명의 비렁뱅이
하나같이 옷도 못 해입고
　털 빠진 개가죽 둘러썼네.

검게 타서 여윈 살갗
　뼛골에 달라붙고
목소리도 배고픔에
　실낱같이 가느다랗게

"사또님 사또님
　불쌍한 인생 살려주옵서."
관아 문전에서
　하루 세 때 구걸을 하는데

濟州乞者歌

申光洙

白頭蠻家女,[1]
焦髮蠻家兒.
纍纍爲群十數人,
皆着半鞹黃狗皮.
一身枯黑皮粘骨,
飢不成音細如絲.
口稱使道活人生,
乞飯公庭日三時.

곤장 든 패두놈[2]
　벼락같이 소리치며
대문 밖으로 끌어내니
　부르짖는 소리 애달파라.

나는 패두를 꾸짖어
　혼금하지 말라 이르고
그네들 가까이 불러
　사정을 물어보니

"이 땅은 토박한 섬이라
　흉년이 자주 드는데
마소를 못 가진 이들
　허다히 유리하여

겨울 지나고 봄이 오면
　반이나 기진하여 죽어가고
간신히 살아남은 사람들
　주린 배 움켜쥐고 있사와요."

이런 이야기 들고서야
　혼자 배부를 수 있으랴.
매양 편육이며 남은 밥을
　골고루 나누어주었노라.

赤棍牌頭嗔如雷,[2]
曳出門外鳴聲悲.
我叱牌頭且莫禁,
放使近前而問之.
海島土薄頻歲荒,
牛馬少者多流離.
經冬入春半仆死,
未死惟苦腹中饑.
我聞此語不忍食,
片肉餘飯每均施.

"그대들 역시 다 함께
　　우리 임금님의 아들딸이니
은택은 안팎이 따로 없고
　　한가지로 미치는 터라.

예전에 숙종대왕께선
　　삼남의 양곡을 배에 싣고
해마다 바다 건너로
　　풀어 먹이셨으니
지금도 이 섬의 백성들
　　선왕을 못 잊어한다네.

금상께옵서도 백성을
　　더욱 긍휼히 여기사
나리창羅里倉의 양곡을
　　늘 실어 보내시고
폐막癈瘼을 살피러 어사가
　　방금 다녀가지 않았겠나.

도사5로 내려온 나 손님이로되
　　그래도 나라의 신하이니
벼슬하는 사람으로 어찌
　　우리 백성을 얕잡아볼쏘냐?

爾亦吾王之赤子,
聖化無外唯一視.
肅宗船轉三南粟,
越海年年哺不死,
至今島民泣先王.
今上繼之尤恤爾,
積米常發羅里倉,3
問瘼新歸繡衣使.4
都事雖客也王臣,5
豈以官人侮王民.

내 오늘 마침 눈앞에서
　　그대들 보았거니와
제주도 세 고을에 떠도는 인생들
　　참으로 한정이 있을쏘냐.

게다가 또 풍우로
　　육지 배 오래 막혀
올봄같이 쌀이 귀한 해
　　언제 다시 있었으랴!

근자에 들리는 말이
　　갓과 양태 값이 헐값이라
부자들 좁쌀 석되면
　　그걸 사서 쓴다데.

이 고장 부자라야
　　기껏 몇이나 되랴.
금년에 또 실농하고 보면
　　마소 가진 이들도 견디기 어려우리……"

탐라의 거지들
　　내 이르는 말 듣더니
일시에 얼굴들을 가리고

眼前所見適爾輩,
何限三州如爾人?[6]
況復風雨北船阻,
米貴絶無如今春.
近聞鬂帽涼臺不論直,
富者但用小米三升得.
此邦富者能幾何?
又失今農亦溝壑.
耽羅乞兒聞我言,
一時掩面啼向北.

북쪽 하늘 바라보고 울먹이며

"북녘은 아무리 멀어도
　마음은 지척이나 다름없사오니
머나먼 탐라 땅
　밝게 밝게 굽어살피시리……"

北方雖遠父母邇,[7]
萬里明見耽羅國.
(『석북집·탐라록』 권7)

1 제주도가 본토로부터 남쪽으로 멀리 떨어진 섬이기 때문에 관용적 표현으로 만가蠻
家라 한 것임.
2 **패두牌頭** 사령使令을 가리킴. 인부 10명의 우두머리를 패두라고도 부름.
3 『목민심서牧民心書·호전戶典·곡부穀簿』에 "숙종 경자년에 공주公州와 연기燕岐의 경
계에 창고를 설치하여 배를 마련해두고 곡식을 사들였는데, 경종 임인년에 나주羅州
로 옮겨 설치하고 영조 초년에 임피臨陂로 옮겨 설치하였으니, 나리포羅里舖란 제주
를 구휼하기 위한 것이다. 탕건, 망건, 갓의 양, 다시마, 표고 및 전복 등 제주로부터 나
오는 것은 나리포에서 발매한다"(역주 『목민심서』 Ⅲ, 46면)라고 되어 있다.
4 **문막問瘼·수의사繡衣使** '문막'은 백성이 당하는 고통을 알아본다, 즉 폐막을 조사한
다는 뜻. '수의사'는 임금이 민정을 살피거나 비밀히 조사하기 위해 특파하는 어사를
가리킴.
5 **도사都事** 작자 신광수가 당시 하던 벼슬. 의금부義禁府의 도사로 종5품직이다. 의금
부도사의 임무 중 하나가 국사범의 호송이었으므로, 작자는 죄인 호송차 제주도에 오
게 된 것이다.
6 **삼주三州** 제주도가 당시 제주·정의旌義·대정大靜의 세 고을로 나뉘어 있었다.
7 봉건사회의 관념으로 군왕의 존재는 부모와 같으며, 그 임금은 아무리 멀리 있더라도
지척에서 얼굴을 마주 대하고 있는 것으로 생각했다.

🌸 작품 해설

이 시는 제주도에서 떼를 지어 구걸하는 인간군상을 만나보고 지은 것이다.

거지란 생활의 근거지로부터 이탈된 부류인데 중세기에는 만성적으로 발생했으므로 문학작품에도 종종 등장했다. 제주도는 고립된 섬인데다 워낙 척박한 땅이기 때문에 유리현상이 빈발하고 또 발생한 유민을 수용할 곳이 없었다. 제주 땅의 특수성을 이 시는 비교적 정확하게 잡아내고 있다. 자급자족은 당초 불가능하여 육지에서 양곡이 반입된 사실, 겨울철이면 육지와의 교통이 두절되어 어려움을 겪는 상황, 그리고 특히 말이 주민의 생계에 중요한 수단인데 흉년에는 갓과 양태의 값이 헐값이 되고 그나마 팔리지 않는 사정 등등을 놓치지 않고 서술한 것이다. 그런데 작품은 거지들이 국왕의 인자에 감격하고 시혜를 기대하는 것으로 끝맺는다. 이는 왕명을 받고 간 시인 자신의 입장으로 볼 수도 있겠지만 제주적 특수성(고립된 지역 사정 특히 이조 정부로부터 원천적으로 부족한 양곡의 보조를 다소나마 받았던 사실 등)의 반영이 아닌가 생각된다.

시노비
寺奴婢

권헌

내 경상도 땅 지나며 보니
왁자지껄 노비들을 엮어가는데
남자들 채찍질해 몰고
여자들 포박을 한 채
밝은 대낮 한길에 통곡소리
하늘도 빛을 잃었도다.

산 자는 인징隣徵 족징族徵으로 들볶고
죽은 자 골수를 마르게 하니
적몰이 날로 늘어나매
민생은 날로 고달프네.

전에 지날 때 백호나 되던 마을
이번에 다시 오니 가시덩굴 우북하다.
마을의 노인을 붙잡고서
"장정들 모두 어디 갔나요?"
물어보니 대답이 이렇더라.

寺奴婢

權攇

我過嶺南道,
喧譁括奴婢.
丁男遭驅脅,
婦女被係累.
白日慘長衢,
痛哭天色死.

存者累隣族,
死者枯骨髓.
賤籍日已廣,[1]
民生日已苦.

昔行百家邑,
重來惟荊杞.
借問里中老,
壯丁更何去.

"각사에서 추쇄를 급히 하니[2]
꿩 토끼처럼 뿔뿔이 도망쳤다오.

아비는 혹 다른 고을로 달아나고
형은 혹 채찍에 맞아 죽고

가렴주구 닭 돼지에까지 미치니
남은 사람이란 오직 과부들뿐이라오.

게다가 엎친 데 덮쳐 기근이 드니
땅마지기 있던 것 한뼘도 남지 않았지요.

정든 땅 버리고 멀리 떠나다니……
신공 바치기 그만두자 해도 그만둘 수 없고,

바야흐로 봄철 칡을 캐러 간다더니
산골에서 돌아오지 않는구려.

해마다 포흠은 쌓이고
신포를 바치라 독촉이 성화 같으니
이 몸도 장차 어찌 될지?
몽둥이질 피할 길 없음에랴!

마을사람들 더러 아기를

各司日推刷,[2]
奔逸駭雉兔.

乃父之他縣,
乃兄死鞭箠.

誅求到鷄狗,
所存惟寡女.

況乃饑饉作,
蕩析無寸土.

遠適不敢言,
納役良無已.

方春行采葛,
佌離山谷裡.[3]

連年積逋欠,
督令納官布.
此身且須臾,
椎剝便何所.

隣里或擧兒,

풀숲에 내다 버리기도 한다오.
밤이슬 차가운데 아기는 울다 울다
여우 삵의 먹이가 되겠지요."

승냥이 성질이 사납다지만
제 새끼 끔찍이 사랑하는데
나라의 정치, 사람을 구박하여
어찌 차마 천륜을 끊게 한단 말인가.

기자箕子는 도둑질 근심하사 법을 만들었으되
큰 우환 이로부터 비롯된 셈이라.

양역이 아무리 고되다지만
제 고향에 파묻히기는 하는데
슬프다, 공사천⁵ 노비들이여!
이들은 모두 적자⁶가 아니란 말인가?

往往草中棄.
兒啼白露寒,
酸痛飼狐狸.

豺狼抱狼性,
猶自愛其類.
王政有逼迫,
隱忍斷天理.

箕王憂竊盜,
作禍從此始.⁴

良役雖云苦,
猶得死其里.
嗟哉公私賤,⁵
得非我赤子.⁶
(『진명집震溟集』 권2)

1 천적賤籍 천인으로 적몰시킴. 천인으로 호적에 올린다는 뜻.
2 중앙의 여러 관서에서 각기 관서에 예속된 노비들의 신공을 날마다 독촉하여 받아간다는 뜻. 추쇄推刷는 도망한 노비를 찾아내어 원래의 예속 상태로 환원시키거나 대신 몸값(身貢)을 받아가는 것.
3 비리仳離 헤어짐. 특히 부녀자를 버리고 떠나는 경우.(『시경詩經·왕풍王風·중곡유퇴中谷有蓷』: "有女仳離, 嘅其嘆矣.")

4 전설에 의하면 기자가 조선에 와서 팔조금법八條禁法을 제정했던바 그 한 조목으로 남의 물건을 훔친 경우 남자는 그 주인의 집에 노奴가 되고 여자는 비婢가 된다는 규정이 있다. 즉 도둑질을 방지하려는 뜻에서 이런 법을 제정했으나 이것이 후세에 큰 질곡의 원초가 되었다는 의미다.(『한서漢書·지리지地理志』: "相盜, 男沒入爲其家奴, 女子爲婢. 欲自贖者人五十萬.")

5 **공사천公私賤** 공천公賤·사천私賤. 공천은 시노비寺奴婢·역노비驛奴婢로 구분되며 사천은 사삿집에 예속된 노비.

6 **적자赤子** 원래 어린애의 뜻인데, 어린 자식처럼 사랑한다는 의미에서 백성에 대한 칭호로도 쓰인다.

작자 소개

권헌權攇(1713~70): 자는 중약仲約, 호는 진명震溟, 본관은 안동安東. 영조 때 재야의 시인. 문정공 변忭의 손자로 23세에 생원이 되었으나 문과로 진출하지 못하고 음직으로 현감을 역임하는 데 그쳤다. 태어난 곳은 고향인 충청도 한산 땅이었고 40대 시절에 서울 종현에 기거한 바 있으며, 만년에는 한산의 화촌華村서 살았다. 일평생 시작에 정진하여 "소릉少陵(두보)의 정신 골수를 참으로 얻은 자는 오직 진명이다"라는 평가를 들었다. 『진명집』이 있다.

작품 해설

시노비란 중앙의 각사各司에 소속된 노비를 지칭하는데 각색 명목의 피지배층 가운데 특히 곤혹스런 처지에 놓여 있었던 모양이다. 박지원朴趾源은 이에 대한 논문에서 가괄加括·충액充額을 한답시고 외손의 외손, 외가의 외가로까지 연좌시키며, 장부는 당초 점검할 수 없는 형편에 "혹 죽은 자가 다시 살아나기도 하고 혹 여자가 남자로 변하기도 하고 혹 시집 안 간 여자에게 소생을 따지고" 하는 등 "백골징포·황구첨정보다 더욱 심한데도 억울함을 호소할 곳이 없고 아픔이 뼛골에 사무쳐도 본색이 탄로날까 두려워 몰래 뇌물을 바치고 쉬쉬한다" 라는 것이다. 왜냐하면 노안奴案에 얼핏이나마 걸리는 날엔 "집에 딸이 다섯 있어도 누구 하나 장가들겠다고 나서는 자 없어 모두 처녀로 늙혀 죽일 운명"이기 때문이라 한다. 박지원이 안의安義(경상남도 거창·함양 두 군으로 나뉜 옛 고을) 현감으로 재임할 당시 그 고을에는 시노비 3백구口가 있었던바, 그는 이들을 생각하면 등과 배가 끓어오를 지경으로 고민스럽다고 말했다.

박지원은 시노비도 다 같은 인간이라는 관점에서 해결해주어야 할 급선무로 의식하여 「논시노서論寺奴書」란 1편의 논문을 썼거니와, 시인 권헌 역시 이들의 참혹한 인생을 직접 목도하고 이 시를 지은 것이다. 시노비 문제에 대해 서로 같은 인식을 가졌던 터인데, 그 구체적 정황이 제시되고 시노비에 속한 인간의 목소리를 담았다는 면에서 서사시적 표현의 특색이 있다고 하겠다.

관북 백성
關北民

권헌

1

애처롭고 애처롭네 관북의 백성이여!
서울이라 서쪽 길로 터덜터덜 걷는구나.

"얼마나 굶주렸나. 떠돌이 신세라도
저렇게 여위다니 형색이 말 아니구려."

길가에서 나를 보자 무릎 꿇고 호소하되
머리를 굽실굽실 종놈으로 삼아달라.

2

"저 지난해 우레 치며 억수로 쏟아진 비
하늘의 한 구석이 구멍이나 뚫렸던지.

작년 여름엔 서리가 내리더니
금년에는 유난히도 가뭄이 심했다오.

關北民

權攇

1
哀哀關北民,
行在京西途.
顚迫不得飱,
顏色一何枯.
見我跪陳辭,
叩頭乞爲奴.

2
去年大雷雨,
橫潦破天隅.
昨年夏霣霜,
今年旱亦殊.

관북 백성 243

콩밭이 말라서 먼지만 풀썩풀썩
넓은 벌판 황량하게 묵정밭이 되었지요.

다섯해에 단 한해도 거두지 못했으니
백성들 살아나기 더할 수 없이 어렵지요.

지난번에 이내 몸이 정든 집을 떠날 적에
마을에서 구실 독촉 성화를 대는 터라.

늙은 아낙 할 수 있소 어린 자식 팔 수밖에
그걸로 포백 바꿔 구실을 채웠지요.

자식놈 떠나던 날 아비 목을 끌어안고
발버둥치던 그 정경 차마 볼 수 없었다오.

부자간의 은정으로 이런 지경 당하다니……
죽거나 살거나 같이 살 수 없을거나.

꼬불꼬불 고갯길 고개 넘어 내려오니
차가운 산바람에 이 한 몸 외로워라.

속으로 가슴 아파 혼자 늘 괴로우니
한스럽네 이 육신이 이다지도 모질던가.

豆枯霧霏霏,
大野委平蕪.
五載一不食,
衆庶日益瘏.
向我去家時,
鄕里督稅租.
老婦鬻小兒,
轉充布帛輸.
兒啼抱我頸,
轉展不得扶.
恩愛遭逼迫,
安得生死俱.
逶迤下嶺來,
天寒一身孤.
每自痛心腸,
所恨頑肌膚.

소문을 듣자하니 기근이 하 심하여
자식을 바꾸어서 잡아도 먹는다네요.

이내 신세 아직도 성한 채로 다니지만
팔려간 자식놈은 죽었는지 살았는지?

헤어진 나의 아내 나이 이미 늙었는데
정처없이 어디 가서 입에 풀칠이나 하는지……

새삼스레 생각나오. 이별하던 그날 아침
얼굴을 치켜들고 긴 한숨만 내쉬더니

아내는 겨라도 끓여 마지막 한술 나누려고
눈물을 닦으며 부엌으로 나갑디다.

때마침 북풍이 차갑게 몰아치고
샛별 총총하여 찬 길 비추는데

갈림길 다다라서 나 홀로 통곡하니
눈물조차 말랐는지 수염을 피로 적시었소.

사람이 살아가는 데 애락이 다르다지만
그 누가 알리오? 나의 이 기구한 신세

傳聞夏饑甚,
易子還自屠.
我身尚苟完,
我兒能存無.
我妻年已耄,
流離安所糊.
更憶別離日,
仰面增長吁.
取糠備晨飱,
惻惻向中廚.
是時北風寒,
星月滿寒衢.
臨岐吾痛哭,
淚盡血霑鬚.
人生異哀樂,
誰知我崎嶇.

한세상 부자요 부부로서 뿔뿔이 타관에 떠돌다니……
다시 만날 그날이야 기약이 있으리오."

3
기나긴 마음고통에 두 눈은 퀭하고
때 낀 얼굴은 펴질 줄을 모르누나.

"여보오, 듣건대 우리 성상 어지시어
자애로운 손길이 고루고루 미친다니

늙은이나 어린이나 살아만 있으면야
처자식 만나는 날 언젠가 있으리다."

骨肉各異鄕,
敢有後會圖.

3
眼枯心長痛,
面垢色不敷.
但聞我王仁,
賑哺逮呴濡.
辛勤活老弱,
願得見妻孥.
(『진명집』권1)

이 시는 유민을 보고 쓴 것이다. 유민을 길에서 만나는 서두, 그가 들려주는 이야기로 채워진 본장, 시인이 위로의 말을 붙인 결말의 3부로 구성되어 있다. 작중의 인물이 마침 함경도에서 흘러온 사람이기에 제목이 '관북 백성'이다.

거듭되는 흉년, 게다가 관의 무리한 수취로 유리하게 되는 사정은 비슷비슷한데 이 작품에서는 부세의 독촉에 못 견뎌 자기 자식을 종으로 파는 정황이 특이하다. 그리고 주인공 내외가 영영 헤어지던 날 새벽 부부간의 마지막 식사로 겨를 끓인 이야기, 갈림길에서 아주 작별하고 수염을 피눈물로 적셨다는 대목을 읽을 때 저절로 눈시울이 뜨거워진다. 서사시가 발휘할 수 있는 감염력을 십분 살린 것이라 하겠다.

고인행

雇人行

권헌

서강나루 일꾼들
  소보다 건장하여
두 어깨 울룩불룩
  힘살이 솟아 있다.

매양 장삿배 쫓아
  이문을 노리기에 민첩하여
거상이 돈 얼마 주겠다면
  일을 맡기 분주하다네.

이른 새벽이면
  어깨를 나란히 부두로 나가
한참을 서서 바라보며
  하역할 분량을 헤아리고

정오에는 남풍이 불어오니
  밀물이 속일 리 있겠나.
또 거룻배 만나서

雇人行

權攇

西江雇人健於牛,[1]
兩肩矗崒如土阜.
每從販船巧射利,
巨商捐錢聽奔走.
清晨比肩集江門,
較量轉輸立良久.
卓午南風不欺潮,
邂逅舴艦私傳受.[2]

주거니 받거니 한다네.

종일 쌀짐을 저서
　품삯을 받으니
근력으로 밥벌이하는데
　행여 남에게 뒤질까!

껑충한 몸 꾸부정
　고개 들어 숨 헐떡이고
밧줄 담두擔頭[3]
　늘 손에 들고 있네.

육십을 바라보는 나이에
　어깻죽지 쉴 날이 없으니
등이 갈라지고 살갗은 주름져
　때와 먼지 부옇구나.

종신토록 고되게 일을 해서
　제힘으로 먹고살아가는데
다만 두려운 건 무언고?
　늙마에 일거리 없으면 어쩌나.

생선찌개 쌀밥이야
　흉년을 모르거니

終日負米得雇直,
筋力攻食恐在後.
長身僂行仰脅息,
大索擔頭常在手.[3]
行年六十不息肩,
背坼皮皵生塵垢.
終身勤苦得自給,
但恐任重老無有.
鮮羹白飯無饑歲,

사내는 뗄감도 대고
　아낙은 술을 거르고

길거리 떠도는 비렁뱅이
　뭐하는 것들인가?
기껏 제 입구멍 가리키고
　밥 비는 게 능사라지.

男自供薪女篘酒.
道旁流丐何爲者,
但能乞飯指其口.
(『진명집』 권5)

1 **서강西江** 마포 아래쪽의 한강을 지칭. 이곳의 나루를 서강나루라 불렀고 그곳에 광흥
창廣興倉이 있었다.
2 **책함舴艦** 책맹舴艋의 오기로 추정하여 거룻배라고 풀이했다.(『신자전新字典』에 책맹
은 "小舟名, 舴艋舟"라고 풀이되어 있다.) '艦'은 전선을 뜻함.
3 **담두擔頭** 쌀섬을 질 때 배기지 않게 하기 위해 어깨에 대는 등태를 가리키는 듯하다.

　마포와 서강은 서울로 오는 전국 각처의 선박들이 닿는 곳이어서 자못 번창했던바 하역작업에 종사하던 근로자들이 상당히 많았을 것임은 물론이다. 이 시는 바로 서강의 한 하역 근로자를 잡아서 그려낸, 매우 희귀한 작품이다.

　시는 주인공을 노동하는 인간으로서 형상화해내고 있다. 첫머리서 벌써 "서강나루 일꾼들 소보다 건장하여/두 어깨 울룩불룩 힘살이 솟아 있다"라고 시각적으로 그들의 특징을 드러낸다. 이 나루터의 인부들은 항상 물화가 교역하는 현장에서 놀아 실리의 추구에도 민첩한 편이다. 곧바로 이런 성격을 보여주면서도 자신의 노동의 댓가로 살아가는 것이 이들의 생존방식이기 때문에 "근력으로 밥벌이하는데 행여 남에게 뒤질까"라고 한다. 그 특유의 정직성이다. 나이 60줄에 어깨를 쉴 날이 없는 근로자의 경력은, 등이 갈라지고 살갗이 주름진 자취를 남겼으되 현재에 낙관하며 근면한 삶에 자부심을 갖게 한다. 그리하여 길거리를 방황하는 거지들에 대해 "기껏 제 입구멍 가리키고 밥 비는 게 능사라지"라고 저네들의 무능력하고 나태한 태도를 비난하는 소리로 시를 끝맺는다.

쌀 쓰는 여인

女掃米行

권헌

서강나루터 늙수그레한 여인
　머리는 두 갈래 땋아 쪽을 찌고
광흥창 곡식을
　한평생 바라고 산다네.

쌀 쓸어 모으기 생업이라
　민첩하게 일을 하여
풍년 흉년 걱정 않고
　몸소 일하여 살아가나니.

기나긴 여름 창고 뜰에
　만섬의 곡식이 들어올 제
낟알이 땅에 흘러
　줍지도 못할 것을

이 여인 몽당치마 올려매고
　빗자루 하나 들고서
부지런히 몸을 놀려

權攇

西江老媼束兩髻,[1]
一生仰身倉中食.[2]
業工掃米捷供給,
不憂豐凶攻筋力.
長夏倉庭萬斛入,
稻米流地收不得.
短裳結束擁篲立,
舉身投隙勤收拾.

구석구석 쓸어 모아

저물녘에 자루를 이고
　저자 어귀로 나가
바람 앞에 날리니
　고운 쌀알 하얗게 쌓이누나.

나이는 마흔이 넘었는데
　남편 있나 자식 있나
집에서 자는 때 적고
　창에 있는 날 많더라.

때에 전 검은 머리에
　쌀겨 뒤집어쓰고
헝클어진 귀밑머리 걷어올려
　가시비녀 꽂았구나.

아침 내내 하 고달퍼 일하고
　밤이 깊어 잠자리 들면
단잠에 곯아떨어지니
　배고픈 걱정 다시 않게 되었더라.

이 여자 혼자 탄식하길
　근력이 날로 떨어져

薄暮戴橐集市門,
當風揚塵成玉粒.
年過四十無夫兒,
在倉時多少家宿.
烏鬢垢膩米粉並,
掠鬢薄粧荊釵禿.
終朝勞極夜深臥,
睡美不復憂饑腹.
自歎筋力日耗乏,

제 손으로 일을 못 하는 날엔
그때는 어이할거나!

따뜻한 날씨 꽃에 노곤하여
돌부리에 누웠다가
조운선 짐 부리는 노래에
저도 모르게 눈물지으며

"강가에 쌀짐 지는 인부들아   轉恐資糧苦艱急.
　　내 말 좀 들어보소.   日暖花困臥石根,
　　그대들 자력으로 살아가는데   漕舶春謳成哀泣.
　　오래 계속하긴 어려우리."   寄語江上負米卒,
                                  汝須自力難久給.
                                  (『진명집』권5)

---

1 **속량계束兩髻** 머리 모양을 형용한 말. 머릿결을 두 가닥으로 땋아 머리 위로 둘러 뒤쪽에 쪽을 찐다는 뜻.

2 **창중倉中** 여기서 창은 광흥창을 가리킨다. 중앙의 벼슬아치들의 녹봉을 지급하기 위한 미곡을 비축한 창고. 서강의 와우산 아래 있었다.

⬤ 작품 해설

이 시는 서강의 광흥창에서 마당에 떨어진 쌀을 수집하여 그것으로 생계를 이어가는 한 여인의 이야기다. 여성 근로자의 한 형상을 발견하게 된다.

작품은 4부로 나누어볼 수 있다. 첫 단락에서 주인공 여자가 쌀을 쓸어 모으는 하찮은 생업으로 걱정 없이 살아간다는 사실이 흥미롭게 들리는데, 다음 두 번째 단락에서 그 작업의 과정이 묘사된다. 여기서 "몽당치마 올려매고 빗자루 하나 들고서"로 주인공의 근면한 형상이 잡히고 있다. 셋째 단락에서 비로소 이 주인공은 "나이는 마흔이 넘었는데 남편 있나 자식 있나" 외로운 신세임을 언급하고, 이내 그의 일상적 삶을 그린다. 외양 역시 "때에 전 검은 머리에 쌓겨 뒤집어" 쓴 꼴이지만, 부지런히 일하고 단잠에 곯아떨어지는 노동하는 인간 특유의 건강한 모습이 드러난다.

마지막 단락은 주인공의 독백으로 처리된다. 그녀의 근력의 벌이는 흉년에 굶지는 않을지라도 잉여 저축이 발생하기는 어려운 실정이다. 그녀는 자신의 노경을 돌아보면서 자신과 같은 신세인 조운선漕運船에서 일하는 역부들에 대해 "그대들 자력으로 살아가는데 오래 계속하긴 어려우리"라고 생각하는 것이다. 전망이 어두운 편인데 앞의 「고인행」에서 보았던 바와는 같지 않은 것이다. 일하는 사람의 형상이라도 서로 다른 면이 있겠거니와, 「쌀 쓰는 여인」에서는 여성다운 사려를 느끼기도 한다.

양정의 어미

良丁母

내 어릴 때 서조모 김씨(연산 사람이다)께서 일찍이 밤에 이야기하다가 이웃집 어멈이 군포軍布 징수 때문에 통곡한 말을 들려주셨는데 그 생각이 나서 이 시를 짓는다. 군포는 장정에게 거두는 것인데 갓난애까지 받아내고 심지어 진즉 죽은 어미나 아내에게까지 받아낸다. 나라의 재정에 쓰이는 포布나 돈 가운데 곤궁한 과부로부터 긁어낸 것이 많다. 그러니 이를 어찌 신포라고 하겠는가. 지금 사람들은 갓난애에게 군포를 징수하는 것쯤은 억울하게 생각하지도 않을 지경이 되었다.

李匡呂

余幼時, 祖庶母金連山人也, 嘗夜語說鄰母徵布之哭. 追述其語, 爲此作. 徵布於丁者也, 而黃口不已, 至於旣骨之母若妻, 則國之用布用錢, 窮嫠之出, 多矣. 豈曰身布乎! 今人之不以黃口爲寃者固也.

1
아들을 낳으면 양정[1]이 된다고
모두 아들이 딸만 못 하다더니
누가 생각했으랴!
　여자 몸으로 태어나도

良丁母

1
生男作良丁,[1]
盡道不如女.
孰知爲女身,

256 제2부 체제 모순과 삶의 갈등 2

신세 괴롭고 괴로울 줄.

시집가서 한정閑丁²의 아낙이 되면
다시 한정의 어미 되기 마련
한정의 어미 처량하기 그지없고
한정의 아낙 더욱 가련한 신셀러라.

한창때 내외 힘써 일하면
한 사람의 군포야 바칠 수 있겠지만
웬일인가?
　아이들까지 남김없이
모조리 수대로 장부에 올리니.

작은놈은 이제 막 배꼽이 떨어졌고
큰놈 아직 젖을 물고 있는데
이런 어린것들 살지 죽을지
장성하여 부모 봉양하길 어이 바라랴.

해마다 각사로 올라가는
군포며 대신 바친 돈이며
　반쯤은 젖비린내 나는 아이들 몫
젖내 나는 애들이야 그래도 나은 편
벌써 죽은 아기도 빼지 않은 것이라지.

身世苦復苦?

嫁作閑丁妻,²
復爲閑丁母.
閑丁母實悲,
又甚閑丁婦.

壯時共力作,
一布應猶裕.
奈何盡兒息?
衆身而充簿.

小者新斷臍,
大者尙飮乳.
生死且未知,
成丁詎望哺?

歲歲諸司入,
布錢半乳臭.
乳臭尙自可,
死夭或已久.

2

나그네 쓸쓸한 마을 지나가려니
어떤 여인이 들에서 통곡하는데
"웬일이오?"
　물었더니 더욱 흐느끼며
실처럼 가느다란 목소리로 하는 말.

"이 몸은 본디 양정의 아내로
지난해에 애아비 잃고
금년에 또 어린 새끼를 죽였는데
대장에 물고物故[3]로 기입하지 않고

관에선 군포 독촉 급히 몰아치는 판에
어디 가서 하소연이나 하겠소.
늙은 어미 길이 의지할 곳 잃었거늘
남은 이 한 몸이 군포를 다 담당해야 한답니다."

밤 이슥도록 섧게 섧게 우는 소리
바람조차 슬퍼 비가 오려 하니
천지의 귀신들까지
이 사연 듣고 눈물 흘리는 건가?

2
客行過荒村,
野哭何物嫗.
問之益幽咽,
聲氣僅如縷.

自言良丁家,
往年喪兒父,
今歲又哭雛.
不許注物故,[3]

官督日見急,
歲盡那容訴.
母身永無依,
身在還當布.

惻惻夜中哭,
風悲更欲雨.
天地鬼神聞,
亦泣此時語.

3

어멈에게 타이르길
 "날씨가 몹시 추워요.
호랑이 나올지도 모르고
그래도 기운을 차려야지
 어서 들어가시오."

그를 도울 아무 힘도 없으니
 마음속에 안타까울 뿐이로다.

본디 건실한 장정만 뽑아
군액軍額의 수를 채우도록 하였거니
이 곧 가난하고 잔약한 사람과
돈도 직업도 없는 자를 위해서였네.

가난하고 잔약한 사람들
 군역이 괴롭고 억울한 노릇이거늘
하물며 이미 죽어 없어진 자야……
한 여인의 사무치는 원한은
오월에 서리를 내리게 한다는데

삼백하고 육십 고을에
고을마다 이런 억울한 일
 얼마나 많으랴!

3

語母汝甚寒,
豈不還畏虎.
勉之且入去,

中心哀莫助.

國中壯實丁,
本足充額數.
直爲貧弱者,
無錢與掌務.

貧弱已寃苦,
況乃死無處.
一婦痛至骨,
尙足變霜露.

三百復六十,
邑邑幾丁口.

관리들이여, 아기 밴 여자

   제발 가만히 두고

장부에 홀어미 먼저 처리해다오.

願官置孕婦,[4]

成冊先嫠母.[5]

(『이참봉집李參奉集』 권2)

1 **양정良丁** 양인 장정. 봉건사회에서 예속적인 천인 신분 이외의 사람들을 양인이라 했다. 양인은 국가에 대해 역役의 의무를 지는데, 국가에 의해 인정人丁으로 파악된 남자가 곧 '양정'이다. 양정은 원래 자신의 노동력으로 의무를 이행하는 터이지만 대신 포목을 바쳤으므로, 그것을 신포 혹은 군포·보포保布 등으로 이름 붙였다. 양정이 되는 것은, 양반 신분은 물론 중인도 제외되고 일반 평민뿐이었다.

2 **한정閑丁, 閑丁** 역을 실제로 수행하지 않는 장정을 가리키는 말인데, 당시 양정은 대개 한정에 해당하는 것이다. 이들은 포를 대신 납부하게 된다.

3 **물고物故** 이두어로 사망의 뜻.

4 원주에 "군현에서 허다히 민간의 임신부를 찾아 등록한 다음 아들을 낳으면 곧바로 첨정簽丁을 한다. 그래서 이렇게 말했다"라고 밝혔다.

5 **성책成冊** 마감한 장부. 즉 이미 죽은 사람은 '물고'로 장부 처리해서 홀어미에게 신포를 받아내는 일이 없도록 해야 할 것이라는 의미.

🌸 작자 소개

이광려李匡呂(1720~83): 자는 성재聖載, 호는 월암月巖·칠탄七灘, 본관은 전주全州. 재야의 학자로 이용후생학에 관심을 두었으며 시문학에 도달한 경지가 높았다. 소론계에 속했으나 박지원과 교유했으며, 홍양호·오광운吳光運 등과 시모임을 가졌다. 『이참봉집』이란 이름의 시문집을 남겼다.

🌸 작품 해설

이 시는 양역良役이 인민 일반에 준 고통을 여성의 입장에서 접근한 점이 특이하다. 서두에서 산문으로 시를 짓게 된 동기 및 주제가 무엇인지 간략히 밝히고 있다. 이 시는 3부로 구성되었다.

사람들이 너나없이 딸을 천히 여기고 아들을 귀하게 아는 것은, 부계사회로 들어선 이래 완고한 통념이다. 그런데 제1부 첫머리서 불쑥 "아들이 딸만 못 하다" 여긴다는 것이다. 인류의 완고한 통념을 교란시킨 이 사태는 여성의 지위가 상승한 데 기인했던 것이 아니고 요는 여성에겐 양역을 지우지 않았기 때문에 발생했다. 하지만 양역의 고통은 남성만의 고통이 아니고 그대로 여성에게 전이되는 것이다. 시가 제기한 문제점이다.

제1부에서 이처럼 문제의 소재를 선명히 한 다음, 그 사례의 하나를 제시해서 심각성을 구체적으로 인식시키고 있다. 즉 죽은 남편과 아들이 다 사망자로 처리되지 않아 두 죽은 혼의 역을 져야 하는 것이 작중 홀어미의 경우다. 제3부에서 시인은 이런 억울하고 궁박한 여자에게 아무런 도움도 베풀지 못하는 처지에 마음 아파하면서 생각에 잠기는 것이다. 국역國役 편성의 제도적 원칙을 긍정하는 자기 한계를 나타내지만, "삼백하고 육십 고을에 / 고을마다 이런 억울한 일 얼마나 많으랴"라고 위에 든 사례가 보편화된 현상임을 강조하고 있다. 그리고 이제는 뱃속에 든 아기까지 등록시킨다고 부정이 날로 심해가고 있음을 덧붙인다. 모순의 확산·심화를 보여준 정점에서 시는 "장부에 홀어미 먼저 처리해다오"라고 문제의 출발점을 환기하면서 끝맺는다.

가난한 집 여자의 탄식

貧女歎

김규

그대는 보지 못했소?

동쪽 마을 처녀
  저는 시집도 못 가면서
작년도 올해도 삯바느질
  신부옷 짓고 있는 것을.

명주며 능라 마름질하기
  어려서부터 익은 솜씨인지라
신묘한 저 재주
  천하에 견줄 데 드물다네.

동쪽 마을 저 처녀
  스무살 한창나이
삼단 같은 머리 땅에 치렁치렁
  얼굴은 꽃처럼 피었는데

낡고 해진 옷

貧女歎[1]

金圭

君不見?
東家處女貧不嫁,
年年傭作新婦衣.
裁紈剪綺自少事,
針才神妙天下稀.
長大美好二十時,
垂髮委地顏如花.
衣裳破裂補靑紫,

얼룩덜룩 기워 입고
연지분 알지도 못해
　평생 화장 한번 못 해봤지.

아침 끼니 거르고
　저녁 끼니 거르고
바늘 쥐고 앉으면
　실이 헝클어져 나가질 않네.

오뉴월 긴긴해
　동지섣달 긴긴밤
베틀에 앉아 비단을 짜노라면
　시름이 마음에 서리누나.

잠깐 새 위복褘服²을 마름질하여
　다섯가지 무늬 곱게 수놓는다.
민첩하기 참으로 이 같으니
　누구나 놀라고 감탄하지.

열흘에 한번이나 머리에 손이 갈까.
　귀밑머리 구리비녀 꽂았고
석달에 한번이나 거울을 비춰볼까.
　홑적삼에 초록치마 입었구나.

一生不識紅粉華.
朝不食·夕不食,
調針亂絲殊未綴.
夏之日·冬之夜,
當牖織錦思惙惙.
須臾製褘服,²
反手成五紋.
敏捷苟如此,
聞者驚且欣.
十日一梳頭,
揷鬖赤銅釵.³
三月一照鏡,
衣衫著綠紗.

어느새 봄이 왔나
　문득 바라보니 마루 앞에 풀이 파릇파릇
바느질하던 일손 놓고
　하염없이 한숨을 내쉬네.

부모님 모두 돌아가시고
　오라비마저 고인이 되고
집안에 또 누가 있을까?
　올케 하나뿐인데

올케는 시름시름 앓더니
　삼년이나 병석에 누워 있어
닭이 우나 개가 짖으나
　이 몸뚱이 하나로 감당해야지.

허름한 집에 날이면 날마다
　자라는 건 무엇이 있나요?
가난한 골목에 버드나무
　시들한 기운이 도는구나.

일마다 점차로 어려워가니
괴로운 이 신세 어찌하랴!
예로부터 처녀가
　빈한한 가정에 있고 보면

忽見堂前春草色,
停針無語坐長嗟.
父母俱沒大兄亡,
一門無人兄嫂在.
嫂病三年委床席,
鷄鳴狗吠身應對.
弊廬日長問何有?
蕭條窮巷餘衰柳.
事事漸艱難,
辛苦知奈何?
古來貧家有處女,

나이도 얼른 과년하고

용모도 이울기 십상이라지. 每令年貌易蹉跎.[4]

1 제목이 '행로난行路難'으로 붙었고 따로 '빈녀탄貧女歎'이라 한다고 했는데, 작품 내용으로 보아 '빈녀탄' 쪽을 택했다. '행로난'은 악곡의 명칭으로 생각됨.

2 **위복褘服** 왕후의 제복祭服을 위의褘衣라고 하는데 여러가지 새를 수놓은 것이다. 그리고 '위褘'의 글자 뜻은 폐슬蔽膝을 가리키기도 한다. 폐슬은 조복朝服이나 제복을 입을 때 가슴에서 무릎으로 내리는 천이다. 민간의 여자가 왕후의 의상을 만들었다고 볼 수 없으므로, 여기 '위복'이란 조복에 부착하던 후수後綬 등속이 아닌가 추정된다.

3 차釵는 비녀니, 처녀로 비녀를 꽂았는가 하는 의문이 생긴다. 원래 처녀도 짧은 머리를 묶어서 비녀를 꽂았다는 설이 있다. 낭자머리는 미혼녀의 수식이었는데 정조 이후 다리의 풍습을 금하면서 낭자는 기혼녀가 하게 되고 미혼녀는 땋아 늘이기만 하게 되었다 한다.(민영규閔泳珪 「춘향전오칙春香傳五則」 참조)

4 **차타蹉跎, 跎** 쇠퇴하다, 어긋나다라는 뜻으로도 쓰임.

🏵 작자 소개

김규金圭(18세기): 자는 문중文仲, 호는 분진汾津·삼여三餘. 여항시인.『풍요 속선』에 그의 시 9편이 뽑혀 있다. 그의 생애적 사실은 알려진 것이 별로 없으며, 『풍요속선』에 "독서를 좋아해서 옷이 무릎 부분은 온통 해져 집안사람들이 원 망했다"라는 언급이 보인다. 시의 품격이 고아하다는 평을 들었다.

🏵 작품 해설

이 시는 바느질로 살아가는 한 여성의 삶을 담은 내용이다.

바느질은 인간의 생활에 필수적인 일인데 주인공은 이 직분에 고도의 기술을 습득한 인물이다. 시인은 서두에서 그런 인물이 자신은 시집도 못 가면서 삯바 느질로 신부옷을 지으며 늙어가는 사실을 문제로 던진다. 이 모순 현상은 전에 도 시인들의 예민한 의식에 더러 포착된 바 있었거니와 지금 특정한 인간의 경 우를 통해서 다시 제기된 것이다.

작중 주인공은 "부모님 모두 돌아가시고 오라비마저 고인이 되고"하나 남은 올케도 병자다. 한 여자의 몸에 가정의 생계가 온통 달려 있다. 그래서 잠 못 자 고 놀지도 못하고 헐벗으며 부지런히 좋은 솜씨로 일하는 정황을 그 심리의 상 태까지 곁들여서 여실하게 엮어나간다. "가난한 골목에 버드나무 시들한 기운 이 도는구나"라고 버드나무에다 그의 신세를 투영해보기도 한다. 이 여성의 형 상은 생활현실과 인간 감정의 풍부한 내용으로 그려져 있다.

수레 끄는 소
車牛行

1

수레골의 달구지꾼 집들
집집이 소 두필에 수레 한대

달구지꾼 사경四更[1]이면
　쇠죽 끓이러 일어나니
마을에 닭도 아직 울지 않고
　버드나무엔 갈까마귀 잠자는데

곤해서 일어나지 않는 소
　발로 박차 끌어당겨
고삐를 수레에 매고
　강가로 나간다.

삼남서 조운漕運하는 양곡이며
　상류서 내려오는 땔나무
큰 배에 하나 그득 차고
　거룻배에도 짐이 실렸구나.

洪愼猷

1
牛車之村車人家,
家有兩牛一兩車.
車人四更起飯牛,[1]
村鷄不鳴柳藏鴉.
牛困不起蹴且牽,
穿鼻駕車出江涯.
三南漕穀上游柴,
充牣巨艦兼小艖.

뱃사람들 다투어 부르면
　달구지꾼 쫓아가
배 밑바닥에 쌓인 짐
　수레에 옮겨 싣고

그러고서 이랴 소리치면
　소들은 힘을 써서
삐걱삐걱 구르는 수레
　서울 성중으로 향한다네.

성중으로 가는 길
　꾸불꾸불 여러 굽이
큰비 내린 다음이라
　움푹진푹 파여서

소는 발목이 빠지고
　수레는 바퀴가 빠지고
길 위엔 돌멩이들
　뾰쪽뾰쪽 이빨이 드러나듯

채찍질에 고함을 질러도
　소는 선 채 꿈쩍도 않고
숨을 헐떡이며 눈방울 튀어나와

舟人競呼車人趨,
蓬底搬下車上加.
次第叱牛牛用力,
轔轔彭彭向闉闍.[2]
城中之道多屈折,
復經大雨成深霪.
牛陷車沒不得行,
前有石角列杈枒.
一鞭一叱立不動,
目瞠氣喘口自呀.

아가리 절로 벌어진다.

열번 넘어지고
  아홉번 쓰러지고
어려운 고비 간신히 벗어나니
  다시 또 좁은 비탈길.

때마침 초헌 끄는 성난 말
  '길 비키라' 외치며 달려오니
콧김에 무지개 일어
  기운이 노을빛이더라.

좁은 길목에 짐이 무거우니
  소는 어디로 피하란 말인고?
호기 부리는 구종 놈들
  채찍을 휘두르며 스쳐가더라.

오도 가도 못 하는 모양
  영락없이 울에 부딪힌 염소로다.
소와 함께 수레조차 넘어져
  구렁에 꼬라박혔다네.

진흙 속에서 버둥대며
  죽어가는 표정을 지으니

十顚九踣力已盡,
辛苦脫離又狹斜.
高軒怒馬喝路來,
鼻息干虹氣作霞.
任重路窄牛難避, (穿)
豪僕怒罵紛鞭過.
進退政似觸藩羊,[3] (蕃)
連牛帶車入窪窊.
宛轉泥中形觳觫,[4]

지나가는 사람들 보고서
　　모두들 혀를 차네.

2
하늘이 내신 만물 중에
　　소가 유독 고달프니
이날의 이런 고생쯤
　　오히려 별것 아니란다.

서울이라 오부[5]의 저택들
　　곳곳에 굉장하여
높은 기둥 큰 들보
　　호사를 다투고,

부잣집 현달한 벼슬아치
　　이네들 선산의 묘소 앞을 보면
거창한 비석에 우뚝한 석물들
　　서로 자랑하며 뽐내는구나.

경기의 산골 백리 거리에
　　목재며 석재 운반하느라
울퉁불퉁한 산을 넘고
　　깊숙한 골짝 지나는데

路人見之皆咨嗟.

2
天生萬物牛偏苦,
此日此苦猶云些.
五部第宅起處處,[5]
高棟巨樑鬪繁華.
富人達官神塋前,
豐碑獜馬競相夸.
畿峽百里輸木石,
屢涉崎嶇經谽谺.

가파른 비탈 내몰면
  어찌나 험난한지
앞의 소 나가려 하고
  뒷소는 버티니

창자가 찢어지고
  눈에선 피가 나오고
뿔 끊어지고 발굽 빠지고
  온몸에 상처투성이.

한해 가고 두해 가면
  전신이 성한 데 없고
가죽은 마르고 살이 졸아붙어
  영락없이 고사목처럼 되고 말지.

그 소 마침내 푸주로 끌려가서
  잡아먹히게 되는데
"수레 끄는 소 고기 맛없다"
  타박들 한다네.

그의 힘 모두 빼고
  마침내 그의 고기까지 먹으니
사람들 잔인하기

驅下峻阪何岌嶪?
前牛欲前後牛拏.
心摧腸裂眼流血,
角短蹄穿體生疤.
一年二年無全身,
皮乾肉銷如枯槎.
牽去屠肆殺而食,
謂言車牛肉不佳.
既食其力又食肉,
不仁胡爲若是耶?

어찌 이와 같단 말인가?

그대는 듣질 못했나?
중생들 업보로 서로 잡아먹는단 말.
하늘의 이치 생각하라.
  보응이 응당 어긋나지 않으리라.

君不聞?
衆生業果相啖食,
天理報應應不差.
(『백화집白華集』)

---

1 사경四更 새벽 2시 전후.
2 인도闉闍·인인팽팽闉闍彭彭 '인도'는 원래 성곽 밖의 옹성甕城의 중문을 뜻하는 것인
데 성곽 안의 거리를 가리키는 말로 쓰이기도 했다. 그래서 성중으로 번역했다. '인인
팽팽'은 수레가 구르는 소리를 표현한 의성어.
3 촉번양觸藩羊 벽에 부딪쳐 진퇴양난이 된 경우를 가리킴.(『주역周易·대장大壯』: "羝
羊觸藩, 羸其角.")
4 곡속觳觫 소가 두려워하는 모양.(『맹자孟子·등문공藤文公』: "吾不忍其觳觫若無罪而就
死地.")
5 오부五部 서울의 행정구역. 이조시대에는 서울을 동부·서부·남부·북부·중부의 5부
로 나누었다.

홍신유洪愼猷(1722~?): 자는 휘지徽之, 호는 백화자白華子, 본관은 남양南陽. 여항시인. 중인 가계로 그의 선대는 수과籌科·역과譯科로 진출했으나 그 자신은 생원시를 거쳐 영조 44년에 문과에 급제했다. 그러나 신분적 제약으로 벼슬은 전적典籍을 지낸 데 그쳤다. 시 창작에 치력했던바 폭넓은 현실성을 성취했으며, 애국적 경향을 볼 수 있다. 야담을 서사시로 수용한 점 또한 특이하다. 『이향견문록里鄕見聞錄』에는 "글씨도 잘 써서 안명열安命說과 명성이 비등했다"라고 언급되어 있다. 『풍요속선』에 시 5편이 뽑혀 있으며, 『백화집』이 필사본으로 전한다.

⬤ 작품 해설

이 시는 수레 끄는 소에 초점을 맞추어 노동이 수탈당하는 사회 모순을 제기한 내용이다.

시는 전반과 후반의 2부로 엮여 있다. 전반부는 마포나루에서 화물을 서울 도성 안으로 운송하는 현장적 묘사다. 달구지꾼이 작업 나가는 새벽녘의 분위기를 "마을에 닭도 아직 울지 않고 버드나무엔 갈까마귀 잠자는데"라고 표현하여 배경효과를 얻고 있으며, 나루터의 제법 번화하고 복작대는 정황을 장면 제시적으로 소개한다. 달구지꾼은 부리나케 물화를 받아 싣고 성중으로 수레를 모는데 이때부터 필치는 더욱 곡진하고 생동하게 움직인다. 소가 험난한 고비에서 무거운 짐을 끄느라 힘겨워하는 정경이 점층적으로 펼쳐진다. 마침내 좁은 비탈길에서 귀인의 초헌을 만나 벽제辟除 때문에 소와 수레가 함께 길옆 구렁으로 처박히는 상황에 도달한다. 이 민망한 정경을 사람들이 보고 모두 혀를 차는데 시는 여기서 후반으로 넘어간다.

후반부는 시인이 끌어가는 셈이다. 시인은 직접 나서진 않았으나 앞의 정경을 구경하던 사람 중에 들어 있었던 셈이다. "이날의 이런 고생쯤 오히려 별것 아니란다"라고 하면서 저택에 쓸 목재나 분묘의 석물을 운반하는 데 얼마나 고난을 겪는가 핍진하게 서술한다. 소에게 그런 고통을 끼치는 원인은, 다름 아닌 중앙의 부와 권력을 독점한 자들의 사치와 부패에 있다. 이 점을 폭로하고 또 비판적 인식을 유도한 것이다.

소는 노동력의 혹사로 "가죽은 마르고 살이 졸아붙어 영락없이 고사목처럼 되고 말지"라고 언급된다. 소의 비참한 신세는 이에서 끝나지 않고, 소는 드디어 푸줏간으로 끌려간다. 이 대목에서 "'수레 끄는 소 고기 맛없다' 타박들 한다네"라고 착취자의 비정함을 다시 한번 드러낸다.

「수레 끄는 소」와 앞에 제시된 권필의 「달구지 모는 아이」, 홍세태의 「구리쇠 실은 수레를 끄는 소」는 제재 면에서는 모두 동일한 작품이다. 지금 이 「수레 끄는 소」는 물화유통이 보다 활발하게 된 현상을 반영한 동시에 주제사상에서도 진전을 보여주었다.

두만강 쥐떼

豆江鼠

두만강 강폭은 그리 넓지 않아도
예로부터 여진과 경계를 지어서

함경도를 띠처럼 두르니
물결이 바다같이 가로막았네.

오랑캐 말들이 아무리 내달아도
설쳐대는 곳 강 건너 북쪽이러니

쥐란 것 동물 중에도 미물로서
뽀르르 달려봤자 지척에 숨는데

어찌 알았으랴! 천백마리 떼를 지어
강을 새카맣게 덮고 건너올 줄을.

음산한 기운 어둡고 처연해라
워낙 재빨라 대처할 새도 없다네.

豆江鼠

丁範祖

豆江雖不大,
自昔限虜域.
如帶繞咸鏡,
洶若重溟隔.
胡騎何撇捩,
馳驟只在北.
鼠者物之微,
蠢蠢循咫尺.
胡爲千百輩,
蔽江來我國.
陰氣隨慘恢,
倏疾不可敵.

떼 지어 모이면 먹구름이 쌓인 듯
뿔뿔이 흩어질 적엔 번개가 치듯

순식간에 온 들판으로 퍼져서
무슨 곡식이건 마구 조겨대네.

논밭이 온통 황폐해지고 말았으니
가을걷이 한다 한들 몇 낱이나 건질까.

이 지방 여러해 기근이 들어
동포들이 서로 잡아먹을 지경이라.

임금님 밤낮으로 근심을 하사
방백에게 조서를 내려 신칙하시며

수라를 대해도 구미를 잃으시고
아무쪼록 죽어가는 백성 살리고자.

금년 봄에도 금쪽 같은 씨앗을
땅에 뿌리고 풍년을 기원했건만

이 괴물 강 건너 이역에서
어느 틈에 넘어와 잔학한 짓 부려

合如黑雲屯,
散如驚電劃.
頃刻遍四野,
狼籍嚙稼穡.
畎畝莽蕭颯,
秋成無粒穀.
此地累歲飢,
同胞相屠食.
至尊憂宵旰,¹
臨軒勑方伯.
玉膳爲無味,²
萬一濟溝壑.
今春如金種,
落土冀有穫.
怪物自異境,
乘時肆殘虐.

들판의 곡식을 다 해치자 인가로 달려들어
캄캄한 밤중에 사람 눈을 파먹기도 한다더라.

내 일찍이 재이기災異記들을 보니
재변도 백가지로 헤아리기 어려워

하늘에서 서리 우박 내리기도 하고
땅에서 벼멸구 생기는 일 허다하지만

모르겠네, 천백년 옛적에도
이런 변고 어느 책에 실렸던가?

좁은 소견은 대체를 보지 못하나니
"쥐 잡으라" 백성들 고생시키는 게 고작이라.

하늘의 뜻을 가만히 헤아리며
한밤중에 일어나 천정을 우러러보네.

관가는 언제고 창고가 바닥났다고
부세를 거두려 날마다 독촉이 빗발치며

목민관도 더러는 적임자 아니어서
가련한 백성들을 발가벗기는구나.

穀盡入里閭,
昏黑鑿人目.
嘗觀灾異記,
百變固難測.
天或降霜雹,
地有生螟蟘.
未知千古前,
此蒕在典籍.
曲見昧大體,
勞民事捕捉.
默揣蒼穹意,
中夜窈仰屋.
公家常乏用,
賦斂日煩督.
字牧或匪人,[3]
赤子被椎剝.

국운이 망할 때는 아니라
하늘로부터 밝고 엄한 경계 내렸도다.

함경도는 우리나라 용흥龍興하신 터전
거룩하고 위대한 성왕의 족적이 있거늘

이런 중한 땅에 먼저 벌책을 내리시니
나라 맡은 자들 살피고 조심하기 소홀히 하랴!

나는 지금 석서시碩鼠詩를 짓나니
어찌하면 우리 임금 눈에 닿게 할까.

邦運未宜絶,
警戒自天赫.[4]
聖祖龍興基,[5]
巍蕩有王跡.
降謫先重地,
有國易省惕?
私作碩鼠詩,[6]
何由達天矚.
(『해좌문집海左文集』권2)

1 **소한宵旰** 소의한식宵衣旰食의 준말. 날이 채 밝기 전에 옷을 입고 해가 진 후에 저녁 밥을 먹는다는 뜻으로, 임금이 정사政事에 바빠 겨를이 없음을 비유적으로 이르는 말 이다.

2 **옥선玉膳** 임금님이 자시는 음식을 이르는 말. 우리말로는 '수라'라고 함.

3 **자목字牧** 목민관을 지칭하는 말. 자字는 수령이 백성을 사랑으로 돌보아야 한다는 뜻.

4 **천혁天赫** 상제가 밝게 살피고 위엄을 내린다는 의미. 『시경·대아大雅·황의皇矣』에 "皇皇上帝, 臨下有赫"에 근거한 표현. 주자는 赫을 "威明也"라고 풀이했다.

5 **용흥기龍興基** '용흥'은 제왕이 일어나는 것을 비유적으로 표현한 말. 함경도가 조선 왕조를 개국한 이성계의 출생지이기 때문에 '용흥기'라고 한 것이다.

6 **석서시碩鼠詩** 「석서」는 『시경·위풍魏風』의 편명. 이 시는 백성들이 탐학한 정치에 시 달린 나머지 큰 쥐가 농작물을 해치지 말고 떠나야만 낙토를 이룰 수 있다고 노래한 내용이다. 시인은 「두만강 쥐떼」를 이 「석서」에 비견한 것이다.

정범조丁範祖(1723~1801): 자는 법세法世, 호는 해좌海左, 본관 나주로 정시한丁時翰의 현손. 원주의 법천法泉이란 곳에서 세거했다. 영조 때 문과에 급제, 정조대에 개성유수·이조참판을 거쳐 예문관 제학에 이르렀다. 시문에 빼어나 남인가에서 신광수와 나란히 손꼽혔다. 정조는 문체반정을 일으킬 당시 그를 정통으로 인정하여 문학의 일인자로 지목했다고 한다. 문집으로『해좌문집』39권이 있다

🌸 **작품 해설**

쥐떼가 두만강을 건너 함경도 땅으로 들어와서 농작물을 온통 해치고 인가에까지 미치는 사실을 잡아서 쓴 특이한 서사시다. 두만강 건너는 지금 중국의 길림성吉林省이지만 소급해 올라가면 발해의 고토였으며, 조선조로 와서는 여진족의 땅이고, 근대에는 북간도 혹은 만주로 일컬어지기도 했다.

화소 자체는 민담에서 온 것이다. 이른바 무한순환담(round or circular tales)이라고 일컬어지는 꼬리물기 이야기의 형식으로 아이들이 이야기를 해달라고 조르면 어른들이 입막음으로 꺼내는 것이다. 나 자신도 어렸을 적에 종종 들었는데, 그때 들은 이야기는 쥐떼가 두만강을 건너 북쪽으로 가는 것으로 되어 있었다. 함경도가 흉년이 들어 먹을 것이 없기 때문에 쥐떼들도 떼지어 북간도로 월경한다는 것인데, 꼬리를 물고 도강하는 쥐들은 일정 간격으로 한마리씩 풍풍 물에 빠져 죽는다는 이야기다. 여기「두만강 쥐떼」는 북간도에서 함경도로 쥐떼가 반대로 강을 건너 들어온다. 꼬리물기 형식이 떨어져나간 대신 쥐떼가 농작물을 해치우고 인간을 공격하는 무시무시한 내용으로 바뀌었다. 두만강을 건너와서 인간의 삶을 파괴하는 이 작품의 '쥐떼 서사'는 실제 꼭 이대로의 사실이라기보다 알레고리로 읽히기도 한다. 다만 함경도가 변경인데다가 삶의 조건이 척박해서 흉년이 우심했던 것은 사실이었다. 그래서 이와 같은 쥐떼 서사가 성립한 것으로 여겨진다. 이때 무한순환담의 형식이 탈바꿈해서 진지한 '민생서사'로 성격변화를 일으킨 것이리라.

시인은 이 쥐떼의 이변을 우리나라가 아직 국운이 끊어질 때는 아니기에 하

늘로부터 내리는 명시적인 경종으로 해석한다. 함경도가 조선조의 발상지라는 점에 특히 유의해서 "이런 중한 땅에 먼저 벌책을 내리시니/나라 맡은 자들 살피고 조심하기 소홀히 하랴"라고 국정담당자들의 맹성을 촉구하며, 궁극적으로는 이 시가 임금님의 눈에 닿게 되기를 소망하는 것으로 끝을 맺는다.

유민의 원성
流民怨

홍양호

1

서리 내리고 눈발 날리는 초겨울.
나 충청도 해변을 여행하는데
진종일 오가는 사람들
태반이 유민이더라.

2

"그대들 무슨 괴로움 있기에
정처없이 떠돌다가 여기에 이르렀소?
조상의 뼈 묻힌 고향 버려두고
도대체 어디로 간단 말이오?"

한 유민 머리 들어 나를 바라보며
시름겨운 얼굴에 한숨을 내쉬고

"내 본디 내포사람으로
삼대를 농부로 살아

流民怨

洪良浩

1
孟冬霜雪繁,
我行湖之濱.
盡日來去人,
太半是流民.

2
問爾何所苦,
漂轉至於斯?
棄捐丘墓鄕,
提攜欲何之?

擧首向我對,
蹙然爲累吁.

我本內浦人,¹
三世爲農夫.

지아비 밭 갈고 지어미 길쌈해도
살아가기 어찌나 어려운지

밤낮으로 부지런히 일하느라
열 손가락 잠시도 쉴 틈 없이
살을 에는 추운 겨울 무더운 여름 장마
어느날이라 힘겹지 않은 때 있었으리!

수재에 한발이 겹치고 보니
추수인들 얼마나 되었겠소?
가을이라 하고서 입에 곡식이 들어갈 새도 없이
부세를 바치라 불이 나는데

고을 아전 날마다 문 앞에 와서
고함치고 닦달하고 하도 설쳐대어
술이야 밥이야 분주히 대령해도
징수 독책 사뭇 그치질 않고

젖먹이 어린애까지도
한정의 대장에 올렸으니
집안엔 무엇이 남았나?
외양간에 송아지 한마리

송아지 끌고 장에 내다팔아서

夫耕婦織布,
生理一何艱.

晝夜勤作息,
十指無暫閒.
祁寒與暑雨,
靡日不苦辛.

重以水旱災,
所獲能幾許.
稼成不入口,
火急供常賦.

縣吏日至門,
叫呶何太恣?
奔走備酒食,
徵責殊未已.

乳下數歲兒,
又充閒丁籍.
家中無所有,
厩上一黃犢.

將犢之東市,

관가에 쓸어 바치고도 포흠이 남아
베틀에서 베 몇필을 끊어
모두 경군²포 명목으로 들어갔으니

어이 한자 한치의 베인들 남겨두어
내 아랫도리 가릴 수 있었을까?
입을 것도 먹을 것도 다 없으니
어떻게 이해를 넘긴단 말인가?

輸官有餘逋.
機中斷幾疋,
盡作京軍袍.²

찬바람에 살갗은 얼어터지고
어린아이 보채는 소리 차마 들을 수 없네.
인생은 즐겁다 누가 말했는고?
벌판에 버려지느니만도 못 한걸.

寧留尺寸布,
可以掩吾骸?
無衣復無食,
何以卒此歲?

아내를 끌고 어린 자식 안고
동서로 남북으로 떠돌아
어디 간들 낙원이 있으랴!
열흘에 세 끼 겨우 얻어먹는 판에

寒風凍裂肌,
兒啼不可聽.
人生誰云樂?
不如棄野坰.

원님도 우리 형편 알지 못하거늘
나라님 어찌 다 들으실 수 있으리오!
소문을 들으니 조정에서는
아랫것들까지 쌀밥에 비단옷 싫증내고

攜妻復抱子,
東西與北南.
所向無樂土,
旬日食纔三.

太守尙不知,
君王豈盡聞?
竊聞廊廟上,
僕妾厭稻紈.

귀인들 큰솥 줄줄이 벌여놓고
노래와 풍악 날마다 울린다데요.
하늘이 만물을 기를 적에
후하고 박하고 불공평하게 하실까?

아무리 우러러보아도 마침내 막막하니
쓰라린 고통 누굴 향해 하소하리오?"

朱門列鍾鼎,[3]
歌吹日呟喧.
昊天子萬物,
厚薄一何偏.

頻仰終漠漠,
疾痛向誰愬?

3
이야기 미처 다 듣기도 전에
측은해서 내 마음 쓰라려
집에 와서도 밥맛을 잃고
마치 내 몸에 중병이 든 듯.

3
聞語未及已,
惻然使我疚.
歸來食不甘,
若已有癗瘉.

시를 지어 풍요[4]에 짝하게 하니
장차 임금님께 올려나볼까.

作詩配風謠,[4]
將以獻明主.
(『이계집耳溪集』권3)

---

1 **내포內浦** 충청남도 아산만에 접해 있는 지역을 가리키는 말. 『택리지擇里志』에서는
"가야산伽倻山 전후 10현을 아울러 내포로 부른다"라고 했다.

2 **경군京軍** 서울에 있는 각 군영에 속한 군인. 여기서 경군포袍는 경군이 입는 옷을 의
미하는데 이 명목으로 포를 징수한 것이다.

3 **주문朱門·열종정列鍾鼎** '주문'은 귀족을 지칭하고 '열종정'은 종과 솥을 벌여놓는다
는 의미로, 귀족의 사치스러운 생활을 표현한 말이다. (鐘鳴鼎食. 鐘=鍾)

4 **풍요風謠** 민요를 가리키며, 고대에 각 지방의 민요를 채집하여 민정을 살폈다고 한다.

홍양호洪良浩(1724~1802): 자는 한사漢師, 호는 이계耳溪, 본관은 풍산豊山. 관인으로서 개명적인 학자·문학가. 영조 때 문과에 급제, 벼슬길에 올랐다가 정조 초년 홍국영의 미움을 받아서 함경도 경흥부사로 좌천되었다. 이 무렵 함경도 지역의 견문을 기초로 풍부한 창작을 남겼다.「북새잡요北塞雜謠」「삭방풍요朔方風謠」는 그중의 일부다. 관직은 이조판서·대제학에 이르렀고 시호는 문헌공이다. 과학기술 부문에 비교적 개명된 지식을 가졌으며, 역사·지리 등에도 조예가 있었던바 민족의식이 담겨 있다.『이계집』이외에『해동명장전海東名將傳』『목민대방牧民大方』의 저작이 있고『국조보감國朝寶鑑』의 편찬에 참여했다.

● 작품 해설

이 시는 유민의 테마를, 시인 자신이 직접 목도한 사실을 재료로 삼아 쓴 것이다. 시인과 한 유민의 대화를 3부로 구성한 유형화된 수법을 채택하고 있다.

주인공은 충청도 사람인데 그 일가족이 유랑하게 된 사정을 구체적으로 그린다. 전형성을 일정하게 획득한 것이다. 이 주인공의 입을 빌려 "조정에서는/아랫것들까지 쌀밥에 비단옷 싫증내고"라 하여 나라의 무질서를 꼬집은 다음, "귀인들 큰솥 줄줄이 벌여놓고/노래와 풍악 날마다 울린다데요"라고 집권층에 대한 불평을 토로한다. 그리하여 평등한 사회를 동경하는 민중적 정서를 "하늘이 만물을 기를 적에/후하고 박하고 불공평하게 하실까"라고 표출하고 있다.

수자리 병사의 원성
戍卒怨

홍양호

변새의 땅 다난하다.
　낙토야 당초 꿈꾸지도 않았으되
무엇이 이보다 심하랴,
　강변에 파수 서는 괴로움.

매년 구월만 되면
　벌써 강물이 얼어붙어
식량을 싸들고
　강안의 초소에 배치되는데

나무 베고 물 길어다
　손수 먹을 걸 끓이노라.
기껏 싸라기죽으로
　주린 배 어이 채우랴!

밤이나 낮이나 망을 서느라
　한시도 쉬질 못해
눈보라 찬비인들

戍卒怨

洪良浩

邊城百事非樂土,
孰如江邊把守苦.
每歲九月氷已合,
裹糧列寨江之滸.
刈薪汲水手自炊,
糜粥那能充腸肚.
晝夜瞭望不得休,
敢避虐雪與冷雨.

어이 감히 피할쏘냐?

옷 사이로 바람이 후려쳐
　살가죽 찢어질 듯하니
발은 터지고 입이 얼어붙는데
　누구보고 하소나 해보랴!

사냥마 내달아서
　회오리바람처럼 지나가면
그 즉시에 관부로
　긴급보고 해야 하고

순찰 나온 장교님
　불시에 들이닥치면
반걸음만 떠나 있어도
　된통 야단 맞는다.

어쩌다 바라보면 강 건너에
　사나운 호랑이 웅크려
눈에 불 켜고 으르렁
　공포에 질려 떤다오.

얼음이 풀릴 날 언제런가
　날마다 고대하건만

皮衣風撲凍欲裂,
足皸口箝向誰訴.
獵騎飛來如飄風,
登時火急報官府.
巡點將校不時來,
跬步暫離逢瞋怒.
隔水往往猛虎蹲,
電視雷吼吁可怖.
日日苦待氷解時,

춘삼월 벌써 저무는데
　추위는 아직 풀리질 않고

닷새면 교대해준다
　말이나 하지 마오.
수자리 한번 살고 나면
　몸이 이미 골병이 든다네.

아아!
어찌 슬해¹ 밖까지 개척해
두만강 일대의 수자리
　파하게 될 수 있을까.

三春已暮寒猶沍.
莫云五日許踐更,
一番經過病已痼.
嗚呼!
安得拓地盡瑟海,¹
豆江一帶罷防戍.
(『이계집·삭방풍요』권5)

---

1 슬해瑟海 두만강이 바다로 들어가는 지역.『북새기략北塞記略』에 "두강豆江이 바다로 들어가는 곳을 슬해라 부른다. 무이보撫夷堡 서봉대西烽臺에 올라가서 바라보면 청흑빛이 하늘과 맞닿아 있다"라는 기록이 보인다.

● 작품 해설

이 시는 두만강 변경에서 수자리 사는 병사들의 고통을, 병사 자신이 진술하는 방식으로 쓴 것이다.

두만강가에 초소를 설치하고 경계를 하는 것은 특히 강물이 얼어붙은 기간이었다. 거기는 추운 땅이라, 음력으로 9월이면 벌써 얼고 봄이 다 가도록 얼음이 풀리질 않는다. 악천후에 초소 근무를 하는 어려움이 여러 체험한 경우를 통하여 제시되고 있다. "사냥마 내달아서 회오리바람처럼 지나가면"은 건너편의 다른 족속이 우리 지역을 침범한 것이겠으며, "닷새면 교대해준다 말이나 하지 마오"라고 한 대목은 5일 단위로 근무 교대를 시키는 규정이 지켜지지 않은 때문이다.

수자리를 선 병사들은 몸이 골병들 지경이라 한다. 그네들은 수자리의 고역으로부터 면제될 날을 손꼽는 것이 물론이다. 시인은 시를 끝맺는 대목에서 "어찌 슬해 밖까지 개척해 / 두만강 일대의 수자리 파하게 될 수 있을까" 하고 적극적인 해결책을 내놓는다. 시인 자신 두만강 건너의 땅이 바로 우리 발해의 옛땅이라는 인식에서 이런 시상이 나온 것이다. 시인의 민족의식이 한 병졸의 입을 통해 표출된 것인데, 애국적·진취적 기품을 느끼게 한다.

조장군가
趙將軍歌

이규상

1

조 장군

큰 키에 좋은 수염 무인의 풍채로다.

장군은 공주公州의 호걸이라

젊어서 글을 배우다가 병법을 익혔는데

중년에 무과 합격하였으되

　진출이 순조롭지 못하였지요.

장군 비록 무인이나

　주역에 깊이 통달해서

재략이 모두 학문에서 나오거늘

그 입에 어찌 허튼소리 붙었으랴!

육예六藝²로 자신을 가다듬어

　높은 경지에 이르고 보니

그 정교한 수완 상상을 초월해서

먼 옛날 공수工倕와 다름없었네.

방문엔 태극호太極戶를 세우고

趙將軍歌

李奎象

1
趙將軍,
長身美髯生不劣.
趙將軍公州之豪傑.
少而學書去學兵,
中歲虎榜振蹉跌.¹

將軍雖武義經通,
才略皆從學問中,
口頭寧着詖淫說?
彬彬六藝飭其躬,²
恢恢遊刃所及處,³
亦有巧思工倕同.⁴

堂前立置太極戶,

손에든 지팡이 팔괘통八卦筒을 새겼더라.
수중에는 경세經世의 계책 들었거늘
공주 감영의 이원융李元戎이
막부로 불러서 몸이 녹봉에 메이니
청해青海서 달리던 준마가
　조그만 언덕에서 기량을 펼 수 있으랴!
홍상서洪尙書 그의 재주 아까워
숙위소宿衛所에 그를 기용하였네.

2

조장군 일장검 짚고 궐문 앞에 서니
입궐하는 백관들 법도가 정연하다.
숙위소 오경의 새벽녘이 되면
『주역』을 펼쳐들고 소리 높여 읽으니
이웃 조曹의 동료들 혀를 차고 탄복하여
이로부터 장군의 별호 '조 주역'이 되었더라.

광화문 드높은 문루 위에
때때로 나와서 내려다보면
　그 위엄 사람들 혼을 빼앗네.
눈이 오나 바람 부나 장군이 번을 서서
『주역』으로 성성이 되어 틈을 채우나니
요사한 기운 어디 감히 범접하랴!

杖頭刻成八卦筒.
袖中幾通經濟策,
嘆息錦營李元戎.
延之幕府縻斗祿.
蟻封難展青海驄,[6]
復有憐才洪尙書,
登用將軍守衛廬.[7]

2
將軍立門杖雄劍,
百僚趨闕古法如.
衛廬五更玉漏靜,[8]
周易開袬大讀徐.
隣曹僚郎皆嘖嘖,
別號將軍趙周易.

光化門樓何高明?
有時來瞰奪人魄.
將軍直此天雨風,
周易爲城伏其隙.
果然淰邪不敢干,

장군이 『주역』을 소중히 여기니
　『주역』이 곧 보배로다.

서울서 박봉으로 십년 벼슬살이
매년 섣달 눈 내리고 추운 날씨에
솜옷을 마련 못해 속에 한벌 껴입으니
이로 인해 등과 허리 시리지 않다는군.

3

당시 나는 그와 한집에 살았는데
어느 밤에 그가 의관을 갖추고
대청으로 나가 새벽까지 있으면서
울음소리 가늘게 들리기로
"무슨 일이요?" 아침에 물으니
"우리 선친의 기일이라오."
객지 형편에 이런 사람 어디 있으랴!
행실이 이러하니
　무너진 풍속 일으켜 세우겠네.

4

을병乙丙년간에 국사범 잡는 일이 벌어져
장군은 제기랑緹騎郎으로 뽑혀서

將軍寶易如寶璧.

薄宦十年滯長安,
每歲臘月霜雪白.
單褶絮薄內單衾,
以此留溫護腰脊.

3

是時余爲同舍生,
一夜見公整衣纓.
出就廳事達淸曉,
微微有聞綴泣聲.
朝來問公其故何?
答曰先公諱辰過.
誰人身當逆旅困?
內行如是起頹波.

4

乙丙之歲王討張,[9]
將軍選在緹騎郎.[10]

영호남 기호지방 출동을 하면
천리 먼 길을 여러 날 치달아
나라 일로 독현獨賢의 수고 마다하지 않고
한해 아홉번 나갔다가 아홉번 돌아왔다오.

일 다 마치고 귀환을 하니
눈병이 나서 앞을 가리고
　　안장에는 허벅지살 피가 묻어날 지경
무사치고 누군들 녹을 먹지 않겠소만
어렵고 험한 일, 그가 유독 도맡았지.
임금님 누차 수령으로 내려보내
　　그의 노고 치하하려 하셨으되
병조 이조에서 가로 막아
　　끝내 시행되지 못했더라.

5

늙어 쓸쓸히 중산中山의 집으로 돌아와
총전평蔥田平에 생애를 의탁하였네.
공도公道에서 분주하여 백발이 성성하니
용맹했던 얼굴 주름이 쭈글쭈글
염파廉頗같은 인물인들 어찌하랴!
이제 이미 칠십이 다 됐는걸.

嶺外湖甸搜漏網,
數日電馳千里長.
王事靡鹽忘獨賢,[11]
九來九往於一年.

竣事歸騎稅我宅,
眼封赤眵髀血鞍.
武力孰非食君祿?
險阻艱難胡乃偏.
王三錫命酬專城,[12]
夏官春官格不行.[13]

5

蕭條老歸中山舍,
生涯寄在蔥田平.[14]
獨蒙公道在白髮,
虎面居然鷄皮成.[15]
壯如廉頗其將奈?[16]
已迫人間七旬盈.

어제 조 장군이 나에게 들렀기로
  내 그에게 농담을 던졌겠다.
"조 장군 당신은 퇴임을 하였거늘
  지금 관작이 어디 있소?
단령을 도포로 바꿔 입고
이 시골에서 조 생원으로 행세하오."
나의 이 말에 지팡이 세우고 귀 기울이더니
"그렇군" 하고 웃으며 문을 나가더라.

6
조 장군, 조 장군
  그대 탄식하지 마오.
예로부터 호걸로 일컫던 사람들
  거의 반쯤은 그릇되었거든
세상이 온통 돈만 귀하고 사람은 가벼운데
장군은 돈이 없으니 공명도 끊어지지요.

부귀빈천을 논해 무엇하리요.
잘났건 못났건 필경에는
  소나무 아래 흙으로 돌아가는걸.
아무리 아등바등 했자 인생백년 넘지 못하고
천금을 얻는대도 한순간의 꿈 아니요.

昨日過我我戲言,
公當致仕官何存?
不如直領換道服,[17]
直以生員行鄕村.
公住竹節傾耳久,
便卽唯唯笑出門.

6
趙將軍·趙將君君莫歎.
古來豪傑枉一半.
世上重金不重人,
壯士無金功名斷.

何論富貴與貧賤,
畢竟賢愚松下塵.
經營不過百年內,
得失何殊夢一巡.

그대는 보지 못했소?

　동쪽 인근의 김퇴석金退石을

문학으로 일본인을 놀라게 했는데

　이제 이미 고인이 되었지요.

그대는 또 보지 못했소?

　홍 정승, 이 정승 두 대감을

적막한 산중에 묻혔으니

　석린石麟도 버려져 웃음을 사지요.

편히 살아가는 장군과 비교나 되겠소.

인간세상에서 하루, 그 하루 즐거운데

비록 늙었어도『주역』을 읽을 수 있고

비록 궁해도 선전관 호칭은 그대로고

사람이 한번 백양목 아래 묻히고 보면

금관자 옥관자 그들먹해도

　나와 무슨 상관이 있으리오.

君不見東隣金退石,[18]
憎倭文詞今陳人.
君不見洪李兩卿相,[19]
寂寞荒原笑石麟.[20]

豈如將軍老身安?
人世一日一日歡.
雖老猶看周易字,
雖窮猶喚宣傳官.
人生一臥白楊塚,[21]
金玉滿堂不我干.

7

그대여, 이웃집의 소를 빼앗아 타고

우리 집에 자주 놀러 오시오.

근래 촌사람들도 세력 쫓아 붙는다지만

노인이 남의 소 안 타면 탈것이 어디 있소?

인간세상에서 귀한 대접 받는 세가지에

7
請公奪牛隣家兒,
過我草堂無事時.
近來鄕人亦趨勢,
老不奪人寧有騎?
老是人中達尊一,[22]

나이대접도 하나 들었지요.

한번 미친 척 해본들 어찌 하겠소.

나 그대를 황한승黃漢升으로 생각하노니

들리시면 술을 잔에 가득 따라 올리다.

一或猖狂敢何誰?
我當謏公黃漢升,[23]
歸時且慰酒滿巵.
(『일몽고一夢稿』초고본)

1 호방虎榜 무과의 합격자를 발표하는 것. 차질蹉跌, 넘어지는 것. (『한서漢書』: "跌而不振.")

2 육예六藝 예악사어서수禮樂射御書數를 가리킴. 육예를 인간이 갖춰야 할 필수요목으로 생각했다.

3 회회유인恢恢遊刃 최고도의 경지에서 칼을 비상하게 잘 놀리는 것을 표현한 말. 기예의 최고 경지. (『장자莊子·양생주養生主』: "恢恢乎其於遊刃必有餘地矣.")

4 공수工倕 요임금 때 빼어난 장인의 이름.

5 금영錦營 공주에 있는 충청도의 감영. 錦은 공주를 지칭함. 이원융李元戎, 원융은 원수, 감사가 그 지역의 병권을 쥐었기 때문에 이 말을 쓴 것이다. 이원융이 누군지는 미상.

6 의봉蟻封 개미에 의해 만들어진 흙더미. 조그만 언덕을 가리킴. 청해총靑海驄, 준마를 뜻하는데, 청해에서 말을 방목하여 최상의 말을 얻었다는 데서 유래한 말.

7 위려衛廬 궁궐의 숙위를 담당한 곳. 그래서 숙위소宿衛所로 번역했다.

8 오경伍更 3~5시 사이. 옥루玉漏, 물시계. 玉漏靜이란 물시계의 물이 다했다, 즉 새벽이 되었다는 의미.

9 여기서 乙丙은 영조 20~21년(1755, 6)으로 이때 나주 벽서사건이 일어났다. 왕토王討, 국사범을 치기 위한 행동을 가리킨다.

10 제기랑緹騎郎 금오랑金吾郎. 의금부 도사를 가리킴. 감귤 빛 복장을 했기 때문에 제기라고 하였다.

11 왕사미고王事靡盬 나라 일에 수고함을 이르는 말, 『시경·당풍唐風·보우鴇羽』에 나

온다. 독현獨賢, 혼자 특히 노고함을 이르는 말. (『시경 · 소아小雅 · 북산北山』: "大夫不均, 我從事獨賢.")

12 전성專城 한 지역을 관할하도록 맡기는 것. 고을의 수령으로 임명하는 것을 가리킴.

13 하관夏官 병조. 춘관春官, 이조. 이 두 기구는 인사권을 관장하였다.

14 중산사中山舍·총전평蔥田平 미상. '중산'은 공주의 별칭이고 '총전평'은 이곳의 지명으로 추정되기도 한다. 혹은 파밭을 뜻하여 파농사로 살아간다는 의미로 해석할 수 있는 것도 같다.

15 호면虎面 무사의 얼굴을 표현한 말로 추정됨. 계피鷄皮, 노인의 피부에 주름이 많이 생긴 것을 비유적으로 표현한 말.

16 염파廉頗 전국시대 조나라의 기개가 출중했던 명장.

17 직령直領 무관이 착용하는 복장의 일종. 단령團領.

18 김퇴석金退石 계미통신사의 서기관으로 다녀온 김인겸(金仁謙, 1707~1772)을 가리킴. 퇴석은 그의 호. 일본 문사들과 시를 수창하여 이름을 얻었으며, 기행가사로 『일동장유가日東壯遊歌』를 남겼다.

19 홍이양경상洪李兩卿相 영조 년간에 정승을 지낸 인물로 홍씨는 홍린한洪麟漢을 가리키는 것으로 추정되며, 이씨는 정승을 지낸 인물이 여럿이기 때문에 누구를 가리키는지 미상.

20 석린石麟 돌을 새겨 만든 기린. 제왕의 능에 세웠던 것인데 후세에 버려져서 사람들의 웃음을 사는 경우가 더러 있었다.(유우석 劉禹錫, 「한수정궁 춘망漢壽亭宮春望」: "田中牧豎燒芻狗, 陌上行人看石麟..")

21 백양白楊 버드나무의 일종인데 사후의 쓸쓸한 분위기를 표현하는데 쓰임.(도잠陶潛, 「만가輓歌」: "荒草何茫茫, 白楊亦蕭蕭.")

22 달존일達尊一 많은 사람이 존대하는 중의 하나. 맹자는 만인이 달존하는 대상으로 셋을 들었는데 작위, 년령, 덕망이었다. (『맹자孟子·공손추公孫丑』하下: "天下有達尊三, 爵一, 齒一, 德一.")

23 환한승黃漢升 미상.

🏵 작자 소개

이규상李奎象(1727~99): 자는 상지像之, 호는 일몽一夢 또는 유유제悠悠齊, 본관은 한산韓山. 목은牧隱의 후손이며 인천부사를 지내고 학자인 사질思質의 아들로 태어났다. 과거로 진출하지 못하고 포의布衣로 늙었으며 만년에 홍릉참봉에 임명되었으나 나가지 않았다. 평생을 학문과 문학에 주력하였는데 저서로 『일몽고』 및 『병세재언록幷世才彦錄』『기구이목삼관사記口耳目三官事』『청구지靑邱志』 등이 있다. 특히『병세재언록』은 영정시대, 18세기의 인물지적 성격으로 내용이 흥미롭고 풍부하다. 학문 경향에서 실학적 면모를 띠고 있는바, 시문 창작에도 역시 유사한 경향을 엿보인다. 그는 일찍이 언급하기를 "시는 먼저 의장意匠을 세운 뒤에 언어를 다듬고 거기에 조화藻華를 더하는데, 대범 조예造詣는 천재에서 얻어지고 불후不朽는 기력에 달려 있다"라고 하였다. 이와 같은 견해는 이규보의 시론과 통하는 것이다.

🏵 작품 해설

이규상의 초고본 문집에 실린 것이다. 이 초고본에는 「강남행江南行」·「백저녀白苧女」·「다고가茶姑歌」(원제: 희차정질다고가戲次定侄茶姑歌) 등 서사한시에 속하는 작품이 여러편 수록되어 있는데 이 「조장군가」 1편을 뽑았다.『한산세고韓山世稿』에 들어 있는 「일몽고」에서 기왕에 「여사행〔女史行〕」 1편을『이조시대 서사시』제5부에 수록했거니와, 이번 보유에서 「조장군가」 1편이 추가되었다.

「여사행」은 17세기 동아시아의 역사전환점에서 조선·일본과 만족·한족에 걸쳐 각기 등장했던 특이한 여류의 인물을 포착해서 옴니버스 형식으로 엮어낸 작품인데, 지금 이 「조장군가」는 작자와 동시대에 생존했던 한 무인에 초점을 맞춘 내용이다.

주인공 조장군은 성명이 조정하趙鼎夏이다. 작품은 조장군이 무장으로서 얼마나 출중하고 훌륭한 인물인가를 그리고 있다. 무예뿐 아니라『주역』을 통달해서 '조 주역'이란 별호로 일컬어질 정도로 학식이 대단하며 인품도 성실하기 이를 데 없고, 국사에 진력하느라 말안장에 허벅지살의 피가 묻어날 지경이었다. 그럼에도 지위는 미관에 그쳤고, 명성도 높지를 못했다. 조장군이 공주 출신이

어서 작자와는 동향이고 친교가 있었다. 이 작품을 짓게 된 직접적인 계기다.

당시는 오로지 문文을 숭상하는 사회였다. 무武는 사회통념상 얕잡아보았던 터여서 무의 활동으로 부각된 존재가 별로 없다. 더구나 그의 생존 시기에는 평온했으므로 특별히 두각을 드러내고 공적을 세울 기회가 주어지지 않았다. 기껏해서 "을병乙丙년간에 국사범 잡는 일이 벌어져"라고 했듯 당쟁 때문에 야기된 갈등을 수습하는 정도였다. 또한 시속이 "세상이 온통 돈만 귀하고 사람은 가벼운데/장군은 돈이 없으니 공명도 끊어지지요"라고 탄식한대로 출세를 못해 그의 직위는 수문장에서 벗어나지 못했다. 비록 미관이지만 광화문 수문장으로 근무하는 장면은 전편에서 가장 돋보이는 대목이다.

이 시는 나라 위해 헌신한 노고의 보상도 받지 못한 체 명색 없이 향리로 돌아와 늙어가는 조장군을 위로하는 식으로 되어 있다. 따라서 사적인 성격을 띠고 있지만, 당시 사회에서 하나의 전형적인 무인의 형상을 그려낸 점에서 의의가 있다. 이 무인의 형상에는 숭문주의 사회의 체제적 문제도 투영된 것으로 볼 수 있겠다. 그리고 작품의 후반부에서 달관의 인생관이 제시된다. 이 물론 조장군을 위로하기 위한 언설인데 작자의 일몽一夢이란 자호가 의미하는 그대로 그 자신의 인생관이기도 하다.

모녀편
毛女篇

신광하

백두산에 두 모녀毛女가 살아
대낮에 나뭇가지로 날아다닌다네.

그중 한 여자를 사냥꾼이 붙잡았는데
몸에 온통 검은 털이 돋쳤더라지.

그 여자 하는 말이

"저는 본래 경원사람으로
예전에 큰 흉년을 만나
삼백호 주민이 뿔뿔이 흩어지는데
우리 일가족도 그때 고향을 떠나
서쪽으로 철옹성²에 갔었지요.

거기서 낙원이 있단 말 잘못 믿고
낙원을 찾아간다고
　소류동 대류동까지 들어갔더랬소.
하룻밤새 눈이 세길이나 쌓이니

毛女篇

申光河

聞有兩毛女,
白日飛木末.

獵夫捕一女,
遍體生蒼髮.

自言慶源女,
昔年遭大殺.¹
流民三百戶,
擧家同時發.
西入鐵瓮城,²

誤聞樂土說.
行至大小柳,³
一夜三丈雪.

닭과 개 소와 말 죄다 잡아서
고기도 먹고 피까지 마시고

어둡고 음산한데 추위와 주림에 몰려
토굴 속에 늘비하게 쓰러졌는데
오직 두 여자 살아남아
황량한 산에 돌올하게 섰다오.

봄가을 바뀌는 줄도 모르고
샘물 마시고 열매 따먹고 살아가니
몸은 날래지고 털이 돋아
옷 입을 필요조차 없게 됩디다.

노루·사슴과 한 무리 이루니
곰과 새의 재주인들 어찌 없으리오."

이 여자 제 고향으로 돌려보내니
고향은 벌써 옛날의 고향 아니라
이웃사람들 놀라 쫓아내고
모두 문을 닫아거니

모녀는 겁에 질려 울면서
밖에 나다니지도 못하고

鷄犬與牛馬,
食肉飮其血.

幽陰迫凍餒,
枕籍委土窟.
獨有兩女子,
空山立突兀.

不知春與秋,
飮水食木實.
毛成體輕擧,
無復懷被褐.

自入麕鹿群,
豈有熊鳥術.

遣女還故鄕,
故鄕非昔日.
隣里驚逐之,
各自閉其室.

毛女大恐啼,
獨居不敢出.

"나를 산속으로 돌려보내다오."
울부짖는 그 소리 쇳소리 같더라오.

익힌 밥 먹으면서 배고픔과 추위를 알게 되고
몸에 털이 빠지자 이내 죽고 말았더라네.

願還兒山中, (舊)
慟哭聲如鐵.

다른 한 모녀는 끝내 어찌 된 줄 모르니
천암만혈에 어디로 갔을지……

復食知饑寒,
毛落而立絶.

그로부터 수십년에
사람들 입으로 전해오는 이야기

一女不知終,
千巖復萬穴.

그 고장 사람들이 나에게 들려주는데
이 일은 참으로 신비롭구나.

邇來數十年,
耳目所記述.

이런 이치 혹 있을 수도 있겠으나
황탄하고 괴이한 말 끊이지 않는도다.

土人向余說,
此事眞恍惚.

그런 때문에 화산녀華山女⁴는
천년의 세월을 사멸하지 않았던가.

荒怪理或有,
惜哉道未卒.

所以華山女,⁴
千歲不死滅.
(『진택집震澤集 · 백
두록白頭錄』 권6)

1 **대살大殺** 큰 흉년이 든 해를 지칭하는 말.

2 **철옹성鐵瓮城** 평안남도 맹산孟山의 옛 이름.

3 **대소류大小柳** 대류동과 소류동의 약칭. 두만강 상류 쪽에 있는 지명.

4 **화산녀華山女** 중국의 옛 악부시 「화산기華山畿」에 등장하는 여성. 남조 송宋 때에 남서南徐 땅의 한 선비가 화산기에서 운양雲陽으로 가던 도중에 한 처녀를 보고 상사병에 걸려 죽었다. 그 상여가 화산華山을 지날 때 움직이지 않으므로 이에 그 처녀가 관 앞으로 다가가서 "화산기, 그대는 나 때문에 죽었거늘 나 홀로 살아 무엇을 하리오? 좋아하는 마음 그리울 때와 같으면 관이 나를 위해 벌어지리라(華山畿, 君旣爲儂死, 獨活爲誰施? 歡若見憐時, 棺木爲儂開)"라고 노래부르자 관이 열렸다. 그래서 처녀는 관 속으로 들어가 드디어 합장했다고 한다.

신광하申光河(1729~96): 자는 문초文初, 호는 진택震澤, 본관은 고령. 신광수의 아우. 23세 때 진사가 되어 성균관에 들어갔는데, 그가 지은 시가 송시열을 비꼬는 뜻이 담겼다 해서 노론계 학생들에 의해 쫓겨났다. 기인형의 인물로, 시속에 얽매이지 않고 두루 여행을 하며 시작에 전념했던바, 56세 때는 두만강 일대를 거쳐 백두산을 등반했다. 이때의 체험을 담은 것이 「북유록北遊錄」과 「백두록」이다. 노경에 국왕 정조의 인정을 받아 과거에 급제, 승지의 벼슬을 했다. 그의 작품세계는 여행으로 생애가 연속된 사실과 직결되어, 국토 산하 및 거기서 발견한 인간들의 살아가는 모습을 사실적인 수법으로 형상화한 것이 특이한 일면이다. 『진택집』이 있다.

● 작품 해설

시인 신광하는 1784년(정조 8년)에 56세의 나이로 두만강을 거슬러 백두산을 오르는데 이 여정의 견문이 「백두록」으로 엮인다. 「모녀편」은 그중에 들어 있는 것이다.

이 시의 소재는 백두산 가는 길에 들은 이야기다. '모녀'는 소설 『임꺽정林巨正』에 나오는 운총과 천왕동이 남매를 연상케 하며, 조선판 '타잔'이라 불러도 과히 망발은 안 될 듯싶다. 시인은 이 신이한 소재를, 낭만성을 살려내면서도 사회적·현실적인 문제로 보는 기본 시각을 견지하고 있다.

모녀의 소종래를 유민으로 설정하여 문제의 발단을 사회적 모순에다 연결지었거니와, 철저히 고립되고 험난한 환경에 적응하고 살아남기 위한 고투과정에서 마침내 '모녀'로 변형이 되었다 한다. 실로 인간의 강인한 면모다. 그러나 이 모녀가 인간세상으로 귀환하자 이내 죽고 말았다는 것이다. 그처럼 강인했던 인간을 죽게 만든 인간세상이 도대체 어떤 세상인지 한번 숙연히 생각게 한다. 그리고 잡히지 않았던 "다른 한 모녀는 끝내 어찌 된 줄 모르니/천암만혈에 어디로 갔을지……"라고 하여, 시는 또다시 무한한 여운을 남긴다.

곤륜노

昆侖奴

신광하

1

바닷가로 이사하여 농사짓느라
곤륜이를 일꾼으로 들였더니

놈의 성질 미련하고 고약하며
몸집 또한 난쟁인데

나이 쉰여섯에
콩과 쌀도 구별 못 할 지경이라.

본디 어리석은 거야 어떻게 하랴만
그놈 고얀 심술 처치곤란이라.

배고픔엔 민감해도 배부름엔 둔감이요
술꾼 뒤만 졸졸 따라붙고

음식을 퍼넣을 젠 급하기 개처럼
곁눈질하며 게걸스럽기 돼지로고.

昆侖奴[1]

申光河

1
移家耕海岸,
得一崑崙奴.
生性極稚頑,
有身亦侏儒.
得年五十六,
不解菽米殊.
迷駿固何傷,
獰凶卽有餘.
知飢不知飽,
亦從酒人乎.
放殤急如狗,
側視慘似猪.

한겨울에 찬밥을 앞에 놓고
먹기도 전에 마음이 먼저 허천나서

숟갈 들어 퍼먹을 적에
비지땀이 벌써 비치니

처음엔 코끝에 맺혔다가
온 얼굴에 땀방울이 흐르네.

누런 콧물 따라서 흘러
홀쩍홀쩍 국물을 넘긴다.

옆사람이 '에이' 하고 피해도
뻔뻔스레 염치를 모르누나.

너의 계집 누가 될까보냐?
백수에 홀아비로 살아갈밖에.

우리 형편 부릴 일꾼 없는 터에
머슴살이 어떠냐 물으니

저러서 하는 말이
"농사로 늙은 몸, 누가 나만 하겠소."

隆冬對寒食,
未食心先虛.
擧匕欲經營,
鱺汗已映膚.
初從鼻頭結,
滿面滴如珠.
黃涕從而下,
吞吐水漿俱.
旁人唾而避,
靦然無廉隅.
誰堪爲汝妻?
白首雄棲孤.
吾貧無作使,
雇役問何如?
自言老於穡,
識農知無逾.

2

서쪽 밭에 봄소식 오니
농사일 그놈에게 맡겼더라네.

한창때도 쓸모가 없었거늘
하물며 늙어빠진 지금에야

쟁기질 나가 한 뙈기도 못 갈아서
헐떡이며 견디지 못하고

나자빠져 스스로 하는 말
술 때문 아니요, 잠깐 병이 났다고.

안색은 몹시도 험상궂어
마마귀신 쫓겨갈 형상이라.

아침결에 일하다 말고 돌아오니
품을 사느라 딴 비용 들었다네.

늦게 잔다는 게 해질녘이요
일찍 깬다는 게 새참 때라.

코 고는 소리 구들장 울려

2

西疇告春及,
田事任聽渠.
少壯亦無用,
況今衰老軀.
耦耕未竟畝,
喘味難枝梧.[2] (汗)
顚仆不任酒,
言病在須臾.
顏色慘蟲蟲,[3]
瘒癳猶堪驅.
崖朝輟耕歸,
借傭空費需.
晚臥猶未暮,
早起已近晡.
鼾息動聯榻,

누구도 함께 자려는 이 없고

행여 종년 시켜 잠을 깨우면
눈깔 부릅뜨고 뺨따귀 때리며

냅다 나가라고 소리친다
늙음을 자세하여 주인을 속이니

두 귀가 꽉 막혔는가
말해도 못 알아듣고

남의 입술 움직이는 것 바라보고
자기를 비웃는다 생각하네.

들개 짖듯 성내어 소리치고
꺼이꺼이 병든 나귀 소리로다.

그를 보곤 아이들 놀라 울려 하고
그를 아는 이들 '허허 그놈' 하더라.

3
우리 땅은 바다에 접해
밀물 때 불의의 사고 걱정인데

避寢不共居.
使婢或攪眠,
鼓頰恣睢盱.
肆言輒要去,
恃老能欺吾.
兩耳亦復聾,
言語聽若無.
望人搖口吻,
謂言笑其愚.
狂嚘急怒詬,
嚘鳴若病驢.
少兒驚欲啼,
識者但胡盧.[4]

3
吾田當海衝,
潮時備不虞.

밀물에 수문이 터졌다네
이웃사람들 급히 달려가는데

이놈 답답하게도 태평으로
뒷짐 지고 어슬렁어슬렁

긴 둑에 우두커니 서서
물만 탓하여 욕질하고 있네.

늘어서 힘은 못 쓰지만
한몫은 한다고 흰소리치는데

저 본디 이상한 족속 아니로되
주인을 속이기엔 능사로고.

이 바다 되게 괴악하구먼!
어째서 나를 괴롭게 하는가.

보는 이 누구나 입을 가리건만
상관없이 저 혼자 중얼중얼.

집에 돌아와 야단을 맞고는
돌아서서 목구멍을 끼룩끼룩.

潮來水桶坼,
隣夫相急趍.
懣然不動色,
負手行徐徐.
植立長堤上,
罵水以爲辜.
老懶不用力,
假言勤襦袽.[5]
自非陶侃胡,[6]
能欺子産魚.[7]
海亦大怪哉,
胡令勞力余.
觀者爭掩口,
褻如自囁嚅.
及歸遭我嗔,
背立鼓嚨胡.
(『진택집』권1)

1 **곤륜노昆侖奴** '昆侖=崑崙.' 원래 곤륜노는 당나라 때 부호들이 남양 지역의 사람들을 잡아다가 노예로 부린 일이 있었는데 그들을 지칭하는 말이었다. 여기서 곤륜노는 작중의 주인공에 대한 별호처럼 쓴 것 같다.

2 **천미喘味·지오枝梧** '천미'로 붙이면 문맥이 통하지 않는다. '미'는 '한汗'의 잘못이 아닌가 한다. '지오'는 '버티다[支持]'의 뜻이다.(육유陸游『극서劇暑』: "六月暑方劇, 喘汗不支持.")

3 **○♣○♠** '○'는 자전류에서 확인되지 않음. 따라서 음도 미상. '비鼻'는 힘쓰는 모양. 희비鼺鼻(=屓屭)라는 문자가 있는데 힘쓰는 모양, 크고 무거운 모양, 비석의 귀부 등을 뜻하는 말이다. 이와 같은 말로 쓰인 것이 아닌가 추정됨. 전후 문맥으로 미루어 혐오스러운 모양을 뜻하는 것으로 보았다.

4 **호로胡盧** 사전류에 목구멍에서 나는 웃음소리로 풀이되어 있다. 전후 문맥으로 미루어 곤륜노의 어이없는 행동을 보고 어이없어 웃는 것으로 풀이한 것임.

5 **유여襦袽** 원래 못 쓰는 솜 따위로 배의 물 새는 틈을 막을 수 있다는 데서 유래하여 폐기물을 유용하게 쓴다는 뜻.(『주역·기제旣濟』: "繻有衣袽. 繻=襦)

6 **도간호陶侃胡** 두보杜甫의「시요노아단示獠奴阿段」에 "曾驚陶侃胡奴異"란 구절이 있다. 도간은 동진東晉의 유명한 장수인데 그의 집에 종으로 호노胡奴가 있었다. 한번은 호승胡僧이 그 종을 보고 놀라 예를 올리며 "이 사람은 해산海山의 사자使者다"라고 말했다. 도간이 호노를 이상히 여겼던바, 밤에 이르러 어디론가 사라졌다 한다.(『두시경전杜詩鏡銓·시요노아단』권12의 주) '도간호'는 두보의 시구에서 유래한 것으로 주인공 곤륜이 별종의 이상한 존재는 아니라는 의미로 쓴 듯하다.

7 **자산어子產魚** 『맹자·만장萬章』상편에 나오는 이야기. 어떤 이가 자산子產에게 고기를 선물로 주자 자산은 그 고기를 연못 관리하는 사람에게 주어 기르게 했다. 그자는 고기를 잡아먹고서 "처음 놓아줄 땐 힘이 없었는데 조금 있다보니 힘차게 헤엄쳐 갔습니다"라고 거짓말을 했다 한다.

🌸 작품 해설

이 시는 양반댁에서 머슴살이하는 한 인간을 그린 것이다. 작품은 3부로 구성되어 있으니, 제1부에서는 주인공 곤륜의 외모와 성격을 묘사했으며, 제2부에서 그가 머슴으로 들어온 경위 및 들어와서 취했던 행각을 소개한다. 제3부는 작중의 현재인데 여기서 하나의 사건이 터진다. 바닷물이 밀려드는 사고가 발생했는데도 곤륜이 늑장을 부려 농사를 망치게 된다.

시는 곤륜의 주인의 시점에서 서술되고 있다. 주인은 실세한 양반이다. 양반의 처지에선 스스로 경작을 할 수 없고 부득이 머슴을 들여야 한다. 그런데 당시(18세기 전반기) 농촌에 일손이 딸려서 품을 구하기 어려웠으며 건장한 머슴을 들이기도 용이치 않았다 한다. 곤륜 같은 사람을 머슴으로 들인 데는 그런 특수한 사정이 있었던 모양이다.

서술자의 관점에서 주인공 곤륜은 부정적인 면모를 띠고 있다. 하지만 그렇다고 증오의 대상으로 잡은 것만은 아니라고 본다. 그의 용모와 행동을 희화적인 필치로 과장하고 있는데, 그 필치 속에 자조적 기분도 섞인 것 같다. 저 곤륜의 흉물스럽고 어처구니없는 짓에서 분노의 감정보다도 도리어 웃음이 나오는데 일말의 연민의 정마저 느껴진다. 이 작품은 실세한 양반의 특수한 생활 현상을 특이하고 재미나게 부각시키고 있다.

청맥행
青麥行

위백규

집사람 풋보리 갈아서
죽을 쑤어 끼니를 잇는다.

양하순 따고 상추 솎아다
　　맛맛으로 살짝 섞으니
세가지 한데 어울려
　　파르스름 녹색이 곱구나.

홀연히 묘정석猫睛石 옥대접
대식국大食國²에서 갈아 만들었나.
다시 보니 포도주 담가서
처음 괴어오른 청둥오리 머리인가.

가난한 선비의 집에
　　이런 것이 있다니
그 향긋한 내음
　　두 코를 벌써 찌르누나.

青麥行

魏伯珪

家人碎青麥,
作糜供朝夕.

蘘荷萵苣助其味,¹
三物凝成青碧綠.

忽疑猫睛寶玉盌
磨出大食國². (火)
復疑葡萄酒新熟
醱醅鴨頭色.³

措大家中安有此?
先聞香臭雙臭觸.

한술 두술 숟갈을 뜨니
　맛이 꿀처럼 기막힌데
죽사발 다 비우자
　손발이 부드럽게 도는구나.

'이제 주림을 면했구먼' 이웃 노인 축하하는 말씀
어린애들 배를 채우겠다 덤비는구나.

집안 식구들 비로소 숨을 내쉬며
웃음소리 방 안에 넘쳐나네.

문밖에 거지 아이들
먼저 온 아이 겨우 한 국자
나중 온 아이 '살려줍사'
　발을 굴러 애걸해도
국물 남은 것 없거늘 어이하랴.

아이야, 동무를 불러 손잡고
저 큰 골목으로 부잣집 찾아가
그 집 문전에서 구걸하지 않느냐.

그 집엔 개도 쌀밥을 먹는다는데
어찌 너희들 살릴 방도 없겠느냐.

一匙二匙甘如蜜,
盡盃便欲旋手脚.

隣翁賀免窘,
稚子求飽喫.

一室始吐氣,
喧笑溢房屋.

門外乞兒來,
先來僅得沾一勺.
後至頓足疾聲請活我,
其奈無餘瀝!

臨門語乞兒,
何不呼朋挈儔
向紫陌朱門乞?

犬毼厭粱肉,
豈無活爾術.
(『존재집存齋集』권1)

청맥행 313

1 **양하蘘荷·와거萵苣** '양하'는 생강과의 다년초. 줄기와 잎이 생강보다 훨씬 큰데 향취는 생강과 비슷하며 가을에 뿌리에서 돋아나는 꽃봉오리 부분을 식용으로 쓴다. 여기서는 그 연한 잎을 따서 죽에 썰어넣은 것이다. '와거'는 상추를 가리킴.

2 **묘정보옥猫睛寶玉·대식국大食國** '묘정보옥'은 보석의 일종으로 묘안석. 고양이 눈처럼 광채가 나서 붙은 이름. '대식국'은 사라센 제국을 당唐나라에서 일컫던 이름(원문에 '火食'으로 되어 있는데 '大食'으로 바로잡음).

3 **발배醱醅·압두색鴨頭色** '발배'는 익은 술을 아직 거르지 않은 상태. '압두색'은 청둥오리의 머리처럼 푸른 빛깔.(이백李白 「양양가襄陽歌」; "遙看江水鴨頭綠, 恰似葡萄初醱醅.")

위백규魏伯珪(1727~98): 자는 자화子華, 호는 존재存齋, 본관은 장흥長興. 본 관지인 전라노 장흥(지금 장흥군 관산면 방촌)에서 태어나 그곳에서 일생을 학 자적인 생활로 마쳤다. 25세 때에 기호지방의 학자 윤봉구尹鳳九를 찾아가 그의 문인이 되었다. 실학적 학풍을 지녀서 황윤석黃胤錫·하백원河百源과 함께 호남 의 세 실학자로 손꼽힌다. 70세의 노경에 학문이 평가를 받아 특별히 옥과玉果 현감으로 임명이 되기도 했다. 그래서 '위옥과'라는 칭호를 얻었다. 그는 향촌에 서 저술과 강학에 힘쓰는 한편 농경을 생계의 수단으로 삼는 생활을 했다. 이러 한 생활의 과정에서 국문으로 시조형식의 「농가農歌」 9장과 가사형식의 「금당 별곡金塘別曲」 「자회가自悔歌」 등을 지었으며, 한문의 장시형식으로 된 「죄맥罪 麥」 「맥대麥對」 「청맥행」 3편은 보리를 제재로 한 것이다. 저작은 『존재전서存齋 全書』로 영인되었는데, 그중에 『환영지寰瀛誌』는 세계에 대한 지리적 인식을 담 은 내용으로 알려진 바 있다.

🏵 작품 해설

이 시는 가난한 선비 생활의 단면을 묘사한 것이다. 어느 여름날 시골 선비의 집, 이것이 서사적 배경이다. 그날 마침 풋보리로 죽을 쑤어서 무대 위에는 일가 족이 죽을 먹는 장면이 펼쳐진다. 특별히 일어난 사건은 없다. 그야말로 일상적 삶의 정경이다. 그런데 비록 하찮은 풋보리죽이지만 그 묘사의 감각이 극히 신 선하며, 그것을 먹는 모습들에서 생활의 재미와 함께 인정의 묘미까지 느낄 수 있다. 끝에 그 집 문밖에 거지들이 몰려드는 데서 민생의 궁핍상이 드러난다. 그 리고 부잣집을 가리키며 "그 집엔 개도 쌀밥을 먹는다는데"라고 하는 말에서 불 평등의 사회 모순이 또한 제기되고 있다.

작중의 서술자는 바로 그 선비가 맡고 있다. 이 서술자를 시인과 그대로 동일 시할 수 있을는지는 단정할 수 없다. 어쨌건 곤궁한 처지에 놓인 선비의 생활 형 상으로 실감을 준다. 박지원의 「양반전」에서 정선 양반은 이 선비보다 훨씬 궁 박한 처지에 놓인 경우다. 삶의 일상 속에서 선비를 포착한 점이 이 작품의 특색 이라 하겠다.

제 3 부

체제 모순과 삶의 갈등 3

대고
大賈

이조원

1

서울의 대상인
그의 성명은 김한태

지체가 낮은데다
생김새도 왜소하지만

시정의 우쭐대는 무리들
이익을 좇아서 교활하여

이익이 있는 곳에 사람들 달라붙고
사람이 붙으면 형세가 커지는 법이라

신분이 천하다 물을 것 무엇이냐?
어울리는 패들 모두 벼슬아치

귀척貴戚들 그의 살갗에 비비려 들고
대신들 그의 입술을 바라본다는구나.

大賈

李肇源

1
長安有大賈,
姓名金漢泰.
門地既卑下,
氣骨且短矮.
佼佼市井徒,
射利頗狡獪.
利在人爭附,
人附勢仍大.
貧賤固何論?
朋儕摠卿宰.
貴戚憂其膚,
大臣仰其喙.

수령 방백 그의 손에서 나가니
수레에 묵은빚 갚듯 실어오네.

어사는 그의 턱을 따라서
가리키는 데 짖어대고 무는구나.

육조의 대감 영감
그의 앞에서 엎어지고

청직 요직의 명관들
그를 위해 분주히 나서네.

그를 미워하면 수령에 빠지고
그를 좋아하면 일산을 받치게 되고

너의 됫박만한 재주
너의 형편없는 글솜씨

대체 무얼로 세상을 흔드는가?
모두 재물에서 나오는 것이렷다.

옛날에도 추세하는 무리를 등용한 까닭에
도고아屠沽兒[2]를 따르느라고 한숨이 나온 게지.

刺史出其手,
輦車輸宿債.[1]
御史隨其頤,
所措恣囓吠.
六部諸大夫,
顚倒爲之拜.
淸膴諸名官,
奔走爲之价.
所惡委淵泥,
所好擁傘盖.
以若才斗筲,
以若文噍殺.
何能輕重世?
莫非以財賄.
所以司馬敍,
歎息屠沽輩.[2]

2

드디어 마음이 더욱 교만해져
교만이 극에 달해 사치로 흘렀구나.

집치레 얼마나 굉장한지
복식은 화사하기 그지없네.

저의 거처며 음식
일세에 호사로 으뜸이니

우람한 저택 수백간
저잣거리에 우뚝이 솟았거늘

그래도 부족하다 여기는지
세 배로 증축을 하는데

다시 거리낄 것 무엇인가?
사람들 호령하니 문전이 바다로다.

세상사 숨기면 도리어 드러나는 법
그 집 가보지 않았으되 대략 들어 아노라.

목수는 일등으로 뽑아서

2
遂令志益驕,
驕極而僭汰.
宮室何宏麗,
服餙何革采.
居處與飲食,
豪侈冠一代.
穹然數百間,
高明出閶闔.[3]
猶以爲不足,
增築乃三培.
如何更有忌?
呵人門似海.
欲隱還莫顯,
不見亦聞槩.
工匠簡厥良,

기술을 다 발휘하니

서까래에 살짝 흠이 보여도
통째로 다 바꾸고

토목의 일 최상을 취하니
공정이 5년이나 걸렸네.

화류목 중방 보드라운 기운이 돌고
박달나무 대청 향기가 어리누나.

정자 위에서 나비와 새들 굽어보이는데
연못에 누각 한폭의 그림인가.

회랑이며 굽은 난간으로
층층 용마루 눈앞에 이어지네.

복도 벽에는 꽃무늬요
섬돌가엔 모란을 새겼구나.

겹겹으로 첩첩으로
대문 담장 높다란데

들어가보면 어딘지 어리둥절

經度竭肚肺.
椽桷有微瑕,
全體必盡改.
備極土木巧,
功費迄五載.
樺楣和氣潤,
檀室香霧靄.
園亭俯羣蜚,
池樓將圖畫.
廻廊又曲樹, (廓)
層甍絡眼界.
複壁花水紋,
文砌牧丹繪.
重重復疊疊,
門墻何崔嵬?
魚浦迷出入,[4]

미로에 빠진 듯싶고

단청은 칠하지 않았지만
대궐에도 없는 특이한 설계

전후 수백년 사이
이런 저택 다시 견줄 데 있으랴!

어른어른 빛나는 집안의 물건들
어느 하나 놀랍지 않은 것 없구나.

깔개는 몽골의 산물이요
안석은 일본서 온 것이라.

은주시대 청동기 골동품에
보배로 장식한 쟁반이며

서늘한 자리 상아로 엮었고
뜨뜻한 전방석 봉황을 수놓았네.

백냥이면 한 집의 재산인데
물건 한개가 천냥인 것도 있다지.

페르시아 시장을 구경하는 듯

桃源杳難解,[5]
特不施丹艧,
異制無大內.
百世乎前後,
壯傑誰此對?
璀璨室中物,
無一不目駭.
座排薊北産,[6]
几列日東屆.
鼎彝錯古董,[7]
槃敦粧奇貝.[8]
涼簟織象牙,
溫氈繡鳳彩.
百金一家資,
一介千金買.
眩如波斯市,[9]

이루 다 말로 형용키 어렵구나.

제 몸치장 어찌나 하는지
거울에 두번 세번 비춰보고

아로새긴 안장, 구슬 박은 수레
황금 착도錯刀에 옥패를 차고

여우 겨드랑이 흰털에 용단龍緞의 갖옷
가볍고 따뜻하니 한결같이 쾌적하고

백항라白亢羅 녹단사綠單絲 바지저고리
미풍에도 부서질까 싶구나.

아침저녁 스산한 데 따라 바꾸어 입고
안팎 옷이 다 화려하고 아름답다.

한번 입은 옷 두번 입지 않으니
며칠마다 새옷으로 갈아입는다네.

잠방이 버선까지 비단을 쓰니
면포 마포야 걸쳐나볼 건가.

일상 음식은 하증何曾[11]을 부러워하여

疇能形諸話?
裝束矜鮮楚,
顧影更三再.
雕鞍與璂輪, (幾)*
金錯兼玉佩.[10]
狐腋龍緞裘,
輕煖一何快?
白羅綠單紗,
微風吹欲壞.
凉燠適朝昏,
華美一內外.
一種不重着,
更新數日每.
褌襪亦輕紬,
麻綿曷嘗掛.
日食慕何曾?[11]

산해진미를 두루 벌여놓는데

술은 마류옥잔에 따르고
소반은 대모로 꾸몄으니

은그릇에 감귤이 빛나며
금젓가락으로 자라 게 요리를 집는다.

표범 골은 삶아서 묽게 만들고
낙타 발굽 짜서 기름을 빼고

질기다 뱉는 건 치아를 보호함이요
빨아 마시는 건 위를 편케 함이라.

즐거운 잔치 공치는 날 없으니
평생 득의만만한 태도

부귀공명 인간의 지극한 소망인데
당세에 아마도 김한태가 최고겠지.

3
너 혹시 듣지 못했는가?
꼭대기에 오르면 반드시 후회한다는 소리

山海皆湊會.
酒行擎瑪瑠,
盤高餙瑁瑇.
銀盎耀橙橘,
金箸飫鼈蟹.
豹髓煮作油,
馲蹄漉去滓.
吐剛防齒損,
咂汁扶胃敗.
高會無虛日,
平生得得態.
四者人之極,[12]
今世爾爲最.

3
爾或聞之否?
尤則必有悔.

그리고 너 알지 못하는가?
어진 이는 스스로 기다린다는 걸.
이 늙은이 사리를 생각하며
너를 보고 마음에 걱정하노라.

너 비록 큰 권력 지녔으되
어찌 귀신이 엿보는 걸 꺼리지 않으랴!

너 비록 재물을 축적하였으되
어찌 물자를 허비하지 말란 경계 소홀한가?

위세는 사람이 겁내는 바요
차서 넘치면 귀신이 가만두지 않는 법이라.

성세를 거두고 빛을 감춰야 한다는 말
분명히 격언에 있거늘

지금 이 일을 옛 말씀에 견줘보니
혹시라도 천도가 어두워지는 건 아닐까.

爾猶不之知?
賢豪以自待.
老夫觀物理,
爲爾成心痗.
雖爾大權力,
盍憚瞰鬼怪?
爾雖積貨財,
盍忽殄物戒?
勢位人所忌,
滿盈神所害.
收聲與藏熱,
分明法言在.
今見揆古聞,
天道或未晦.
(『옥호집玉壺集·자
지음紫芝吟 하』 권6)

1 연거輦車·숙채宿債 '연거'는 임금이 타는 수레를 가리키는 뜻과, 짐을 운반하는 여러 사람이 끄는 수레의 두가지 뜻이 있는데, 후자의 의미로 쓰인 것으로 생각됨. '숙채'는 묵은빚. 그의 도움을 받아 지방관으로 나간 자들이 빚을 갚듯 그에게 재물을 실어다 바친다는 의미로 이 구절을 해석했음.

2 사마司馬·도고屠沽 '사마'는 사마랑司馬郎(자 백달伯達)이란 사람을 가리키며, '도고'(沽=酤)는 소 잡고 술 파는 자를, 곧 직업이 비천한 사람을 가리키는 말이다. 후한後漢 말엽 예형禰衡이란 인물이 있었다. 당시 조조曹操가 허도許都를 새로 건설하니 사방에서 인재들이 몰려들었는데 어떤 사람이 예형을 보고 "어찌 진장지陳長之 사마백달을 추종하지 않는가?" 하니 예형은 "내 어찌 도고아를 따라다니겠느냐"라고 말했다 한다.

3 환궤闤闠 '환'은 저자의 담장, '궤'는 저자의 바깥문. 곧 시사市肆, 저자를 가리킴.

4 어포魚浦 어복포魚復浦. 중국 사천성四川省 봉절현奉節縣에 있는 지명. 이곳의 강가 모래사장에 옛날 제갈량諸葛亮이 설치했다는 팔진도八陣圖가 있다. 적군이 이 팔진도에 들어섰다가 길을 잃고 헤맸다는 말이 전한다.

5 도원桃源 곧 도화원桃花源. 도연명陶淵明의 『도화원기桃花源記』에 의하면 어부가 우연히 복숭아꽃 핀 이상향을 들렀는데, 이 어부의 이야기를 어떤 선비가 듣고 다시 그곳을 찾아가려 했으나 길이 희미해서 찾지 못했다.

6 계북薊北 '계'는 중국의 하북성河北省 일대의 지명이니 그 북쪽은 곧 내몽골 지방이 된다.

7 정이鼎彝 '정'은 고대에 음식을 끓이던 그릇, '이'는 고대 종묘宗廟에서 쓰던 예기禮器. 은주殷周시대에 제작된 청동기로 예로부터 귀중한 골동품으로 취급되었다.

8 반대槃敦 '반'은 담는 그릇의 종류이며, '대'는 서직黍稷을 담는 그릇. 주반옥대珠槃玉敦란 말이 있다.

9 파사波斯 페르시아(Persia). 지금의 이란.

10 금조金錯 '조'는 조도錯刀. '금조'는 금으로 아로새긴 것. 옥패玉珮와 함께 남자들이 옷 위에 차는 장신구.

11 하증何曾 중국 위진魏晋 때 사람. 벼슬이 승상에 이르렀는데, 호화스러운 생활을 하여 매일 음식 비용으로 만전萬錢을 지출했다. 그러고도 "상을 대하면 젓가락을 내릴 곳이 없다"라고 푸념했다 한다.

12 사자四者 여기서는 '부귀공명'의 네가지를 가리키는 것으로 생각된다.

🌑 작자 소개

이조원李肇源(1758~1832): 자는 경혼景混, 호는 옥호玉壺, 본관은 연안延安. 판서 민보敏輔의 아들로, 정조 때 문과에 급제하여 순조 때 판서를 역임하고 봉조하奉朝賀에 이르렀다. 1827년에 모함을 받아 흑산도에 귀양을 가 위리안치圍籬安置로 있던 중 그곳에서 세상을 마쳤다. 흑산도에 있던 시절의 시고로 「흑해음黑海吟」이 있다. 『옥호집』 14권을 남겼다.

🌑 작품 해설

이 시는 서울 시정에서 거대한 부를 축적하고 있는 한 상인의 위력과 그의 화려한 생활 모습을 그린 내용이다.

서두에서 "서울의 대상인/그의 성명은 김한태"라고 소개되는 주인공은 실로 문제적인 인물이다. 그는 한낱 시정의 부자에 불과하지만 정치사회적으로 실력을 행사하는 자로 부상한 것이다. 구귀족 양반계급과 거기에 대치해서 발흥하는 상인계급 사이의 전도현상을 시는 자상히 보여준다. 그리하여 이 경천동지할 일은, "대체 무얼로 세상을 흔드는가?/모두 재물에서 나오는 것이렷다"라고, 자본의 위력임을 명확히 지적한다. 실로 자본주의적 정경유착의 예고편인 듯싶다.

그런데 작품은 서장에 이어 김한태의 저택·가구·의복·음식에 걸쳐 극히 호화스런 실태를 장황하게 묘사한다. 마지막에는 그의 과도한 형세와 사치를 우려하는 말로 끝을 맺는다. 이러한 내용은 대개 사실에 근거한 것으로 생각된다. 주인공 김한태는 가공적인 인물이 아니고 18세기 말 19세기 초에 실재했으며, 작중의 현재에서 생존해 있다. 시인은 이 김한태란 존재에 대해 주목하면서도 편견을 보여, 시종일관 부정적인 형상으로 그려낸다. 요컨대 시인에게는, 저 같은 미천한 부류는 세력을 잡으면 안 된다는 의식이 바탕에 깔려 있는 것이다.

시는 나열적 묘사를 주조로 삼아, 서사적 갈등을 엮어내지 못했다. 서사시로 보면 결점이 아닐 수 없다. 이런 형식적인 특징 또한 시인의 그 주인공에 대한 시각과 무관하지 않다고 본다.

그러나 시인의 인식에는 역사적 진실이 깃들어 있다. 새로 부상하는 세력을 무의식적으로나마 간파한 것이다. 서장에서 주인공이 정치적으로 위력을 발휘하는 정황의 묘사는 상당히 과장되어 있다고 본다. 부정적으로 생각하면서도 오히려 과장적으로 그린 만큼 그 잠재적 역량을 예견했던 셈이다. 그리고 주인공은 시인이 경고를 발하고 있음에도 아직 끄떡없다. 극성하면 쇠망하는 전통적인 논리구도에 작품은 파탄을 보이고 있다. 시인은 김한태의 존재에 경악하면서도 합리적으로 해석할 수 없었기 때문에 "지금 이 일을 옛 말씀에 견줘보니 / 혹시라도 천도가 어두워지는 건 아닐까"라고 당황해하고 있다.

끝으로 작중 주인공 김한태의 인적사항에 대해 조사된 사실을 참고로 소개한다. 그는 건륭乾隆 병오丙午(1786) 식년시式年試에 역과譯科로 합격하여『역과방목』에 그의 이름이 올라 있다. 그의 이름 아래 "자는 경림景林, 임오년(1762)에 태어나고 본관은 우봉牛峰이며 한학교회漢學敎誨 자헌지추資憲知樞인 이서履瑞의 아들이다"라는 기록이 보인다. 김한태란 인물은 당대 중인의 대가였던 우봉 김씨로서 역관계의 자본가였던 것이다. 그리고 오세창吳世昌의 전언에 의하면 그는 호를 영원寧園이라 했으며, 시인 묵객 들과 교유하기를 좋아했던바, 특히 김홍도에 대한 패트런의 역할을 했다 한다.(이동주『우리나라의 옛 그림』참고)

나그네 길에
有客行

성해응

1

나그네 서도를 지나다
고을의 관문 곁에 기숙하는데

마루에 어떤 여자
말씨를 들으니 서울내기 듯

관노 하나가 달려와 부르며
관가에서 시킬 일 있다고.

"지금 막 아기에게 젖을 물렸으니
젖 먹인 후 얼른 들어갈게요."

나그네 대해서 자기 신세 들려주는데
말하는 사이 눈물이 저절로 떨어진다.

有客行

成海應

1
有客從西來,
寄宿縣門側.
室中有一女,
言辭似京洛.
健隷忽來呼,
官家有使役.
答云方乳兒,
乳訖去當速.
仍自訴平生,
語言涕自落.

2
"저는 본래 부귀한 집 딸이라
조상 대대로 고관대작

들고날 젠 초헌을 타고
구종별배 옹위하니

정승 판서 모두 우리 편
수령 방백 모두 우리 친척

명절마다 선물이 들어와서
돈이야 비단이야 줄줄이

가정이 조정과 비슷하여
예법을 지킴이 엄숙하니

저는 여자라고 어린시절부터
발길이 문밖을 넘어보지 못했는데

역시 벌열가에 정혼을 하고
의복 치장 호사를 다했지요.

하루아침에 풍파가 몰아쳐서
놀랍고 두려움에 넋이 다 나갔으니

我本貴家女,
祖先皆顯爵.
出入乘朱軒,
僕從擁簇簇.
卿相皆我黨,
守伯皆我戚.
歲時受賄獻,
錢帛日絲絡.
閨門似朝廷,
巇巇遵禮法.
自我髮未澡,
足不踰閫閾.
擇對定華閥,
煥爛具服飾.
一朝遭傾覆,
驚怖喪殟魄.

아버지 오라버니 죽음을 당하고
어머니 여동생 각기 따로 쪼개져서

차라리 죽자 하고 독약을 마셨으나 토해나오고
목을 맸지만 기어이 풀어주데요.

의금부 판결에 제 이름 물어보고는
변방 고을 관비로 박으라 명하니

나졸이 갈 길을 재촉하는데
천지에 눈앞이 아득합니다.

나를 서쪽 변방에 던지고 가니
고아의 신세 절해에 떨어진 듯

배고파 괴로워도 누가 밥 한술 주며
병들어 쓰러져도 누가 약 한첩 주리오.

시도 때도 없이 불 때라 물 길어라
종년들 사이에 끼여 있는 신세거늘

놀림당한다, 어디 가서 호소하리오.
일일마다 고분고분 굽실굽실

父兄被誅戮,
母妹蕩分析.
服毒輒嘔吐,
雉經被解釋.[1]
王府問我名,[2]
外方充賤籍.
緹騎促登途,[3]
迷不知南北.
置我西塞去,
孤身寄絶域.
苦飢誰我食,
臥病誰我藥.
呼我供厨汲,
雜厠婢隷屬.
調戲豈敢較,
事事輒委曲.

하찮은 일이라도 혹시나 잘못하면
야단맞기 일쑤요

바느질 일 다시 나를 괴롭히니
마름질 꿰매기 법식이 다 있는데

조금의 어긋남도 허용치 않아
꾸지람이 끝도 한도 없답니다.

괴로울손 원님의 모진 성품
위약한 처지 숨 한번 편히 쉬랴!

눈을 좀 치뜨거나 불평한 기색 보이면
휘번득 채찍이 날아서

연약한 피부 어이 견디겠소
부르짖다 까무러치고 말지요.

집장 사령 손때 한번 매서워
매질하기 인정사정 두질 않고

상처 자리 살갗이 파이고
칼로 그은 듯 갈라지기도 합니다.

細務或齟齬,
著處被嗔責.
針工復督我,
裁縫有程式.
不得少錯誤,
責償無紀極.
最苦官長毒,
那能安弱植.[4]
睨眴或微忤,
揮霍恣鞭撻.
柔肌豈任受,
號暴氣欲絶.
猛卒手更麤,
下杖愈不惜.
瘡瘢深沒膚,
裂如刀劍劃.

그뿐인가요, 어떤 놈이 제 용모 탐을 내서
제게 찝쩍이며 덤벼들면

살아서 이미 이지러진 몸
어찌 오욕을 회피할 수 있나요.

아버지 할아버지 무슨 죄악 저질렀는지
저야 아녀자로 아는 바 없건만

비애 고통 백천가지 모여들고
원통 회한 가슴이 미어집니다.

往往悅我貌,
逼我要伴宿.
生旣被玷缺,
那得辭穢辱.
父祖何罪惡,
兒女莫知識.
哀酸集千般,
冤恨塡胸臆.
遠念阿妹輩,
得不罹此毒.

문득 제 여동생 생각하면
그애라고 이 곤욕 당하지 않겠어요?"

3
이 이야길 듣고서 가계를 살펴본바
가문이 과연 찬란히 빛나서

한때 권력의 칼자루 거머쥐고
남의 집 도륙낸 적도 있더니

3
聽之尋譜系,
門戶果煇爀.
其家據權要,
亦嘗赤人族.

어느새 멸문의 화를 입어
재앙이 어린애에까지 미쳤구나.

남에게 악한 짓 삼가 경계할지니
열 배 백 배로 앙갚음을 받는 법이라.

내가 남의 눈에 눈물 나게 하면
남도 내 눈에 피가 나게 하느니

형세가 어찌 쉽사리 무너지랴
엎치락뒤치락 전철을 밟느니라.

권세를 잡았다 좋을 게 무어냐?
집구석 망치게 되는걸

죽이고 노예로 삼고, 너무나 참혹하네
옛 성인의 만드신 법 아니로다.

죽이건 귀양 보내건 제 몸에 그쳐야지
연좌를 시키다니 잔혹하지 않은가!

균형을 찾아 이 악법 제거하면
온 나라 실로 복을 받게 되리라.

倏忽受殄滅,
禍殃及稚弱.
愼勿毒諸人,
反遭必十百.
我使人下涕,
人使我見血.
憑賴豈自解,
反復同一轍.[5]
權柄有何樂,
乃以一門易.
且歎孥戮慘,
恐非先聖則.
誅謫及身止,
收司得無酷.[6]
關和剗此法,[7]
邦國實受福.

나라 위해 죽으면 충신 가문이요
세상을 편안히 하면 명족이 되나니

출신이 또 무슨 관계 있으랴!
이 여자 참으로 측은해 보이네.

沈勁爲忠門,
安世化名族.
世類又奚累,[8]
是特仁者惻.
(『연경재전집硏經齋全集』권1)

1 **치경雉經** 목을 매달아 죽는 것. 일설에는 꿩이 사람에게 붙잡히게 되면 제 목을 박아 죽는다는 데서 '치경'(經=頸)이란 말이 유래했다고 한다.

2 **왕부王府** 국사범을 취급하는 의금부義禁府를 가리킴. 일명 왕옥王獄이라고도 한다.

3 **제기緹騎** 집금오執金吾. 근위대를 일컫는 말. 복장을 감귤빛으로 입고 말을 타는 데서 붙은 명칭이다. 여기서는 국사범에 관련된 죄인을 호송하는 사람이기 때문에 '제기'라 한 것이다.

4 **약식弱植** 너무 부드럽고 약해서 바로 설 수 없음.

5 **반복反復** 여러가지 뜻이 있으나 여기서는 뒤집힘을 뜻한다. 당파는 서로 의지해서 세력을 이루고 있기 때문에 쉽사리 와해되지 않는다. 그래서 한편이 일시 꺾이더라도 다시 유사한 방식으로 뒤집는 일이 발생한다는 뜻으로 이해된다.

6 **수사收司** 연좌 검거한다는 의미.(『사기史記·상군전商君傳』: "令民爲什伍, 而相收司連坐.")

7 **관화關和** 관석화균關石和鈞의 준말. '관'은 관문에서 세를 받아들이는 것. '석'은 말이나 되와 같은 기구. '화균'은 균평均平의 뜻. 즉 징세를 함에 있어 공평을 취한다는 의미다. 여기서는 형정刑政에 이르기까지 균형을 유지한다는 뜻으로 쓰이고 있다. 원래 『국어國語·하서夏書』를 인용한 말로 "關石龢鈞, 王府則有"(龢=和)라는 구절이 나오는데 이 말이 『서경書經·오자지가五子之歌』편에 들어 있다.

8 **세류世類** 타고난 지체, 출신.

  성해응成海應(1760~1839): 자는 용여龍汝, 호는 연경재硏經齋, 본관은 창녕昌寧. 경기도 포천군 적안촌亦岸村(지금의 포천시 소흘읍 초가팔리)에서 정조 때 문장가로 알려진 대중大中(호 청성靑城)의 아들로 태어났다. 진사에 합격하고 규장각 검서로 선발이 되어 편찬·출판의 일에 참여했는데, 이때 규장각 소장의 많은 서책을 열람할 수 있었다. 그는 "경經은 길이니 그 사람은 길을 버리고 나아갈 수 없으며, 사史는 거울이니 사람은 거울을 등지고 비춰볼 수 없다"하여 경사經史를 두 근간으로 설정했다. 그리고 박학博學 및 고증적인 태도를 중시하여 다방면의 저작을 남겼다. 이것이 『연경재전집』이란 이름으로 묶인바 본집·외집·별집의 3부로 구성되고 그 내용에 있어서는 시문, 경전 해석, 역사·지리 고증, 인물 전기 등 다방면에 걸쳐 있다. 시 창작에 있어서는 사실적인 내용을 평이한 필치로 서술한 장편고시들이 주목된다.

✱ 작품 해설

  이 시는 귀족의 여자가 정치적 전락으로 인해 관비 신분으로 떨어져 갖은 고난과 수모를 당하는 이야기다.

  시인이 서북지방으로 여행하던 길에 주인공 여자를 상봉하는 서두, 주인공 자신의 입으로 파란의 역정이 서술되는 본장, 시인의 언급으로 끝맺어지는 결말의 전형적 3부 구성으로 엮여 있다. 그런데 작품은 내용이 특이하고 주제사상이 주목되는 것이다.

  첫째, 주인공 여자가 부귀영화를 누리다가 하루아침에 비천한 인생이 되어 기구하고 곤욕스럽게 살아가는 모습이 절박하게 그려진 점이다. 역적을 처형하는 경우 그 아들은 죽이고 그 처와 딸은 노예로 삼는다는 것은 주지하는 터이나 실상이 어떠한지 보고된 바 별로 없다. 지금 이 시에서 구체적 실태를 보는 것이다.

  둘째, 이조 후기 정치사는 당쟁의 치열상으로 엎치락뒤치락의 정치극을 연출하곤 했다. 정치권력을 둘러싼 싸움에는 승자의 명예와 환희의 반대쪽에 패자의 오욕과 비탄이 있기 마련이다. 작품은 파묻혀 드러나지 않는 어두운 쪽을 비추어 당시 정치현실의 일면을 반영한 것이다.

셋째, 인권적인 차원에서 문제를 제기한 점이다. 작중의 내용은 시인 자신이 실제적 사실로 확인하고 있다. 그런데 어느 가문의 누군지는 언표하지 않았지만 시인은 그 가문의 정치적 행태에 대해 부정적인 인상을 가지고 있다. "한때 권력의 칼자루 거머쥐고/남의 집 도륙낸 적도 있더니/어느새 멸문의 화를 입어/재앙이 어린애에까지 미쳤구나"라고 받아야 마땅한 응보를 받은 것처럼 보는 것이다. 그리하여 선행을 권장하는 언급을 하고 있다. 이에 그치지 않고 그가 아무리 큰 죄를 범했더라도 연좌법을 적용해서 자녀들을 비인간적 상태로 몰아넣는 제도는 옳지 않은 것이라는 발언을 한다. 연좌법의 폐지를 인권적 차원에서 주장한 셈이다. 끝맺음의 "출신이 또 무슨 관계 있으랴!/이 여자 참으로 측은해 보이네"는 새로운 사상의 발아를 암시하는 발언이다.

애절양
哀絶陽

정약용

1

갈밭마을 젊은 아낙
　설리설리 우는 소리
관문 앞 달려가 통곡하다
　하늘 보고 울부짖네.

출정 나간 지아비 돌아오지 못한 일이야
　그래도 있을 법한 일이로되
사내가 제 양물을 잘랐단 소리
　예로부터 듣도 보도 못 하였네.

2

시부님 삼년상 벌써 지났고
　갓난아인 배냇물도 안 말랐거늘
이 집 삼대三代의 이름이
　모두 군적에 실렸구나.

哀絶陽

丁若鏞

1
蘆田少婦哭聲長,[1]
哭向縣門號穹蒼.
夫征不復尙可有,
自古未聞男絶陽.

2
舅喪已縞兒未澡,
三代名簽在軍保.[2]

관가에 가서 억울한 사정 호소하재도
　　범 같은 문지기 버티어 섰는데
이정里正³은 으르렁대며
　　외양간의 소마저 끌어갔다오.

남편이 식칼 갈아 방 안으로 들어가더니
　　선혈이 자리에 흥건히
스스로 부르짖길
　　"이 바로 자식 낳은 죄로다!"

3
잠실궁형蠶室宮刑⁴은
　　어찌 꼭 죄가 있어서던고?
민閩⁵땅의 어린애 거세하던 풍속
　　참으로 가엾은 일이었거든

만물이 낳고 살아가는 이치
　　하늘의 내려주심이니
음과 양이 어울려서
　　아들이요 딸이로세.

말 돼지 거세하는 것
　　슬프다 이르겠거늘

薄言往愬虎守閽,
里正咆哮牛去皁.³
磨刀入房血滿席,
自恨生兒遭窘厄.

3
蠶室淫刑豈有辜,⁴
閩囝去勢良亦慽.⁵
生生之理天所予,
乾道成男坤道女.⁶
騸馬豶豕猶云悲,⁷

하물며 우리 인간
　　대 물리는 일 얼마나 소중하냐?

부잣집들 일년 내내
　　풍악 울리고 흥청망청
이네들은 한톨 쌀 한치 베
　　내다바치는 일 없거니

다 같은 백성인데
　　이다지 불공평하다니
객창에 우두커니 앉아
　　시구편鳲鳩篇⁸을 거듭거듭 읊노라.

況乃生民思繼序.
豪家終歲奏管弦,
粒米寸帛無所捐.
均吾赤子何厚薄,
客窓重誦鳲鳩篇.⁸
『여유당전서與猶堂全書·
시문집詩文集』권4)

---

1 **노전蘆田** 강진 땅의 마을 이름. 다산초당에서 멀지 않은 곳이다. 바닷가에 갈대밭이
형성되어 붙은 지명임.

2 **군보軍保** 군역제도에 정병正兵과 보인保人의 구분을 두어, 보인은 병역을 면제받는
대신 정병을 도와주도록 했다. 그러나 이들에게 역가役價의 명목으로 포나 미米를 받
아들인 것이다. 일종의 인두세였다. 보인을 군보 혹은 인보隣保·보솔保率로 부르기도
한다.

3 **이정里正** 지방 마을의 공공사무 및 연락을 맡아보는 자. 5호戶를 통統으로 하여 5통에
이정을 두는 것으로 되어 있다. 이임里任.

4 **잠실음형蠶室淫刑** 고대에 남자의 생식기를 자르는 형벌을 집행하던 것. '잠실'은 궁형
을 집행하던 방을 이르는 말. 궁형을 당하는 자는 바람을 두려워하여 방을 잠실처럼

꾸미기 때문에 이런 이름이 붙게 되었다 한다.

5 **민閩·건囝** '민'은 중국 남방의 지명. '건'은 '민'의 방언에 어린아이를 일컫는 말.

6 주돈이周敦頤의 『태극도설太極圖說』에서 "건도는 남성을 이루고 곤도는 여성을 이루
니, 음양의 기운이 교감하여 만물을 생성하는 것이다. 만물이 생성하면 변화가 무궁
하게 된다〔乾道成男, 坤道成女. 二氣交感, 化生萬物, 萬物生生, 而變化無窮焉〕"라고 했다.

7 **선마騸馬·분시豶豕** '선마'는 불깐 말, '분시'는 불깐 돼지.

8 **시구편鳲鳩篇** 『시경詩經·조풍曹風』에 실린 작품. 군자가 백성을 대함이 공평하고 전
일함을 시구에 부쳐 나타낸 내용. 다산茶山은 『시경강의詩經講義』에서 "이 시 1편은
곧 성현의 극공極工과 제왕帝王의 요도要道라"라고 의미 부여를 한 바 있다.

🏵️ 작자 소개

정약용丁若鏞(1762~1836): 자는 미용美庸·용보頌甫, 호는 다산茶山·여유당與猶堂·사암俟菴·탁옹籜翁, 본관은 나주. 실학의 집대성자이며 문학가. 경기도 광주 땅의 마현馬峴(지금의 남양주시 조안면 능내리)에서 태어나 22세 때 문과에 급제, 국왕 정조의 특별한 신임을 받았다. 초계문신으로 국왕의 측근에서 연구·편찬에 참여했고 경기도 암행어사로 활동한 바 있다. 정조가 죽고 새로 집권한 세력의 배척을 받아 처음에는 경상도 장기현(지금의 경북 포항시에 속함)으로 귀양을 갔고 다시 전라도 강진 땅으로 옮겨졌다. 18년 동안의 귀양살이를 하다가 57세에 풀려나 고향 마현으로 돌아왔다. 유배지에서 저서에 정력을 집중하여『목민심서牧民心書』『경세유표經世遺表』『흠흠신서欽欽新書』및 여러 경전의 주석서를 내놓았다. 젊은시절부터 정치사회의 모순을 심각하게 의식하고 개혁적 방향을 모색했는데, 유배지에서 민생을 직접 체험하고 왜곡된 제반 현실에 부딪쳐서 사상이 보다 심화·구체화된 한편 거기서 얻은 인식과 느낌을 시작으로 표출했다. 그리하여 현실주의 문학의 풍부한 성과를 이루었다.

🏵️ 작품 해설

작자 정약용은『목민심서』에서 "첨정簽丁하여 군포를 거두는 폐단이 고쳐지지 않으면 백성들은 모두 죽어갈 것이다"라고 주장한 다음, 이「애절양」을 인용한다. 아울러 이 시를 짓게 된 경위를 소개하는데 이러하다.

"이 시는 가경 계해년(1803) 가을 내가 강진에서 지은 것이다. 당시 노전蘆田 마을에 사는 백성이 아이를 낳았는데 사흘 안에 군보軍保에 편입되었다. 이정이 못 바친 군포 대신 소를 빼앗아가니 그 백성은 칼을 뽑아 자기 양경陽莖을 자르면서 '내가 이 물건 때문에 곤액을 받는다'라고 말했다. 그 아내는 양경을 들고 관문 앞으로 나가니 피가 아직 뚝뚝 떨어졌다. 울며 호소했으나 문지기가 막아버렸다. 나는 듣고 이 시를 지었다."

시는 세 부분으로 구성되어 있다. 제1부 서장은 한 여인이 읍내 관문 앞에서 통곡하는 극적인 장면이다. 다음 제2부에서 그 기막히고 안타까운 사건의 전말을 그 여인이 호소하는 식으로 서술된다. 복잡한 사연이 간결하게 정리되면서 충격을 주는 필치다. 제3부는 그런 객관적 상황에서 발생한 시인의 감회다. 문제적 사건을 천지자연의 이치와 인간의 존엄성에 비추어 살피면서 초점을 불평등한 제도에 돌린다. 여기서 개혁해야 할 방향은 찾아지는 것이다.

작품은 객관적 사실과 주관적 정서가 혼연히 어울려 하나의 시적 형상을 이루었다고 보겠다. 서사·서정의 결합에 이성 인식까지 절묘하게 배합된 것이다.

소나무 뽑아내는 중

僧拔松行

정약용

백련사 서쪽 편의
　석름봉 산기슭에
어떤 중이 이리저리 다니며
　소나무를 뽑아내고 있네.

어린 소나무 싹이 터서
　땅 위로 두어치 자라
여린 줄기에 파릇한 잎사귀
　어찌 저리 탐스러운가.

어린 생명 모름지기
　사랑하고 보호해야 하겠거니
하물며 자라서 커지면
　용이 틀어오르듯 되겠거늘

저 중은 어이하여 눈에 띄는 대로
　쏙쏙 뽑아버려
그 싹을 아주 말려서

僧拔松行

丁若鏞

白蓮寺西石廩峰,[1]
有僧彳亍行拔松.
穉松出地纔數寸,
嫩榦柔葉何丰茸.
嬰孩直須深愛護,
老大況復成虯龍.[2]
胡爲觸目皆拔去,
絶其萌蘗湛其宗.

소나무라면 멸종시키려 든단 말인가.

마치 부지런한 농부
  호미 괭이 들고 밭에 나가
가라지 잡초를 뽑아서
  곡식을 잘 가꾸듯

또 마치 향정鄕亭[3]의 이속이
  대로를 닦느라고
잡목이나 가시덤불 베서
  인마를 통하게 하듯

또 마치 옛날 손숙오孫叔敖[4]가
  어린시절 음덕을 쌓느라고
길에서 독사를 만나자
  때려잡아 해악을 제거하듯

또 마치 더벅머리 괴귀가
  붉은 머리털 너풀너풀
나무 9천그루 잡아 뽑으며
  시끌시끌 떠들어대듯

그 중을 불러와서
  나무 뽑는 연유를 물어보니

有如田翁荷鋤攜長欃,
力除稂莠勤爲農.
又如鄕亭小吏治官道,[3]
翦伐茨棘通人蹤.
又如蔿敖兒時樹陰德,[4]
道逢毒蛇殲殘凶.
又如髽髻怪鬼披赤髮,[5]
拔木九千聲訩訩.
招僧至前問其意,

중은 울먹이며 말 못 하고
　　눈에 이슬이 적시는구나.

"이 산은 양송養松을
　　전부터 공들여 하였거든요.
스님 상좌 모두 조심해서
　　법도를 삼가 지켰으니

땔나무 아끼느라
　　찬 음식 먹기도 하고
산을 순시하다보면
　　새벽종 소리 듣기 일쑤지요.

읍내 초군들도
　　감히 범접을 못 했거늘
촌구석 나무꾼이야
　　도끼 들고 얼씬이나 하였나요.

수영水營의 군교들이
　　장령將令 받고 들이닥쳐
절 문간에서 말을 내리는데
　　그 기세는 벌떼 덤비듯

작년 바람에 부러진 소나무를

僧咽不語淚如霰.
此山養松昔勤苦,
闍棃芘芴遵約恭.
惜薪有時餐冷飯,
巡山直至鳴晨鍾.
邑中之樵不敢近,
況乃村斧淬其鋒.
水營小校聞將令,[6]
入門下馬氣如蜂.
枉捉前年風折木,

일부러 벤 것으로 트집 잡아
중을 보고 금송禁松 범하였다
　가슴을 들이치니

중은 하늘에 호소해도
　분노가 식지 않건만
어찌합니까, 돈 만닢을 바쳐서
　겨우 액땜을 하였지요.

금년에는 벌목을 하게 해서
　항구로 모두 운반하였는데
말인즉 왜구를 대비해서
　병선을 만든다 하였으되

조각배 한척도
　당초에 만들지 않았으니
속절없이 우리의 산만
　옛 모습 잃고 벌거숭이 되었네요.

이 잔솔 지금은 어리지만
　그대로 두면 크게 자랄 터라
화근을 뽑아버리는 일
　어찌 게을리하오리까.

謂僧犯法撞其脣.
僧呼蒼天怒不息,
行錢一萬纔彌縫.
今年斫松出港口,
爲言備倭造艨艟.
一葉之舟且不製,
只赭我山無舊容.
此松雖穉留則大,
拔出禍根那得慵.

이제부턴 소나무 뽑아내기
  소나무 심듯 할 일이니
잡목이나 남겨두면
  겨울에 화목으로 쓰겠지요.

오늘 아침 공문이 내려와
  비자榧子를 급히 바치라 하니
장차 이 나무도 뽑아버리고
  절간 문 봉해야겠네요."

自今課拔如課種,
猶殘雜木聊禦冬.
官帖朝來索榧子,[7]
且拔此木山門封.
(『여유당전서·시문집』권5)

1 백련사白蓮寺·석름봉石廩峰 '백련사'는 전라남도 강진군 강진읍 남서쪽 만덕산萬德山에 있는 절 이름. 일명 만덕사. '석름봉'은 만덕산의 높은 봉우리 중 하나. 다산초당은 바로 백련사 가까이에 있다.

2 규룡虯龍 뿔 없는 용이라 하는데 여기서는 소나무가 크게 자란 모습을 형용하면서 동시에 인재로 성장함을 뜻하고 있다.

3 향정鄕亭 한나라 제도에 10리에 1정亭을 두고 10정에 1향鄕을 둔다 했다. 여기서는 말단의 행정단위를 가리키고 있다.

4 위오蔿敖 손숙오孫叔敖. 중국 춘추시대 초楚의 유명한 재상. 그가 어렸을 때 길에서 양두사兩頭蛇를 만났다. 이 뱀을 본 사람은 반드시 죽는다는 말이 있었다. 그는 자신은 죽더라도 이런 재앙이 다시 일어나지 않게 하기 위해서 그 뱀을 잡아 죽였다. 그런데 그는 죽지도 않고 후일에 훌륭한 인물이 되었다. 그 뱀을 죽임으로써 음덕을 쌓은 것으로 사람들이 생각했다.

5 비이髬髵 맹수가 성나서 갈기를 일으킨 모습을 형용한 말. 괴이한 귀신이 나무를 9천 그루나 뽑아버리는 내용은 전설적인 이야기인데 그 출전은 미상이다.

6 전라도에는 좌수영左水營과 우수영右水營이 있었다. 좌수영은 여수에, 우수영은 진도 건너편에 있었는데, 당시는 영암 땅이었다. 이곳은 우수영의 관할이었다.

7 비자榧子 비자나무는 주목과에 속하는 상록수로 남쪽지방에 자생하는데 그 열매를 비자라 한다. 비자는 맛이 고소하며 구충제로도 쓰인다. 이 비자를 공납하라고 강요하기 때문에 그 나무를 베어버린다는 뜻이다.

🌐 작품 해설

이 시는 금송과 관련한 봉건적인 모순·비리를 풍자한 내용이다.『목민심서·
공전工典·산림山林』에 덕산초부德山樵夫의 작으로 이 시의 전문이 인용되어 있
다. 덕산초부란 정약용의 자칭인데, 시 내용이 산림정책과 직결되는 때문에 옮
겨놓은 것이다. 소나무는 목재로서 중요하게 취급되었다. 관에서 선박을 제조하
거나 관목棺木으로 이용하기 위해 특별히 보호구역을 설정했는데, 그것을 봉산
封山이라 불렀다. 그리고 소나무의 벌채를 엄금하는 법규를 제정하여 이를 금송
이라 일컬었던 것이다. 작중의 배경인 강진 만덕산 기슭은 바로 수영의 봉산이
었다. 문제는 수영의 관리가 금송의 법규를 내세워서 중들을 닦달하여 재물을
뜯어가고 또 한편으론 병선을 제조한다는 명목으로 소나무를 베어 빼돌리는 데
있었다. 소나무는 중들의 입장에서 큰 화근일 뿐이었다.

그래서 어린 소나무를 뽑아내는 것이 작중에 제시된 상황이다. 이는 어무적
魚無迹의「작매부斫梅賦」와 같은 제재이며, 정약용의「애절양」에서 어떤 양민이
자기의 생식기를 절단하는 것과 근본적으로 같은 성격이다.

작품은 서사적 구성에서 극적인 수법이 돋보인다. 산기슭에서 중이 어린 소
나무를 뽑아내는 시의 첫머리가 벌써 극적이다. 그 뽑아내는 정경을 잡초를 뽑
는 농부, 잡목을 베어서 길을 닦는 아전, 독사를 잡는 아이, 적발의 더벅머리 괴
귀怪鬼에까지 비유하는데, 과장적 표현을 빌려 사태의 역설적인 면모 및 그 심
각성을 부각시킨 것이다. 그리고 중의 입을 통해 그 기막힌 사실이 폭로되는바,
역시 사연이 간결하고도 극적으로 드러난다. 끝맺음 또한 비자를 바치라는 공문
이 내려왔으니 "장차 이 나무도 뽑아버리고 절간 문 봉해야겠네요"라는 말로 극
적 효과를 고조시키고 있다.

용산마을 아전

龍山吏

정약용

아전들 용산마을 들이쳐
소를 빼앗아 관가로 끌고 간다.

소 몰고 멀리멀리 사라지는 걸
집집이 문밖에 서서 멍하니 바라만 보네.

龍山吏

丁若鏞

사또님 노여움 풀어드리기 급급한데
백성의 아픔이야 아랑곳하랴.

유월 한여름에 나락을 바치라니
이 곤경 수자리 살기에 못지않네.

덕음德音²은 끝끝내 내려오지 않아
수많은 목숨이 늘비하게 죽어가누나.

궁박한 신세 애처롭기 그지없다
죽는 편이 차라리 낫다 하리.

吏打龍山村,¹
搜牛付官人.
驅牛遠遠去,
家家倚門看.
勉塞官長怒,
誰知細民苦?
六月索稻米,
毒痛甚征戍.
德音竟不至,²
萬命相枕死.
窮生儘可哀,
死者寧哿矣.

아낙네 남편 없이 홀몸이요
늙은이 자손도 없이 고독한 신세.

뺏긴 소 바라보며 눈물 글썽글썽
눈물이 줄줄줄 적삼 치마 다 적시네.

마을 풍색이 극도로 황량한데
아전놈 버텨 앉아 어쩐 일로 아니 가나?

쌀독이 진작 바닥났으니
무슨 수로 저녁밥 짓는단 말인가?

살아갈 길 없도록 만드니
사방 이웃들 함께 목메어 흐느끼네.

소 잡아 포를 떠서 권문세가에 바친단다
재간은 이로 인해 드러나지.

婦寡無良人,
翁老無兒孫.
泫然望牛泣,
淚落沾衣裙.
村色劇疲衰,
吏坐胡不歸.
瓶罌久已罄,
何能有夕炊.
坐令生理絶,
四隣同嗚咽.
脯牛歸朱門,
才謂以甄別.
(『여유당전서·시문집』권5)

---

1 **용산龍山** 마을 이름으로 지금의 강진군 도암면 용흥리龍興里. 당시 시인이 우거하고
있던 다산초당과 멀지 않은 거리에 있다.
2 **덕음德音** 임금의 말씀, 즉 윤음綸音을 가리킴. 조세를 탕감하고 굶주린 백성을 구휼
하라는 뜻이 내리기를 기대한 것이다.

🌸 작품 해설

「용산마을 아전」「파지방 아전」「해남 고을 아전」의 3편은 두보의 유명한 서사시 「삼리三吏」를 차운次韻한 것이다. 「용산마을 아전」은 「석호리石壕吏」, 「파지방 아전」은 「신안리新安吏」, 「해남 고을 아전」은 「동관리潼關吏」를 각기 차운하고 있다. 두보가 「삼리」에서 배치한 운자를 그대로 따랐을 뿐 아니라, 분위기나 수법까지 서로 통함을 느낀다. 두보가 악부시의 일반 관행과 다르게 새로운 제재로 「삼리」를 구성했던 것처럼 정약용 또한 자기의 현실에서 제재를 취하여 그야말로 환골탈태의 솜씨를 발휘한 것이다.

이들 3편을 쓴 시기는 "경오년 6월이다"라고 밝혀져 있다. 경오년은 1810년에 해당하는데 이 무렵 시인은 유배지 강진의 다산초당에 있었다. 다음 「전간기사」에 그려진 그 무서운 흉년은 바로 전년 일이었다. 지금 3편 모두 조세 징수와 관련해서 발생한 사건을 다룬 것이다. 세곡稅穀은 대개 음력 정월부터 수납하여 조운선을 이용해 서울로 실어간다. 『목민심서』에서 "세미를 거두는 마감에 아전과 군교를 풀어서 민가를 수색하여 긁어내는 것을 검독檢督이라 한다. 검독이라는 것은 가난한 백성에게는 승냥이나 범과 같은 것이다"(「호전戶典·세법稅法」)라고 했다. 지난해 추수를 별로 못했으니 조세를 바치지 못하는 것은 부득이한 사세다. 그럼에도 검독이 출동하여 닦달을 하는데, 그 정황은 3편의 서사시에 그려져 있다.

「용산마을 아전」은 검독이 조세를 못 내는 집에서 소를 빼앗아가는 내용이다. 전체 네 단락으로 서술의 초점은 소에 두어졌다. 첫 단락에서 "소 몰고 멀리멀리 사라지는 걸/집집이 문밖에 서서 멍하니 바라만 보네"로 서사적 화폭이 눈앞에 드러난다. 이때 '바라본다(看)'에 중점이 있는데 실은 진술 내용이 거의 전부 시각적으로 인지된 부분이다. 제2단락에서 소를 빼앗는 배경적 사정을 서술한 다음 역시 "뺏긴 소 바라보며 눈물 글썽글썽/……적삼 치마 다 적시네"로 서사적 화폭은 옮기지 않으면서도 점층적으로 무겁게 된다. 제3단락은 "마을 풍색이 극도로 황량한데"라고 시각적 인식을 확대하면서 아전들이 소를 몰아가고 토식까지 하는 정황을 보여준다. 그리하여 제4단락에서 일련의 상황을 마무리짓는다.

소는 농민에게 있어선 제일 소중한 생산수단이다. 제2단락에서 "사또님 노여움 풀어드리기 급급한데/백성의 아픔이야 아랑곳하랴" 하듯 농민에게 없어서 안 될 소를 빼앗아가는 것은 원님의 노여움에 기인했다. 원님은 왜 굳이 소를 필요로 하는가? 마지막 구절에서 "소 잡아 포를 띠시 권문세가에 바친단다"라고 그 까닭을 알게 한다.

파지방 아전

波池吏

아전들 파지방波池坊[1] 들이쳐
군대 점호하듯 고함쳐 부르는 소리

역질로 죽은 귀신에 굶어 죽은 시체들
마을에 장정이라곤 씨가 말랐구나.

호령하며 과부 고아를 얽어매고
채찍질 어서 가라 닦달해서

개 닭처럼 욕질하고 몰아대니
읍내까지 사람 행렬 뻗쳤구나.

그중에 빈한한 선비 하나
삐쩍 여위어 걸음도 비틀비틀

하늘에 대고 억울하외다
부르짖는 그 원성 메아리치네.

波池吏

丁若鏞

吏打波池坊,[1]
喧呼如點兵.
疫鬼雜餓莩,
村墅無農丁.
催聲縛孤寡,
鞭背使前行.
驅叱如犬雞,
彌亘薄縣城.
中有一貧士,
瘠弱最伶俜.
號天訴無辜,
哀怨有餘聲.

356 제3부 체제 모순과 삶의 갈등 3

가슴에 맺힌 사연 풀지 못하고
눈물만 비 오듯 쏟아지는데

아전 놈들 선비 보고 뻣세다고 화내며
욕을 보여 사람들을 겁주는데

높은 나뭇가지에 거꾸로 매달아
머리카락 나무뿌리에 닿는구나.

"미꾸라지 같은 놈 두려운 줄 모르고
네 감히 상영上營²을 거역할 건가?

글줄이나 읽었다니 의리를 알겠지?
나라의 조세는 서울로 실어가는 것.

내내 연기해주어 늦여름 되었으니
받은 은혜 가볍지 않음도 생각해야지.

높다란 배 시방 포구에 매여 있거늘
네 눈엔 그것도 보이지 않는단 말인가?"

위엄을 세우기 언제 다시 있으랴!
공형公兄³이 나서서 지휘하는구나.

未敢敍衷臆,
但見涕縱橫.
吏怒謂其頑,
僇辱怵衆情.
倒懸高樹枝,
髮與樹根平.
鰍生瞽不畏,
敢爾逆上營?²
讀書會知義,
王稅輸王京.
饒爾到季夏,
念爾恩非輕.
巍舸滯浦口,
爾眼胡不明.
立威更何時,
指揮有公兄.³
(『여유당전서·시문집』권5)

1 **파지방波池坊** 원래 파지대방波池大坊. 지금의 강진군 도암면에 들어와 있다. '방'은 행정단위로 면面과 같다.

2 **상영上營** 감영監營이나 병영兵營을 가리킴. 여기서는 감영을 말한 듯.

3 **공형公兄** 호장戶長·이방吏房·수형리首刑吏. 이들을 삼공형三公兄이라고도 부름.

이 시는 검독이 조세를 못 내는 농민들을 끌어가는 내용이다.

작품은 서두 부분에서 아전들이 파지방에 들이닥쳐 사람들을 줄줄이 묶어서 개 닭처럼 몰고 가는 정경이 서술된다. "역질로 죽은 귀신에 굶어 죽은 시체들"에서 사정의 심각성이 단적으로 드러나는데 더욱이 부역의 시달림마저 겹쳐 '장정이라곤 씨가 마른' 지경으로 되어 있다.

포로처럼 끌려가는 과부 고아 들의 행렬—서사적 화폭이다. 다음 단락에서부터 시는 그중의 한 사람으로 초점이 모아진다. 빈한한 선비貧士다. 명색이 양반인데 끌려가는 행렬에 끼여 있으니 아전에게 주목의 대상이 되는 것은 당연하다. 그리하여 그는 신분에 상응한 대접을 받는 것이 아니고 무한히 욕을 당한다. 아전은 그를 나뭇가지에 거꾸로 매달아놓고 일장 호통을 치는데, 물론 형편없이 몰락한 양반에 대한 경멸이지만 그의 말 속에서 조세 독촉을 급히 하는 경위가 해명되기도 한다.

끌려가는 행렬—과부나 고아 들은 저마다 구구하고 딱한 사연이 있을 터이나 그 속에 선비의 존재는 문제적 사실이다. 작품은 하필 '빈한한 선비'에 초점을 맞춤으로써 사회·역사적 의미를 좀더 풍부하게 했다.

해남 고을 아전
海南吏

정약용

나그네 한 사람 해남 땅에서 오는데
어휴 무서워라 하고

헐떡이는 숨 한동안 가누지 못하며
두려움에 질린 기색 아직도 역력하네.

무서운 승냥이를 만난 게 아니라면
아마도 흉악한 되놈을 만난 것이렷다.

"조세 독촉하러 아전놈들 마을로 나와
이리저리 싸다니며 때려부숩디다.

신관 사또 명령이 하 엄해
정한 기한 넘길 수 없다고

주교사舟橋司[1] 만섬 싣는 배
정월달에 서울을 떠났는데

海南吏

丁若鏞

客從海南來,
爲言避畏途.
坐久喘未定,
怖怯猶有餘.
若非値豺狼,
定是遭羌胡.
催租吏出村,
亂打東南隅.
新官令益嚴,
程限不得踰.
橋司萬舸船,[1]
正月離王都.

만약 이 배 지체케 하면 수령이 쫓겨난다
전례가 분명하니 경계할 일이라고

온 마을 구슬피 통곡하는 소리로
만섬 배 사공들에게 아양 떠는 꼴이네요.

나 이제 사나운 호랑이 피해 왔거니
가련한 이 신세 언제 고향으로 돌아갈꼬!"

두 줄기 눈물 그렁그렁
이야기 긴 한숨 되어 나오네.

滯船必黜官,
鑑戒在前車.[2]
嗷嗷百家哭,
可以媚權夫.
吾今避猛虎,
誰復恤枯魚.[3]
泫然雙淚垂,
倏然一嘯舒.
(『여유당전서·시문집』 권5)

---

1 **교사橋司** 주교사舟橋司를 말한다. 주교사는 원래 한강에 부교를 놓는 일을 맡는데 이곳에서 세곡 운반을 위한 조선漕船을 제작했다.

2 **전거前車** "전거복 후거계前車覆 後車戒"(『한서漢書』)에서 나온 말. 앞에 가는 수레가 전복이 되면 뒤에 가는 수레는 그것을 보고 경계를 삼는다는 뜻. 즉 세곡을 운반하는 선박을 지체하게 했다고 해당 고을 수령이 문책을 당한 사례를 경계로 삼아 조세의 수납을 독촉한다는 것이다.

3 **고어枯魚** 말린 고기(乾魚). 옛 악부시에 "고어 물가를 지날 때 울면서 언제 다시 돌아갈꼬(枯魚過河泣, 何時悔復及?)"라는 구절이 있다.

✤ 작품 해설

「용산마을 아전」과 「파지방 아전」은 강진 경내의 사건을 다룬 반면 「해남 고을 아전」은 이웃 고을에서 발생한 일이기 때문에 위와 달리 고을 이름을 제목에 붙인 것이다. 「파지방 아전」에서 마을에 장정들은 씨가 마른 듯 보이지 않더라 했는데, 그렇게 된 연유를 여기서 알 수 있다.

첫머리서 주인공이 먼저 부각되는데 해남서 도망쳐나온 그는 두려움에 질린 표정이다. 승냥이를 만난 게 아니라면, "되놈을 만난 것"으로 보인다. 요컨대 그의 표정으로 미루어 방금 무서운 짐승의 공격을 받았거나 아니면 야만적 군대에 유린된, 이런 두가지 중 하나의 경우다. 다음 단락에서 주인공이 들려주는 이야기로 밝혀지는바 다름 아닌 검독으로 인해 그리된 것이다. 바로 아전을 '사나운 호랑이'로 비유한다.

이 '사나운 호랑이'를 풀어 보낸 것은 물론 원님이다. "온 마을 구슬피 통곡하는 소리로/만섬 배(조운선) 사공들에게 아양 떠는 꼴이네요." 아전들이 출동하여 울려퍼지는 곡성은 세곡선의 담당자에게 조세 독촉하는 실적처럼 들리게 된다는 뜻으로 이해된다. 작품은 마지막 구절에서 "두 줄기 눈물 그렁그렁/이야기 긴 한숨 되어 나오네"로 주인공의 형상을 오래오래 지워지지 않게 하고 있다.

전간기사

田間紀事(抄)

정약용

기사년己巳年(1809)에 나는 다산초당에 머물고 있었다. 이해에 큰 가뭄이 들어 겨울과 봄에서 입추立秋 때에 이르도록 계속되었다. 붉은 땅이 천리에 연이어 들에 푸른 풀 한 포기 보이지 않았다. 유월 초부터 유민들이 길을 메워, 살 의욕마저 잃어버린 듯 차마 눈 뜨고 못 볼 정경이었다. 돌아보건대 나는 죄를 짓고 멀리 유배된 몸이라, 사람 축에 끼이지를 못하니 오매초烏昧草를 조정에 아뢰려 해도 방도가 없고 은대銀臺를 통해 유민도流民圖를 바치던 일 또한 실행할 길이 없다.

내가 때때로 눈에 띈 바를 기록하여 엮어서 시가詩歌를 만드니 이는 찬 바람에 쓰르라미·귀뚜라미와 더불어 풀숲 사이에서 슬피 우는 것과 다름없는 것이다. 다만 성정性情의 바름을 구해서 천지의 화기和氣를 잃지 않으려 했을 뿐이다. 한동안 써 모은 것이 몇편 되기에 이를 '전간기사'라 이름한다.

丁若鏞

己巳歲, 余在茶山草菴. 是歲大旱, 爰自冬春, 至于立秋, 赤地千里, 野無靑草. 六月之初, 流民塞路, 傷心慘目, 如不欲生. 顧負罪竄伏, 未齒人類, 烏昧之奏[1]無階銀臺之圖[2] 莫獻. 時記所見, 綴爲詩歌, 蓋與寒蟬冷蚤, 共作草間之哀鳴, 要其性情之正, 不失天地之和氣. 久而成編, 名之曰田間紀事.

모를 뽑아버리다
拔苗

  이는 흉년이 든 것을 애달파한 내용이다. 모판이 마르고 모내기를 못
해 농부들은 모를 뽑아버리는데 모를 뽑으면서 울지 않는 사람이 없다.
곡성이 들에 가득하다. 어떤 부인은 원통해 부르짖음이 극에 달해서 "자
식 하나 대신 죽여 비 한번 오게 해달라"고 하늘에 비는 것이었다.

  拔苗閔荒也. 苗槁不移, 農夫拔而去之. 拔者必哭, 聲滿原野. 有婦人寃號極天,
願殺一子, 以祈一需焉.

1
모판에 자라는 볏모
연초록 진노랑

비단폭 깐 듯
비췻빛 살아오르네.

어린아이 보살피듯
조석으로 돌보아서

보옥처럼 애지중지
바라보면 마냥 기쁘다네.

拔苗

1
稻苗之生,
嫩綠濃黃.
如綺如錦,
翠葰其光.
愛之如嬰孩,
朝夕顧視.
寶之如珠玉,
見焉則喜.

2

봉두난발 어떤 여자
논바닥에 주저앉아

소리내 울부짖고
저 하늘에 하소하는 말

"어이 차마 인정 없이
이 볏모 뽑을쏜가?"

오뉴월 한여름에
비풍이 소소히 불어오네.

3

우북한 나의 모를
내 손으로 뽑는다니

무성한 나의 모를
내 손으로 없애다니

우북한 나의 모를
가래처럼 매다니

2
有女蓬髮,
箕踞田中.
放聲號咷,
呼彼蒼穹.
忍而割恩,
拔此稻苗.
盛夏之月,
悲風蕭蕭.

3
芃芃我苗,
予手拔之.
薿薿我苗,
予手殺之.
芃芃我苗,
蘿之如蓩.

무성한 나의 모를
땔나무처럼 태우다니.

4
뽑은 모 묶어서
저 개울가에 놓아둘거나.

혹시라도 비 오시는 날엔
물 괸 땅에 꽂아나 보세.

이 몸 아들 셋 두어
젖 떨어진 애 젖 빠는 애

이 중 하나 바치고서
이 볏모 구했으면……

蘀蘀我苗,
焚之如樵.

4
撲之束之,
寘彼溪筊.
庶幾其雨,
挿之汗邪.
我有三子,
或乳或食.
願殫其一,
救此稙稺.

오누이

有兒

이는 흉년을 슬퍼한 내용이다. 남편이 자기 처를 버리고 어미가 자기 자식을 버린 일도 있다. 일곱살 난 여자애가 동생을 데리고 길가에서 방황하며 제 엄마를 잃어버렸다고 우는 것이었다.

有兒閔荒也. 夫棄其妻, 母棄其. 有七歲子, 携徨街, 哭其失母焉.

아이 둘이서 나란히 걸어가네
하나는 사내 하나는 계집애.

사내는 겨우 말 배울 나이요
계집애는 다박머리 늘어뜨리고

어미 잃고 울며불며
갈림길서 헤매네.

붙잡고 물어보니
누이가 목메어 하는 말

"아비는 진작 집을 나갔고
울 어머니 알 품은 새 되었지요.

有兒

有兒雙行,
一角一羈.
角者學語,
羈者髫垂.
失母而號,
于彼叉岐.
執而問故,
嗚咽言遲.

쌀독이 바닥나니
사흘 내내 굶주리고

엄마하고 나하고 흐느껴 울어
눈물 콧물 두 뺨에 얼룩지는데

어린 동생 젖을 찾아 빠나
젖은 이미 말라붙은 걸 어찌하나요.

엄마는 내 손목 끌고
이 아가 데리고서

이 마을 저 마을 다니며
구걸해다 먹이고

장터에 이르러선
엿도 얻어주었지요.

길가 수풀 밑에선
어미 사슴 새끼 품듯

아기는 포근히 잠들었고
저 역시 죽은 듯 잠들었는데

曰父旣流,
母如羈雌.
瓶之旣罄,
三日不炊.
母與我泣,
涕泗交頤.
兒啼索乳,
乳則枯萎.
母攜我手,
及此乳兒.
適彼山村,
丐而飼之.
攜至水市,
啖我以飴.
攜至道越,
抱兒如魖.
兒旣睡熟,
我亦如尸.

잠이 깨어 이리저리 살펴봐도
엄마는 계시지 않습디다.”

말하다가 울다가
눈물이 줄줄 흐르는데

해 저물어 어두컴컴
새들도 집을 찾아 날건만

외로운 이 오누이
아무 데도 갈 곳이 없구나.

애달프다, 가난한 이 백성들
타고난 본심마저 잃었단 말인가.

제 짝을 끝까지 사랑하지 못하고
어미로 자식을 버리다니!

옛날 갑인년에
내 어사의 명 받은 일 있었거니

임금님 고아를 특별히 생각하사
신음하는 일 없게 하라 당부하셨거늘

既覺而視,
母不在斯.
且言且哭,
涕泗漣洏.
日暮天黑,
栖鳥群蜚.
二兒伶俜,
無門可闚.
哀此下民,
喪其天彝.
伉儷不愛,
慈母不慈.
昔我持斧,[3]
歲在甲寅.
王眷遺孤,
母俾殿屎.[4]
凡在司牧,

백성을 맡아 다스리는 이들

감히 이 뜻을 어길쏘냐? 毋敢有違.

(『여유당전서·시문집』권5)

1 **오매지주烏昧之奏** '오매'는 식물의 이름으로 연맥燕麥을 가리킨다는 설도 있고, 고사리[蕨]의 일종이라는 설도 있다. 조재삼趙在三의 『송남잡지松南雜識·초목류草木類』에서는 오매란 "오늘날 물우物尤라 하는 것인데, 산에서 자라고 있으며 반하와 비슷하고 알 같은 뿌리가 있다. 흉년에 캐서 삶아 먹어 배를 채운다. 그러나 독이 있어 부황이 드는 자가 많다. 황산곡黃山谷의 「화채원畫菜園」에 이르기를, '사대부로 하여금 이 맛을 모르게 해서는 안 되며 천하의 백성으로 하여금 이 빛이 있게 해서도 안 될 것이다'라고 했다"라고 설명했다. 송宋의 명신 범중엄范仲淹이 강江·회准지방에 대흉년이 들었는데 안무사按撫使로 나가 백성을 구제하고 돌아와 구폐救弊 10조를 개진하면서 오매를 함께 올렸다 한다.

2 **은대지도銀臺之圖** 중국 북송의 희녕熙寧 6년(1073) 7월부터 7년 동안 비가 오지 않아 사람들이 살기가 어렵게 되었다. 동북지방에 유민들이 길을 메워 그 형상이 갖가지로 차마 볼 수 없는 지경이었다. 정협鄭俠이 이 정경을 목도하고 임금에게 직접 간할 수 없는 형편이어서 유민의 처참한 정황을 그림으로 여실히 그려, 급보急報라 가칭하고 역마 편에 은대사銀臺司로 올렸다. 임금은 그 그림을 보고 탄식을 하며 잠을 이루지 못했다 한다.(『송사宋史·정협전鄭俠傳』권321) '은대'는 승정원에 해당함.

3 **갑인甲寅·지부持斧** '갑인'은 정조正祖 18년(1794)인데 이해 10월 28일에 다산은 경기도 암행어사暗行御史로 임명을 받은 바 있었다. '지부'는 어사로 지방을 순시하는 것을 일컫는 말.

4 **전히殿屎** 신음.(『시경·대아大雅·판板』: "民之方殿屎, 則莫我敢葵.")

⬤ 작품 해설

　이 작품을 쓴 연대는 순조 9년(1809)이다. 시인 정약용은 전해에 유배지의 거처를 강진 읍내에서 귤동의 다산초당으로 옮겼다. 그런데 마침 무서운 흉년이 들어 "차마 눈 뜨고 못 볼 정경"이 펼쳐지고 있었다. 문제를 해결하자면 근원적 전환을 모색하지 않는 한, 정상을 사실 그대로 중앙에 보고해서 적의한 대책을 세우도록 하는 길 외에는 없을 것이다. 그러나 그는 그럴 수 있는 처지가 아니었다. 그 스스로 "찬 바람에 쓰르라미·귀뚜라미와 더불어 풀숲 사이에서 슬피 우는 것과 다름없는 것"으로 규정했듯, 재야의 시인으로 자기를 선명하게 의식하고 이 시를 쓴 것이다.

　「전간기사」는 형식 면에서는 『시경』 내지 4언의 악부시를 방불케 하는 옛 가체歌體를 채용하고 있다. 모두 6편인데 서사성이 비교적 뚜렷한 것으로 2편을 뽑았다.

　「모를 뽑아버리다」는 극심한 가뭄에 농민이 자기 손으로 볏모를 뽑아버리는 내용이다. 제1장에서 모판에 어린 싹이 자라는 모양이 묘사되는데 농민적 감각의 서정성이 짙게 담겨 있다. 모에 바쳐진 정성을 "어린아이 보살피듯"이라 하여, 뒤에 나올 내용의 복선이 된 셈이다. 제2장에서 그 애지중지 기르던 모를 마침내 뽑아버리는 사실이 서술되며, 다음 제3,4장에서는 여자가 그로 인해 괴로워 한탄하는 내용이 독백으로 처리된다. 자기 자식을 대신 바치고라도 모를 살릴 수 있으면 하고 소망하는 대목은, 물론 너무나도 안타까워 나온 푸념이다. 농민의 땅과 곡식에 대한 애정이 과연 어떤가를 실감케 한다.

　「오누이」는 어머니가 흉년에 어린 남매를 길에 버리고 도망친 내용이다. 시의 현재는 오누이가 제 엄마를 찾아 울부짖는 곳이다. 한 아이의 입을 통해서 사정이 서술되는데 아버지는 먼저 가족으로부터 떠나갔고 어머니는 "알 품은 새"처럼 자식들의 포로가 되어 있었다. 그런 어머니가 제 새끼를 팽개치고 가버린 것이다. 이 어머니는 자식도 내버리는 그런 여자였던가?

　그 어머니는 "어미 사슴 새끼 품듯"이란 구절에서 모성이 따사로웠음을 느끼게 한다. 그리고 "장터에 이르러선/엿도 얻어주었지요"라는 아이의 추억에서 구걸하는 삶에서도 모자의 행복은 더욱 두터웠음을 느낄 수 있다. "어린 동생 젖을 찾아 빠나/젖은 이미 말라붙은 걸 어찌하나요." 젖으로 연결된 모자의 사이가 젖이 고갈되었을 때 지속될 수 있을까. 작품은 "제 짝을 끝까지 사랑하지 못하고/어미로 자식을 버리"는 현실을 사회적 문제로 가장 심각하게 제기한 것이다.

기경기사

己庚紀事(抄)

이학규

    기사년(1809)에 정탁옹丁籜翁(약용若鏞)은 금릉金陵(강진) 다산초당茶山草堂에 있었는데 그해 큰 가뭄으로 굶어 죽은 사람이 잇따랐으며, 유민들이 길을 메울 지경이었다. 이에 「전간기사」 6편을 지어 그의 아들 학기學箕[1]에게 부치니 학기는 그 시를 나의 종형 백진伯津[2]에게 보여주었다. 백진은 나에게 편지를 써서 "탁옹은 당대 사백詞伯이다. 그의 시는 사람을 깨우치는 뜻이 있다. 두보의 「수노별垂老別」「무가별無家別」 이후로 이런 작품은 있지 않았다" 이르고 그 시도 함께 보내왔다.

    기사년 가뭄은 호남·영남이 다 같이 들었다. 탁옹은 유배지에서 우울하게 지내는 중에도 빼어난 창작으로 사람들을 생각게 하고 흥기시키고 징계할 수 있게 한 것이다. 지금 고을을 맡아 다스리는 수령들이 이를 한 부씩 필사해가지고 귀감을 삼는다면 우리 백성에게 어느정도 도움됨이 있을 것이다.

    내가 지금 머물러 있는 곳을 둘러보건대 영남의 변두리로 천재나 민막民瘼이 저쪽과 대략 비슷하다. 그럼에도 홀로 가슴을 두드리고 길이 한숨만 쉬며 마음속에 묻어두고 침묵을 지키면서 천재·민막의 놀랍고 겁나고 징계해야 할 사실들을 죄다 가려둔 채 전하지 않게 한다면 실로 애석한 노릇이 아닌가. 이에 내가 직접 듣고 본바 시정時政·풍교風敎에 관련이 되는 일을 뽑으니 열몇 조목이 된다. 나는 각기 그 사실을 시로

읊고 서序로 상술하였다. 기사년 늦겨울에 처음 착수하여 경오년(1810) 초봄에 손을 놓았다. 그래서 제목을 '기경기사'라 하고 이를 백진에게 부친다. 전에 탁옹의 시가 돌아서 나에게 왔듯, 이것도 학기에게 보내어 탁옹에게 전달되도록 하자는 뜻이다.

李學逵

己巳歲, 丁籜翁在金陵之茶山草菴. 是歲大旱, 餓莩相續, 流民塞路, 乃著田間紀事詩六篇, 付其胤君學箕[1], 學箕以示余從兄伯津[2]. 伯津寄余書曰, 籜翁今之詞伯也. 詩有風人之旨, 老杜垂老無家之後, 無此作也. 仍以其詩, 付余, 余惟己巳之旱, 湖嶺惟均, 而籜翁於憂瘋鬱悒之中, 猶其著述, 卓卓可以思, 可以興可以懲創, 而有爲使當世之莅州縣者, 各鈔一本, 用爲龜鑑, 則斯民其庶幾矣. 顧余所處止, 亦惟嶺外, 則天菑民瘼, 蓋略同焉. 獨擣心永歎, 齎志泯默, 使夫天菑民瘼之可警可怵可勸可懲者, 悉泯而不傳爲可惜也. 仍就所聞見, 撮其事有關於時政風敎者, 得十數條詩, 以諷詠之序, 以詳述之, 始作于己巳季冬, 斷手于庚午孟春, 命之曰己庚紀事. 以寄伯津, 令轉示于學箕, 以達于籜翁, 亦如前日籜翁之詩之委曲示余者矣.

북소리
擊鼓

「북소리」는 가뭄을 딱하게 여긴 내용이다. 고을 풍속이 큰 가뭄을 만나면 관아 안에다 나무를 세워 무대를 가설한 다음 짚을 엮어 용을 만들고, 장륙불丈六佛[3] 탱화를 내건다. 그리고 판수·중·무당 따위를 불러 독경이나 노래·춤으로 굿판을 벌이는데 요란스럽기 짝이 없다. 거기에 들어가는 비용은 전부 백성에게 책임 지운다. 백성들은 견디기 어려워, 비가 오래 안 오면 가뭄을 걱정하기 앞서 기우제 지낼 걱정부터 한다.

擊鼓, 閔旱也. 府俗遇大旱, 則於府中植柴爲棚, 縛草爲龍, 揭丈六佛[3]幀. 瞽矇僧巫, 雜奏歌舞, 備極嬲擾. 其所供億, 悉責于民. 民不堪命, 反不閔旱, 而閔禱祀焉.

저 사람들 어찌 그리 시름겨운가.
청뢰각 동쪽 마당에 북소리 울리는데.

짚으로 만든 용은 꿈틀꿈틀
탱화는 미풍에 흔들린다.

가마에는 고두밥을 올리고
유과 접시 울긋불긋.

술이야 밥이야 넘쳐나고
마당에 시끌시끌 정신 산란히

여승 나와서 치성을 드리되
저희 보살님들 시름겨워하옵니다.

擊　鼓

士女何悄悄,
擊鼓晴雷東.[4]
草龍强跂跂,
繪幀揚微風.
翠䭃上饋餾,
粗粆紛靑紅.
酒食不可限,
滿場神夢夢.
有尼前致詞,
菩薩閔懺懺.

무당은 신의 뜻 전하되
용의 비 내리는 공 칭송한다.

판수는 방울을 흔들고
북을 쳐서 둥둥둥.

북이야 방울이야 찢어지고 우그러들도록
대중의 힘 하늘의 마음 돌리리라.

누구는 말하기를, 시궁창을 파젖혀
더러운 것을 긁어내놓으면

썩은 냄새 하늘까지 풍겨서
한 줄기 비로 씻어줄 이치 있느니라.

또 누구는 말하기를, 기우제 지내던 그날 밤
원님은 정성스러운 마음이 없어

관 푸주에서 큰 돼지를 잡고
휘장 안에서 기생을 끼고 잤다더라.

또 누구는 말하기를,
우리 하시골 땅은

有巫答膺言,
龍神訐雨工.
有瞽手鐵鈸,
擊鼓恒詳詳.
鼓鈸壙且甂,
衆力回蒼穹.
或云掘壕塹,
剔抉去所蒙.
陳腐上熏天,
一滌理或通.
或云祀事夕,
府主無精衷.
官廚殺豪豬,
御女綺疏中.
或云此下土,

지극한 원통이 서려 있어

그 원통 풀리지 않고 맺혀
이상한 기운이 조화를 해친다더라.

가난한 집의 한 병 술
부잣집의 두 광주리 떡

어느 것인들 백성의 고혈 아니리오.
소용없는 곳에 버려지고 있구나.

가뭄으로 백성들 죽을 지경에
기우제 드린다고 도리어 백성을 괴롭히니

아! 북소리 울리는 저녁
떠오른 달 붉그레 무리지는구나.

其有至冤恫.
冤恫以夭閼,
乖氣割昭融.
貧家一壺漿,
富家雙簋餗.
斯惟民之血,
顚倒用無功.
無雨民盡劉,
祈雨民反窮.
嗚呼擊鼓夕,
赤月如爐烘.

---

1 **학기學箕** 다산의 둘째아들인 학유學游의 딴 이름으로 추정된다. 그런데 다산이 자기 중씨若銓에게 보낸 편지에 '학기'라는 이름이 보이는바, 그는 자를 희열希說이라 하며 바로 아들이 아니고 일가사람인 듯하다. 고증을 요한다.

2 **백진伯津** 이름은 명규明逵, 백진은 그의 자字.

3 **장륙불丈六佛** 부처의 별칭. 부처님은 그 모습이 키가 1장 6척에 황금색이었다고 한 데서 유래한 말.

4 원주에 "청뢰각晴雷閣은 읍내 객사客舍 남쪽에 있다"라고 했다.

구산

龜山

「구산」은 고을 수령을 풍간한 것이다. 곡식 싹이 아주 타버려 추수라고 기대할 것이 없었다. 관찰사는 메밀 종자를 나누어주라고 신칙했는데, 수령은 이를 즉시 실행하지 않았다. 읍내의 북쪽 구산에서 밀양의 삼랑진까지 40리는 관찰사가 순력할 때 오가는 길이다. 수령은 길 좌우의 밭에다 연도의 백성들을 동원하여 갈고 곰방메질하여 마치 파종하는 것처럼 했다. 관찰사는 필경 살펴보지 않고 지나갔다.[1]

龜山, 諫邑宰也. 田苗旣焦, 無所望秋. 察司飭授蕎麥之種, 守宰不卽奉行. 自府北龜山, 抵密陽之三浪津, 凡四十里, 爲察司往來之路, 左右所有田疇, 令沿途之民, 悉力耕耰, 一如播種者. 察司, 竟亦不之問焉.

구지봉에 7월도 반이나 지나	龜山
성성 매미 우는 소리 귓가에 들리는데	
시든 버드나무 먼저 낙엽져	龜山七月半,[1]
황량한 밭이랑에 떨어진다.	山蚩聲悠悠.
	枯楊先黃賈,
	賈被荒田疇.
큰아들 가래 들고	
둘쨋놈 곰방메 끌고	中男手犁耑,
가문 땅이라 돌처럼 단단하여	次男行曳耰.
소는 쟁기질에 지쳐 쓰러지고	旱出觸如石,
	中有暍死牛.

보리 갈기엔 철이 너무 이르고
메밀 뿌리기엔 철이 벌써 지난지라.
길손들 너나없이 괴이히 여겨 물으니
밭머리에 하릴없이 말이 오가네.

올처럼 심한 가뭄에는
백곡에 어느 하나 거둘 것 있으리오.
벼 싹은 선 채로 말라 죽고
단지 쑥대만 무성하다오.
얼마 전 감사가 공문을 내렸는데
이젠 오직 메밀 심어야 거둘 수 있다 하였다오.
메밀은 관가 창고에 쌓여 있고
메밀씨 구할 곳 달리 없거늘
관가에서 메밀 종자 내주지 않고
백성들 역시 말하지 못하고
관민이 서로들 바라만 보는 사이
절기는 물처럼 흘러갔다오.

이곳은 바로 큰길가
아침저녁으로 역마들 달리고
감사의 순력이 있을 적엔
눈에 뜨이기 마련이라
원님은 군교를 파견하여

種牟太計早,
種蕎節已遒.
行者共怪問,
問答空田頭.

今妓大旱天,
百昌斯無秋.
禾苗立燥死,
但有蓬與萩.
察司近有帖,
惟蕎望其收.
蕎儲在官廩,
蕎種無它求.
官不出蕎種,
民亦莫亂咻.
官民互相望,
時節忽如流.

斯乃察司路,
朝暮閱傳郵.
察司有按廉,
耳目不可度.
府主遣軍校,

육모방망이 밭두렁에 설쳐대네.

큰길 사십리 연변
저지대의 땅이나 비탈밭이나
사람들 눈에 뻔히 보이는바
백 구역 천 구역에 그치겠소?

赤梧行阡溝.

緣阡四十里,
汙邪與甌窶.[2]
十目之所視,
何翅百千區.

씨도 뿌리지 않고 가래질하니
감사를 속이려는 게 아니고 뭐겠소.
뙤약볕에 일이라고 하자니 힘에 겨워
지금 나무그늘에서 숨을 헐떡인다오.

不種而使耕,
以欺察司不.
納屨尙無力,
膽樾喘未休.

부지런한 척하면 묻지 않고 지나치지만
늑장 부리면 매질하고 잡아 가두고
오로지 땅 파먹고 사는 목숨이라
이 길가 구석에 엎드려 있으되
미구에 무더위도 물러갈 터이니
그땐 온 집이 배 타고 떠나야겠지요.

勤者逝無問,
慢者亟笞囚.
但以食土故,
土著此路陬.
炎暑逝非久,
盡室浮江舟.

---

1 **구산龜山** 「구지가龜旨歌」와 관련된 구지봉龜旨峯의 별칭이다. 『동국여지승람東國輿地勝覽』에 의하면 "구지봉은 김해부의 북쪽 3리에 있다"라고 한다.
2 **오야汙邪·구루甌窶** '오야'는 지대가 낮은 곳의 땅. '구루'는 협소하고 높은 지대의 땅.

호랑이
虎狼

「호랑이」는 아전이 관가에 진 빚을 친척들에게 물리는 것을 풍자한 것이다. 고을 아전이 경저京邸 돈의 빚낸 것을 채우지 못한 경우, 원님은 그 아전에게 물리지 않고 그 인아친척에게 물렸다. 그 아전의 사돈의 처가의 외삼촌이 되는 이에게까지 징수한 돈이 십여 꿰미나 되었다. 이렇게 마구잡이로 빼앗아가는 억울함에 그 해독이 흉년보다 더욱 심했다. 항간에서 이 때문에 "차라리 시집 장가 못 보낼지언정 아전들과는 혼인하지 말아라"라는 말까지 생겼다.

虎狼, 諫胥債徵族也. 府胥欠京邸錢債, 守宰, 不責於胥而責於其親戚姻婭. 有爲胥之婚家之姻家內舅而徵錢, 至十餘緡, 侵漁冤濫其毒甚於凶年閭里爲之語曰, "寧廢倫, 毋與胥爲婚姻."

아들 장가 읍내로 들이지 말 것이요,	虎狼
딸 시집 차라리 타관으로 보내리라.	
읍내 아전과 혼인하다니	娶男不入城,
용당여울 건너기보다 위험하니라.	送女寧它方.
	婚姻與府胥,
	不如揭龍塘.[1]
용당[1]은 으레 호랑이 나오지만	
읍내야 본래 호랑이 있었는가?	龍塘亦有虎,
허여멀쑥한 저 읍내 것들	城中本無狼.
	皎皎府胥兒,

사람 얼굴에 호랑이 뱃속이로고.

읍내에 고래 등 같은 집을 세워

앞으로 성황당을 내려다보는데

마구간엔 건장한 호마 매여 있고

별당에는 웅신랑熊神娘[2]을 들여앉히고

대문으로 들어서면 작은방 난간에

상을 물리는데 놋그릇 번쩍번쩍

고기 한 덩이 수십전 값이요

술 한잔 먹는 데는 다섯 꿰미 돈.

이 아전 경저리[3] 장부에 서명하고

저리방邸吏房에 빚을 내는데

경저사람 속여먹을 수는 있으되

그 위세 무슨 수로 감당하랴.

경사京司[4]에서 의뢰하여 받아내도록 하니

원님이 몸소 그 일 주장을 하시는구나.

아전 놈 원님의 어지심 믿었나니

그의 성질과 행동이 양순함을 아시어

그의 집을 처분하지 말도록 하고

그의 살림 조사하지 못하게 하며

그놈 집은 편안히 먹고 잠자며

도리어 활개치고 다니는구나.

人面虎狼腸.

府中起大屋,
面勢垂城隍.
高槽健子馬,
別舍熊神娘.[2]
入門小房櫳,
退食銅盆光.
一臠數十錢,
一梳五緡強.

署名邸吏簿,[3]
覓債邸吏房.
邸人尙可欺,
威勢不可當.
京司轉囑託,[4]
府主親主張.

所恃府主仁,
知己性行良.
休令賣其屋,
休令搜其箱.
其家且晏眠,
出入還翺翔.

처음에는 일가붙이에게 물리더니

다음엔 타성바지까지 골라 끌어가서

인아친척이야 또 그렇다지만

이웃집까지 차례로 재앙을 입다니……

십만닢으로도 채우지 못하여

백만의 돈을 무단히들 빼앗겼으니

장차 굶어 죽을 일 어찌 슬프지 않으리오만

살가죽 터지는 아픔 참으로 견디기 어려웠다오.

애달프다 우리 논밭

쑥대만 우거져 거칠게 되었구나.

소 잡아서 먹지를 못하고

길거리에 내다 고기를 파니

늙은 아내 억울함을 호소하다가

노염을 사서 멱살을 잡혔다네.

아전들 남은 돈 가지고 돌아가

먹고 마시고 대청마루 떠들썩하더라.

初令徵其族,
異姓次抄將.
姻婭念自可,
隣里迭罹殃.
十萬不自足,
百萬橫見攘.
溝壑豈不悲,
肌膚眞可傷.

傷哉我田疇,
蒿艾萎其黃.
殺牛不自食,
賣肉之康莊.[5]
老妻枉愬說,
遭怒扼其吭.

胥歸得餘錢,
酒食譁中堂.

1 용당龍塘 읍내 동편 상동산上東山 아래 있다. 그곳은 물이 얕고 물살이 빨라서 호랑이
·표범 들이 헤엄쳐 건넌다. 나무꾼·어부 들도 늘 조심해서 그곳을 피해다닌다(原註).

2 웅신랑熊神娘 이 말의 유래를 알 수 없는데, 어여쁜 첩을 가리키는 것으로 생각된다.

3 저리邸吏 여기서는 경저리京邸吏를 가리킴. '경저'는 지방 각 고을과 중앙과의 연락
·주선을 위해 서울에 설치한 기관. 경저에 파견근무하는 아전을 경저리 혹은 경주인
京主人이라고도 한다. 이 경저에 수령을 비롯해서 그 고을 아전들이 빚을 지는 경우가
허다히 발생했는데 이를 경저채京邸債 혹은 저채라고 불렀다.

4 경사京司 중앙의 관서. 경저리들은 사무적으로 중앙 관서의 말단과 결탁되는 경우가
많기 때문에 경사의 위세를 빌리는 것이다.

5 강장康莊 사통팔달의 큰길을 이르는 말.

쌀내기

糶米

「쌀내기」는 호남사람들이 안타까워 지은 것이다. 기사년 가을에는 호남지방이 우심하였다. 호남사람 수십명이 처자와 작별하고 배를 저어 연해 천여리를 돌아 금관金官(김해의 옛 이름)나루 어귀에 닿았다. 사사로이 쌀을 매입하여 백여 곡斛에 이르렀는데 관가에서 이 사실을 알고 곧바로 찾아내 억지로 헐값에 팔도록 했다. 이미 비용이 많이 났던지라 빈털터리로 남은 재물이 없어 드디어 올데갈데없는 신세가 되고 말았다.

糶米, 哀湖南民也. 己巳之旱, 湖南尤甚. 有湖民數十輩, 訣妻子, 操舟檝, 沿海千餘里, 至金官津口, 私糶米至百餘斛. 官府覺之, 亟搜出, 勒令廉價, 糶之. 耗費旣多, 蕩無餘貲, 遂爲流亡不知所適從焉.

쌀을 내는데 마질도 제대로 하지 않고
받은 돈이란 장터에 쌓인 먼지나 다름없는 것.

돈이고 쌀이고 털어버린 꼴이라
쓰라림에 말할 기운조차 잃었네.

"길손이여!
　일이 왜 이렇게 되었소?"

糶米

糶米不用斗,
得錢堆市塵.
揮手兩棄置,
辭氣浩悲辛.
借問客何爲?

"우리는 호남사람들이지요.
호남 땅 2천리에
봄부터 심한 가뭄 계속되니

물에는 조개 등속도 살지 못하고
뭍에는 쑥조차 말라버렸소.
산 자는 사방으로 흩어지고
죽은 자 물가에 버려지고

앉아서 죽기만 기다릴 수 있나요
일가간에 의논이 나왔지요.

돈 50만을 마련해가지고
여덟아홉명이 배를 부려서

열흘 내내 까치바람 잘 불어
우리를 이곳 금관나루로 보내주었소.

이 고을에 큰 부자 다섯이 손꼽혀
집집이 나락이 그득그득 묵어나는데

장자長者들 연줄연줄로 만나서
술을 받고 생선을 끓이고

自言湖南民.
湖南二千里,
亢旱自徂春.
在水無蠯蜃,
在地無茵蔯.
生者散之四,
死者流湖濱.
相守但坐死,
出議先六親.
齋錢五十萬,
操舟八九人.
兼旬雀兒風,[1]
送我金官津.
云有五巨室,
秔米實陳陳.
贇緣會長者,
瀝酒烹鮮鱗.

마시고 먹기로 일의 성패 달렸으니
세상이 어찌 이래서 될 것이랴!

어렵게 수백섬 곡식을 사서
날 새기 전에 운반해놓았는데

어제는 바람이 전혀 불지를 않고
오늘은 바람이 마음을 심란케 하오.

밤사이 모래톱에 무슨 일 생겼는지
두런두런 자못 소요하더니

관가의 문서를 가지고 왔다면서
기세도 등등하게 몰아치는데

백성들 먹을 복 저마다 타고났고
지경은 서로 이웃하여 있거니

지금 이 쌀을 얼른 방매하란 건
모쪼록 공평히 하자는 뜻이거늘

전번 쌀을 사들일 때 값이 그리도 비싸더니
이번 낼 때는 땔나무 버리듯 하였다오.

飲食反操縱,
無乃太不仁.
囏難數百斛,
轉致皆昏晨.
昨日大無風,
今日風愁神.
中洲夜有警,
衆口頗訛訑.
自言持府牒,
氣勢橫威嗔.
民亦各有祿,
地亦各有鄰.
今玆速出糶,
斗斛須平勻.
曩糴價何翔?
今糶如遺薪.

힘센 놈 달려들어 팔을 비틀고
빠른 놈 어느새 지나가니

아전에게 하소연해 무엇하나
원님 앞엔 아뢸 길 없고

지지부진 50일 사이에
빈털터리로 이 몸뚱이만 남았다오."

땔나무처럼 버린 자 누구던고?
슬픈 노래 강으로 흘러가네.

무엇하러 나섰던고? 집에 가만있었더라면
굶어 죽어도 식구들과 나란히 누웠을 텐데……

强者竟紾臂,
趫者俄逡巡.
吏亦不可愬,
官亦不可申.
遲遲五旬朔,
蕩然空一身.
伐薪者誰子?
哀歌下江潯.
飜思在家好,
相藉委荒榛.

---

1 **작아풍雀兒風** 바람에 붙은 이름이겠으나 말의 유래는 알 수 없다. 돛배가 운행하기에
알맞은 바람인 것 같다.

북풍

北風

「북풍」은 또한 호남 백성을 슬퍼한 것이다. 도적이 밤에 읍내 서촌에다 불을 지르고 소란한 틈을 타서 촌민이 저축한 재물을 모조리 훔쳐 달아났다. 그때 호남의 유민 10여 명이 남호南湖 어귀에 배를 대고 있었다. 도적을 정탐하러 나온 자들이 이 사람들을 모두 붙잡아다 고을 옥에 가두고 매질을 혹독하게 가했는데 그 억울한 사정을 호소할 곳이 없었다.

北風, 哀湖南民也. 有偸, 夜縱火府西邨落, 乘其擾攘, 悉偸邨民儲蓄而去. 時有湖南流亡十餘輩, 泊舟依南湖口. 府之偵偸者, 悉逮繫府獄, 箠楚備至, 冤苦無所曁訴焉.

북풍은 어찌 거세게 몰아치는고?
불길이 번져 골목을 휩쓰는도다.

애달프다, 조그만 마을에   北風
까마귀 모인 듯 소요한가.
                                 北風何烈烈?
                                 爝火獵通衢.
물을 긷다 동이를 깨뜨리고   哀哉十宅邨,   '
지붕에 오르다 넘어지고   衆噪如鴉烏.
                                 汲水反破盎,
                                 拽屋跌復蘇.
마을사람들 제 목숨 구하기에 바빠   所幸各逃生,

빠져나와 길모퉁이에 모여 섰더라.

그 밤을 넘기고 날이 밝아
필요한 물건을 찾으니

자루고 상자고 독이고
눈에 뜨이나니 텅텅 비었구나.

허허 양상자梁上子[1]들이여
소동이 난 틈을 엿보아

그사이 솜씨를 부려서
훔쳐가고 달아났다네.

이때 타관사람 십수명 있었으니
그네들 흘러다니는 사람들인데

거년 여름 전라도 땅 가뭄이 심해
온 가족이 정처없이 떠다니며

아침에 나가서 동냥도 하고
석양에 나가서 옷가지도 팔아

얼굴색 반쯤 부황이 들었고

十口聚路隅.
辛勤待日出,
次第尋所須.
囊箱與甀石,
觸目皆虛無.
嗟嗟梁上子,[1]
闖人之讙嘷.
乘間逞其手,
擔負以亡逋.
維時十數客,
自言流亡徒.
去夏湖南旱,
擧族浮江湖.
朝出或乞飯,
暮出或賣襦.
顔色半痿黃,

한발짝 옮길 적마다 한숨 나오더구나.

거늘먹거리는 군교놈들
늑대처럼 흘끔흘끔 싸다니다가

유민들 붙잡아 팔을 끌고
방망이로 두들겨 패며

"이것들 큰 도둑놈
종적이 매우 수상하다."

황혼에 관부가 떠들썩
몰아쳐 읍내에 이르렀다.

그 처자들 따라오며 애걸하길
아내는 남편 대신 관비가 되겠다,
자식은 아비 대신 종놈이 되겠다.

비옵나니 너그러이 용서해주십사
애잔한 목숨 조석간이나마 이어보려고

하늘이여, 물어볼 곳 없구나.
사람이여, 속일 수 없도다.

跬步猶喙吁.
訖休府中校,
顧眄如雄貙.
搜索紲其肢,
持梏敲其膚.
言此大賊虜,
踪跡極睢盱.
黃昏府中譁,
驅迫及閭閻.
妻亦乞爲婢,
兒亦乞爲奴.
所願略寬恕,
喘息延朝晡.
天乎不可問,
人乎不可誣.

슬픈 울음 눈물조차 훌쩍이는데
재미난 소리처럼 듣고 넘기는가.

옛 어진 임금의 마음은
한 사람 불우해도 안타까워했다네.

이런 억울한 사정이 있다니
문득 가슴이 답답하고 미어지노라.

哀聲與啜泣,
適以充其娛.
維昔聖王心,
不獲慮一夫.
冤苦有如此,
懷哉長鬱紆.
(『낙하생전집洛下生全集·
인수옥집因樹屋集』상)

1 **양상자梁上子** 남의 집 물건을 훔치러 들어온 도둑을 일컫는 말. 양상군자梁上君子.

🌸 작자 소개

이학규李學逵(1770~1835): 자는 성수惺叟, 호는 낙하생洛下生·인수옥因樹屋, 본관은 평창平昌. 실학파 계열의 시인. 서울의 황화방(지금 서울의 정동) 외갓집에서 태어났다. 그의 외조부는 문학가로 이름 높은 이용휴李用休이며, 이가환李家煥은 그의 외숙이다. 외가를 통해 일찍이 실학적 학풍에 접했으며, 26세 때는 규장각의 도서 편찬 일에 참여했다. 정조 사후 일어난 신유옥사에 연루되어 23년간(1801~24)이나 귀양살이를 했다. 그의 유배지는 경상도 김해 땅이었다. 정약용과는 같은 처지에 놓인데다 가계적 연결이 있어 정약용의 창작활동이 그에게 깊은 영향을 주었다. 역시 현실주의 방향에 섰으며 민생의 다양성과 풍물 세태를 묘사하는 데서 특색을 보여주었다. 시문 이외에 인삼 재배법에 대한 연구로 『삼서蔘書』, 우리나라 역사 사실을 고증한 『동사일지東事日知』가 있다. 그의 저작들은 『낙하생전집』 3책으로 출간되었다.

🌸 작품 해설

「기경기사」는 바로 「전간기사」를 읽고서 감명과 자극을 받아서 쓴 것이다.

「기경기사」의 시인 이학규는 정약용이 강진에 있을 당시 같은 처지로 경상도 김해 땅에 우거해 있었다. 기사·경오 양년(1809~10)에는 전라도나 경상도나 온통 흉년이 들었다. 시인은 "내가 지금 머물러 있는 곳을 둘러보건대 영남의 변두리로 천재나 민막이 저쪽과 대략 비슷하다. 그럼에도 홀로 가슴을 두드리고 길이 한숨만 쉬며 마음속에 묻어두고 침묵을 지키면서 천재·민막의 놀랍고 겁나고 징계해야 할 사실들을 죄다 가려둔 채 전하지 않게 한다면 실로 애석한 노릇이 아닌가"라고 이 시를 창작한 외적 정황과 내적 심경을 서문에서 밝히고 있다.

이 작품은 총 16편에 이른다. 「전간기사」에 비해 구체적 사실들을 다양하게 포괄하여, 현실의 복잡한 상황을 보다 풍부하게 반영한 편이다. 여기서는 그 가운데 5편을 뽑아 실었다. 「북소리」는 한발에 기우제를 올리는 행위가 농민 수탈로 가중되는 사정을 풍자한 내용인데, 하나의 민속적 화폭으로 의미가 있다. 「구산」에서는 「구지가」라는 옛 노래와 관련하여 우리 문학사에 유명한 곳인 구산의 산기슭에서 감사의 순시를 눈가림하기 위해 '헛 메밀 갈기'를 하는 모습이 풍자적 화폭으로 그려진다. 「호랑이」에서는 지방 아전들에 의해 자행되고 관장이 비호하는 음성적 비리가 파혜쳐지고 있으며, 「쌀내기」와 「북풍」에서는 재해와 고난 속에서도 살아가기 위해 끈덕지게 노력하는 백성들을 보살피고 도와주기는커녕 부당하게 빼앗고 짓밟는 이야기가 펼쳐진다.

이들 여러편을 통해서 당시 통치체제, 행정체계의 제반 구조적 모순을 실감케 되는데, 가뭄의 재난은 실로 '천재'가 아니고 '인재'였던 사실을 엿볼 수 있다. 이 「기경기사」는 「전간기사」에 견주어 시적 형상화의 밀도는 떨어지지만 현실주의의 진전된 측면이 또한 없지 않다.

과부의 탄식

寡婦歎

박윤묵

어허! 저 아낙네
　길가에서 통곡을 하다가
하늘땅을 부르짖으며
　몸을 마구 뒤굴리네.

문득 울음을 삼키는데
　흐느끼는 소리 나오질 않고
피눈물 뒤범벅으로
　치마에 온통 얼룩졌구나.

이 정경에 차마 떠나지 못해
　갈림길에서 걸음을 멈추고
"산속에서 부인이 어인 영문이오?"
　라고 사연을 물어보니

그 여자 고개 들어 바라보며
　"웬 어른이신가요?
제 말 한번 들어보시려오"

寡婦歎

朴允默

噫彼寡婦路傍哭,
呼天叫地身顚覆.
忽復呑聲聲不出,
滿裳龍鍾血和淚.[1]
臨歧住節不忍去,
爲問空山此何女?
作氣仰視公是誰?
煩公聽我此一語.

하며 이야기 시작하더라.

"이내 신세 열다섯살에
　시집가서 농부의 아낙이 되어
우리 내외 땅 몇 뙈기
　함께 나가 갈고 가꾸고

긴긴 여름 추운 겨울에
　근근이 입에 풀칠이나 하며
뼈 빠지고 손발 닳도록
　고생고생 일을 하더니

지난봄에 우리 남편
　끝내 굶어서 세상 뜨고
눈앞에 있는 것이라곤
　자식 하나뿐이었지요.

그 자식 엊그제 석양 무렵
　나무하러 나가더니
앞산에서 호랑이 만나
　물려 죽고 말았다오.

이제 이 한 몸뚱이
　홀어미로 외톨이 되었으니

十五嫁作農人婦,
夫婦耦耕田數畝.
長夏隆冬僅糊口,
勞筋苦骨無不有.
今春夫婿餓而死,
眼前惟有一子耳.
昨者未暮採薪去,
爲虎嚙死前山裏.
孑孑此身寡又獨,

어느 누구에게 의지해서
　살아가면 좋겠나요.

게다가 또 겨울철이
　눈앞에 다가오는데
남편의 신포身布 자식의 신포
　장차 이를 어찌한단 말씀이오.”

일행의 수종하는 인원들
　귀 기울여 듣다가
너나없이 안타까움에
　이마를 찡그리고 슬퍼하네.

평신平薪[2]의 돌아가는 나그네
　수건을 배나 적시고
과부를 위로해보려 하나
　할 말을 찾지 못하더라.

황량한 마을 뒤돌아보니
　빗방울 뚝뚝 떨어져
바로 이 고장 산도 슬퍼하고
　개울도 애달픈 때로구나.

與誰依賴爲生理.
況復冬候漸迫近,
夫布兒布將何以.
一行徒御傾聽之,
莫不惻然爲感眉.
平薪歸客倍霑巾,[2]
慰諭不可容言辭.
回頭荒村雨冥冥,
正是山哀浦怨時.
(『존재집存齋集』 권11)

1 **용종龍鍾** 형용하는 말로서 여러 가지 뜻으로 쓰이는데, 여기서는 눈물에 적셔진 모양을 나타낸 것이다.

2 **평신平薪** 충청도 서산瑞山에 있던 진鎭의 소재지. 태안반도의 북쪽으로 현재 서산시 대산읍에 있었다. 시인이 평신진의 첨사로 있다가 임기를 마치고 돌아가는 길이었다.

  박윤묵朴允默(1771~1849): 자는 사집士執, 호는 존재存齋, 본관은 밀양密陽. 여항시인. 출신이 경아전 계통으로 정조 때 규장각 서리로 뽑혀 도서의 편찬에 참여한바 정조의 칭찬을 받은 바 있다. 헌종 1년에 평신첨사平薪僉使에 제수되었는데 마침 큰 흉년을 만나 기민을 구휼하고 선정을 베풀었다. 천수경千壽慶과 가까이 어울려 송석원시사松石園詩社의 동인이었으며 뒤에 서원시사西園詩社에도 관여했다. 『존재집』13책이 필사본으로 전하고 있다.

🌸 **작품 해설**

  이 시는 길에서 만난 유이민과 주고받은 이야기로 엮인 것이다. 서사시의 정식화된 유형이지만 독특한 내용을 극적으로 구성해서 큰 충격과 깊은 감동을 주고 있다.

  작중 주인공은 남편이 굶어 죽고 자식마저 호랑이에게 물려 죽은 가련한 신세의 여자다. "남편의 신포 자식의 신포 장차 이를 어찌한단 말씀이오"라고 하소연한바, 이 여자는 불법적으로 가해진 실로 어처구니없는 수탈 때문에 그나마 정든 고장에 붙어 있을 수도 없게 된다. 정민교의 「군정의 탄식」이나 정약용의 「애절양」과 짝을 이루는 작품이다.

독을 깨뜨린 이야기
破甕行

쌍호정 아래쪽에
　저물녘 연기가 오르는데
관악산 주변으로
　밤 들어 횃불이 밝구나.

마을 노인을 보고서
　"저게 웬 불인가요?
불빛 한 점이 반짝반짝
　산자락에 비껴 있네요."

"강 건너에 본디부터
　옹기점이 있었거든.
밤마다 관솔불 밝히고
　독그릇 짓는 게지요."

"옛날 어떤 사람이
　독 짓는 재주를 배워서
독짐 지고 서울을 내왕하며

破甕行

洪錫謨

雙湖亭下暮烟生,
冠岳山邊夕烽明.
借問村翁是何火?
一點耿耿山下橫.
江左素有燔甕店,[1]
夜夜松火型範成.
昔有一夫學此工,
往來長安換靑銅.

돈을 받고 팔았는데

한번은 저물어 돌아오는 길
　나무 그늘진 아래서
둑에 짐을 받치고
　바람을 들이며 쉬다가

어느새 해는 떨어지고
　새들 집을 찾아 돌아가서
사방 둘러봐도 막막히
　평평한 언덕뿐이라.

혼자 몸을 웅크려
　항아리 속으로 들어가니
무릎은 귀 위로 솟고
　등은 마치 자라 모양.

숙인 머리로 셈을 하느라
　손가락을 부지런히 꼽아
열흘 스무날 날이 가는 대로
　버는 돈 점점 많아져

엽전이 산처럼 불어나서
　무진장 쌓여가니

夕陽歸來樹木陰,
芳堤下擔納淸風.
須臾日落歸鳥過,
四顧漠漠只平坡.
轉身仍入甕中宿,
脚過耳兮背如䵷.
低頭點點指頻屈,
十日卄日價漸多.
息貨如山堆無窮,

곤궁한 아이는 졸지에
　부잣집 샌님으로 변했구나.

제 몸이 지금
　항아리 속에 있는 걸 잊고
재산이 날로 불어 부자가 되자
　아주 마음이 들떠서

벌떡 일어나 두 소매
　너울너울 춤을 추다가
팔목을 휘젓고 발을 구르며
　미친 듯이 나대는데

앞으로 자빠지고 뒤로 엎어지고
　좋아서 그칠 줄 모르더니
항아리 산산조각 냈는데도
　그 사람 깨닫질 못하네.

襄兒忽成富家翁.
身邊不覺甕之小,
心中只喜財益豐.
倏擧雙袖舞參差,
揮手頓足如狂痴.
東倒西顚樂未已,
片片甕破渾不知.
陶朱巨富空流涎,
千金還似春夢然.
窮人妄計竟何成?

부자 장자 부러워
　공연히 침을 흘리다가
천금의 재물을
　봄꿈에 얻은 듯하였도다.

이 가난뱅이 허망한 셈이

마침내 무엇을 이루었던가?
등에 진 항아리 하나마저
　온전치 못하게 만들었구나.

저 옹기장수야!
　속성할 마음 내지 마오.
부자로 살고 가난하게 살고
　모두 하늘에 달린 거라오.

세상 사람들 이곳 탐내기
　대개 이와 같나니
바삐바삐 쏘다니는 모습
　참으로 안타깝게 보입니다.

마을 노인이시여
　나의 이야기 들으신바
나의 말 헛소리 아니지요.
　노인께서 사람들 타일러주오."

背上一甕亦不全.
嗟彼甕工忽生欲速心,
一富一貧都關天.
世人慕利皆如此,
紛紛逐逐正堪憐.
村翁來聽我所言,
我言非虛翁其傳.
(『도애시집陶厓詩集』권1)

1 **옹점甕店** 『과천읍지果川邑誌』를 보면 월파정月波亭 및 제원정堤遠亭·효사정孝思亭의 위치를 "현북縣北 25리里 옹막甕幕에 있다"라고 했다. 시에서 쌍호정雙湖亭은 이들 정자에 가까이 있었던 것으로 생각된다. 옹막은 시에서의 옹점일 것이다. 곧 옹점은 과천 읍내에서 북쪽으로 25리 지점이므로 대개 지금 서울 동작구 동작동이나 흑석동의 한강변에 있었던 것으로 추정된다. 권발權撥의 「현석강정십영玄石江亭十詠」에 '옹촌청연甕村青烟'이 들어 있는 것으로 보아 옹점에서 오르는 연기는 한강의 한 풍치로 인식되었음을 알 수 있다.(『습재집習齋集』 권3: "向夕浮烟漲杳冥, 水村山郭摠潛形. 誰知竈下烘薪焰, 截破江天一半青.")

홍석모洪錫謨(1781~1857): 자는 경부敬敷, 호는 도애陶厓, 본관은 풍산豊山. 이계耳溪 홍양호洪良浩의 손자이며, 이조판서 희준羲俊의 아들로 태어났다. 일찍부터 시에 전념하여 많은 시편을 창작했던바 『도애시집』 21책이 초고로 전하고 있다. 따로 『도애시문선陶厓詩文選』 8책이 있다. 서울 주변, 특히 한강을 오르내리며 산수풍광과 생활정조를 시폭에 많이 담았으며, 『동국세시기東國歲時記』를 저술했는데 세시풍속을 시로 나타내기도 했다. 음직으로 남원부사南原府使를 지낸 바 있다.

◉ 작품 해설

이 시는 '독장사 주먹구구〔甕算〕'라는 민담을 차용한 것이다. 『송남잡지』의 「방언류方言類」를 보면 옹산甕算이란 표제어 밑에 "소설에 이르기를 가난한 사람이 기껏 독 한개밖에 살 수 없었는데 마침 길에서 비를 만났다. 독 속에 들어앉아서 셈하기를 '이것 하나 팔면 하나가 둘이 되고 이익이 무궁하구나'. 드디어 좋아서 춤을 추다가 독을 깨뜨리는 줄도 깨닫지 못했다. 지금 허황하게 계산하는 것을 일러서 '옹산'이라 하는데, 이 이야기에서 나왔다"라고 기록했다. 『성수패설醒睡稗說』에도 이 내용이 재미나게 엮인 이야기로 수록되어 있다.

'독장사 주먹구구' 혹은 '독장사 경영'이란 속담은 재물에 대한 욕망으로 헛되이 꾸는 꿈을 가리키는 데 쓰이지만, 이야기 자체는 돈을 매개로 한 교역이 발전하고 부의 추구에 열이 오른 시대 분위기에서 발생한 것이다.

이 작품은 바로 이런 민간의 이야기를 서사시 형식에 담았다는 데서 우선 의미를 갖는다. 서사시는 대체로 견문한 실사에 의거하고 있으며, 야담에서 취재한 사례도 드물게 있다. 이처럼 민담을 작품화한 것은 특이하다. 그리고 관악산 기슭의 쌍호정을 서사의 배경으로 설정한 점도 주목된다. 서울 가까이 있는 옹기점이 그려져서 지역적 구체성이 느껴진다. 그런데 결구의 처리는 상투적이고 원숙하지 못하다. 이 시는 저작 연대가 1795년으로 당시 시인의 나이는 15세였다. 소년적 감수성에서 이야기의 신기함에 관심을 가졌으나 그 이야기에 내포된 역사적 의미를 인지할 수 없었기 때문에 범속한 교훈으로 마무리를 했다.

소나무 뽑아내는 중
僧拔松行

황상

수군절도사 나리
　송정松政에 힘을 쓰시나니
막부幕府에 누워서
　엄호령을 내리셨다네.

용마 같은 건장한 말에
　푸른 말다래 하고 출동한 군교들
말굽 닿는 대로
　청해青海를 휩쓸며 단속하다가

백련사 들러 문루에서 쉬시니
　신선이 따로 없어라.
안석에 몸을 기대
　금사연金絲煙³을 점잖게 빨아대니

그 기세 하늘을 찌르는지라
　절의 중들 앞에서 기는데
송산 아래 누가 경작을 했느뇨?

僧拔松行

黃裳

水軍節度務松政,
臥送幕府嚴號令.
俊馬如龍靑障泥,¹
踏盡折禽靑海倂.²
轉到禪樓坐如仙,
隱囊驕吸金絲煙.³
意氣干虹僧蒲伏,
咆哮誰耕松下田.

으르렁대는 소리

나라의 삼정三政[4] 중에도
　송정이 으뜸이라
선박 만드는 자재로는
　소나무만큼 좋은 것이 없다네.

잘린 소나무 적발한다고
　산을 온통 뒤지니
관노 무리들 눈치 보며
　인정전[5]을 강요하누나.

절간에서 채찍질 매질
　이런 일 생각이나 했으리오!
스님들 합장하고
　비옵나니 살려주십사.

해마다 봄가을로
　이런 곤경을 겪고
그사이에 엉뚱한 사단이
　또 허다히 일어나니

산에 만약 소나무가 없다면
　이런 일이 어찌 일어나랴!

國之三政松居一,[4]
船備無如此樹賢.
摘拔松根搜林數,
輿儓俯仰索情錢.[5]
不意禪宮生鞭撻,
合指山僧惟願活.
春秋如此每年年,
其間許多橫枝拔.
山如無松豈如斯,

소나무 뽑아버리자
    이 주장에 딴말이 없었네.

도끼로 자를 나무 도끼로
    낫으로 벨 나무 낫으로
귀여운 어린 싹까지
    수염 뽑듯 다 뽑혔다네.

중으로서 소나무 씨를 말리다니
    어찌 그럴 수 있나?
숲속의 해충들아,
    너희를 미워하지 않겠노라.

이 일 정녕
    괴로운 인연에서 비롯된 바라
생명을 마구 해치거늘
    마음 어찌 편안할쏘냐?

拔松議論無藤葛.
可斧者斧鎌者鎌,
丰茸幼穉拔如髯.
僧拔松違師戒,
林樹蟲汝莫嫌.
此事乃從苦緣起,
損害生命豈可恬.
(『치원유고梔園遺稿』 권2)

---

1 **장니障泥** 말대래. 말을 탄 사람의 옷에 흙이 튀지 않도록 가죽 같은 것을 말의 안장 양
쪽에 늘어뜨려놓은 기구.
2 **청해靑海** 여기서 완도 지역을 가리키는 것으로 보임. 완도는 신라 때 청해진으로 일컬
었음.

3 은낭隱囊·금사연金絲煙 '은낭'은 몸을 기대는 도구, 즉 안석. '금사연'은 만력 연간에 중국의 군대에서 유행하여 담배처럼 피었던 것이 있었던바 이를 '금사연'이라고 일컬었다 함(방이지方以智『물리소식物理小識』). 여기서는 바로 담배를 지칭하는 것이 아닌가 한다.

4 삼정三政 일반적으로 삼정은 군정軍政·전정田政·환곡還穀을 드는데 환곡·형옥·송정을 들기도 했다.

5 정전情錢 인정으로 바치는 돈. '인정'은 뇌물 성격으로 주는 것을 이르는 말.

✿ 작자 소개

황상黃裳(1788~1863?): 자 자중子仲, 호 치원巵園, 아명은 산석山石. 강진의
이속 출신으로서 어린 나이에 귀양 와 있던 다산의 제자가 되었다. 다산의 읍중
제자로 분류된 중에서 이청李晴과 나란히 손꼽힌 존재였다. 다산이 귀양이 풀려
경기도 광주의 고향으로 돌아간 이후로 강진군의 대구면 백적동에 일속산방一
粟山房을 짓고 살아 치원처사라는 칭호를 들었다. 다산이 세상을 떠나기 직전에
찾아가 뵈었으며, 다산의 아들인 정학연丁學淵 형제와 인연이 계속되었다. 그리
고 추사 김정희와 그 동생 산천山泉 김명희金命喜와도 친교를 갖게 되었다. 시를
잘하기로 이름이 있었는데 김명희는 황상의 시를 평하여 "다산가범茶山家範을
벗어나지 않았으되 하나도 닮지 않았다"라고 말한 바 있다. 『치원유고』 2책이
필사본으로 전한다.

✿ 작품 해설

황상은 다산의 사실적 시풍을 계승하려는 노력을 보여주었다. 가장 뚜렷한
사례로서 다산의 특이한 서사시 작품인 「애절양哀絶陽」과 「소나무 뽑아내는 중
〔僧拔松行〕」, 이 두편을 제목까지 그대로 따서 다시 쓴 경우를 들 수 있다. 여기
에는 「소나무 뽑아내는 중」을 소개한다.

소나무는 병선을 제조하는 재료로 필요하기 때문에 특별보호의 대상으로 지
적한 송림이 있었다. 이를 봉산封山이라 하는데 수영에서 감시하게 되어 있었
다. 다산초당의 소재처인 만덕산이 봉산으로 지정이 되어 있었는데, 만덕산 백
련사의 중들은 그 때문에 도저히 견딜 수 없는 침학을 당해야 했다. 백련사의 중
들은 침학을 견디다 못한 나머지 소나무를 뽑아 침학의 원천을 제거하려고 나
섰다는 것이다. 이 어처구니없는 사건을 묘사, 고발한 것이 바로 다산의 「소나무
뽑아내는 중」이다. 황상 또한 동일한 사건을 직접 목도한데다가 자기 선생님이
지은 이 작품을 읽고 더욱 감동하여 자기의 소리로 한번 표출해본 것이다. 다산
은 중들이 소나무의 어린 싹까지 뽑아내는 정경에 처음부터 끝까지 초점을 맞
춰서 극적인 효과를 십분 발휘했다. 황상은 동일한 사건을 다루면서도 접근방식
을 달리해서 사태의 자초지종을 순차적으로 보여준다. 수영의 절도사 나리의 명

령이 떨어지는 데서 시작해 백련사에 들이닥친 무리들의 행태를 자못 희화적으로 그리고 있다. 그런 행패와 탐학에 견디다 못한 중들이 원인 제거를 위해 소나무를 뽑아버리는 장면으로 끝을 맺는다. 그리하여 "중으로서 소나무 씨를 말리다니 어찌 그럴 수 있나?/숲속의 해충들아, 너희를 미워하지 않겠노라"라고, 응당 자비심을 가져야 할 승려로서 해서는 안 되는 행위임을 언급하며 문제의 심각성을 일깨운 것이다. 동일한 사건을 동일한 제목으로 다시 쓴다는 일이 오히려 어려운데 황상의 「소나무 뽑아내는 중」 또한 독자성을 가진 작품으로 평가해도 좋을 것이다.

나뭇짐 진 여자
負薪行

윤종억

힘겹게 나뭇짐 지고 가는
　저 여자 어느 집 딸인고?
더러운 얼굴에 맨 정강이로
　비척비척 앞에 가는구나.

송아지 음매 하고
　석양에 언덕을 넘어가고
봄풀 우거진 곳에
　꿩이 놀라 날아오른다.

들꽃도 새하얀 머리엔
　꽂히길 부끄러워한다는데
동강치마 하나로
　사철 내내 지내다니.

피부는 트고 거칠어
　두꺼비 등인지
허리는 굵고 배는 늘어져

負薪行[1]

尹種億

勞勞負薪誰家娘?
垢面赤脚行齟齬.
黃犢鳴歸夕陽原,
朝雉飛驚春艸陼.
野花羞上霜鬢頭,[2]
粗粗短帬經四序.
肌膚龘皴疑頑蟾,[3]
腰大腹垂如肥豬.[4]

돼지 모양일레라.

이웃 여자도 눈살 찌푸리고
　아이들 달아나니
남들 앞에 부끄러워
　고개도 들지 못한다네.

이 여자 골상을 뜯어보면
　바탕은 추하지 않아요.
하늘에 이지러진 달이
　구름 속에 가려진 듯하여라.

"아가씨 어디 사오?"
　노인이 탄식해 묻자
"저의 집은 무산巫山의
　산이 푸른 곳이라오."

무산 십이봉十二峯 앞의
　자면촌灸面村[6]이란 동네
예로부터 미인이 나서
　세상을 울렸더라지.

너도 처음 태어났을 적엔
　지령地靈이 한데 모였으니

隣嫗若洗兒走藏,
向人不欲羞顔擧.
細看骨相非本醜,
缺月隱隱雲深處.
問娘何居翁嘆息,
家在巫山山碧所.[5]
十二峯前灸面村,[6]
從古美色鳴南楚.
汝生之初鍾地霧,

아마도 미목이 수려하여
　꽃처럼 아름다웠겠지.

너의 집이 부유하고
　형세가 좋았더라면
너를 천금인 양 여겨서
　알뜰살뜰 길렀으리니

가는 허리 한들한들
　비단에 감싸이고
귀한 몸 고이고이
　금옥金屋[7]에서 호강하겠지.

열여섯 꽃다운 나이
　시집갈 때 되고 보면
탁문군 왕소군도
　부럽지 않았으리.

이 지방 풍속은
　용모를 하찮게 여기나니
하얀 연꽃이
　진흙바닥에 떨어진 모양으로

얼굴에 평생토록

眉目窈窕如花女.
若使汝家豪且富,
養汝嬌汝千金汝.
纖腰褭褭綺羅束,
輭骨深深金屋貯.[7]
靑春二八標梅節,[8]
卓姬昭君可作侶.
夔州土俗女色賤,[9]
白蓮誤落游泥渚.
平生不對粧奩具,

화장 한번 못 해보고
쑥대머리 헝클어진 저 형상
어디로 시집을 가랴!

바람 찬데 산에 올라가
　　나무해서 내려오고
낮에 장터로 나가서
　　장사치 노릇도 하고

험한 비탈에 짐을 져서
　　뼛골이 다 빠지고
궁한 살림 양식을 대느라
　　간장이 녹는구나.

천연으로 어여쁜 자태
　　이젠 옛 모습 간데없으니
피부는 타고 트고
　　추위와 더위 원망스럽소.

시커먼 얼굴 언제 씻었나
　　때가 끼어 먼지 앉은 듯
다듬지 않은 쑥대머리
　　어지럽기 그지없어라.

蓬髮星星嫁未許.
寒風上山勞薪樵,
白日赴虛爲商旅.
危磴擔負苦筋骨,
寒廚供給焦心膂.
自然丰姿无舊容,
燋之凍之嗟寒暑.
鬢面不洗捿厚塵,
短髮不理如亂緒.

저자에 나가기 부끄러워
　　혼자 수를 놓는다는데
어찌 창문가에 앉아서
　　베 짜는 걸 부러워하랴.

서산 지는 해에 홀로
　　노래하며 우는데
바구니에 들풀 산꽃이
　　가득 차누나.

흉한 그 모습
　　구반다鳩盤茶[11]인가.
이웃들이 천하게 여기니
　　매파는 달아날밖에

타고난 용모
　　너 어찌 흉하고 추했으랴?
가난한 집에서 나서 자라
　　고생하며 늙은 때문이로다.

너 정말 추하지 않았거늘
　　안타깝기 그지없구나.
나를 대해 얼굴을 가리며
　　애달픈 속마음 털어놓는구나.

還羞倚市刺繡紋,[10]
却羨當卤事機杼.
行歌且哭西日下,
野蓬山花落滿筥.
麤容作一鳩盤茶,[11]
隣人賤之媒婆拒.
天姿爾豈麤而醜?
生長貧窮至老去.
非可醜也伊可憐,
向我掩面悲懷敍.

내 마음은 유독 이 여자만
　　슬퍼하는 것 아니요
선비도 궁하고 보면
　　이렇듯 비참하지.

채택蔡澤[12]이 방황했던 건
　　추하게 보였던 까닭이요
소진蘇秦[13]도 곤궁함에
　　누구도 가까이하지 않았더니라.

아무리 정기를 타고나도
　　양육을 받지 못하고 보면
무산도 눈썹을 찡그리며
　　아무 말씀이 없으리다.[14]

此懷非獨夔府女,
士居窮厄同悲憷.
蔡澤栖遲世看醜,[12]
蘇秦困悴人不與.[13]
地雖鍾英人失養,
嚬黛巫岑碧无語.[14]
(『취록당유고醉綠堂遺稿』)

---

1 제목 밑에 '무산 추녀를 슬퍼함(悲巫山醜女)'이란 부제가 달려 있다. 두보의 시에 「부신행」이란 제목의 작품이 있는데 이를 따서 지은 것이다. 이 부제 역시 두보의 취지를 따른 것임을 나타내고 있다.

2 소식蘇軾의 시에 "늙은이는 머리 위에 꽃 꽂고 부끄러워하지 않을지라도 꽃이야 응당 늙은이 머리에 꽂히는 걸 부끄러워히겠지(人老簪花不自羞, 花應羞上老人頭)"(「길상사 상목단吉祥寺賞牧丹」)라는 구절이 보인다.

3 戰와 疑의 사이에 '皮' 자가 들어가 있는데 필요없는 글자로 보아 삭제했다.

4 비저肥羜 '羜'는 다섯달 된 어린 양을 가리키는 글자.(『시경·소아·녹명지십鹿鳴之什·벌목伐木』: "伐木許許, 釃酒有藇. 既有肥羜, 以速諸父.") 전후 문맥으로 미루어 肥猪의 오기로 생각하여 '살진 돼지'라고 번역한 것임.

5 무산산벽소巫山山碧所 '무산'은 중국 양자강의 삼협三峽에 있는 산. 무산12봉으로 알려져 있는데 안개가 많이 끼기로 유명하여, 무산의 신녀神女가 일컬어지기도 한다. 한나라 때 미인 왕소군이 이곳에서 태어났다고 한다. '산벽소'는 지명으로 생각되기도 하는데 확인되지 않아 글자 뜻으로 풀이함.

6 자면촌灸面村 한나라 때 미인 왕소군이 태어난 마을을 소군촌昭君村으로 일컫는데 이곳을 가리킴. 두보는 「부신행」에 "만약 무산의 여자는 추하다 한다면 이곳에 소군촌이 어찌 있었으리오〔若道巫山女麤醜, 安得此有昭君村〕"라는 구절이 보인다. 그리고 송나라 왕십붕王十朋의 「소군촌」 시에 '작면灼面'이란 말이 보인다.(『매계집梅溪集』후집後集 권15: "十二巫峯下, 明妃生處村. 至今鑪醜女灼面亦成痕.")

7 금옥저金屋貯 아주 좋은 집에 미인을 두고 살아간다는 뜻. 이 표현은 한무제의 어린시절 고사에서 나왔다. 무제의 고모 장공주長公主 표嫖가 하루는 무제를 무릎에 앉히고는 "애야, 아내를 얻고 싶지 않니?"라고 물으면서 이 사람 저 사람 가리켰으나 무제는 모두 "싫어요"라고 대답했는데, 진아교陳阿嬌를 가리키면서 다시 물으니 무제는 "좋아요! 만약 아교를 제 아내로 삼을 수 있다면 금으로 집을 만들어서 함께 살 거예요"라고 대답했다고 한다. 후일 진아교는 '진황후陳皇后'가 되었다.

8 표매절標梅節 여자가 결혼할 때가 되었음을 뜻한다. 『시경·국풍國風·소남召南·표유매標有梅』에 연원을 둔 표현이다. 「표유매」는 결혼할 시기가 된 여인이 자기의 배필을 구하는 내용이다.

9 기주夔州 무산이 있는 지역의 고을 이름. 지금 중국의 호남성湖南省 지역. (두보 「부신행」의 기주 풍속과 관련하여 「보주두시補注杜詩」에는 "魯曰: '峽民男為商, 女當門戶坐肆於市廛, 擔負於道路者, 皆是婦人也.' 蘇曰: '海南亦有此風. 每誦此詩, 以喻父老然, 亦未易變其習也.'"라는 서술이 보인다.)

10 『사기·화식전貨殖傳』에 "무릇 가난에서 벗어나 치부를 하려면 농사보다 공업이 낫고 공업보다 상업이 낫다. 그리고 (여자는) 수繡를 놓는 것보다 저자로 나가는 것이 더 낫다"라는 말이 있는데 이와 관련된 표현이다.

11 구반다鳩盤荼 사람의 정기精氣를 먹고 산다는 악독한 귀신. 일반적으로 추녀를 비웃는 말로 쓰임. '鳩槃荼'라고도 하며, 옹형귀瓮形鬼나 동과귀冬瓜鬼도 같은 의미의 말이다.

12 채택蔡澤 중국 전국시대 인물. 그는 추하게 생긴 용모 때문에 불우한 신세를 면치 못했다. 당시에 유명한 관상가 당거唐擧를 찾아가서 관상을 본 일화가 유명하다. 후일 진나라에 들어가서 범수范睢를 대신해서 승상의 자리에 올랐다.(『사기·범수채택열전 范睢蔡澤列傳』)

13 소진蘇秦 전국시대 인물. 그가 여러 나라를 돌아다니며 유세를 할 때에는 그의 형제, 형수나 아내까지도 그를 얕잡아보았으나 귀인이 되자 태도가 확연히 달라졌다 함.(『사기·소진열전蘇秦列傳』)

14 빈대무잠벽무어嚬黛巫岑碧无語 '빈대'는 빈미嚬眉와 같은 말로 여자의 찡그린 모습. '무잠'은 무산을 가리킴. 이 구절은 의미가 확실치 않은데 문맥으로 미루어 의역하였다.

작자 소개

윤종억尹種億(1788~1837): 일명 종벽鐘璧, 자 윤경輪卿, 호 취록당醉綠堂. 다산초당이 있는 귤동마을 출생으로, 다산의 18제자의 1인이며, 유산 정학연에게도 지도를 받았다. 유산은 그의 시를 평하여 원숙한 면은 부족하나 독조어獨造語가 많다고 했다. 『대동시선大東詩選』에 그의 시가 2편 수록되어 있는 것으로 보아 그 존재가 어느정도 알려졌던 것으로 보인다. 『취록당유고』1책이 필사본으로 남아 있다.

작품 해설

『취록당유고』를 보면 다산이 초당에 머물던 시절을 회상한 「정석행丁石行」이란 제목의 장시와 함께 「밭가는 여자〔女耕田〕」「나뭇짐 진 여자〔負薪行〕」두편의 제목이 눈에 들어온다. 두편 모두 노동하는 여성의 괴로움을 표현한 내용이어서 다산의 시정신을 느끼게 하는 것이다. 그런데 이 두편은 현실에서 직접 취재한 것이 아니고 옛사람의 시제를 따서 쓴 작품이다. 여기에 「나뭇짐 진 여자」를 소개하는데 이는 두보의 동명의 시에 감동해서 자기 방식으로 재현한 경우이다.

두보의 원작은 삼협三峽을 따라 내려가다가 무산 기슭에 당도해서 그곳의 풍속을 보고 지은 것이었다. 일종의 기행시 내지 풍속시다. 그 고장 여자들이 평생 나뭇짐을 져서 살아가느라 시집도 못 가는 실태를 안타깝게 여겨 "만약 무산의 여자들이 생래적으로 추악하다 하면 이곳에 어찌 왕소군이 태어난 마을이 있으랴"라는 말로 두보의 시는 끝을 맺는다. 윤종억은 이 구절을 열쇠말로 삼아서 옛 시를 새롭게 리모델링한 셈이다. 나뭇짐을 진 그 여자를 지금 호출, 대화를 하여 그녀의 호소하는 말을 시인의 소리로 전하는 형식을 취한 것이다. 그래서 구체적으로 그려져서 서사성을 확보한 것이다. 물론 시인은 이 테마를 먼 옛날의 일로 그치지 않고 오늘의 현실의 문제로 느꼈기 때문이다. 그래서 인간은 환경적 요인에 크게 관계가 있음을 역설하는 것으로 작품을 끝맺게 된다.

강북 상인
江北賈

박문규

강북 상인
　돈이 많아
높은 벼슬아치 부럽지 않소.
　신선이 따로 있나.

강촌서 술을 사 마시면
　술은 젖처럼 흐르고
뱃머리서 북을 울려
　너울너울 소맷자락 날리네.

江北賈

朴文逵

어제저녁 강두에
　바람이 어찌나 거세던지
하얀 물결 산처럼
　반공에 치솟더라.

江北賈·多金錢,
不願公侯不願仙.
江村沽酒酒如乳,
船頭擊鼓翩翻舞.
昨夜江頭風正急,
白浪如山半空立.
舟沈檣折不知處,
少婦沿江哭向暮.

돛이 꺾이고 배가 침몰하여
　간 곳도 모른다오.
젊은 아낙 물가로 나와

지는 해 바라보고 통곡하는데

아침부터 문 두드리는 이
    어인 사람인가?
강남 상인
    어구漁具 사러 왔다네.

今朝何人來叩門?
江南賈客買漁具.
(『천유집고天游集古』)

박문규朴文逵(1805~88): 자는 제홍霽鴻, 호는 운소자雲巢子·천유자天游子, 본관은 순창淳昌. 개성 출신의 시인. 젊은시절에 치부를 했다가 탕진했다 하며 40세 이후 시학에 전력했다. 고시 만편을 암송했으며 근체시를 특히 잘했다. 83세 때 고령의 노인에게 주어지는 과거에 합격되었다. 『천유집고』가 있다.

● 작품 해설

이 시는 어느 항구의 묘사다. 상품유통의 발전은 소비적·향락적 생활을 조장하는 한편 가치관의 변화를 불러오기도 한다. 돈 많은 상인의 "높은 벼슬아치 부럽지 않소"에서 자본주의적 가치관의 일면을 느낀다. 이 서사적 화폭 속에 사건이 발생하는데 풍랑으로 파선이 된 것이다. "젊은 아낙 물가로 나와 지는 해 바라보고 통곡하는" 한 인생의 비운 앞에서 재빨리 어구를 사려고 문을 두드리는 사람이 있다. 이익 추구에 민감한 세태를 극적으로 보여준다. 변모하는 시대의 풍속도를 들여다보는 것 같다.

익주채련곡

益州采蓮曲

여규형

동편 집 처녀
　　서편 집 새색시
서로서로 언약을 하고
　　이른 아침에 연 캐러 나가니

춘포春浦 서남쪽으로
　　십리 방죽에
연대 쏙쏙 올라와
　　연잎이 둥글둥글 벌어지는데

益州采蓮曲[1]

呂圭亨

처녀 새색시 짧은 치마
　　맨다리로 진흙탕에서
괭이자루 손에 쥐고
　　연뿌리 파고들 있구나.

東家小女西家娘,
相約淸晨去采蓮.
春浦西南十里塘,[2]
蓮莖戢戢葉田田.
短帬赤脚陷泥淖,
長鑱木柄連根拔.
行人笑問胡爲爾?
以此糊口資生活.

길 가던 사람 걸음 멈추고 웃으며
　　"당신들 그건 캐서 뭘 하오?" 묻자
"이걸로 끼니를 잇자고요"
　　하며 형편을 말하네.

"작년에는 큰 가뭄 들어서
　산이 타고 개천이 말라
논농사 밭농사 물론이요,
　나무열매 풀씨도 없는 지경이라.

금년 초여름 보릿고개
　넘어가기 어찌 이리 더딘지
나락 바치라 돈 내놔라
　발꿈치 돌릴 새도 없이

소나무 가지 껍질 다 벗겨지고
　들에는 캐고 캐서 풀이 없는 지경에
주린 배 안고서 날이면 날마다
　어디 간들 양식 얻을 곳 있으리오!

일찍이 듣기로 부잣집에선
　연근 요리 맛이 산뜻해서
가을 물가에 줄풀 열매
　고미밥⁴보다 좋다 하데요.

우리네야 연뿌리 캐서
　이걸로 식량을 삼지요.
그 맛 딱딱하고 떫어서

昨年大旱焦山澤,
禾黍苽菓無遺種.
苦遲今夏麥登場,
徵租索錢不旋踵.
松皮剝盡野無草,
枵腹日日庚癸呼.³
夙聞富豪饌氷藕,
全勝秋江溧飯菰.⁴
朵朵歸來作鼎實,
麤硬淡澁不可口.

목에 넘기기 거북합니다.

침을 삼키면 허기진 속에도
　　살아야지 하는 마음 부쩍 드는데
솥에 밥은 언제 지었던가
　　이끼가 낄 지경이지요."

나는 이네들 이야기 듣고서
　　거듭거듭 탄식을 하노라.
물가에 슬피 우는 기러기
　　누가 헤아려볼 건가?

백성이 채색菜色을 띠어선
　　참으로 안 될 일이로되
벼슬아치 풀뿌리 씹으면
　　백사百事를 가히 이룰 수 있다네.

자고로 여자의 직분
　　무슨 일 하였던지 생각해보라.
제수 마련으로 쑥 캐기
　　누에 치느라 뽕잎 따기.

그런 중에 강남지방에선
　　연밥 따기 있었으되

吞嚥猶覺有生意,
釜中生魚亦已久.[5]
我聞此語重歎息,
嗷鴻澤國誰能數?[6]
民生不可有此色,[7]
咬根漫說百事做.[8]
因念古來女子職,
祭祀采蘩蠶采桑.[9]
就中江南采蓮者,

처녀들 어여쁘게 치장하고
　푸른 물결 헤치며 놀았더라네.

잎사귀 어두워 윤기 없고
　뽑히는 실 베짤 것 아니지요.
열길 솟은 꽃 단맛이 꿀이라니
　더욱 황당한 소리.[10]

저 강남의 풍속
　채련곡 부르며 즐겁게 놀아
조그만 배 노를 저어서
　연못으로 두둥실 떠돌며

누가 생각이나 하였으리!
　연뿌리 흉년 양식이 되어
초목은 무한히 해를 입고
　물고기 재앙을 당하다니.[11]

꽃의 정령 하소연하면
　하늘도 응당 눈물 뿌릴 터라.
그 눈물 단비로 변하여
　사방에 두루 뿌려나 주었으면.

부귀한 이들 집에선

凌波仙襪紅粉粧.
葉暗無光絲難織,
十丈甘蜜殊荒唐.[10]
不過土風事遨遊,
蘭舟桂棹泛中央.
誰謂將此代艱食?
草木橫被池魚殃.[11]
花神上訴天應泣,
化爲甘澍徧四方.
富貴人家哺用脯,[12]

연근 요리에 포육을 곁들인다니
같은 생명을 타고나
먹는 방식이 이처럼 현격한가.

연뿌리 캐는 노래
서글퍼 듣기 어려우니
풍요 한편을 지어서
나라에 바치고자 하노라.

寔命不猶至此極.
采蓮之曲不勝悲,
采作風謠獻京國.
(『하정유고荷亭遺稿』)

1 **익주益州** 지금 전라북도 익산의 별칭. 시인은 이곳에 1889년 봄부터 가을까지 귀양을 간 일이 있었다.
2 **춘포春浦** 익산지방에 있는 개천 이름.『신증동국여지승람新增東國輿地勝覽』에 "춘포는 고을의 남쪽 시오리에 있는데, 용화산龍華山에서 나와 전주全州 신창진新倉津으로 빠진다"라고 했다.
3 **경계호庚癸呼** 남에게 양식을 구걸할 때 쓰는 말. '경'은 서방으로 양식을 맡고, '계'는 북방으로 물을 맡는다는 데서 유래했음.
4 **고菰** 고미菰米, 즉 못이나 물가에서 자라는 식물이다. 우리나라에서 줄이라 부르는 물풀과 같은 종류라고 한다. 그런데 옛 문헌에 고미반菰米飯이라 하여 육곡六穀의 하나로 나와 있다. 우리나라에서도 지방에 따라서는 그 열매를 채취해서 밥처럼 지어 먹었다 한다. 이광려李匡呂의「고미반설菰米飯說」참조.
5 **부중생어釜中生魚** 솥에 너무 오래 밥을 짓지 못해 고기가 생겼다는 말이 있다.
6 **오홍嗷鴻** 슬피 우는 기러기. 백성이 먹고살 길이 없어 유랑하는 모습을 비유한 말.(『시경·소아小雅·홍안鴻鴈』:"鴻鴈于飛, 哀鳴嗷嗷. 維此哲人, 謂我劬勞. 維彼愚人, 謂我宣驕.")

7 여기서 차색此色은 채색菜色을 가리킨다. '채색'은 굶주려 누렇게 뜬 모습을 표현한 것이다. 북송의 범중엄范仲淹은 "천하 사대부로 하여금 이 맛을 모르게 해서는 안 되며 백성으로 하여금 이 빛이 있게 해서는 안 된다"라고 말했다.

8 옛말에 "풀뿌리를 씹어 먹게 되면 백가지 일을 성사할 수 있다〔咬得菜根百事可做〕"라는 말이 있다.

9 **번繁** 산흰쑥〔白蒿〕이란 나물. 이것을 부인들이 채취해다가 제사에 쓴다는 말이 있다.(『시경·소남小南·채번采繁』: "于以采蘩, 于沼于沚.") 그리고 고대에는 황후가 친잠親蠶하는 제도가 있었다.

10 한유韓愈의 「고의古意」라는 시에 "태화봉 머리 옥정의 연은 꽃이 열길 솟아 피고 잎은 배만한데 시원하기 눈서리 달기는 꿀이라. 한 조각만 입으로 들어가도 침중한 병이 낫는다지〔太華峯頭玉井蓮, 開花十丈藕如船. 冷比雪霜甘比蜜, 一片入口沈疴痊〕"라는 구절이 있다. 원래 전설상의 상상적인 연을 우의로 끌어온 것인데, 여기서는 너무 황당하다고 본 것이다.

11 **지어앙池魚殃** 성문에 불이 나자 엉뚱하게 가까이 있는 연못의 물고기가 말라 죽었다는 이야기가 있다. 이 사실을 두고 '지어지앙池魚之殃' 또는 '성문실화城門失火'라고 한다.

12 **포용포哺用脯** 고기를 곁들여 잘 먹인다는 의미.(진림陳琳 「음마장성굴행飮馬長城窟行」: "生男愼莫擧, 生女哺用脯.")

● 작자 소개

여규형呂圭亨(1848~1921): 자는 사원士元, 호는 하정荷亭, 본관은 함양咸陽. 경기도 양근楊根 출신으로 고종 때 문과에 급제, 승지를 지냈다. 1889년에 전라도 익산益山으로 유배를 가서 10개월 정도 체류했는데 이때 지은 시를 『익주집益州集』으로 묶었다. 1893년에 다시 금갑도金甲島로 유배를 간 일이 있으며, 근대 제도가 도입된 이후 신식 학교에서 한문을 강의했고, 『한문학교과서』를 편찬한 바 있다. 『하정유고』를 남겼다.

● 작품 해설

이 시는 부녀들이 기근을 면하기 위해 연뿌리를 캐는 광경을 목도하고 지은 것이다.

구시대에는 흉년을 만나서 보릿고개에 연명하려고 나무껍질을 벗기고 풀뿌리를 캐는 정경이란 그야말로 관행적으로 발생하는 풍속도였다. 작품은 바로 그런 풍속도의 한폭이다. 익산지방은 다행히 큰 연못이 가까이 있어 연뿌리를 캐는 모습이 풍속도에 향토적 특색으로 담기게 된바 그래서 '익주채련곡'이란 제목이 붙은 터다.

'채련곡'은 원래 악부체의 하나로 널리 씌어진 제목이다. 당초에는 노동가요로 창작되었겠으나 뒤에는 대체로 유흥적인 기분에 젖어 낭만적인 것으로 굳어졌다. 그런데 여기서는 채련곡으로 이름 붙였으면서도 전혀 다르게 백성들의 생존을 위한 고달프고 강인한 이야기로 엮은 것이다. 이 점이 채련곡으로 특이하다고 보겠다.

익산지방은 임술민란 때에 항쟁이 치열했던 곳이다. 작중의 현실은 갑오농민전쟁이 발발하기 직전의 상황임을 주의할 필요가 있겠다.

전가추석

田家秋夕

이건창

1

서울이야 부귀한 사람들 모인 곳이라
철따라 명절을 챙기지만
시골은 빈천한 사람들
추석 같은 명절 또 있으랴!

가을날 햇빛이 맑게 비치고
가을밤 달이 밝게 떠서
풍경이 참으로 아름답지만
언제 우리 위해 설치된 건가.

보이나니 사방으로 트인 들판에
좋은 곡식 이삭을 드리우니
올벼는 벌써 타작마당 올랐고
콩과 팥도 따고 거두고
마당가에 해바라기씨 털어내고
뒤뜰에선 알밤을 깐다네.

田家秋夕

李建昌

1
京師富貴地,
四時多佳節.
鄕里貧賤人,
莫如仲秋日.

秋日揚明暉,
秋宵有明月.
風景固自佳,
非爲我輩設.

但見四野中,
嘉穀正垂實.
早禾已登場,
豆菽亦採擷.
中庭剝旅葵,
後園摘苞栗.

둥그런 질화로에
고주배기 벌겋게 타올라
밥 짓고 국 끓여서
온 가족 실컷 먹고 마시네.
한번 배가 부르매 기분이 늘어져서
떠들썩 이런저런 이야기꽃 피네.

지난해 큰 흉년 만났을 젠
아주 죽어 못 살 듯싶더니만
금년엔 대풍이 들었어.
하늘이 사람을 영영 죽이실 리 있겠나.

배는 북처럼 불룩하지 않음을 안타까워하고
입은 양쪽으로 찢어지지 않음을 안타까워하고
열흘 양식 하루에 먹어치워
오래 주렸던 창자 원없이 채워보자.

아랫목에 앉으신 어르신네
"그만 떠들라" 이르시고.

"백성의 살아가기 어렵기 그지없고
만물의 이치 차면 넘치는 걸 꺼리나니
오늘 실컷 배부르다고
굶주리던 옛날을 잊지 마라.

團團土火爐,
吹扇紅榾柮.
賁飯作羹湯,
大家劇喵啜.
一飽便意氣,
散漫雜言說.

去年大凶年,
幾乎死不活.
今年大豐年,
天意固不殺.

恨不腹如鼓,
恨不口雙裂.
日食十日糧,
快意償饕餮.

父老在上座,
呼語勿亂聒.

民生實艱難,
物理忌盈溢.
莫以今醉飽,
或忘舊飢渴.

나는 늙은이라 겪은 일이 많으니
너무 먹다간 배탈나느니라."

2

앞마을엔 막걸리 거르고
뒷마을엔 누렁소 잡는데
홀로 서촌의 어느 집에
섧디섧게 밤새도록 곡을 하는고.
곡하는 이 누군가 물어보니
유복자 안은 홀어미라네.

서방님이 살아 계실 적엔
두 식구가 이 한 집 지켜
문전의 멍석만한 땅에서
매해 벌어서 근근이 풀칠은 하였는데
지난해 가을서리 일찍 내려
비로 쓴 듯 콩 반쪽도 구경 못 했다오.
겨와 밀기울에 송기를 섞어 먹어도
겨울나기 부족하였지요.

봄이 오자 부잣집에 가서
나락을 구걸하여 한줌 얻어다가
한톨도 먹기 아까워

吾老頗經事,
過食則生疾.

2
南里釃白酒,
北里宰黃犢.
獨有西隣家,
哀哀終夜哭.
借問哭者誰?
寡婦抱遺腹.

夫君在世日,
兩口守一屋.
門前一席地,
歲收僅糜粥.
去年秋早霜,
掃地無半菽.
糠麩雜松皮,
過冬猶不足.

春來向富人,
乞禾得滿匊.
一粒惜不嚥,

고스란히 간직했다 종자로 쓰고 나니
근력은 날로 쇠약해지고
위와 창자 날로 오그라들고

굶거나 먹거나 함께하였는데
이 몸은 나무둥치처럼 모진지……
홀연히 서방님만 저세상으로 보내어
앞산 기슭에 내 손으로 묻었다오.

앞산에 묻힌 사람 썩어갈 때에
논에 심은 곡식은 익어갔다오.
벼 이삭 익은들 무엇하리오?
차마 보지 못해 문 닫고 들어앉아
차라리 따라 죽자 해도
젖먹이 어린것 두고 어이하리……

이 아이 비록 아비를 모르지만
단 하나 서방님의 혈육이니
아이를 품에 안고 영위 앞에 고하다가
말을 잇지 못하고 혼절하였는데
문득 문을 두들기는 소리
아전이 세곡 바치라 외쳐댄다.

持爲種田穀.
氣力日以微,
腸胃日以縮.

同是一般飢,
妾何頑如木.
却送夫君去,
去埋前山麓.

埋人人骨朽,
種穀穀頭熟.
穀頭熟何爲?
閉門不忍目.
卽欲決相隨,
奈此兒匍匐.

兒雖不識父,
猶是君骨肉.
抱兒向靈語,
氣絶久不續.
忽驚吏打門,
叫呼覓稅粟.
(『명미당집明美堂集』권2)

이건창李建昌(1852~98): 자는 봉조鳳藻, 호는 영재寧齋·명미당明美堂, 본관은 전주. 근세의 빼어난 시인·산문가. 병인양요 때 외국군의 침략에 비분해서 자결했던 이시원李是遠의 손자로 강화도에서 태어났다. 15세로 문과에 급제, 충청도 지방의 어사로 나가 부패한 관료들을 숙청한 바 있다. 제국주의 침략, 거기 대응한 정부의 태도에 통탄한 나머지 고향인 강화도 사기리沙器里로 은퇴하여 지내다가 거기서 생애를 마쳤다. 개명 지식인인 강위姜瑋에게 시학을 배웠고, 김택영金澤榮·황현黃玹과 문학적 교유를 밀접히 가졌다. 시문집으로『명미당집』이 있고 저서로는『당의통략黨議通略』이 있다.

◉ 작품 해설

이 시는 시인이 나이 26세 때인 1877년에 지은 것이다. 시인 이건창은 당시 충청도 암행어사로 나갔던바 권세에 굴하지 않고 매섭게 처리하여 유명한 일화를 남겼다. 그때 직접 목도한 사실을 잡아서 쓴 것이 이 작품이다.

작품에 언급된바 그 전해(병자년)에 큰 흉년이 들었다.『매천야록梅泉野錄』에 의하면 "무서운 흉년을 말할 때 으레 기갑己甲을 들었는데 이후로부턴 드디어 '기갑'이란 말이 없어지고 곧바로 '병자년'을 일컫게 되었다"라고 한다. 이 시는 그 흉년을 겪은 이듬해 농가의 정경이다.

시는 처음부터 2부로 나뉘어 있다. 제1부는 무서운 재난을 겪고 나서도 강인하게 살아남은 농민들이 재기하여 부지런히 농사를 지어 풍년을 구가하는 내용이다. 마침 추석 명절을 맞은 농부들의 풍년의 환희와 삶의 생기가 편폭에 넘쳐나고 있다. 특히 모처럼 풍성한 음식상을 앞에 놓고 마구 먹어대는 장면은 인정의 묘미요 재미다. "너무 먹다간 배탈나느니라"라는 노인의 말씀에서 농민의 질박하면서도 충직한 생활의식을 엿보게 된다.

제2부에서는 화폭이 슬프고 어둡게 바뀐다. 유복자를 안은 청상과부의 사연이다. 죽을 지경에도 결코 종자를 먹지 않고 간수하여 뿌리고 가꾸다가 마침내 기진해 쓰러진 농부, 우리 농부의 전형이다. 그리하여 거둔 결실로 남편 영전에 제사 지내다가 통곡하는 여인의 이야기는 더없이 애절하면서도 감동적이다.

산골 이야기
峽村記事

이건창

1

산골에 사는 사람 산이 좋아 산에 살랴
들녘에 살자 해도 논도 집도 없네요.

청산은 가난한 사람 마다하지 않아요.
빈손으로 들어와서 살기를 도모한다오.

우거진 덤불숲 불을 놓아 태우고
억센 보습으로 비탈을 일구면

하늘은 비이슬 고르게 내려
연년이 보리다 서속이다 거두지요.

농사짓기 누군들 괴롭지 않으리오.
이 곡식 한톨 한톨 먹기도 아까워라.

밥주발 대해 차마 배불리 못 먹고
항아리에 쌓이는 곡식 흐뭇하였소.

峽村記事

李建昌

峽人豈好險?
野居無田宅.
靑山不拒貧,
赤手來謀食.
烈炬燎灌莽,
勁耒鑽磽堉.
皇天均雨露,
歲課收粟麥.
爲農誰不苦,
此穀眞堪惜.
當盂不忍飽,
暗喜盎中積.

근년에 곡식이 귀한 해를 만나
산을 나가 곡식 팔아 재미를 보았어요.

지난해엔 송아지 한마리
올해는 바람벽을 제대로 바르고

애들에게 숟가락
아내에겐 수건이 없을쏘냐.

살림살이 차츰 모양을 갖추어가니
새 새끼 바야흐로 깃털 돋은 형상이라.

어찌 부자야 되기 바라리오만,
땀 흘려 일한 보람 기대하였죠.

2
이 산중엔 호랑이도 없고
근방에 산적도 없거늘

한낮에 집에 앉았으려니
벽력치는 소리 이 어인 일인가?

邇來逢穀貴,
出山利販糴.
前年買一犢,
今歲屋墁壁.
且令兒有匕,
寧可婦無幘.
人生稍備物,
如鷇方長翮.
豈敢望富厚?
庶期償筋力.

2
此山無虎豹,
旁郡無盜賊.
白晝屋中坐,
何意轟霹靂?

군교들 곧장 달려드는데
소리치기도 전에 얼굴 벌써 벌겋더라.

관속들 팔을 걷어붙이고
오랏줄을 양손으로 던지며

노인을 치고 부인네 욕보이고
해괴하기 말로 다 못 하겠소.

한마딘들 어디 사정이나 해볼 수 있나요.
생사가 저들의 주먹질 발길질에 달린걸.

지은 죄가 뭔지 고사하고
재물부터 뒤져내는데

담도 울도 없는 집에
어디에 감추고 숨기고 했으리오.

순식간에 죄다 쓸어가니
서리 맞은 잎사귀 바람에 떨어지듯

그러고도 문밖에 나가서 고함을 친다.
성깔이 아직 풀리지 않았는지

官校直入來,
未聲面先赤.
皂衣肩半卸,[1]
紅絲手雙擲.
搰翁與竊嫂,
極口無倫脊.
一辭那可鳴,
生死繫拳踢.
罪狀且姑舍,
財物先搜斥.
甕牖無藩蔽,[2]
何由得藏匿?
頃刻盡掃去,
霜林風捲蘀.
出門尙咆哮,
餘怒猶未釋.

악귀가 생사람 잡으니
이웃사람들 그 누가 근접하랴.

3
서산에 지는 해 뉘엿뉘엿
정경이 전과 사뭇 다르네.

놀란 아기 반쯤 사색이요
움츠린 개 숨을 헐떡헐떡.

다시 챙겨봐야 무엇하랴.
빈 방구들에 해진 삿자리 남았구나.

기가 막혀 한탄조차 못 하고
가슴을 친들 무슨 소용 있으리!

가장 서러운 일 여태 힘껏 농사지었는데
이제는 기운도 쇠진하고 머리도 다 희었으니

한번 늙은 몸 다시 젊어지지 않고
이미 잃은 건 다시 얻기 어려워라.

이 골짝 다시 살 수 없는데

惡鬼生搏人,
隣里誰敢逼?

山日翳將墜,
籬落異前夕.
啼兒半死色,
蹲犬猶喘息.
何用更點檢?
空坑餘弊席.
氣結不能歔,
叩心復何益.
所悲力田久,
氣衰髮盡白.
已老不重少,
已失難再得.

이 땅 버리고 갈 곳 어디인가?

도성에는 부자가 많아서
파산해도 일자리 있다는데……

此地不可住,
舍此無所適?
城中多富人,
破産猶得職.
(『명미당집』권4)

1 **조의皂衣** 원래 관리의 복장. 관속官屬을 가리키는 말로 쓰임.
2 **옹유瓮牖** 빈궁한 집. 항아리로 창문을 만든 데서 생긴 말.

● 작품 해설

이 시는 화전민의 삶의 현실을 다룬 것이다. 내용상 3단락으로 나뉜다. 제1부는 작중의 인물이 산골로 들어와서 안착하는 과정인바, 특히 곡식 한톨 먹기를 아까워하는 데서 농민의 생활정서를 느낄 수 있다. 제2부에서는 군교들이 돌연히 출동하여 산골의 평화가 깨지는 장면이 펼쳐지며 제3부는 일장풍파가 지나간 다음의 정상이다.

주인공은 당초에 갖가지로 빼앗기고 뜯긴 나머지 무산농민이 되어 땅을 찾아 산골로 들어온 것이다. "청산은 가난한 사람 마다하지 않아요"에서 청산에 대한 인민적 의미가 다가온다. "살어리 살어리랏다 청산에 살어리랏다"를 연상케도 한다. 청산은 과연 노동의 결실을 정직하게 가져다주었다. '청산에 살어리'를 실증한 셈이다. 그러나 그것이 관에 파악이 안 되었을 때에 한해서다. 제2부의 화폭에 나타나듯 청산의 행복은 여지없이 무너지고 인간의 기본적 생존권이 허무하게 짓밟힌 것이다. 봉건적 착취가 인간의 삶을 여하히 파괴하고 고사시켰던가를 제3부의 정적의 화폭에서 더욱 마음 깊숙이 새기게 된다.

광성나루의 비나리

宿廣城津記船中賽神語

이건창

큰 배에서 북소리 둥둥둥
작은 배에서 북소리 덩더쿵

宿廣城津記船中賽神語[1]

李建昌

장대에 깃발은 타는 듯 붉고
노을진 바다 바람에 끓는데

大船擊鼓鼓三四,
小船打鼓聲無次.

뱃머리서 잡는 돼지 말만한 놈
봉창 아래서 뱃사람들 술을 거르네.

長竿大旗如火紅,
風颺照江江水沸.

사공의 벗어진 이마 마늘쪽처럼
무당의 춤추는 소맷자락 너울너울

船頭殺猪大如馬,
船人瀝酒篷窓下.

조수가 밀려오니
　배는 한길이나 떠오르고
명월 하늘에 가득 찬 제
　바람 자서 물결 한점 일지 않네.

長年禿頭搗如蒜,[2]
女巫廣袖紛低亞.

潮來舟動一丈高,
明月滿天江無濤.

금빛 창날 푸른 깃털

金支翠羽光晻靄,[3]

달빛에 서려 어른거리니
영검이 구름처럼 내려
　언덕을 포근히 덮네.

"슬카장 취하고 슬카장 배부르니
　너에게 무엇을 주랴?
수궁의 보배를 가져다 너에게 줄까보다.
연평바다에 석수어 칠산바다에 준치[4]
무거워 배에 못다 싣도록 너에게 주어
돌아와 셈하면 이문이 얼말꼬?
본전 제하고 남은 돈이
　수천 수만도 넘으리니
한평생을 노를 잡지 않더라도
논 사고 집을 사서
　네 일생 편히 살게 해주랴."

뱃사람 그 말씀 듣고
　영검의 내리심에 무한히 기뻐하나
입속에 비는 말이
　다시 더 남았더라.

"우리 임금님 어질고 너그러우사
　농사꾼 장사꾼 가련히 돌보시되
고을마다 곳곳이

靈來如雲滿江皐.

旣醉旣飽何錫予,
水宮之寶持與汝.
延平石首七山鰣,[4]
只恐船重擡不擧.
歸來計利淸本錢,
緢算怡贏三萬千.
便可一生不操檝,
買田買宅終汝年.

船人聞之謝神賜,
口中又有祈請事.

聖主寬仁恤農商,
郡縣處處猶苦吏.

아전 등쌀 괴로워 못 산다오.

지난해 조서가 내려
　　수세水稅를 파했다는데
올해도 그대로 포구를 막고
　　수세를 징수한다오.

삼남으로 특별히
　　조운선漕運船 보냈는데
바닷가에서 배를 붙잡아
　　그 폐단 여전하니

영검의 내리심으로 돈을 벌어
논을 사고 집을 산들
　　그 고통 어이 견디랴?

붉은 인주 종이에 찍혀
　　그 도장 말斗만하니
말꼬리 이마를 누르게 되면
　　이 일을 장차 어이하리오.”

영검이 말씀하되
　　“이 일은 내 소관 아니로다.
네가 백번 절하고 빌어도

去歲明詔罷水稅,[5]
今年截港覓抽計.

三南特遣運漕艘,
濱海捉船仍煩弊.

又如神賜得錢多,
買田買宅誰耐過.

紅泥蹋紙字如斗,[6]
馬尾壓頂事如何.[7]

神言此事非我職,
汝雖百拜請無益.

나는 아무 소용 없으니

차라리 저 언덕 위에

　시인에게나 호소해보라.

시 한수 지어 풍요에 들어가면

　나라님께 바쳐질 수 있으리!"

往訴岸上吟詩人,

採入風謠獻京國.

(『명미당집』권4)

1 **광성진廣城津** 강화도江華島에 있는 지명. 강화도와 김포金浦 사이의 좁은 바다를 염
  하라고 불렀으며, 광성진은 그곳에 위치해 있다. 광성진 앞에 손돌목[孫石項]이라 해
  서 물길이 험하기로 유명하다. 본문에 '江'으로 표기된 것을 사실에 맞도록 바다로 바
  꾸었다.

2 **장년長年** 뱃사공을 가리키는 말. 선원 중에 존장자를 이르는 데서 유래했다고 함.

3 **금지金支·취우翠羽** 무당이 굿을 할 때 삼지창을 들고 꿩깃을 꽃은 전립을 쓰는데 이
  를 가리키는 듯하다.

4 **석수石首·칠산七山** '석수'는 석수어石首魚로 조기의 별칭. 조기의 머리에 자갈처럼
  딱딱한 뼈가 들었다고 해서 붙여진 말. '칠산'은 전라남도 신안군 임자도에서 전라북
  도 위도까지의 바다를 이름. 중요한 어장으로 조기·갈치·준치·삼치·실뱀장어·새우
  ·꽃게 등이 잡힘.

5 고종 24년(1887)에 각포各浦의 무명잡세와 공용선公用船을 사집私執하는 폐단을 엄
  금케 한 사실이 있다.

6 **홍니답지紅泥踏紙** 도장이 큼직하게 찍힌 문서.

7 **마미압정馬尾壓頂** 관가에서 사람을 붙잡아 말꼬리 뒤에 세워 끌고 가는 모양을 표현
  한 말인 듯.

● 작품 해설

이 시는 뱃사람들이 풍어굿을 드리는 정경을 서술한 것이다. 원제의 '광성진에 묵으며 배에서 신에게 비는 말을 기록함'은 곧 시를 짓는 상황을 축약하고 있다.

서두에 석양의 바닷가에서 굿판을 시작하는 장면은 매우 인상적인데, 이어 무당이 신의 뜻을 전하고 뱃사람이 소원을 말하는 식으로 구성한 수법은 특이하다. 신비롭고 낭만적이다. 그런데 뱃사람은 고기를 많이 잡도록 해주겠다는 신의 풍성한 보답에 만족하지 못하고 관의 수탈을 막아달라고 간청하는 것이다. 이에 신은 그것은 자기 소관사가 아니니 시인에게나 가서 호소해보라 한다. 전지전능한 신으로서도 가렴주구는 어쩔 도리가 없다는 반응이다. 시는 후반으로 올수록 현실성이 점차 강화되면서 풍자의 극치를 이룬다.

작자 이건창은 39세 때인 1890년 고향인 강화도에 은퇴해 있던 시절에 이 시를 썼다. 결말의 처리에서 신랄하게 제기한바 그는 말세적·망국적으로 자행되는 부패·부정의 현실을 통탄하며 시인으로서의 자기 임무를 자각하는 것이다.

연평행

延平行

이건창

1

수압산 남쪽 바다
　용매도 서쪽 바다
높고 낮은 섬들
　대연평도 소연평도

만리나 펼쳐진 하늘과 바다
　푸른색 한빛인데
바람에 배 띄우면 곧바로
　연燕·제齊의 땅 닿는다지.

달천장군 임경업
　참으로 용맹한 장수라
손에 한 자루 칼을 들고
　천하를 노려보더니

꾀가 성글고 일이 틀어져
　몸을 빼내 도망쳐오는데

延平行

李建昌

1

睡鴨山南龍媒西,[1]
大小延平高復低.
海天萬里靑一色,
便風直蹈無燕齊.[2]
達川將軍眞勇者,[3]
手持一劍睨天下.
謀疎事敗脫身亡,

만경창파에 배 부리기를
　　뭍에서 말 몰듯 하였다는군.

양후며 해약 이런 수신水神들이
　　그의 의기에 감복하여
아름다운 고기 특별히 내어
　　장군을 공궤하였더니

장군은 떠나가시고
　　이제 2백년이 흘렀건만
그때 그 고기 남아서
　　지금도 이 바다에서 잡힌다네.

이 고기 비늘은
　　물 밖에서 금빛으로 번쩍이고
고기 머리에
　　낱낱이 돌이 하나씩 박혀 있네.

생것이야 말할 나위 없고
　　굴비 더욱 맛있으니
민어 숭어 크다 해도
　　맛이야 이놈을 당할쏜가.

猶能使船如使馬.
陽侯海若感其義,[4]
特出嘉魚爲相饋,[5]
將軍一去二百年,
此魚至今留此地.
鱗光出水金的爍,
箇箇首中俱有石.
蠹不可論薨更美,
鮸鯔雖大珍難敵.

2

다섯쌍 높은 돛
　　굉장한 고깃배
그물을 바다로 펼치니
　　구름이 드리운 형세라.

조기떼 멋모르고
　　무엇에 몰려온 듯
바람 스산하게 불어오고
　　우레 가벼이 친다.

어부들 힘을 모아 어허야
　　그물을 들어올리니
지천으로 잡힌 고기
　　바닷가에 모래 쌓이듯.

만선이라 어부들 어찌나 좋은지
　　북을 쳐라 북을 쳐.
집을 향해 돌아가는 뱃길
　　북소리 둥둥둥.

고대하던 젊은 색시
　　봄꿈을 깜짝 깨어
손으로 머리 쓰다듬고

2

五兩高帆舸戲編,
張網勢若雲垂天.
有物驅魚魚不覺,
凄風驟急輕雷圓.
擧網百夫聲呼耶,
拾魚如芥積如沙.
舟重人歡畫鼓發,
鼓聲漸高客還家.
家中小婦春夢驚,
手挽雲鬢出門迎.

문밖을 얼른 나서 맞이하네.

해풍에 그을린 얼굴
　비린내 코를 찌르지만
신랑을 끌어안고 하는 말
　"얼씨구 좋아라 내 서방."

海風黧面腥逆鼻,
抱郞但道郞更媚.
(『명미당집』권6)

1 해주海州 남방 60리 거리의 바다에 소수압도小睡鴨島와 대수압도가 있으며, 그 동쪽
　으로 용매도龍媒島가 있다.
2 연燕·제齊　중국의 옛땅 이름으로 '연'은 지금의 북경北京·천진天津 일대, '제'는 지금
　의 산동성山東省 지방.
3 달천장군達川將軍　임경업林慶業이 충주忠州 달천강達川江(달내강)에서 성장했기 때
　문에 그를 달천장군이라 부름.
4 양후陽侯·해약海若　전설상의 수신水神. '양후'는 물결의 신이며, '해약'은 북해北海의
　신이다.
5 "세상에서 이야기하기를 임장군 경업이 배를 타고 명明나라로 들어갈 때 마침 처음
　연평도에서 석수어石首魚(조기)가 잡혔다 한다. 지금 어부들이 임장군 사당을 세우고
　극진히 제사를 드린다."(原註)

　이 시는 연평도 어장에서 조기잡이 하는 것을 묘사한 내용으로, 전후 2부로 엮여 있다. 1896년에 지은 시편을 모은 『벽성기행碧城紀行』에 수록되어 있는 것이다.

　전반부에서 임경업에 결부된 조기 전설을 삽입해서 조기의 유래와 특징을 재미나게 서술한 다음, 후반부에서는 조기잡이 노동의 과정을 신명나게 그리고 있다. 그 시의 언어들은 마치 그물에 딸려오르는 조기가 퍼덕거리듯 싱싱하고 기운차다. 그리고 끝맺음의 어부 아낙이 출어로부터 돌아온 낭군을 반갑게 맞는 장면은 매우 극적이다. 어민의 노동생활과 그네들 특유의 미의식이 살아 있는 것이다.

담배심기 노래
種菸謠

황현

밤새 쏟아진 비
　시냇물이 넘치누나.
사흘 내내 날이 꾸무럭
　구질구질하더니

모내기 한창이라
　마을엔 품이 달리는데
그 누군고?
　심심산골로 들어가는 사람.

산꿩은 꾹꾹
　덤불숲으로 날아들고
명석딸기 만 떨기에
　붉은 진주 주렁주렁.

소나무 등걸에
　지게를 받치고 쉬는데
대바지게엔 담배 모종

種菸謠

黃玹

大雨一夜川流洪,
霢霂三日因濛濛.
秧務如焚村無傭,
何人獨向山雲中?
雉驚格格叢莽翻,
蓬虆萬朶眞珠紅.
一擔就安松根上,
猫耳戢戢靑筠籠.

괭이 귀처럼 쫑긋쫑긋.

돌벼랑 울퉁불퉁
　　이랑인지 비탈인지
기와처럼 첩첩한 논배미
　　도랑물이 가늘더라.

소매 없는 베적삼에
　　잠방이 꿰어 입고
혼자서 흥얼흥얼
　　방아타령 넘어간다.

담배 모종 바쁘구나.
　　손에 익은 대로 호밀랑 치워두고
담뱃모 손에 잡고 살짝이 다지는데
　　어찌 저리 민첩한가.

철이 지나가니
　　싹이 약하다 가리겠나?
모래흙 송골송골
　　아마도 잘 살겠지.

밭은 바다만한데
　　모종 하나에 손이 한번씩

石崖坡坨不辨畝,
瓦壟千疊迷溝縫.
無袖布襦半膝褌,
嗚嗚獨自歌相舂.

心忙手嫺不用鋤,
指夾拳築何精工?
過時寧揀根苗脆,
善生不怕沙土鬆.
一根一手田如海,

처음엔 아득하여
　　언제나 마칠런고?

반평생 다져진 손끝
　　잠깐이면 한 삼태기 비우겠다.

두꺼비 둥근 달을 삼키듯이
　　야금야금 먹어가니
게란 놈이 뿔뿔 옆으로
　　기다가 길이 막히네.

땅은 검은데 잎이 푸르러
　　푸름이 점점 많아지자
나비 나래 일만 조각이
　　봄 동산에 엉겨붙었구나.

백년 묵은 고목나무에
　　산까치는 지저귀고
해가 구름 속에서 터져나오자
　　갠 바람 불어오는데

바람결에 멀리 들리나니
　　소리가 이어졌다 끊기었다
농군들의 노랫가락

始起杳然如難終.
半生蓄我爪甲利,
頃刻見此籃子空.
蝦蟆吞月輪蝕入,[1]
郭索奔泥旁行窮.
地黑葉靑靑漸多,
蝶翅萬片粘春叢.
百歲枯樹山鵲噪,
午日微綻來霽風.
風便細候悄欲斷,
農謳遠近無南東.

어디에서 들리는가?

나 또한 농군으로
　섭년을 남의 땅 부쳐
모 심을 때 모 심고 보리 갈 때 보리 갈고
　남들처럼 농사를 지었거니

추수라 하고 보면
　구실이야 도조야
빈집만 횅뎅그렁
　풍년도 풍년이 아니더라오.

산비탈 일구어서
　담배를 심고부터
늙은 개 사립문 앞에서
　꼬리를 살래살래.

이제 다만 바라노니
　해마다 담뱃값이 오르기를
남의 곳집에 쌓인 전곡
　부러워할 것 무엇 있나?

우리 같은 백성이야
　주림을 면하는 게 상팔자지

我亦十年爲佃客,
秧秧麥麥人之同.
秋熟要盡公私稅,
罄室依舊豐非豐.
自種菸艸田於山,
柴門犬老氄蒙茸.
但得年年菸價翔,
肯羨三百囷廛崇.[2]
痴氓免餓眞好命,

논농사 짓는 이들

산비탈 농사라 비웃지들 마오.　　　　　　水田莫笑山田農.

　　　　　　　　　　　　　　　　　　　　　　　　　　　　(『매천집梅泉集』권1)

1 하마탄월蝦蟆呑月 ‘하마’는 두꺼비. 『사기·귀책열전龜策列傳』에 "해는 덕이 되어 천하에 임금 노릇을 하는데 삼족오三足烏에게 욕을 당하며, 달은 형정으로 보좌하는데 두꺼비에게 잡아먹힌다(日爲德而君於天下, 辱於三足之烏; 月爲刑而相佐, 見食於蝦蟆)"라는 말이 나온다. 즉 담배 모종을 해가서 밭이 푸른색으로 바뀌는 것을 표현한 것이다.

2 삼백균전三百困廛 ‘균’은 곳집, ‘전’은 터전. 『시경·벌단伐檀』에 "심지 않고 거두지 않으면 3백균의 벼를 어떻게 수확하랴(不稼不穡, 胡取禾三百困)" 또 "심지 않고 거두지 않으면 3백전의 벼를 어떻게 수확하랴(不稼不穡, 胡取禾三百廛)"라고 나와 있다. 따라서 ‘삼백균전’은 논농사를 지어서 많은 소득을 올리는 것을 뜻함.

456　제3부 체제 모순과 삶의 갈등 3

🏵 작자 소개

황현黃玹(1855~1910): 자는 운경雲卿, 호는 매천梅泉, 본관은 장수長水. 근세의 빼어난 애국시인. 원래 전라도 광양 땅에서 태어나 뒤에 구례로 이사했다. 34세 때 생원이 되었으나 시국을 개탄하고 시골로 돌아가 시대 상황을 증언하는 『매천야록』을 쓰는 한편, 날카로운 현실의식과 울분의 애국정서를 시편에 담았다. 일제에 국권을 상실하자 「절명시絶命詩」 4수를 남기고 자결했다. 『매천집』 및 『매천야록』과 『오하기문梧下記聞』이 있다.

🏵 작품 해설

이 시는 산전山田에 담배심기를 하는 농부를 그린 것이다. 역시 전편이 세 단락으로 나뉘는데 그 구성의 내용으로 들어가보면 특색이 있다.

서두의 첫 단락에 담배 모종을 지고 혼자 심심산골로 들어가는 한 농부가 등장한다. 다음 단락에서 담배 모종을 하는 작업광경이 묘사되며, 마지막 단락에서는 그 농부가 하필 담배농사에 힘쓰게 된 사정을 그의 독백으로 듣는다.

서사의 화폭은 산골로 이동하는 농부, 그가 밭에서 담배 모종을 하는 장면으로 단순 간결하다. 그런데 작중의 현재 상황은 간밤에 비가 흡족히 내린 다음이라, 농촌은 모내기로 일손이 붐빈다. 주인공은 왜 홀로 산비탈에서 담배를 심고 있는가? 작품은 들판에서 모내기하는 농부들과 대비하는 수법으로 담배 심는 자의 삶을 부각시킨다. 그 역시 다른 농민과 마찬가지로 논농사를 지었건만 구실이야 도조야 뜯기고 보면 "풍년도 풍년이 아니더라오"라는 서글픔이 언제고 그 앞에 놓여 있었다. 그래서 논농사를 때려치우고 산전을 개간해서 담배심기에 주력했던 것이다. 이제는 "늙은 개 사립문 앞에서 꼬리를 살래살래" 흔드는 생활의 안정을 얻었다 한다. "논농사 짓는 이들 산비탈 농사라 비웃지들 마오"라는 끝맺음은 자족적이면서도 묘한 뜻이 내포되어 있다 하겠다. 단순한 화폭에 실은 풍부한 현실 내용을 함축하고 있는 것이다.

또한 표현미학상에서 하나의 특징을 발견할 수 있다. 작중의 인물은 자연 속에 설정되었을 뿐 아니라, 그의 행동과 의식(시의 전개 내용)에 자연이 민감하게 접수되는 것이다. 여기 자연은 한유자적하는 그런 곳이 아니라, 땀 흘려 일하고 또 휴식하는 현장이다. 자연은 신선하고 아름답게 감수되고 표현되는데, 거기에 농민적 미감이 반영되어 있다.

창작연대는 문집에서 확인되는바 1895년이다.

달성 아이

達城兒

조용섭

1

계묘년 이해에 흉년이 들어
인심이 헤아릴 수 없는 지경

군도가 도로를 가로막고
녹림호객綠林豪客[2]들 널리 깔렸으니

장꾼들은 낮으로만 통행하고
마을에 밥 짓는 연기도 왕왕 끊어졌네.

2

대구 사는 한 아이
나이는 어려도 제법 총명해서

글도 좀 배워 읽었으되
먹고살 계책이 막연하여

達城兒

曺龍燮

1
癸卯歲大飢,[1]
人心邃莫測.
黃巾弄畏途,
綠林遍豪客.[2]
商旅日中行,
墟烟往往熄.

2
達城有一兒,
聰慧年齡弱.
粗解讀書史,
無力可自食.

누이가 시집가서 청도 땅³에 살아
누이에게 일시 몸을 의탁하더니

섣달그믐께 집으로 돌아가는데
빈주먹 쥐고 고향에 가게 하랴!

누이는 동생을 극진히 생각하여
양식과 돈으로 보따리를 꾸렸더라네.

아이 혼자 걷고 걸어 중도에서
험한 산골에서 해가 저물어

이때 홀연히 한 아낙이 나타나
달려들더니 아이의 손을 붙잡고

"어디 사느냐?" 곡진히 물으며
"얼마나 힘드냐" 하고 은근히 위로하더라.

그 혓바닥에는 정이 넘치는데
그 눈꼬리엔 꾸민 기색 역연하니

"이 고갯길 험악하여
대낮에도 강도가 들끓는단다.

有妹在道州,³
薄言往依托.
歲暮且歸寧,
蕭條尋鄉邑.
妹能念爲弟,
餽賑在囊橐.
行行未及家,
日暮亂山谷.
忽有一女媼,
搰來手臂捉.
屈曲問居停,
殷勤慰行役.
舌底露深情,
眉端假德色.
嶺路大艱險,
白晝多攻劫.

지금 날이 이처럼 어두운데
너 같은 아이가 혼자 어찌 가겠느냐?

인가가 연이어 있어도
개와 닭을 도둑맞기 일쑤란다.

이런 사정 익히 아는 내가
너를 어찌 혼자 가게 하겠느냐.

우리집은 활 한바탕 거리에 있는데
호젓하여 찾는 사람이 드물단다.

나를 따라가 하룻밤 유숙하고
내일 아침에 길을 떠나도록 하여라.

나도 아이를 기르는 사람이란다.
주저 말고 따라오너라.”

3
아이는 이 말을 듣고서 망설이다가
다른 방도가 없기로 마지못해 따라갔다네.

허름한 집 처량하기 그지없고

瞑色今如此,
何況爾弱植.
院落雖相望,
鷄犬不得寧.
深淺我已知,
那忍送汝行.
吾家一弓許,
寂寞罕逢迎.
兼有我伴宿,
明朝餞崎嶇.
我亦養子人,
跟隨莫躊躇.

3
聽罷兒首鼠,[4]
途窮隱忍就.
蔀屋氣慘憺,

차려주는 음식도 변변치 못하더라.

그 집 아들 나뭇짐 지고 돌아와
더벅머리를 대면하게 되었더라.

이내 여자를 따라 방으로 들어가서
정해주는 대로 잠자리에 드니

주인 아이 벽을 향해 눕고
손님 아이 문 쪽으로 누웠네.

자리에서 뒤척이며 마음이 뒤숭숭
밤이 깊도록 잠을 못 이루는데

누군가 집으로 들어오는 소리
그 여인의 남편인 줄 짐작이 가더라.

이 남자 성을 버럭 내며 화풀이하는 꼴
빈손으로 돌아와 한숨 쉬는 모양이라.

그 여자 흔연히 맞아들이고
"당신은 마음을 놓아도 돼요."

여자가 재물을 노리는 사내보다 수단이 좋아

夕餽陳草具.
一丁負薪返,
囚首對其傍.[5]
須臾孀入室,
戎枕各指方.
主兒向壁裡,
客兒當戶前.
彷徨繞床側,
夜闌不成眠.
剝啄人猛至,
認是彼藁砧.[6]
市怒反色室,
長吁橐無金.
其妻欣迎謂,
願君且安心.
孀勝龍斷夫,[7]

집에 앉아서 설맞이 밑천을 얻은 셈이라

귀에 대고 소근소근 자랑하며
불을 비춰 확인까지 시키더라.

4
밖에서 칼 가는 소리
이 아이 운명 장차 어찌 될 건고?

진퇴유곡에서 살길이 어딘가?
꾀를 내는데 어찌 한계가 있으랴!

아이는 주인 자식과 자리를 바꿔 누워
베개 높이 베고 코를 골았네.

저들은 이런 줄 상상이나 했으랴!
악독한 손길 주저할 겨를도 없이

제 자식의 목숨을 끊어놓았으니
북망산에 갖다 묻게 되었더라.

아이는 그 틈을 타서 몰래
보따리 찾아들고 도망을 친다.

坐獲卒歲資.
附耳相語故,
照火來認知.

4
忽聞磨刀痕,
兒命將如何.
進退無生路,
發謀詎有涯.
易置交臥處,
高枕鼻如雷.
彼料豈及此,
毒手不徘徊.
誤中渠家息,
去委北邙堆.
兒起迨此隙,
探囊鼠竄亡.

엎어지고 넘어지며 정신없이 내닫는데
천지가 캄캄하고 아득하거늘

멀리 바라보니 외딴 주막 등불 하나
허둥지둥 달려가서 몸을 던지니

그 집 문전에서 한번 부르짖고
쓰러진 채 머리도 들지 못하더라.

이때 마침 군교들 몇이
주막에 들러 쉬고 있었더라.

얼른 달려나와 아이를 부축해서
조용한 방에 편히 뉘어놓았네.

미처 경위도 물어보기 전인데
사내 여편네 뒤따라 달려와서

"간밤에 아이가 길을 잃었기에
기껏 생각해서 하룻밤 쉬고 가게 했거늘

못된 놈이 우리 아일 죽이고서
물건을 훔쳐 도주했다오."

一步九顚倒,
地黑天荒荒.
遙望孤燈照,
蒼黃去卽投.
及門纔一叫,
僵仆莫擧頭.
時有數緹騎,[8]
把住在店舍.
競出爲護持,
保納密室下.
未及訪曲折,
翁嫗赶到喝.
夕有失路兒,
爲念借安歇.
奸死吾家兒,
掠物那裡逸.

칼을 들어 아이를 찌르려는데
시퍼런 그 서슬 누가 막을까?

옆의 사람들이 다투어 나서서
양쪽을 조사하여 사실을 캐니

참과 거짓이 환히 드러났네.
그 두 사람 법에 따라 처형을 당했더라.

5
이 이야기 인구에 회자하여
나 또한 듣고서 길이 탄식하며

하늘 아래 어떻게 이럴 일이 일어날까!
화란을 뉘우치기에 겨를이 없겠도다.

가혹한 정치는 호랑이보다 무섭나니
이 시를 지어 언실偃室⁹에 고하노라.

按劒欲磔之,
凶燄孰敢遏.
行路爭攔住,
兩造究根實.
眞贗情己得,
翁媼處法律.

5
此事人膾炙,
我聞一嘆咄.
仁天胡忍此,
悔禍無時日.
苛政猛於虎,
作詩告偃室.⁹
(『위당유고韋堂遺稿』권1)

1 **계묘癸卯** 1903년, 대한제국 고종 40년.

2 **녹림호객綠林豪客** 군도 무리를 지칭하는 관용적 표현. 녹림은 원래 한나라 때 농민반란을 일으켰던 집단의 명칭.

3 **도주道州** 지금의 경상북도 청도군의 별칭.

4 **수서首鼠** 수서양단首鼠兩端의 준말. 머뭇거리며 빨리 결정하지 못하는 모양.

5 **수수囚首** 수수상면囚首喪面에서 유래한 말. '수수'는 죄수처럼 머리를 빗지 않은 상태, '상면'은 상주처럼 세수를 하지 않은 상태를 이르는 말. 즉 꼴이 전혀 다듬어지지 않은 상태.

6 **고첨藁砧** 거적과 모탕(도끼 받침). 고대에 사형을 집행할 때 거적을 깔고 모탕을 놓아 죄인이 모탕 위에 엎드리게 하여 도끼(鈇)로 참수하였음. 후에 鈇가 夫와 음이 같은데 연관해서 고첨은 사내를 지칭하는 은어가 되었다 한다.

7 **롱단龍斷** 농단壟斷. 유리한 위치를 차지하여 부당하게 이익을 노리는 것.

8 **제기緹騎** 고대의 무관을 지칭하는 말인데 여기서는 지방관아의 장교 등을 가리킴.

9 **언실偃室** 지방관을 지칭하는 말. 언偃은 공자孔子의 제자 자유子遊의 이름이다. 자유가 무성재武城宰로 있을 적에 공자가 그에게 묻기를 "네가 인재를 얻었느냐?" 하자, 대답하기를 "담대멸명澹臺滅明이란 사람이 지름길로 다니지도 않고, 공사公事가 아니면 한번도 저의 집(偃之室)에 온 적이 없습니다"라고 한 데서 유래했음.(『논어論語·옹야雍也』: 子游爲武城宰, 子曰: "女得人焉爾乎?" 曰 "有澹臺滅明者, 行不由徑, 非公事, 未嘗至於偃之室也.")

조용섭曺龍燮(1870~?): 대구 지역 출신으로 구한말 일제시기를 살았던 문인. 본관은 창녕, 심재深齋 조긍섭曺兢燮의 친형. 시문집으로『위당유고』가 신활자 본으로 간행되었다. 심재는『위당유고』의 발문에서 자기 형님은 시에 천품이 있 었지만 "학문이 재주를 충족하고 복이 소원을 따르지 못해서 겨우 중년을 넘겨 우환과 병으로 세상을 떠나 성취하는 지경에 이르지 못했다"라고 적어놓았다.

● 작품 해설

「달성 아이」는 지역배경이 대구 인근이며, 시대배경은 1903년으로 이른바 개 화의 바람이 휩쓸던 지난 20세기 초다. 그럼에도 청도의 누님 집에서 돌아오던 소년이 악독한 여인의 마수에 걸려 재물을 빼앗기고 죽음을 당할 뻔한 상태에 서 기지를 발휘해 살아나온 내용이니 마치『수호전』에나 나옴 직한 악한 이야기 의 한 토막을 보는 것도 같다.

20세기 초는 조선왕조가 대한제국으로 전환하여 신문물이 물밀듯이 들어오 고 근대적 변화가 진행된 한편, 구체제가 해체상태로 들어가고 국망의 위기에서 사회가 극도의 혼란에 빠져 있었다. 게다가 흉년이 겹쳐서 인심이 흉흉하고 도 둑이 성행했으니 당시 활빈당을 표방한 군도가 여러 지역에서 출몰하여 이 시 기를 배경으로 한 이해조의 신소설에도 등장하고 있었다. 이「달성 아이」에서 "인심이 헤아릴 수 없는 지경/군도가 도로를 가로막고/녹림호객들 널리 깔렸 으니"라고 한 그대로다. 일종의 말기적 징후로 느껴지기도 한다. 작품은 상당히 복잡한 사건의 자초지종을 긴장감 있게 등장인물들의 심리까지 비치면서 비교 적 잘 엮어내고 있다. 비록 솜씨가 높은 수준은 못 되지만 구시대의 종막을 연출 한 서사시로서 흥미롭게 읽히는 것이다.

임형택 林熒澤

1943년 전라남도 영암에서 태어나 서울대 문리대 국문학과 및 동 대학원을 졸업했다. 계명대와 성균관대 한문교육과 교수로 재직했고, 민족문학사연구소 공동대표와 성균관대 대동문화연구원장, 동아시아학술원장, 연세대 용 제석좌교수 등을 역임했다. 현재 성균관대 명예교수로서 실학박물관 석좌교수를 겸하고 있으며, 계간 『창작과비평』 편집고문이다.

주요 저서로 『한문서사의 영토』(전2권) 『한국문학사의 시각』 『실사구시의 한국학』 『한국문학사의 논리와 체계』 『우리 고전을 찾아서』 『문명의식과 실학』 등이 있으며, 주요 역서로 『이조한문단편집』 『백호시선』 (이상 공편역) 『역주 백호전집』 『역주 매천야록』(이상 공역) 등이 있다.

한국문학사에 남긴 업적에 대한 평가로 2005년에 한국학중앙연구원으로부터 명예 문학박사 학위를 받았으며, 도남국문학상, 만해문학상, 단재상, 다산학술상 등을 수상했다. 2012년에는 인촌상(인문·사회·문학 부문)을 수상했다.

이조시대 서사시 1

초판 발행/1992년 1월 25일
개정판 발행/2013년 1월 15일

지은이/임형택
펴낸이/강일우
책임편집/윤동희
펴낸곳/(주)창비
등록/1986년 8월 5일 제85호
주소/413-120 경기도 파주시 회동길 184
전화/031-955-3333
팩시밀리/영업 031-955-3399 편집 031-955-3400
홈페이지/www.changbi.com
전자우편/human@changbi.com

ⓒ 임형택 2013
ISBN 978-89-364-7222-1 03810
ISBN 978-89-364-7970-1 (전2권)

＊ 이 책 내용의 전부 또는 일부를 재사용하려면
   반드시 저작권자와 창비 양측의 동의를 받아야 합니다.
＊ 책값은 뒤표지에 표시되어 있습니다.